杨小凡
[著]

酒殇

一个酒业王国的兴衰

作家出版社

图书在版编目（CIP）数据

酒殇 / 杨小凡著 . -- 北京：作家出版社，2024.9
ISBN 978-7-5212-2148-0

Ⅰ. ①酒… Ⅱ. ①杨… Ⅲ. ①长篇小说 – 中国 – 当代 Ⅳ. ①I247.5

中国国家版本馆CIP数据核字（2022）第251163号

酒　殇

作　　者：	杨小凡
责任编辑：	宋辰辰
装帧设计：	意匠文化·丁奔亮
出版发行：	作家出版社有限公司
社　　址：	北京农展馆南里10号　邮　编：100125
电话传真：	86-10-65067186（发行中心）
	86-10-65004079（总编室）
E-mail:	zuojia@zuojia.net.cn
http://	www.zuojiachubanshe.com
印　　刷：	北京华联印刷有限公司
成品尺寸：	152×230
字　　数：	303千
印　　张：	21.75
版　　次：	2024年9月第1版
印　　次：	2024年9月第1次印刷
ISBN	978-7-5212-2148-0
定　　价：	52.00元

作家版图书，版权所有，侵权必究。
作家版图书，印装错误可随时退换。

目 录

第一章

天命年 …………………… / 001

青龙出世 ………………… / 005

那张底牌呢 ……………… / 008

葡萄黑了 ………………… / 013

第二章

泡大塘子 ………………… / 018

爷字解析 ………………… / 024

打手击掌 ………………… / 029

行军床 …………………… / 035

第三章

这块牌子 ………………… / 040

紫宫之夜 ………………… / 044

千层底 …………………… / 049

讲故事 …………………… / 052

第四章

　　黑着灯 …………………… / 057

　　亮相 ……………………… / 062

　　参拜 ……………………… / 066

　　战山东 …………………… / 070

第五章

　　下眉头上心头 …………… / 077

　　劳模走了 ………………… / 082

　　解散"甲级队" …………… / 086

　　猫鼠游戏 ………………… / 090

第六章

　　荣誉职工 ………………… / 096

　　爬杆上的猴子 …………… / 100

　　朋友论 …………………… / 105

　　篮球赛 …………………… / 110

第七章

　　见汤姆 …………………… / 115

　　算账 ……………………… / 120

　　收天隆 …………………… / 124

　　面对围剿 ………………… / 129

第八章

　　喝茶去 …………………… / 135

　　操刀手 …………………… / 141

　　一个神 …………………… / 145

　　冬天的屎缸 ……………… / 149

第九章

大阅兵 ………………………… / 154

摩崖石窟 ……………………… / 158

豆芽菜 ………………………… / 163

流水兵 ………………………… / 167

第十章

托管 …………………………… / 173

研讨会 ………………………… / 178

看过皮影戏吗 ………………… / 183

狗喝油 ………………………… / 188

第十一章

跑着带路 ……………………… / 193

猎人与兔子 …………………… / 198

身份问题 ……………………… / 203

褪了她的裙子 ………………… / 207

第十二章

天字号案 ……………………… / 212

初五打雷了 …………………… / 216

扛起了三八枪 ………………… / 220

壮壮失踪 ……………………… / 225

第十三章

骗局 …………………………… / 230

推介会 ………………………… / 234

满月酒 ………………………… / 238

外来的和尚 …………………… / 244

第十四章

清君侧 ················· / 249

女儿红 ················· / 254

壳变 ··················· / 259

期股期权 ··············· / 263

第十五章

独立董事案 ············· / 268

草根是甜的 ············· / 272

炒股被查 ··············· / 277

找到陈仓 ··············· / 282

第十六章

车祸 ··················· / 289

斩立决 ················· / 294

小泥人 ················· / 298

谈判 ··················· / 302

第十七章

职代会 ················· / 308

大罢工 ················· / 313

紧急召见 ··············· / 318

人命案 ················· / 323

第十八章

死棋走活 ··············· / 328

未济卦 ················· / 332

黄连香 ················· / 337

第一章

天命年

天下大势的规律，五十年就有个坎。

戚志强刚迈入五十岁，这个坎就来了，而且横在他面前的还不是个小坎。

三月刚过，梨花还没有落。一生喜欢梨花的父亲一个时辰间，闭上眼，说走就走了。这让戚志强是如何也接受不了的。戚志强最后见父亲的面时是一个周日。那天，戚志强推开这个院落门，院前洵水河的风也随着洞开的门，扑到父亲红光满面的脸上。父亲正坐在那把有些油色的藤条椅子上，瞑目安详，粉白的梨花一片又一片地飘在他的脸上，吻来吻去，像他那最小的外孙女的小嘴唇。

戚志强没有打扰父亲，他和妻子吴冰哲，径直走向厨房。

母亲正在厨房包着荠菜饺子，她知道这是儿子戚志强最爱吃的口食。戚志强在这个城市是个名人，他是天泉集团公司的董事长兼总经理，企业在他手上十年间由小到大，而且全国闻名，又兼着副市长，这样的红顶企业家自然在这座城市里是人人皆知了。可小事情有时最能入人心肺，戚志强让人念念不忘的还有一层原因，他只要不出差，不公干，每个星期天都是要与父母一起过的。

戚志强是个人们都知道的孝子。连父母都不孝的人，能忠于朋友、忠于事业吗？这是人们敬他的原因。可还有另一层，那就是戚志强是他母亲35岁时才生的他，而且上面有了五个姐姐，这个多子女的年代，他的出生无疑是让父母最疼爱至深的了。

母亲不让戚志强插手包饺子，他就到堂屋里去找那本地图册。戚志强从小就喜欢地图，中国的、世界的他都喜欢。他的家里、办公室里、车子上都少不了地图的。他一有空闲就看地图，一看就能入神，而且百看不厌。按说，他对中国和世界地图已经熟悉到能随时画出，能随口说出位置和名称，但他依然还是喜欢看。他绝对是一个地图的收藏家了，不同版本不同出版社不同时期的地图应该有几百本了吧，那些一张一张的分区域的地图更多，书房里放了三箱子了。

现在，他又沉浸在地图里，津津有味地看了看。不觉间，妻子喊他吃饭了。

那天，父亲很有兴趣，吃了两碗饺子，还不停地与老伴拌嘴："你个老太婆没安好心啊，就是想撑死我了呢！"

"嘴长在你身上，你喊了一辈子了，也没见撑死你一回！"老伴从来也没有示弱过。

戚志强与妻子就在一边笑。父亲和母亲像孩子一样的人来疯，一见孩子们来斗嘴就更带劲了，一句对一句地骂得更欢了。

笑声里的时光最短。不觉间，粉红的太阳就挂在了西天。戚志强与母亲告别，要走的时候，父亲开了腔："强，我早上给你卜了一卦，是否卦。你要当心啊，五十岁是个坎。坤下乾上。否之匪人，不利君子贞，大往小来；天地不交而万物不通也；上下不交而天下无邦也；内阴而外阳；内柔而外刚；内小人而外君子，小人道长，君子道消也！"

戚志强笑笑，说，"爸，我回去看看吧！"

"你懂得灰喜鹊几颗牙？"戚志强的父亲显然不高兴了。

"你回屋吧，春风表暖里寒，别着凉了。"吴冰哲把父亲扶了起来。

"你算了一辈子,你算算你啥时辰走得了,我被你气够了!"戚志强出门的时候,听到母亲笑着骂父亲。

戚志强怎么也想不到,母亲的话竟应了验。

第二天中午,父亲坐在那把油色藤椅上,手里拿着那本被他翻了几十年的《易经》,突然间就再也起不来了。

这个坎还真来了。而且让戚志强后怕的是,第二个坎30天后,又随后而来了。那天晚上,戚志强刚请完为他父亲送葬的人吃饭,妻子打来电话:"志强,你快回来,妈不行了!"

戚志强的车跑到家里的时候,母亲竟也老了。

85岁的老人,一口气上不来,说走就走了。戚志强的脑子一片空白。

戚志强在母亲的灵堂前,眼里却是安葬父亲的情形。那天,院子里的梨花落了一地,母亲就坐在那棵梨树下的那把油色藤椅上,望着大门,不停地喃喃着:"冤家,你先走吧,我这就伺候你去——冤家,你先走吧,我这就伺候你去——"

突然间,鞭炮响了。接着,门外就有人喊:"有客烧纸了!"

戚志强还没迎到门前,施天桐就进门了。

戚志强还没跪下,施天桐就赶紧弯腰把他拉了起来。他紧攥着戚志强的两手,一脸哭色地说:"志强,要挺住啊,挺住!"

"施市长你们这么忙,还都来呢!"戚志强看着站在施天桐一米开外的十几个人说。

"我来晚了,本来应该与火可书记一道来的,可我出差刚回来。"施天桐内疚地说。

"你们都忙,市里现在又正在升格,我真不好意思耽误你们啊。"戚志强说。

"志强,我从小没有了母亲,你母亲就是我母亲啊,我吃过她亲手做的多少饭,你忘了!"施天桐说过,径直走到灵堂前,弯腰跪下,连叩了三个响头。他被戚志强拉起来的时候,脸上流下了两行泪水。

施天桐与秘书梁明是在晚上九点才走的。

临走的时候，施天桐也是攥着戚志强的手，声音沉重地说："志强，岁数不饶人啊，你也五十了吧？这事又一个接一个的，我可不能看着你垮下啊！"

戚志强感激地说："没事的，我能扛过去。"

"我可不能让你这样累，我想好了，等丧事办完，我跟火书商量一下，给你派个副手去！"施天桐攥了一下戚志强的手。

戚志强心下一凉，一个念头蹦了出来：他终于要掺沙子了，而且在这个时候发难！

施天桐显然是感觉到了戚志强的变化，松开他的手说："志强，明天去火葬场的事，我都让人安排好了！我一早就来，我得给老母亲送殡呢！"

戚志强本想说"你个流氓！"可出口的却是："感谢市长大人的关心！"

送走了施天桐，戚志强陷入了沉思。搞企业也得懂政治，看来我也得使点政治的手腕了。一支烟抽完，他的想法又多了："你以流氓无产者那一套敬我，我也就以其人之道还治其人之身了，我也用流氓无产者那一套敬你！"

戚志强几乎一夜未眠。施天桐在他母亲大葬之日发难，而且他不知道火可书记是不是也这样想过。这让谁都是难以成眠的。

再长的夜总是要过去的，天终于还是亮了。戚志强望着刚露一晕的太阳，突然想起了父亲临走前一天给他卜的那个否卦里，释文最后一句：否终则倾，何可长也。

戚志强长舒了一口气：

"天命之年，多事之春，只要不趴下，这个坎还得过！"

青龙出世

故原这个地方是道教的发源地，又是古楚的领地，而且佛教也较早地传入。这个地方的人大都信风水的。

戚志强是不太信的。但他的姐姐特别信。现在母亲也去了，就要考虑两位老人合葬的事了。入土而葬是一定要看风水的。戚志强不想张罗这事，但父母又不是他一个人的父母，怕伤了姐弟间的感情，就没有制止，任着姐姐做了。

出葬的前两天，姐姐请来了一个飘着白须的老者。老者早早起来，没有吃饭就在戚志强姐夫的陪同下出门了。在城外戚志强乡下老家的几块地里，走来走去，一直走到正午时分，才在一块地前停下。

这块地前面有一个土岗，岗子正前方正好有一块石头。老者把罗盘平放在石头上。罗盘中间有一颗磁针的，罗盘上有36层标着不同符号的圆圈，现在大致指向南方。老者凝神聚气，掂起磁针，在罗盘上连掷三次，磁针都稳稳地落下，不晃不动，而且都指在子午线上。老者起身，在罗盘前方六尺远的地方，把磁针插了下来。

"这是块好地啊，这是我一生中见到最好的地，今生不再看了。插针处就是中心穴位！"老者很是满足地说。

"先生，这是块什么地呀？"戚志强的姐夫小心地问道。

"告诉你也好，宝地叫覆地金钟龙。有诗曰：覆地金钟格异常，时师仔细为推详；修文学武文章显，富贵堆金积满堂；吉砂官案当面对，左右峰峦护送迎；代世为官定不绝，出将入相有名声。宝地呀，宝地！"老者忘我地吟咏着。

故原奇人多。自然也有看风水的人物。戚志强的姐夫，觉得应该再找一个先生测一下。在老者走后的第二天，他又请了本地一个叫丁慎东的人来看了一下。此人，在故原有神算之称，要请他卜算或看阴阳宅是要出大价钱的。戚志强的姐夫还是把他给请来了。

丁慎东来到这块地前，突然停下不走了。他静静地看了半小时，之后说："此乃宝地呀，吉砂官案当面对，左右峰峦护送迎。穴的前面是一块官案，人葬在这里就等于在后面坐着了，底下正好是一个坡地，那就是万民在底下，这个地方对后人是有好处的。戚总今后会有更大发展的！"

当他看了老者点的穴位，却有些轻蔑地笑了："穴位不准呀！这穴位避不开前面的烟筒。"于是，他要求把穴位向前挪了一丈。戚志强的姐夫最终还是听丁慎东的了。

出葬那天，早晨，穴挖好了。十点钟，棺到坟地的时候，奇迹出现了，新挖的穴坑里游动着一条小青蛇。刚才谁都没发现这条蛇，八个挖墓的人都没有发现。一直到把棺材往地里抬，才发现那条小青蛇。发现人是戚志强的一个外甥。他惊叫了一声："怎么是一条蛇啊。大家别动，一条蛇在穴里边。"

当时大家都不知道怎么办。戚志强说："别动，别动，赶快把它弄起来以后，放到穴底下。"然后就把棺材放到穴底下，把那条小青蛇转走。

葬礼结束后，各种说法立即长了腿一样在故原城传开了。

有青蛇本来是好事，但一见天就破了。这个风水破了。青蛇就是青龙，是极好的兆头，蛇不能见天，蛇见天它就是破了，这下戚志强完了！

戚志强的父母葬在一个大坟，立了一个碑。故原这地方还有一个风俗，那就是埋过的坟头，第二天亲人们要去圆坟填土。就在那天奇怪的事情又发生了，本来好好的天气，突然在刚刚圆完坟时就下起细雨来。按当地的风俗"起坟落雨"是一个吉祥的兆头。

接着，不同版本的传说又流传起来。有的说，他们看见了墓穴里的青蛇肚子上生了六个爪，蛇身上还有鳞，蛇头上长着角，还有须，哪里是蛇，分明是条龙嘛。还有的说，他们看见埋完老爷子下起雨，雨后，西方还有几朵彩云，彩云上还站着一个什么人，祥云的下面与坟头架起了一座彩虹！

有些事原本是无法说清楚的。它只在朦胧的时候是美丽的。而这种朦胧的美丽又给许多人一种安详和谐之感。

但，戚志强没有想到的是，现在，这种安详与和谐之美却被打破了。

打破的不仅是青龙出世的风水，而且是戚志强对应施天桐的策略。

现在，施天桐就抓着戚志强借父母安葬大搞迷信活动，对戚志强下手了。所有做出一些成绩的人，都会有不少对手。这不仅是因为你在做事时，也许影响了他的利益，而且更多的时候他是出于嫉妒。戚志强性格刚直，敢恨敢爱，而且天泉一直在改革的潮头，自然就有一些人对他有意见，有极少数人对他的意见还很大。于是，就有人民来信寄到市委、省里去了。

一个兼着副市长的企业家，一个党员，大搞迷信活动，这些有理有据的信自然就要引起一些动静。省纪委在人民来信上批了字：请故原市找戚志强了解一下。

因为戚志强兼着政府的副市长，批示转到故原市后，施天桐就开始做文章了。

施天桐没有按市委书记火可"请施市长找志强谈一下"的批示，而是让市纪委展开调查。中国的纪委是有着特权的，虽然它不是取证的公安、检察机关，但它调查取证的面和手段并不比前者差，而且要强。纪委的调查很认真，第一天就找了戚志强的姐夫和相关的亲属。第二天，又找那八个挖墓的人逐一了解，之后，又不停地找当时去送葬和看热闹的人去调查。短短三天，有关戚志强被纪委调查的事风传故原市。

戚志强没有急，他给火可书记打了个电话，说明了一下情况。火可书记觉得施天桐的做法别有目的，很是气愤，就打电话给施天桐。

施天桐说："火可书记，我是对志强负责啊，调查的人多了，弄清楚了，不更证明他没有什么事吗！"

"这样影响不好,怎么让志强安心工作?再说了,他父母坟土未干,我们要多为志强考虑啊!"火可有些生气。

"那好,我马上让停下来,我给志强解释一下,好吗?我与志强可是胜似亲兄弟呢。在故原谁不知道我们从年轻时就是老伙计了!"施天桐对火可的话不以为然。

施天桐没有找戚志强解释。戚志强心里明白,对付施天桐这样的人,也必须以牙还牙!找不准他的软肋,他是不肯弯腰的。

戚志强摸了摸自己的软肋,向窗外望去。

那张底牌呢

总会计师庄之讯,在天泉集团也算个名角了。

人只有与别人不一样,而且坚持下去,形成一种固定的标识符号,才能出名。庄之讯与别人不同之处在于,他一喜欢撂条子,二迷恋桥牌。只要他看不能报销的条子,甩手就给你扔在了地上,不管是谁,所以人送外号"铁老庄"。再者,他只要有一点时间,手里就摆弄扑克,打起桥牌来,极少有对手,那自然就老"坐庄"了。从这个意义上说,"铁老庄"这个外号也很贴切。

一个人自己跟自己玩一个物件,而且百玩不厌,那要的是境界。老庄就有。

吃过午饭,铁老庄正在办公室里自个儿玩着牌,电话就突然响了:"老庄,到我这里来一下。把你的那副扑克也带上!"

老庄一听,心里惊了一下:"戚总不打桥牌呀,要牌干吗?"他没有再多想,唰地合了牌,出门向戚志强的董事长室走去。

进了戚志强的办公室,老庄扑地笑了,戚志强正皱着眉,在一张一张地摸牌呢。

"戚总,您也好上这个了?可从没有见过呀!"

"把你的那副扑克拿出来，帮我找那张底牌！"戚志强没有半点开玩笑的意思。

老庄手里握着扑克，不解地望着戚志强，"什么底牌？你，你要干啥呢？"

"你知道那张底牌，找吧！"戚志强还在不停地洗牌，摸牌。老庄一时回不过神来，也跟着他把自己的牌洗来洗去。扑克在老庄的手上就成了一块橡皮条，一拉一缩的，并不比电影《赌王》里那个人洗牌的手艺差到哪里。

几分钟过去了，老庄终于停了下来。他再次望着神情专注的戚志强说："戚总，你要的是哪张底牌呀？"

"这张牌你知道的！"戚志强仍然皱着眉。

老庄点了一支烟，猛吸了几口，突然明白了过来，他压低了声音："你是说燕克仁？"

戚志强停了下来，望着老庄："这张牌还在你手上吗？"

老庄有些得意地笑了笑："打桥牌的人，不留底牌还行！"

"那你给我拿过来！"戚志强把手里的扑克叭的一声，拍在了面前的大班台上。

下班后，老庄关上门，向戚志强的办公室走去。

对燕克仁老庄是最清楚的了，只要想从单位拿出钱来，管钱的人就不可能不知道。这是七年前的事了，那时燕克仁还是厂长。一天晚上，燕克仁让老庄想办法弄出来20万元钱，说是县里要的。老庄问燕是谁要的，做什么用，给出手续吗？燕克仁不耐烦地说："是施天桐要的，他要去北京跑京九铁路在咱县设站的事！"老庄最终同意了，但他要施天桐打个条子。燕克仁没吱声就气呼呼地走了。那时，施才是个副县长，庄之讯不能不留一手。第二天，燕克仁还真的拿来一张由施天桐写的欠条，燕在上面还签了，"同意，燕"。

一年后，燕克仁又把庄之讯叫到办公室。他拿出一个牛皮纸信封，交给庄："这是县里领导为我们厂考察的费用，你报了，冲施县长的借款。"

庄之讯回到办公室，算了一个多小时，结果出来了，冲掉借款还多一万多呢。当他处理好，再被叫到燕克仁的办公室时，施天桐竟也在燕的办公室里。这时的施已经升任县长了。庄之讯没有多说什么，就对燕克仁说："燕厂长，冲后还多呢，这是多的钱。"他把信封推在了桌角。然后，迅速从兜里掏出那张借条，在施和燕的面前一过，很轻松地顺手撕了。

"你？"燕克仁正要说什么，庄之讯笑着说："账冲过了，这条我也当面撕了，我走了。"施天桐的脸笑了一下，也没有再说什么。

回忆着这些，庄之讯感到从没有过的得意。六年前，他撕的那张借条并非真迹，那是他临摹的一张。不给自己留一手，就不是好财务。庄之讯笑了一声。

庄之讯进门的时候，戚志强正在抽烟，他整个都被罩在了烟雾中。庄之讯没有说什么，把复印件放到戚志强的桌子上。戚志强扫了一眼，笑了："你给我的算不上底牌，原件呢？"

"原件！"老庄本不想交原件的，他想不到戚志强竟真的会跟他要原件。心里一凉，"果真高人"，就交了出来。戚志强捏着原件，四目相对几秒钟后，两个人同时笑了，都为对方的智慧和精明。

笑过之后，戚志强给老庄递过一支烟，自己也点上。

"老庄，你把复印件存在公司一份，你保存一份，你可得给我存好了，这可是关乎天泉的发展和我戚志强的身家性命啊！"

老庄离开后，戚志强把原件装在了上衣兜里。他长长地吐了一口烟。心里想，老庄你还嫩点，这可不是燕克仁的底牌，这是置施天桐他们于法庭的共同底牌。

底牌到手了，这是暗的，也许根本就用不上，但还是要早预备的。

故原人有两大特点，一是喜欢喝酒，因为自古这里是酒的产地，现在天泉御酒又全国闻名；二是过去这里是新四军的活动地，出了不少人在外面当官，解放后这里人就喜欢走上层路线，而且成果很大，不少人都从这里升了上去。这里流传着，"谁说故原穷，人人喝得脸通红；谁说故原人笨，不少人都在省里和中央混"。故原虽小，但关系网盘根错节，不少人在市里、省里，甚至中央都有些关系。可以说是市里能找到亲友、省里能找到后台、中央也能看到粗腿。

戚志强还是决定出第二招：也走走上层路线。

做这个决定，对于戚志强来说并不容易。他为此经历了三个不眠之夜。我这是干什么呢，我是在给共产党办企业，可我还要与共产党里的个别人明争暗斗，我合得着吗！可不这样又怎么办呢，如果不顶住施天桐，这个企业就可能被毁掉，几千名工人就会没有饭吃！这是在拿自己的人格和身家性命干呀，国有企业，国有企业啊——戚志强反反复复在想这些。但他最终想起了当地的一句粗话，该死屁朝上！为了工人，为了企业，为了自己想干到心中的事业，绝不做失败的英雄！

中秋节一过，戚志强就约市委书记火可。

"火可书记，你最近能不能给我点时间，我想给您汇报一下自己的想法？"

火可书记在电话那边，笑了笑："接待著名的优秀企业家，我还没有时间呀。我估计你要找我了，今天下午的时间就是留给你的！四点半来吧。"

戚志强没有想到火可书记这么爽快，就很有信心地准时走进了火可的办公室。

国有企业的一把手，首先得是个公关高手，同时，如果具备演说天才更好。如果没有煽动的能力，对付那些踢惯了皮球的官员，那可就欠了火候。这些，戚志强都具备。

戚志强来到火可书记的办公室，他首先从天泉的发展谈起，其次谈市里企业重组的可行性及方法步骤，接着谈企业负责人与企业关系，最后谈到用人机制与企业稳定问题。火可书记几乎就没有怎么插话，笑容可掬地听着。

一个小时过去了，火可书记突然站起身来，递给戚志强一支烟："说完了吧？"

戚志强也站了起来，把烟点着，含在嘴里。

"走吧，我在宾馆安排好了，今天我请你吃羊肉砂锅！"火可书记对戚志强说，"你的生日快到了吧，今年可是天命年啊，我先祝贺一下。"

戚志强心里一热，有些激动说："不敢，不敢劳书记大驾呀！"

第一杯酒喝后，火可书记说："志强，从现在起不谈工作上的事了，天桐也不算想给你掺沙子，就是对市里的企业有些急了，想让你呀多盘活几个企业！"

"书记，你让我说完，我是个存不住话的人。"戚志强坚持道。

"那你说吧，看来我不听不行了！"火可笑了。

"天泉也不是我戚志强的，是共产党的，我戚志强一天都不想干了，我不是恋权恋地位的人。但是，我在这个董事长的位子上我就必须对天泉负责，我不能看着从我手里发展起来的天泉再衰弱下去。你们要想让我戚志强走，我不立马走，就不是条汉子。况且我不走也不行啊，因为政府是资产的所有者，我只不过是受委托管理。但不让我走，又要派这个总经理，我绝对接受不了。因为这不是正常派人来的，天泉有许多干部水平并不比你们派的人差。董事长总经理不能一肩挑，我提过多次了，要提拔人也得先从天泉提，他们更熟悉天泉，或者招聘一个比天泉人水平高的人，不然，我也无法面对天泉人。"戚志强一口气说了这么多话。

火可说："天泉也不是水泼不进，针扎不透呀，那件事，我给天桐说。再说还有班子呢。喝酒，喝酒！"

戚志强半年没有这么痛快地喝酒了。火可今天也特别兴奋。两个人就着酒，从历史到文学一路侃起。因为两个人都喜欢文学。

戚志强与火可在喝酒的同时，施天桐却躺在他的小情人肖馨怀里。

肖馨原是市三中的一名体育教师，施天桐在一次篮球场上看到她不久，就把她调到市委党校了。肖馨最爱篮球，而且技术在全市女子中是有名的"一手扣"。施天桐答应她："明年三八节，我组织一次机关女子篮球赛,让你一展身姿!"肖馨高兴地骑在了施天桐有些突起的肚皮上。

戚志强回家的时候,迎头碰到施天桐的白奥迪。司机小马本想按一下笛,打个招呼,可施天桐的车一道白光蹿了过去。戚志强向后扭了一下头,脑子里又跳出火可书记为他过生日,在酒桌上填的那首词:

采桑子·贺志强生日
生日易来人不老,岁岁生日
今又生日
天命之年分外香
一年一度望回首,不似春光
胜似春光
坎坷过后任翱翔

葡萄黑了

这是一片生机盎然的绿洲,这是棚架葡萄的海洋。

万亩连片的棚架葡萄,碧叶连天。风儿吹进来,绿影婆娑,成熟葡萄散发出甜中带醇的醉人清香,在葡萄海的中央荡漾着,弥漫着。

但是,却极少有人知道,在这葡萄海的中心还有另一片神秘乐园。

从葡萄园木栅门进去,就是一条两边长满青草的机耕路。路越走越窄,约莫向里一公里处,就只能通过一辆轿车了。再向里,却又是一个用干葡萄藤编得很密的木栅门,车进去后,把门一关,外面一点也看不清里面的世界了。这道门里面却是一个直径五十米大小的空地,地虽然没有铺砖,也没有上水泥,但那土质地面却如镜子一样平滑。这当然是有人精心碾成的。空地中央是一个长两米宽一米多的青石桌，两边分别放着两个青石凳。虽是盛夏时节，这里却清凉得很，这种清凉是由四周万亩葡萄枝叶和果子从大地深处吸出，然后再吐出来的清凉。

施天桐的白奥迪开了进来。这里除他几乎是没有人能来的。

他停了车，按了后备厢的开关，肖馨也下来了。她把一个小箱子搬了出来，她一边叫着天桐，一边表现得很吃力的样子。施天桐把箱子接过来，放在石板桌上，肖馨从里面拿出一块蓝花布。布是那种云南的蜡染工艺布，铺在石板上，向四周垂下一些，正好长短合适。接着，施天桐拿出两只晃着水晶光的高脚酒杯，自然少不了一瓶红酒。

肖馨和施天桐各持着一只高脚杯，和着有些蠢蠢欲动的空气，浅斟慢饮。金黄色的阳光，透过殷红的酒液泛出来，在两个人的唇边，慢慢地晃动，晃动。肖馨的眸子里已经有了一泓醉意，三分迷离。

施天桐一手持着高脚杯，一手拥着她的肩说："面包是我的肉，葡萄酒是我的血。"

"你怎么了？这是耶稣在《最后的晚餐》中的话，你要吃了我吗？"肖馨嗔怒地用手点着施天桐的额头。

"我就是要吃你！"施天桐俯在她的耳边道。

"那你吃呀，你把我吃了，我们就分不开了！"肖馨把自己的酒送到了施天桐的嘴上。

肖馨以为施天桐会像往常一样，立即会把她掀翻，吃掉的。这一次，她错了。

施天桐站起身来，走向葡萄架。一会儿，他手拎着两串熟得发黑的葡萄回来了。

"你要就着葡萄吃我呀！"肖馨有些急了。她已经把自己平放在石板上了。

施天桐把葡萄放在地上，弯腰，慢慢地把肖馨的裙子从下向上翻开，肖馨配合着，一直把裙子从她身上拿下。接着，施天桐又从上到下,把肖馨的短裤褪了。现在,展现在施天桐面前的就是一个雪白的人儿了,金色阳光一照,肖馨就真像放在案子上有些微黄的面包了。

吃面包是需要佐料的。

施天桐把刚才采的葡萄一个个揭了皮,将汁涂在肖馨的身上。他涂得仔细得很,像画一幅油画一样,从乳房到肚皮,再到小腹,到两条大腿,一直到所有的脚趾上。当一切都涂好了,他又选了三个最大的葡萄,剥了皮,分别放在肖馨的嘴里、肚脐里和两腿间的私处。

这一切都停当了,施天桐长舒了一口气,他要开始吃了。

他刚俯下身子,把嘴贴向肖馨左乳上,这时,他的手机突然响了。施天桐一皱眉,并没有理会,把嘴继续向下俯,手机却还在不停地叫——

在这种时候,又是这部手机响,一定是有急事的。因为,这个号码只有肖馨和他的秘书梁明两人知道。

果真是有事了。

施天桐掀开手机,梁明就在那边说:"市长,不好了,有五六百人把市府大道给堵了!"

"慌什么!天塌下来了吗?"施天桐骂道,"是威尔乐酒厂的人吗?"

"不全是,还有故原镇的农民。说是因为威尔乐酒厂要降低葡萄的收购价格。"梁明显然是有些急,声音都有些发颤了。

"你让莫平,王莫平市长去把他们先弄走,我回去再说!"

"他能听我的吗?刚才他的秘书说,王市长这会儿也联系不上!"

"他是听你的吗?现在你的话就是我的话,你告诉他,这事就交他摆平了!"施天桐啪地合上了手机。

晚上九点时,堵路的人们散了。施天桐办公室里的灯才亮。

王莫平坐在施天桐的班台对面,不停地抽着烟。

"我这次安排你去天泉集团,把戚志强的总经理接下来,就是让你去推动企业整合，当然最急的就是要把威尔乐这个屁股擦净。"施天桐说得很慢，也很重。

"他妈的，威尔乐那个周总也太不是人了，把值钱的东西一抽，就撒手不管了！"王莫平骂道。

"你不能这样说，企业嘛，就是做生意，还能没有不行的时候。前两年，不还是典型吗！"施天桐把王莫平的话截断了。

"你别想以前的事了，以前的沧海都成桑田了，你堵好现在这个洞就行了！"施天桐从班台后起来，走王莫平这边，右手拍着王的肩头说。

现在，施天桐是急于擦威尔乐这个屁股上的屎。威尔乐葡萄酒厂原叫故原葡萄酒厂。三年前，由肖馨牵线，施天桐以内资服从于外资、引进外资为名，把他80%的股权卖给了广东的周大兴，然后，就改名为威尔乐葡萄酒有限责任公司了。

虽然，当时出卖时市国资局、财政局及其他一干人，对资产审定和剥离方面是有些意见，说是国有资产低价出让，流失了不少，但周大兴刚进来时确实也没有减少税收。那时候，施天桐还是分管经济的副市长。也就是这次股权转让，使他在省里有不少光彩，才在两年后升为市长的。

可现在，施天桐知道有些不妙了。

不妙的事还不仅仅这一桩呢。

第二天，刚上班，经委副主任宋戈就来到了施天桐的办公室。

"调研得怎么样了？"施天桐抿了一口水。

"市长，没有发现戚志强什么，但却接了一宗案子。"

"什么案子？"施天桐有些兴奋。

"天泉集团的人要我们查燕克仁，我们差点出不了公司。"

"搞什么呀？我安排你们去干什么去了，没让你们去搅屎缸！"施天桐显然是不满意宋戈他们所做的工作。

"可我真的看不出什么，总不能明目张胆地查吧？"宋戈解释道。

"明目张胆怎么了，你非要扯破嗓子喊呀，你们是去总结经验去了，总结嘛，就要全面，不然如何总结出来。"施天桐显然对宋戈太不满意了。

"这……"宋戈还要解释什么，施天桐站了起来："你看你还能不能完成这件事，不然你提出换人吧！"

宋戈是没有理解施天桐的用意。

施天桐虽然是安排经委去天泉集团总结经验，其实他需要的是宋戈能查出戚志强点什么。这样，他就更有理由地把王莫平这个沙子掺进天泉集团了。

宋戈现在夹在中间很难。一是因为宋戈曾是戚志强的下属，而且还有更深层次的原因。

宋戈大学一毕业就分到了天泉集团，那时还叫天泉酒厂呢，燕克仁是厂长，戚志强是刚调进去的副厂长，分管宋戈。在厂里工作三年后，他爱上了燕克仁的女儿燕鑫。燕克仁是不同意女儿嫁给宋戈的，因为宋戈那时只是一个车间副主任。燕克仁的儿子曾就他与妹妹燕鑫恋爱的事，当面羞辱过宋戈。为此，宋戈找到当时正是经委主任的施天桐，因为施是宋戈父亲的学生。

宋戈被调进经委，他就是凭着与施天桐的关系和自己的努力，一步步走到今天的。

现在，让他到天泉去做这种挑刺的差使，他真是感到有些不知如何下手了。

这些年的磨砺，宋戈是能看懂施天桐的意思的。但戚志强也不是一棵良善的葱呀！不以发展和效益看，而以人为站队，管企业管成了整人，这还叫政府吗？

宋戈陷入了苦恼之中。

第二章

泡大塘子

戚志强是一个内心强大的人。他从没有绝望过。

这一切都得益于他喜欢泡大塘子。他一接触水，身体和心都舒展了开来，而且从水中他领悟到了以柔克刚，无为而为的境界。

一个人的内心强大不强大，坚强不坚强，源于他的知识和心中有没有一座追求的殿堂，并不全是财富。

戚志强去职工浴池泡澡前，给总工程师章伟洋打了个电话。

"老章，下班后先吃饭，七点钟我在办公室等你，我要给你谈一件重大的事！"章伟洋有些不解，快一个多月了吧，他没有与戚志强真正谈过心。

戚志强泡澡回来时，章伟洋已经在他门前等了一会儿。

两个人进屋后，戚志强分别倒了两杯茶。接着就一脸严肃地说："章工，我知道你肚子里存不住话，这次可不一样。我得要求你一条，这次谈的事高度机密，你可千万不能对外人说，这关系到我们天泉集团的生死存亡。我考虑来考虑去，你在天泉30多年了，对天泉感情最深，你又是公司董事会成员，我必须给你先通报一下。"

章伟洋是一个性子急，而且是个肚子里存不住隔夜话的人。他一听戚志强如此说，就急忙说："戚总，你放心！"

戚志强点点头，点着了一支烟："章工，现在市里要给天泉掺沙子，说天泉是个独立王国，要派人来做总经理，而且派的人呢，又是王莫平。这样一个把市里几家企业都搞垮的官员，吃喝嫖赌一齐来的人，我真感到了从没有过的危机。也许有人会说这是我戚志强的政治危机了，可这是天泉上万人的危机啊！"戚志强连吸了几口手中的烟。

"这是真的吗？这个被全市企业界骂作王八蛋的人真要来吗？"章伟洋激动地从沙发上站了起来。

"是真的。我上午在市里与施天桐都吵了起来。我明确告诉他，你要派人就派他当董事长，我正想解脱呢。天泉是共产党的国有企业，我只是给党在打工，我把天泉干到今天这个份上也是你们任命过来的，我不恋这个位置。你今天不让我干了，我明天就去民营企业，我早不想受这个罪了，我也想挣大钱！市长，你让我走了，我感谢你，真的感谢你！但你要派一个祸害企业的人来，只要我还是董事长，我就不同意！"戚志强虽然是复述他与施天桐的谈话，但他依然激动得站了起来，脸色铁青。

"他们要干什么，为什么要让王莫平来呢？"章伟洋气愤地问。

"关键是我不听他的。他一直让天泉把那些企业整合过来，做成一件改革的政绩，最急的是要我们去擦那个威尔乐的屁股。他要的是表面上的政绩，要的是稳定，有政绩了，没有工人闹事了，就能升。可我们要的是效益。在故原市天泉企业是龙头，这不错，可把那么多烂企业都拖在我们后面，我们能不垮吗！况且，王莫平这个人，他用行政的手法管企业，时间长了，我真的不敢想！"戚志强心情很沉重。

"那是坚决不能让他们来的，我们不愿意。他王莫平敢来，我相信天泉人会把他抬出去的！"章伟洋很自信地说。

戚志强点着一支烟，接着说："章工啊，我刚才都给你通报了，他们不是已经都派宋戈他们来了吗，屎都憋着屁股了。"

"唉，国有企业真不是人干的！"章伟洋叹了口气。

"老章啊，你不能这样，我们要相信这只是短暂的，党是不允许他们这样长久搞下去的，人民要吃饭呀，国家要发展呀。但我想给你一条建议，无论我戚志强的结局如何，你章伟洋一定不能离开天泉，我们这些热爱天泉的中坚分子都走了，天泉就可能毁在他们手里。但只要你在天泉熬下去，凭着你的威信，凭着你的资格，他们就不敢太胡来，天泉就有转机的希望，天泉人就不会下岗！"

戚志强紧紧地握着章伟洋的手，四目相对，两个人都望见对方眼眶里充满了热泪。

现在，章伟洋不仅仅是戚志强发泄心中不快的对象。更重要的是戚志强知道他是一个从来存不住话，是一个除对墙不说的人，他要利用章的这一特点间接地让天泉人知道这个信息，使天泉人迅速聚合在一起，形成一致对外的力量。这是抵制王莫平进公司的基础与后盾。

果不出戚志强所料，第二天下午，天泉公司舆论哗然。宋戈一行立即被天泉人当成敌人，其调查工作无法再进行下去。

戚志强在办公室连抽了两支烟后，自己笑了。他为自己策划的成功而高兴。我戚志强不是不懂权变，只是没有逼到让我用的地步。

现在，为了天泉，也为了自己，戚志强觉得只有如此了。

戚志强决定要与宋戈正面接触一次。

宋戈到了戚志强办公室。戚志强开门见山地说："宋主任，你也是从天泉出来的，天泉现在的情况你也了解了，你与施市长的关系我也知道，我就明人不说暗话了，我想给你谈谈对这件事的想法。"

"戚总，我也明确说了，施市长对我是不错，但我对天泉有感情，我是不同意这种做法的。这一点，我已经给施市长谈了。"宋戈说。

"宋主任，对谁来天泉我没有太多的要求，只要是来干事，就是经验不足我都能接受，但必须是爱企业的人，必须要把工人装到心里。我了解你，我相信你刚才说的话，但我还是想给你谈谈我与施市长的分歧。你可以给他传个话，我不想让更多的人知道这些子事。"戚志强递给宋戈一支烟。

戚志强接着说:"我们两个是有过磕磕碰碰的时候,但都不是为了个人的什么东西,都是为了各自的事业。我觉得最重要的一条是,他站在政府那边,我站在企业这边,看问题的角度和做事的出发点有分歧,这代表了全国都存在的政企之间的关系,很典型。施市长作为政府负责人考虑问题时注重社会效益多些,我站在企业的角度考虑的经济效益多些,这里面就产生分歧了。你说是不是?"

宋戈没有打断戚志强的话,只是点了点头。

"比如,1995年前后,他还是副书记时就主张以天泉为依托建'十里酒乡',那时一轰隆建了100多家小酒厂,而且过了几年这些小酒厂出现市场问题后,他就想让天泉出来把这些小酒厂拢在一起,形成了酒业集团。我能干吗?这些小酒厂上马盲目,没有考虑好市场问题,而且有些酒厂的非法经营影响了天泉的发展,要是以天泉为依托组建集团,就势必把天泉拖垮,我当然不愿意干了。这一来,就显得我不听话似的。其实,现在看我也没有错呀!

"另外,我不是一个会说软话的人。我性格深处并不是只绵羊,而是一只老虎,我不会唯唯诺诺、唯命是从,我认定的事就不会回头。我常说故原的一句粗话,就是'该死屌朝上',听天由命。"

戚志强就这样像演讲一样,给宋戈说了自己真实的想法。宋戈被他的坦诚和想法有些感动了,他觉得戚志强讲的和他看到听到的是一样的。他觉得面前坐着的是一个真人,是一个充满理想、正义和事业心的人。

良知和责任使他不得不也掏出心来:"戚总,我想人们考虑问题的出发点不一样,结果就不一样。我们搞经济的人就是按经济规律办事,其他啥都不能考虑得太多,考虑多了就会损害企业。搞政治的人,一切都从政治需要,从做官的角度出发,危害做官的事就不能干。企业界和政界的人区别就在这里,这是目前中国的一大悲哀……"

宋戈说得有些激动,喝了一口水接着说,"戚总你这个人,对事业太认真了，对自己成就一番事业看得太重了。你的舞台就是天泉，天泉出了问题，你个人的事业也就无从说起了，所以，对企业有一点损害你都不会同意的。话又说回来，要不是你坚持，可能故原就没有天泉这一片蓝天白云了。我就是这样认为的。"

戚志强没有想到宋戈是这么一个人。他一下子改变了对宋戈的看法，虽然他是施天桐提起来的，但他是有自己的思想的，对天泉也这样有感情。他从宋戈身上看到一些天泉的希望，最起码政府里大多数人还是理解他的。

戚志强也有些激动了，站起身握住宋戈的手："好，从今天起，你已经不是我心中原来那个宋戈了，晚上我们喝几杯！"

晚上戚志强真的与宋戈在天泉宾馆喝了起来。戚志强用人有自己的一个检测标准，那就是要先了解这个人的本性。人的本性其实是隐蔽的，戚志强认为体现出人的本性必须要在大喜或大悲时。而平常这种机会是没有的，那另一个检测的办法就是喝酒时。喝酒时，尤其是喝多时人的本性可以或多或少地表现出来。

现在社会上流行，"能喝半斤喝八两这样的干部要培养，能喝八两喝一斤这样的干部我放心，能喝半斤喝四两这样的干部不理想"，是有一定道理的。酒中可以看出一个人的性格，一个人的本质。谦让、勇敢、保守、世故、爽直、钻营、激情、猥琐等等均可在酒中体现。所以，有不少时候戚志强选人也是从酒风中找参考的。

那天晚上，宋戈喝得很爽。第二天，他打电话给戚志强说："昨天我喝高了，'断了片子'，记不住是咋回来的了。"

这一场子酒，加深了戚志强对宋戈的了解，也坚定了他的决心。

为了阻止王莫平的到来，戚志强想了一套连环方案。虽然，现在看来也许前几套就足以解决问题了，但他还是决定再来一次釜底抽薪。

机会终于来了。一周后，市里通知他去参加常委扩大会。

戚志强猛一看是个口若悬河，不停说话，城府不太深的人。但其实内里他却是心细如针的人。他决定要与施天桐斗法的时候，还是很认真地与自己的老搭档——集团的党委书顾力华,先商量了一下。

上午,戚志强打电话把顾书记找来了。他说:"下午叫我去讲话,力华,我准备出手轰他一下子。"顾说:"应该,应该,娘的,太猖狂了。"

戚说:"俺讲啥,一、二、三、四、五,五条,就讲这些内容。"

他俩商量好了。

两点半开会,戚志强中午简单地吃了点东西,就洗澡。洗完澡,躺在沙发上想下午的会。

戚志强到了会场,人还没到齐呢。过一会,该来的人都来了,会议才开始。

火可书记第一个安排的就是戚志强的发言。虽然,他不知道戚志强讲什么,但他还是这样安排,他到故原市后就开始这样做了。

戚志强只一分钟,就进入了忘我的角色,滔滔不绝,一下子演说了一个半小时。其中第三部分谈天泉的廉政建设,他绕了个圈子说:"要做到廉政,首先领导得过关。你往主席台上一坐道貌岸然,实际上你乌七八糟。你贪污受贿,你乱搞男女关系,管一个企业垮一个企业,这样的人最起码应该离开领导岗位!"

会场上一下子鸦雀无声。有的人惊得不由自主地站起来了,戚志强虽没点名,但是谁都知道讲的是王莫平。火可书记看了一下王莫平变紫的脸,就对戚志强说:"戚总你讲快点,下面还要议事呢!"

会议结束了,戚志强感到从没有过的累。他这是拼出心力而公开与市里斗法。他让司机把他直接拉回公司那个职工浴池。

他要好好地把自己泡一下,而且要用比平时热的水。

快到公司的时候,戚志强接了一电话,心里难以平静。打电话的是个女人,是当年与他一起下放的知青吴琼。

爱情就是一部电话。当你渴望它响时总是哑无声音,不经意时它又突然叫个不停,有时还经常占线,当你一心投入时早已有人在打这个号,有时很灵敏一拨就通,但你若认为什么时候一拨就通,而轻易放下，待想打时那边又是忙音了。

现在，戚志强与吴琼就是这样。当初，戚志强一心追求吴琼时，却得不到她。而吴琼一心系他时，却只能偶尔打个电话。

戚志强合上手机，心里在默默地想。

爷字解析

曹汉亭坐在办公室里，面前的公文纸上，写满了大大小小的"爷"字。

过去他没有认真思索过这个字，现在他感觉这个字太有意思了。老天爷、土地爷、大爷、姥爷、爷爷、大老爷、老爷、大少爷、小少爷——所有的"爷"字，都是由一个有着笑眼的"父"字和象形的"刀"字组成，一个个像父亲一样威严而手里拎着刀的人，真是太难对付了。

过去，曹汉亭做基建科长时，在厂里从没有遇到过这么多的难处，相反，那些想做基建的建筑队什么的，都孙子一样地求着他。现在不行了，他面对的不是过去那些比儿子还小的孙子，而是手里拎着刀的一个个爷。原来市里表态过的 130 亩地，现在办起来，却与想的大不一样。计委、规划局、建设局、土地局——大大小小几个部门里的"爷们"，一个个虽不是门难进、脸难看，但就是在不冷不热地笑脸推来推去，让人摸不着头脑。

这些天来，他在一个个机关里听到的最多的一句话就是："天泉，天泉有钱啊，不用找我们，市长一批不就行了吗！"曹汉亭真的想把这些人大骂一通，可自己现在毕竟是求别人呀，就只好耐着性赔着笑脸。可他还是感觉到，自己的热脸碰到的几乎都是别人的凉屁股。这些人都怎么了，天泉这些年给市里提供多少财政收入，缴了多少税呀，占了市财政收入的 75% 呢，可你们却这样对待天泉的事。

曹汉亭如何也想不通。

他决定给大老板戚志强汇报。虽然他不愿把自己办不成的事，交由戚志强来摆平，但也只有这样做了。都三个月了，别说小区建设了，就连项目还没立呢。

曹汉亭走进戚志强办公室时，是有些害怕的，但他还是一坐下来就跷起了二郎腿。他怕戚志强会批评他，小看他的办事能力。然而，戚志强没有批评他，而是先递过来一支烟，点着了，才问："不顺利吧？"

戚志强对曹汉亭进行过认真观察的，从他喜欢跷二郎腿就能看出他是一个不服输的人。人体中越是远离大脑的部位其可信度越大，脚远离大脑，绝大多数人顾不上这个部位，于是它比脸比手诚实得多。观察一个人的脚步轻、重、缓、急、稳、沉、乱，就能看出他的心理状态和性格。所以，戚志强只是轻描淡写地问了一句，快牛不用鞭打吗。

"是呀，真不知道这么难，程序太多，而且那些人都口口声声地说，天泉怎么了，天泉也得按程序办！"曹汉亭像个受了委屈的大孩子。

"汉亭啊，你还按搞基建那一套，肯定搞不了房地产公司。我们干国有企业的人也要有一个好的心态，你该当爷的时候，人家叫你，你别脸红，你规规矩矩端着架子当你的爷；你该当孙子的时候，你就得当孙子，不要放不下架子！我们现在是求他们了，就得该作揖作揖、该磕头磕头。要学会公事私办，我们虽然不能给他们送钱，但请他们出来吃饭可以吧，以我们这个工程的名义，请他们到外面考察一下可以吧！他们在机关为了什么，为了面子，当然也想把权力寻租，你满足他不就得了，但得有个度，因为我们是国有企业！"戚志强有几分气愤和几分无奈地开导着曹汉亭。

"戚总，我明白了。为了把这个小区建好，我什么样的委屈都能受！"曹汉亭有些悲壮地说。

"这是个游戏规则问题，你明白了而且又愿意去用，你就能进入他们的游戏圈了，不然你永远不行。我们国有企业的负责人，与那些不负责的行政领导之间的游戏，就是与狼共舞，既要跳好，又不能被他们伤着！"

戚志强又点了一支烟，烟雾弥漫开来。

"汉亭，那个零号楼论证进展如何了？"

"我认为可以，有很大的前景，也与市房地产开发公司接触了，他们想要4000万，但我觉得还能压。"曹汉亭很是兴奋地说。

戚志强陷入了思考。现在的零号楼处在郊区，建业大道刚开通，两边的商业网点、居民住宅、建筑物都还没有形成规模，冷冷清清。市开发公司刚把主楼的基础和主楼一层的框架完成之后，由于资金问题停下来了。这是市里命名的"零号楼"。这是一个很有前途的烂尾楼。如果把它改成星级酒店，将会有不错的回报。戚志强认准了这一点。是呀，这是一个不错的投资机会。

"我们买这个烂尾楼关键看的是未来，看的是能不能争取到市里的更多优惠政策。你摸到的情况怎么样，社会上有什么反应没有？"戚志强对曹汉亭说。

"唉，说起这事，我都忘了给你汇报了呢。"曹汉亭有些激动地说，"前天中午，我请武汉设计院的工程师吃饭，同在大厅里吃的还有另外一桌。吃着吃着，我就听背后有人说，哎，听说天泉要买零号楼盖，天泉人比别人多长头吧，他买也盖不好，他们也想蹚浑水从中摸鱼，上面准备查呢！我听到这里，真是怒火万丈呀。立即站起来，指着那人的鼻子骂，我说：'为啥故原市的经济发展不上去，为啥故原市的城市建设搞不好，就是有一帮子人吃锅里屙锅里！自己不干事，人家干点事还幸灾乐祸去找麻烦！天泉是故原人民的，零号楼建成是故原的，不光是天泉的！扒掉了零号楼，造成的损失可有你一份！'说过之后，我抓起桌子上的酒杯，啪地一摔，说不吃了，走！"

曹汉亭接着说："戚总，我真怕这事将来会遇到问题。我们就是买了，他们也许会找麻烦的。"

"汉亭，你刚才说得对，说得好！我支持你。现在就不对了，我们怕他什么，随便他吧，他想咋弄咋弄！我戚志强也不是好惹的！"说完，戚志强从椅子上站了起来。

戚志强和曹汉亭围绕着零号楼谈了起来。

戚志强告诉曹汉亭，跟市房地产开发公司谈判时要讲究手段，要把价压下来。它要价高，咱就还价低，这个楼我们天泉不买，别人就不敢买，也难买起。要从4000万谈到3500万，另外，让市里把这个楼周围的那些地再划拨过来！

最后，戚志强还安排曹汉亭一条，必须让他们房地产公司经理给他打电话，说戚志强救了他一命，感谢天泉，不然的话，这事不做！

这就是我们的戚志强啊！市里的人不是牛吗？他就是要打孩子给大人看呀！曹汉亭得意地在心里笑了起来。

曹汉亭离开之后，戚志强躺在转椅上，眯起了眼。他想起了一句话，匹夫之勇非天下之大勇。唯卒然临之而不惊，无故加之而不怒，忍小忿就大谋，方才大勇也。与政府有些人相争斗，其实有时候就是与狼共舞，无大勇是不行的。

戚志强在盘算与市里，严格地说是与施天桐如何走这步棋。

曹汉亭根本不知道小区建设遇到难题的真正症结。这个症结就在施天桐身上。市房地产开发公司是施天桐一手弄起来的，这个零号楼也是他提议建的。现在弄到这个样子，其中最重要的原因，是他的情人肖馨从中伸手造成的。他必须要把个带屎的屁股擦干净了。曹汉亭以为找到了一个大便宜，其实这是施天桐故意安排人推荐给他的。

这个烂尾的零号楼的确是个大便宜，但必须让施天桐作为让步，他现在可以以盘活为理由，也要以支持天泉发展为理由把价格压低，这样，既从表面上支持了天泉的发展，更重要的是也为自己洗净了身子。戚志强看透了这一点，这是施天桐在这件事上的软肋，这也是为天泉争得利益的支点。

戚志强清楚地知道，零号楼天泉不收购下来，那个天泉小区的规划和土地划拨问题和配套费用减免、税收减免就不可能真正落实。

曹汉亭啊曹汉亭，你看到的只是表面，但实质问题你一点也没有通啊。但也不能让你知道，你只要会干就行了。戚志强刚才之所以没有告诉曹汉亭这些问题，就是觉得做事必须要有信息不对称，只有不对称了，才能从中获得别人得不到的。

臣不秘误事，君不秘误臣，君臣不秘误国。

戚志强顺着这个思路，又把宋戈的事在脑子里演绎了一下。

说宋戈是一个难得的人才，有些过了，但绝对是块可堪造就的璞玉，戚志强这样认为。他一样这样想，真正能做国有企业负责人的，必须要懂得一些政府和政治，而且品格好，其次才是市场头脑和思路与干劲。宋戈现在具备这种基础，而且他又是施天桐这些市里领导同时认可的人，他到天泉来，如果能发挥好，无疑又为天泉和市里架设了一个桥梁。

你不是想给戚志强加沙子吗，王莫平我不要，但宋戈我要。一个组织和一个企业一样，要有不同声音。戚志强这些天通过思考和分析，决定给施天桐一个意想不到：戚志强就是要接纳宋戈，戚志强有这个气度，天泉不是来一个什么人就能搞垮的！

再者，戚志强觉得必须要培养接班的人了。就像一缸鱼，不放进条鲇鱼，其他鱼就没有活力。不能培养单个的接班人，要培养一个优秀的群体。有这个优秀群体，在一个整体高水平上产生的优秀的分子才是真正优秀的人，指定谁当接班人，重点去培养谁，不培养还好，你要一培养，他就非给培养垮了不可。这就像康熙定太子一样，定谁谁完蛋。一是定了他他就成了众矢之的，二是他个人很可能就失去了进取心。

宋戈也许能接下这个担子呢。

虽然这样决定了，但戚志强觉得他不能就这样把这个坡给施天桐了。

他要为天泉赢得最多，这个时候不赢，连施天桐都会骂他傻×的。

他要与施天桐再做一笔交易了。

这当然不是第一次，但也绝不会是最后一次。

打手击掌

　　人是天生的政治动物。作为雄性的男人，对权力的向往是天生的常态。

　　施天桐的人生追求从来没有改变过，那就是做官，做越来越大的官。在这一点上，戚志强过去是与施天桐一致的。他曾经开玩笑地说，连大街上的疯子、傻子都喜欢穿制服和戴大檐帽，可见常人对权力有多大的向往了。

　　戚志强如果不调整自己的人生坐标，也许现在也能像施天桐一样做到市长的位置上。过去，戚志强一直是想寻求一个做大事的机会，那就是要从政，做个市长书记什么的。可随着年龄的增长，阅历的增加，他越来越清楚地认识到自己根本不可能真正意义上从政。自己是一个草根人物，没有背景和后台，要想做大官是不太可能的。

　　也就是前年，市里给他挂了个副市长的名后，他突然觉得从政的愿望彻底消失了。那些天他反复地思来想去，何谓从政？从政就是要有自己的政治抱负、政治理想、社会愿望、价值标准，并能得以推而广之，变革现实，造福百姓。自己有这种境界和实现这些的能力与机会吗？没有。这就不得不坚定在企业干的信念。企业虽小，但他可以尽最大可能实现自己的理想，能提供他表达人生追求的一个小舞台。

　　戚志强仰在老板椅上，思考着他与施天桐的差别。

　　施天桐确实是块做官的料。最根本的是他知道如何"做"，而且能"做"得出来。为了把官做得越来越大，他会想尽办法去做一切有利于使官越来越大的事，在他的价值判断里，没有对与错，只有与做官是否有利。这一点,戚志强做不到。做不到的原因,其实也简单,那就是不愿意违背的东西太多,对企业看得太重了。

戚志强感到了自己这样做的苦与累。仰在椅子上的身子,一点也不想动。

这时,电话铃丁零零、丁零零地响了。

戚志强折起身子,看到是那部黑色的电话在响,就坐起来,准备去接。这部电话,知道的人并不多,能是谁呢?应该是施天桐吧。

他的判断果然正确,电话那边就是施天桐。

"志强吗,要注意身体啊,最近很忙吧?"

"市长大人管着那么多事,更忙,你更要注意呀,你关系着咱故原市几百万人啊!"

"你还不明白做官呀,不就是开会、听汇报,真正忙的是你们企业家呀。"

戚志强知道施天桐找他有事,但就是不主动问,继续与他绕圈子:"施市长,什么时候我们再喝一场酒?"

"我可没心情喝呀,心烦得很。"施天桐在电话那边叹气。

"什么事呀,还能让你心烦?"戚志强故作吃惊地问。

施天桐停了一下,说:"戚总,书归正传,你什么时候有时间,我想找你谈谈。"

戚志强当然明白,施天桐是想让他到市里去,但戚志强觉得现在他必须要占住上风,他不能跑到市里去,现在是施天桐求他,那就必须要施主动来。于是,就说:"市长大人,我正要请你来公司视察一下呢,有时间来吗,我也好受教诲呀!"

"那你安排个时间吧。"施天桐可能觉得这样说有失自己市长的面子,就紧接着补充道,"我后天下午没有安排活动,就后天下午吧!"

"那好,就这样定了!"戚志强放下了电话。

两天来,戚志强一直盘算着如果与施天桐摊牌。他知道施天桐此次找自己,一定要谈零号楼和那130亩小区用地的事。他推测着施天桐一定会在小区用地上让步，然后要自己答应把零号楼这个摊子接下来，他这个带屎的屁股再不擦就在故原臭气冲天了。

但戚志强没有想到的是，施天桐在这些事上，会那样快刀斩乱麻，干净利落。

这天下午，施天桐的白奥迪准时来到了天泉。当门岗打电话给戚志强时，戚志强竟有些手忙脚乱。按礼节他是应该在大门前迎一下的。

戚志强走到办公楼一楼楼梯时，施天桐的车已经停在了楼门前。施天桐一个人从车上下来了，今天连秘书都没有带。

握手，寒暄。

"市长，先到车间看看吧，我们刚试制出一种新酒！"戚志强征询着施天桐的意见。

"好啊，我要领略一下戚总的创举！"施天桐笑道。

他们两个谁都明白，到车间去只是一种序幕，真正的戏就要开演。因此，在车间这一遭就显得潦草而迅速。

到了戚志强的办公室，两人落座，啜茶。

"这茶不错，铁观音吧，不过应该是清明后采的！"

"施市长果然茶道高手，佩服，佩服。"

"好了，我们今天也不盘道了，我就直接说吧。"施天桐又啜了一口茶。

"天泉这些年发展不错，对市里贡献很大，市里呢，当然要大力扶持，为天泉的发展竭尽全力。"

"感谢领导关心。"戚志强心里想，施天桐呀施天桐，你真是正话反说的天才呀。

"天泉要在市里解决职工住处的事，我考虑了，那130亩地，划拨，但土地出让金不交，是不能给你办土地使用权证的！各种费呀、优惠呀，能免的免、能减的减、能优惠的最大限度地优惠！最近我就开现场会，把相关部门的人全叫来，当场拍板，全程跟踪解决！现在这些职能部门的人呀，真没法说，一句话思想不解放、观念不新，像这样下去，故原的经济如何发展！"施天桐说得很爽快，也很有气魄。

戚志强知道施天桐会对这130亩小区用地让步，但没有想到他会这么爽快，不给土地使用权证有什么，反正是职工自用，能办房产证不就行了吗。从他与施打交道这么多年的经验判断，事情绝不会那么简单，施天桐一定是要有条件的。戚志强决定以静制动，装作很是感激地说："感谢施市长，戚志强代表天泉全体员工感谢你的支持！"

"这是我们应该做的，政府嘛，企业纳税了，我们就应该帮你们排忧解难！今天我还要告诉你一个好消息呢。"施天桐说到这里，故意卖了一个关子，借喝茶，停了一下。

戚志强没有问，只是用眼神表示出他的关注。

"天泉不是要三级跳，从这里走向市区、走向省城、走向全国吗，每一跳都要有落脚的地方是吧，我要把建业大道上的那个零号楼给天泉。戚总，你天泉愿意接这个盘吗？"施天桐说罢，点上一支烟。

戚志强对零号楼早已考虑得清清楚楚了。他心里有些得意，他决定按自己设计好的框子给施天桐扳扳劲。

"市长，那个烂尾楼，我多少也知道些，债务、债权关系复杂，但地方是个好地方，天泉想要，想把它改成星级酒店，但我怕扯不清啊！"

"那你的意思还是不愿意了？"施天桐望着戚志强。

"我十二分地想要，但我想得商量个接盘的办法。原开发商不是欠工行3500万元的贷款吗，那就让工行把这个楼收抵，然后拍卖，天泉正正规规地去接盘不好吗！"戚志强开始将施天桐的军了。施天桐最怕的也就是这个，因为银行一申请收抵，司法就要介入，施天桐的情人肖馨从中得的实惠就一清二楚了。

施天桐对戚志强的这种想法一定是早有准备的。他笑了笑说："老戚，你呀，就喜欢拉细屎！那样做不是不能，关键是会给各方面造成不良影响的。直接给你，你要不要？你肯定要，但你是有条件的。说吧！"

戚志强知道火候到了，决定向施亮自己的底牌。

"我只承担银行的 3500 万贷款，而且市里要把楼前的 6 亩地无偿划拨过来。我建酒店不能没有停车位吧，再说了，我还要再投入 2000 万呢，酒店建好了，又给市里提供了一个稳定的税源。"

施天桐盯着戚志强，盯了足有十秒钟，突然笑了："还是你会算账呀。你什么时候能建成开业？"

"元旦开业！"戚志强说这话是有依据的，他早经过认真的推算了。

"好，一言为定！"

施天桐把右手掌伸出，瞅着戚志强，他要与戚志强打手击掌。

两只右手握在一起，都各有想法地笑了。

两只右手松开的时候，施天桐突然又说："既然戚总有这个气魄，我再给你一个优惠：酒店开业后，从地税每年返还 50%，时间五年！"

"好！"戚志强虽然立即答应了下来，可他还是对施天桐的决定有些吃惊。

戚志强想了想，施天桐今天这样的做派，一定还有交易要与他做，这一定是关于威尔乐葡萄酒公司的事。这件事，火可书记也已经找他谈过，而且也只有天泉才能把这个摊子收下来。但他不想就这样顺利地让施天桐实现自己的目的。他要为天泉在这件事上，再争得些利益。

说实在的，施天桐是一个爽快人，尤其酒后。这些年来，戚志强与施天桐所争的许多事都是在酒后定下来的。戚志强决定关于威尔乐的事在酒桌上谈。

两个人喝酒是最容易进入状态的。一个小时不到，一瓶天泉御酒就被戚志强和施天桐一人一杯地喝完了。但戚志强就是不谈威尔乐的事。

第二瓶打开的时候，施天桐有些沉不住气了。他与戚志强碰了酒杯，并不喝，用手端着，说："戚总，威尔乐的事你考虑得如何？火可书记说给你谈过了。"

"是谈过，可它的资产不实，债权相抵，净资产所剩无几，我无法收购！"戚志强态度坚决。

施天桐端着酒杯，笑着说："你真能算到骨头缝子里啊！天泉有你戚志强在，不越做越大，天都不容呀！"

"我们企业呀，我不能不算账，我进来的是真金白银，我流出的也是真金白银呀！"戚志强也笑了。

"你看这样行吗，天泉对威尔乐实行零收购，但要承担所有债务。不过，我可以在政策许可下免你的税，所免税额直到与债额相抵！"

戚志强好长时间没有答话。他倒不是在盘算划不划算，而是在感叹，企业的命运还是掌握在政府官员手中啊，政策就是效益，一句话就可免税，一句话就顶企业挖空心思干多少天！

"市长，你知道，我做事是有自己底线的。"戚志强看着施天桐说。

"那你的意思？"施天桐有些急地问。

戚志强笑了笑，然后说："做人没有底线是不行的，当然，这事仍在我的底线之上。"

"到底行不行？来个爽的！"施天桐把自己的酒杯咣的一下碰到戚志强的杯子上。

"一言为定！"戚志强说过后，又补充一句，"现在，宋戈不是在清威尔乐这块资产吗，你把他也一齐给天泉吧！"

施天桐愣了一下，他没有想到戚志强会突然提出这个要求，但他略一思考还是当即应了下来："好！一言为定！"

两个人接着喝酒。

但每个人都在思考同一个问题：今天为什么会有这个结局？

行军床

施天桐有两大"宝物",一是沙盘,二是行军床。

他从小就喜欢看打仗的战斗片,而且迷恋那指军作战用的沙盘。小的时候自己用土块在地上、木板上垒。工作后,他办公室里就有一个一米见方的木盘,他用橡皮泥根据自己的想法去做,而且十天半月就得再重新做一次。

这两件宝物现在还都在他的办公室里,都跟随他十几年了。

这床,已经破得很了,有些支撑不住他的身子了。但施天桐一直没有舍得换,修了坏,坏了再修。这张床从施天桐当乡长那年,就在他办公室里放着了。现在他当了市长,这张床依然在办公室的套间里。

从床上起来,施天桐的心一点也没有轻松。

他不仅没有如释重负,反而越发沉重起来。

当你感觉到路的前面肯定有陷阱,而又不知道陷阱在哪里时,心里最害怕。施天桐现在就处于对看不到陷阱的担忧,甚至是恐惧之中。

按说,戚志强一下子把零号烂尾楼工程和威尔乐揽了下来,真是解了施天桐的围,去了施天桐的两块心病。但施天桐找不到戚志强这样做的理由,没有因的果是不存在的,但他又是为了什么呢?施天桐认为,戚志强绝不会这么爽快地给他来收拾这两个烂摊子。零号楼和威尔乐公司对戚志强来说,是有利可图,而且是大利可图。凭他的运作能力和天泉的实力,戚志强通过资源整合,是能给天泉带来利润的。难道他真是这样想的,这中间就没有其他目的?施天桐心里有些不安。

戚志强是有股子虎气,魄力十足,但他也有猴气,鬼点子也不少。这一点,施天桐是知道的。在过去的十几年中,施天桐是领教过戚志强的招数的。虽然他没有被戚志强伤得太狠,但每次斗法都没有赢过戚志强。

这一次，你戚志强卖的又是什么药？想到戚志强要宋戈去做总经理，施天桐更是有些摸不着头脑。他明明知道宋戈是我的人，为什么偏要他去呢，难道他不怕身边埋着一颗炸弹！

施天桐一个人静静地思考着，推测着。

这时，手机响了。

"在哪儿呀？"那边传来肖馨绵绵的撒娇声。

"办公室呢！"施天桐有一周没有见到肖馨了，还是有些激动。

"今儿胃口怎么样？"

"胃口好得很，想吃你！"

"老色狼，还不知道谁吃谁呢。你快来呀！"

合上手机，施天桐就出门了。

车子动了，施天桐想着肖馨的话，却有些陶醉地笑了。从七年前第一次与肖馨在一起时，他就喜欢与她做爱了。他经历的女人不下一个排了，但肖馨是搞体育的，身体好，尤其是大腿和小腹特别有劲，每次做爱，施天桐都能找到那种被死死钳住的感觉。这种感觉，让施天桐一直迷恋着肖馨。

从市府大院到紫竹苑小区，十几分钟就到了。

施天桐把车子停在车库，见院门是开着的。他径直走了进去。这是他以肖馨的名义买下的一栋独体别墅。

这时，肖馨已经把自己洗好了，披着那件鹅黄的睡衣，眼睛迷离地躺在床上候着了。施天桐走到床前，吻了一下肖馨的额头："宝贝，我要吃你！"

"我都洗干净了，吃呀，吃呀！"肖馨搂住了他的脖子。施天桐顺势压了下去。

"老施，他怎么突然会替我们擦屁股了，他可明知这上面有屎的！"

"这虽然是有屎的屁股，但还是屁股呀。"施天桐是不太愿意深层次地与肖馨谈论这些事的。

"说不定他也想趁烂摊子发点财呢！"肖馨亲了一口施天桐，有些得意地说。

"中国的企业人必须给政府有一条腿，难道他戚志强不是冲着这来的。"

"你是说企业家与官员就是情人关系了？"肖馨有些不解。

"企业家不做某个官员的情妇，就是许多官员的性伙伴，要么就是随时可骑的妓女，不然他就生存不下去！"施天桐有些得意地说。

"男人被情妇所害的太多了，你要小心！"肖馨在施天桐的脖子上咬了一小口。

"不至于吧！"

"我看不一定，他接下这两个烂摊子，说不定就是从中找你的把柄，然后把你给杀了呢！"肖馨动了动屁股，显然是被压得不太舒服了。

"不会吧！"

"如果真是这样呢？"

"真的又如何，我施天桐做的事我相信还不至于落到戚志强这小子手里吧！"

"老施，说真的，我有些怕。"肖馨望着施天桐的眼睛。

"怕什么！"

说罢，施天桐又真的在肖馨的身上晃动起来。

激情男女的夜最短。

似乎话都没说完，新的一天又来了。

新来的一天，带给施天桐的并不像昨夜的愉快与舒心。

九点钟，宋戈就来到了他的办公室。

"威尔乐的事弄得怎么样了？"施天桐看了宋戈一眼。

"不太理想。"宋戈有些为难地说。

"咋了？把资产尽量核实就行了，也不要怕净资产少，改革就要成本嘛，不要怕人说闲话！"施天桐望着宋戈。

"就是闲话多，大院里的人和天泉的人都在传。"

"怕议论就不能做事了，人长着嘴，除了吃喝就是说话。传什么？"

宋戈有些迟疑，在看施的脸色。

"我最讨厌看我脸色说话的人了，有什么屁就放！"施天桐对宋戈的表现显然不满意。

"都在说威尔乐被周大兴掏空了，说戚志强同意收购威尔乐的股份，是给你擦屁股，你们有交易。"宋戈停了一下，见施还在等他下面的话，就接着说，"天泉公司一些人也反对收购威尔乐，而且，传言如果王莫平敢去天泉就要把他轰出去！"

"反了天了！"施天桐从转椅上起来，生气地说。

宋戈也从沙发上站了起来。

"这是要对我做文章了，醉翁之意不在酒嘛！"施天桐说罢又坐了下来，他要稳定住自己的情绪。

"你分析背后是谁？"施天桐盯着宋戈。

"据说是天泉的燕克仁，我分析极可能是他。"

"为什么？"

"一是他一直是我的反对派，我做的事他基本都反对；二是他对我有成见，他作为工会主席是不想让我担任总经理的；再说这些年我观察他对市长你也是有意见的。"宋戈小心地分析着。

施天桐听罢，笑了。笑得宋戈有些摸不着头脑。

"你回去吧，抓紧清核威尔乐的资产，天泉收购协议签订之日，就是你去天泉上任之时！至于那些闲言碎语，你别管，下午就召集有关人员开个现场会。"

宋戈离开后，施天桐就开始琢磨参加现场会的人员了。

在施天桐的工作方法中，开现场会是第一大法宝。尤其是遇到棘手的工作时，他总是要开现场会的。他的现场会与别人的不太一样。这种会可以在办公室开，可以在会议室开，可以在工作现场开，也可以在酒桌上开，但要根据情况不同而定。他往往是把相关的人召在一起，不等他人说话，就先把自己的想法一二三四五地说出来，然后让你一个个表态。

现在，他决定把这个现场会的面扩大些。把相关的、对威尔乐有可能产生议论的部门和人员都叫来，要用这场会来压住这些闲话。

想完会的事，施天桐有些累了。他又躺在套间的行军床上，眯着眼，想休息一下。

这张行军床可以说就是施天桐的影子，他一躺在上面，就会有一种力量被补充到身体中。这张床从施天桐当乡长那年，就在他办公室里放着了。施天桐虽然文化不高，但他爱学习，工作更是卖力，过去常常睡在办公室。

躺在床上的施天桐，脑子一点也没有休息。他在考虑燕克仁。

燕克仁在天泉做厂长的时候，与施天桐关系是相当不错的。那时，施天桐是经委主任，一心想把天泉抓出起色，为自己脸上贴点金子。天泉真为施天桐的仕途起到了大作用，随着天泉的发展，他也由经委主任升任副市长。当然，后来戚志强去后，天泉有了更大的发展，施天桐也随着自己分管工业而副书记、市长。

在这个过程中，他发现燕克仁才干平平，心术也不太正，加上他曾经以过去的事要挟过自己，施天桐早想拔了这颗钉子。过去一直没有机会，现在有了！

施天桐从行军床上起来，伸开左臂，又伸开右臂，然后，做了个扩胸运动。

对，这颗钉子要拔！

第三章

这块牌子

　　天泉收购威尔乐，而且必须把它给盘活。这一点，戚志强是有把握的。

　　他的信心不仅来源于天泉的经济实力、销售渠道，也不仅仅是戚志强对自己能力的信任，更重要的是天泉御酒这块牌子。

　　品牌太重要了。可口可乐的总裁说过类似的话：戚志强可以自豪地向世人宣布，现在把我们所有的厂房设备资产全部烧光，我们只要凭着"可口可乐"这块牌子，很快就能建一个全新的公司！是的，产品的知名度及商标品牌无形资产因素，在经济生活中的作用是何等的令人瞠目结舌啊！

　　几乎所有的名酒，都有其发端的历史的缘由。汾酒有，五粮液有，杜康有，但历史最偏爱的，还是今天的"天泉御酒"。天泉御酒这个品牌的成功，是得益于故原这块土地的。

　　故原古城，涡水环绕，樯帆林立，水岸码头沿岸排列，上接黄河、下连泗淮，直至江海。全国药商云集这里，建会馆、辟街道，以省市命名的就有三十多家。富商大贾的楼台亭阁，商行药栈，秦楼楚馆，鳞次栉比，处处人声如潮，汉歌清音，无昼无夜。

走进故原，你就走进一部浩瀚的历史长书中去。这里曾是神医华佗的第二故乡。华佗对故原人今天的贡献，不仅是妙手回春的医术、世界第一的麻沸散和五禽戏，更重要的是，他给家乡人民留下了种草药的传统和技术，使这里盛产多种中药材，每到四、五月，故原就成了药花的海洋。

酒有"百药之长"之说，《本草纲目》上也有明确的记载。在药都，怎能没有酒的生产？在"百礼之会，非酒不行"，以礼为重的故原，更不可能没有酒的生产。酒业在故原历史上是占着十分重要地位的。《故原志》记载，这里出产的酒品有高粱酒、明流酒、小药酒、双酸酒、福珍酒、三白酒、老酒、竹叶青、状元红、佛手露等二十多种，酒品之多，可知酿酒工艺之发达。宋朝时，这里的酒课（税）已在十万贯以上，位居全国第四，酒税之大，可见产量之巨，酒业之兴盛了。"徽酒"这些历史上的优势，可能在全国目前的白酒厂中，也是独一无二的。

故原人谈到"天泉御酒"时，总是说，这是华佗留下的一笔财富。在这种观点的指导下，也有一些人，否定天泉人的功绩，尤其是对戚志强的功绩表示不屑一顾，理由很简单，似乎也很在理：没有华佗留下的这段历史，能有你天泉的今天吗，能有你戚志强的今天吗？你戚志强不干，我们照样干得很好，也许，比你更好。想到国人的劣根性，戚志强心里就有一种蔑视。如果没有占故原市财政收入70%的天泉集团，138万故原人还吃什么！中国人的心态，真是太复杂了，太难以理喻了。当然，戚志强从不排除"人外有人，天外有天"的事实，也许另一个人来天泉，而且遇上这个改革开放的年代，天泉会更好。

想到"天泉御酒"这块牌子，戚志强总是喜欢沉浸在对历史的回忆中。

《故原志》记载，明万历年间，家住与天泉有一百里之遥的当朝阁老沈理，把天泉酒上进皇宫，万历皇帝饮罢连声称好，钦定此酒年年进贡。这是天泉酒作为贡品的又一真实记载。这口酝出贡酒的天泉，现在就在天泉集团总部内的天泉亭下，并被省人民政府列为"重点保护文化遗址"。飞檐赤柱的亭下，仔细地看了看这口井，水平如镜，井中还安了抽水管，跟普通砖水井没有什么两样，外表上绝看不出她的苍老古气。但她确实已有1400多年的历史了。许多事都是这样，真的反而像假的，假的倒反而像真的！

经久不息的民间传说的真实性，虽然不能与史志相比，但要比史志生动得多、趣味得多、风流得多。

关于"天泉御酒"的传说，光我们听到的，就有六七个版本。

一说：道教始祖李耳，即今天国内外人们所称赞的老子，两千三百年前在减店以杖划地成沟，因系太上老君仙杖所画，地涌仙泉，故减店之水能酝名酒。记者在老乡的带领下，真的在天泉集团二里多远的地方，找到了这条"柱杖沟"，沟内有水，清澈可见游鱼。其时，沟的两侧，几百亩小麦青中带绿，甚是茁壮。

二曰：曹操在故原为汉献帝选妃，献帝见一村姑骑在土墙上，不悦。那村姑原是真人不露相的"清风仙子"，未被献帝选中。"清风仙子"知道献帝昏庸，汉宫将倾，遂盛妆而现出绝伦美色，微笑着投入天泉之中，自此，井水甘美无比。

又传：一姓陶女子八岁父母双亡，只得跟着哥嫂采桑喂蚕。一天忽听杀声四起，原来有一将军被人追赶，遂把将军用辘轳筲藏在井中。这被救的将军，后来封为咸王后，把陶女接到宫中，齐心合力治理国家。再后来，咸王死了，陶女的泪水把坟地冲成一口井，这口井里的水，就像奶汁一样馥香浓郁，后人便取水造酒。

一个人取得了大的成功，总会有一些神秘的光环照在他的头上。戚志强有时想想别人关于他的传说就有些好笑。

戚志强有福啊，他把埋在地下两丈多深的那口宋井也给挖出来了！

在天泉镇，老辈子就传说那里有一口井，说是里面有皇帝的黄马褂子，井口上面盖着一块红石板，不能掀，一掀得红半边天。人们找多少年都没找到，光用钻头往地下钻眼，就不知道钻了多少个。

后来戚志强当厂长，天泉发展大了，盖文体馆挖地基时，在六米深处就挖到了这口井，上面还真的盖了一块红石板，巧的是红石板上还有钻头打下的印子。戚志强立即叫停止施工，请专家一鉴定，就是那口找了很久的"宋井"！距今已有900—1000年了，戚志强恭恭敬敬地弯下腰，搬开那块"红石板"果然红光闪闪，映红了半边天！往井里一看，嚯！井里面居然还有酒器等物，戚志强等人毕恭毕敬地把这些"神物"请到天泉酒博物馆敬上。将"宋井"重新淘过，修葺一新。现在成了一个景点了。

文字也罢，传说也罢，史实也罢，神话也罢，但你只要到了这块土地，你就会感到这是一块神秘的土地，一块处处弥漫着酒的醇香和神秘传说的土地。

在这块土地上，上了五十岁的人，几乎都会唱这样一首歌谣："西至故原东到亳，中间有个五色河（红河、青河、白河、黑河、黄河），五色河里水清澈，五色河是个美酒窝！头顶白云，身裹绿风的红河，从天泉集团院外一华里前，淙淙流淌。'水为酒之血'，不舍昼夜的红河水，就是'天泉御酒'源源不断的血液啊。"

现在，戚志强决定要用天泉御酒这块牌子，来整合威尔乐时，就不能不想到前几年的事。那时，天泉走俏全国市场，天泉镇的人都纷纷办起了酒厂，一下子办了近百家。当时，任副市长的施天桐要戚志强把这些小酒厂收购在一起，成立天泉御酒集团。戚志强坚决给顶了回去，他与施天桐的深层矛盾也就源于此。

而今，这些小酒厂，不是死在别人手里而是死在那一窝蜂上，这么多酒厂，质量又不好，谁喝啊。这一点市里也是有责任的，一下子批了那么多的酒厂，是考虑故原的经济快速发展，但，这些小厂不争气呵，搞假酒，假冒天泉商标，不仅大都自取灭亡了，而且现在还影响着天泉的声誉啊。

戚志强心里想明白了，但公司的其他人未必明白。当收购威尔乐的消息一传出时，天泉一些人就议论开了，担心把天泉的牌子给坏了。

威尔乐是葡萄酒，而天泉御酒是白酒，两者都是酒。戚志强决定把威尔乐的牌子留着继续用，毕竟它还有一些固定的客户，但要用天泉的影响力重新上一个"天泉葡萄酒"。只有这样，才能把葡萄酒不费力地放在"天泉御酒"的销售渠道中。同时，还可丰满天泉的酒品体系。在天泉御酒的渠道中卖葡萄酒是不矛盾的。

从品牌兼容性上说，收购威尔乐，百利而无害。但关键是以什么价格收购威尔乐，如何剥离威尔乐的不良资产和债务。这是天泉与威尔乐谈判的焦点。

戚志强自己已经算了一本心账！

紫宫之夜

施天桐决定到天泉去一趟。

过去，他也基本上一年要来七八次的。天泉毕竟是故原市的工业支柱。现在，施天桐到天泉集团来得更多了。零号楼的协议与天泉签过了，有许多具体的事还需要进一步沟通与协调。更何况威尔乐的事也到了推牌的时候了。

今天，施天桐带着副市长王莫平又一次来到天泉。不过，他事前没有通知戚志强，只是快到的时候才给戚志强打了个电话："戚总，我与莫平市长五分钟就到天泉！"

"当然欢迎了。怎么也不早通知一下，我去迎你！"戚志强想到他们一定是为威尔乐的事而来的。无事不登门呀。

戚志强放下电话，接着跟销售副总史建明谈话。

施天桐和王莫平的车，很快就进了天泉公司大门。见办公大楼下没有戚志强，施天桐心里先是一愣，接着拉开了车门，走了下来。他没有急着上楼，而是招呼王莫平在楼下看一下花园。天泉四季酿酒，空气中充满酒分子。植物也贪杯，植物吸收了这种特殊的空中肥料，就生长发育特别好，花木树叶葱茏一片！

看了两分钟，见戚志强依然没有下来，施天桐就有些自我解嘲地笑着说："我们上去，偷袭戚志强！"

刚到三楼的楼道，戚志强的声音就传了过来：

"别说了！如果是别人的想法都和我一样，那就说明我这个董事长不要当了。我的想法一提出，别人都赞成，那说明我的思想、我的思路远远地落在别人的后头了，我就不配在这个位置上坐，我早就应该从这个位子上滚下来……"

施天桐继续朝前走，快到戚志强办公室门口时，略迟疑了一下，就直接进去了。

"戚总都是敞门办公呀！在训人呢！"

"得罪，得罪，有失远迎啊。"戚志强忙站起来，对史建明说，"你先走吧！"然后与施天桐和王莫平一一握手，让坐。

"太动火气了，要伤肝的。走，陪我们出去转转，消消气。"施天桐并没有落座，他显然是觉得戚志强是在给自己下马威，也就以市长的身份说出让戚志强不容推托的话。

"好啊，领导来了，听你的安排。"戚志强笑了笑。

施天桐到天泉来，并不是非来不可，他不是要在天泉说什么事，办什么事，他的真正目的是要让戚志强与他一道到市里去谈威尔乐的事。他这样做是为了主动。我一个市长都亲自来请你去谈，我看你还能那么较劲吗。

在厂区转了一圈，施天桐对戚志强说："戚总，紫宫迎宾馆就要开业了，我们去那里谈一下威尔乐的事，更重要的是看看能不能开业。你见的世面多，你去看看！"

施天桐对戚志强说话是有特点的，他的话，从字面上看都是在询求戚志强的意见，其实骨子里都是一种不容推托的语气。戚志强也就只好答应了。

快五点的时候，戚志强的黑奔驰随着施天桐的白奥迪，向市区飞驰而去。

紫宫迎宾馆不在市区，是在市区的东北角。穿市区而过的洵水河，在市区的东北角发了个汊子，河汊向北伸，然后转出来再入洵水河，河汊与洵水河间就弯出一块小岛，而洵水河水从小岛的正面向里浸，就使小岛成了剑头形状。略要从洵水河的南岸看，这个小岛和四周的水一起，十分像女人的子宫。

施天桐早就看中这块地方，他觉得特别有意思。故原的风水大师丁慎东也有同样的看法，他认为这是宝地，在此居住能得到大地母亲的滋育，特别有利于人休养。施天桐从小就成了孤儿，对母亲有别人没有的那种依恋情结，他认为在这个酷似女人子宫的地方住下来，一定对自己大有裨益。于是，他就接受丁慎东的建议，让市政府在此修建了这座宾馆。

本来就想直接把宾馆叫作"子宫迎宾馆"的，但考虑到子宫不太好听，就改成了"紫宫迎宾馆"了。他是喜欢紫这种色的，他与情人肖馨住的紫竹苑也有一个"紫"字。

车子穿过一个小桥，就进入了迎宾馆的大门了。

宾馆现在一切都配备齐了，正在试营业。戚志强是知道的，也听过关于施天桐与这个迎宾馆的一些传闻。但他还是第一次进来。

整个宾馆小巧别致，苏州园林风格，建筑是典型的白马头墙、墨瓦、廊柱式的徽派风味。进得里面，却是现代化程度很高的星级酒店标准。施天桐先带着戚志强参观了一下。穿过室内走廊，在宾馆的最后面，竟是一个高档的游泳池。

吃过晚饭。施天桐让王莫平也走了，他要与戚志强单独谈谈。

谈判是单刀直入的。

施天桐点燃一支烟说："戚总，威尔乐资产核好了，估计你已经知道了，就是那个数，你定个盘子吧。"

定盘子是施天桐这些官员的术语，就是拿意见的意思。

戚志强想了想，说："威尔乐虽然账面净资产还有1125万，其实它没有一点流动资金了，而且银行负债1300万，已经资不抵债了，已经不存在出卖了！"

"账不能这样算，它的无形资产呢，它的设备可都是才用三年不到呢，天泉收购了，很快就能发展起来！"施天桐笑了。

"收购是能收购，但看如何收购了，企业人可是无利不起早的啊！"

"当然有利，我就是把这个利让给天泉的。当初你不也是拍板的吗！"施天桐呷了一口茶。

"收购行，查查我的历史，说过的话还没有不算数的，但你得给条件。"戚志强笑了。

"说！"施天桐也笑了。

"天泉只承担银行贷款1300万，而且要请市长大人做工作，对今年要还的700万中行贷款展期一年！"戚志强不容推托地说。

"收购后，你准备注入威尔乐多少资金？"

"我要还掉600万贷款，同时要投入500万到600万的流动资金，1200万元左右！"

施天桐对此没有发表看法，但他知道戚志强还会有条件要提，就变被动为主动地说："你有条件吧？"

"当然，我要求市里地税这一块，每年返还30%，总共三年。"

"这个我有些难办，能不能换个条件？"

"不行，对困难企业从地税返还，政府是有办法的。现在威尔乐这个样子，我们的经营确实困难！"戚志强寸步不让。

施天桐考虑了一下，然后说："好吧，我回去找相关部门开个现场会！还有吧，你都说出来，今天我们定好了盘子，马上就可以签字了，停工一天的损失太可怕了。"

"这一个不算难事，我要对威尔乐的人进行重组，尤其是管理人员，请市里的各位大人们少给我打电话，写条子！"戚志强态度坚决地说。

"那当然，政府不干预企业经营行为嘛。不过呀，不能让人下岗，这可是故原安定团结的大局啊！"施天桐用手轻轻地敲着桌子说。

……

戚志强与施天桐的谈话，一直到十点多才结束。在施天桐的邀请下，他们下了游泳池。

在洗澡的时候，人们都脱光了，就放松了。施天桐和戚志强现在的谈话，就没有了刚才的严肃与沉重。

"志强，你成天说你不懂政治，其实你对政治是非常精通的。你比我都强。你问题思考得深沉，你手段、手腕都可以。弄政治一把好手。"施天桐仰在水面上。

戚志强抹了一下脸上的水，说："施市长，你这一说我真不好意思了。我懂啥政治，不懂。我这个人就适合干个企业，干个企业还凑合。还是这一块料，我干其他的我根本不行。"

"不对，你绝对是政治上的一把好手，你非常精通中国的政治。"施天桐笑过，接着说，"志强，你比我强。多年实践你比我强。你的知识渊博，你不仅懂经济，你还懂政治。"

"市长，随着年龄的增长，干的年头长了，要说经济上我比你知道的多一点，干企业比你知道的多一点，这我还能接受。你是管宏观的，管大事的。我管企业，这样年年练着，企业经营我懂。政治上我都是一窍不通。"戚志强说。

"志强，你都骗我，你成天弄那一套骗我。"施天桐大声地笑了。

两个人接着向前面游去。

穿衣服的时候，施天桐说："戚总，你要的那个宋戈，什么时候我给送去呀？"

"市长，我正要给你汇报呢，我的意见是最近就让他来天泉，最好在天泉与威尔乐签字之前。"戚志强说。

"好，我明白了，就依你！"施天桐从小姐手里接过上衣。

戚志强走出紫宫，望着如钩的明月，突然想起了谁的一句诗来：一钩足以明天下，何必清辉满十分。

快十二点了。紫宫之夜一片静谧。

千层底

戚志强决定要去见一个人。

这个人就是市委书记,火可。收购零号楼和威尔乐这样的大事,不见一下市委书记是不行的,就像高空杂技演员不系保险绳一样,摔下来的可能性极小,但毕竟不能排除。

在国有企业干了十五年,戚志强慢慢地体会到一个真理,国有企业资产是国家的,企业经营者是政府让你去的,让你去同样也可以随时让你下台。必须把政府官员当成保险绳,而不能仅仅靠法律、规律来保险。法治也是人来完成的,当然还是人治大呀。

决定要见火可后,戚志强就给他准备了一件礼物,一双手工千层底布鞋。

千层底布鞋,又简称千层底。戚志强的嫂子是个做千层底布鞋的高手。

她虽然64岁了,但做出的活儿却比年轻时还刮净。鞋底是用白洋布一层一层铺的,每铺三层就沿一次边;然后用钢针一针一针地纳,鞋底的针脚细而密,且有立体感的楼梯暗纹,喻示着步步高升;鞋面是纯黑手织棉布,绱好之后,又用刚出锅的热馍把布的细毛沾净。简直就是一个工艺品。

戚志强是两个月前请嫂子做的了,当时请她做了两双,一双是40码的,一双是42码的。这双40码的就是给火可书记做的。

来到火可的办公室。戚志强还没有落座,就开口说:"书记,我今天可是来给你行贿了!"

"你还行贿,你啥时候给别人行过贿呀!坐吧,坐吧。"火可书记笑着说。

"真的,我就是来行贿的,你看。"说着,戚志强把那双布鞋从包里掏出来了。

火可接过来,仔细地看了一下,翻过来又看了一下,然后说:

"好啊，几十年没穿过了，这鞋可是养脚啊！对了，我能穿吗？"说着，就想试。

"那试试！"戚志强把椅子挪过来。

火可换上，在地上跺了两下脚，高兴地说："合适，合适！我收下了，这下我的脚就不受罪了。"

"这么说，我送晚了！书记的脚不舒服，走不好路，我们就没办法弄了！"戚志强笑着说。

"好啊，不说这些了。你收购零号楼和威尔乐的事如何了？"火可坐了下来。

"正要给领导汇报呢。收下零号楼就意味着天泉要向酒店业进军，收购威尔乐就是要向葡萄酒发展。关系到企业方向的事，必须给你汇报呀。"戚志强接过火可递过来的烟。

"你对，企业多元化发展如何看？"火可问戚志强。

"专业化也好，多元化也好，关键是什么？关键是看你一个企业的支撑力如何。一是看你的品牌有没有足够的支撑力，二是看你的管理支撑力如何，三是你的人才有没有支撑力，四是你的经济实力和资本支撑力如何。假如你的支撑力足以达到，就可以进行多元化，搞品牌延伸，走兼并收购的路子；假如你的支撑力达不到，那你最好走专业化的路子，不要追求低成本扩张，把你的单一品牌塑造好就行了。"戚志强很是认真地说。

"在这个问题上，我认为天泉有了比较清醒的认识，天泉前些年一直不走多元化就是表现。现在这个支撑力强了，就该向多元化发展。不能把鸡蛋放在一篮子呀，一烂全烂！"火可显然对戚志强的做法是认可的。

戚志强和火可都是最喜欢谈话的人。而且两个人也谈得特别投机。

"天泉过去没有按一些人的思路，走多元化的路子，虽然得罪了人，但企业没有走进误区。"戚志强准备给火可倒倒苦水。

火可喝了一口水说："是呀，我们不少官员为了政绩和升迁，往往迫不及待地插手企业的内部经营，越俎代庖，企图以行政手段来促使经济的腾飞，结果却往往是违背了经济规律。"

"官员们渴望升迁，这本来无可厚非。但关键的是靠什么升迁？在以经济建设为中心的今天，经济业绩的大小往往就代表着政绩的多少。而经济业绩的衡量，又是一些抽象的数字，比如经济增长速度、利税指标、效益指标等等，这些东西强制性'卡住'了多数官员的升迁之路。行政官员们插手企业的内部经营，企图以行政手段来促使经济的腾飞。结果却往往是违背了经济规律，欲速而不达，最后不了了之。而其造成的后果，乃至于恶果，却必须由企业来承担，这样就给我们国有企业的经营者们留下了包袱、埋下了隐患。"戚志强一气说了这些话，又像他在开会时演讲一样。

火可也点上了一支烟，有些激动地说："深刻，深刻。偏颇的政绩意识实际上直接导致了政企不分、政企难分。经济规律却并不以某些人的意志为转移，尤其是市场经济条件下，一切都要从市场需求出发、从群众的各种需要出发。这种立足点的变化，往往就使我们平常只知上传下达的官员们手足无措，不知道自己究竟该向谁负责才好。这实际上也是一种政府关键职能的定位问题。"

火可有些激动，站起来，穿着这双崭新千层底布鞋，在沙发前走来走去。

戚志强也站了起来，继续说："你们官员们最好的策略是让市场说话、让企业说话，多听听我们的意见，多研究一下我们的呼声。因为经济建设的成就，最终要由市场来评定，而不是由官员来论定。但目前中国的现实恰恰多与此相反，我们必须面对的就是这样一种现实。"

"经济业绩的大小不一定就是政绩的大小。正确的政绩意识应当把经济发展与社会发展协调起来。对经济业绩也必须全面地看、长远地看，要杜绝'官出数字，数字出官'的不良现象。许多重要的经济业绩，并不是都能以数字来衡量的，也不是一时一地就能衡量全面的。"火可也像在开会讲话一样，一口气讲了这番话。

戚志强见火可一直望着自己，突然笑了。

火可也笑了："我们好像在演讲比赛呢！"

从火可办公室出来，戚志强在心底笑了。他为与火可达成共识而高兴。戚志强始终是清醒的，他必须要征得火可的理解和支持。这些年的企业经历让他越来越成熟了，对于企业来说，尤其是国有企业，抓住了政府领导就是抓住了依靠，取得了他的支持，企业经营者才能安稳下来，也才能对企业做长远的规划。否则，你只会搞短期行为，损失的不仅是企业，个人也失去了发展的机会。

我老老实实按市场规律做企业，为什么非要绞尽脑汁地讨好这些当官的呢？想到这些，他就有些难受。他为自己这种违心的做法而难受。当官就是好呀，自古就有官商，国有企业家就要做官商。戚志强突然觉得自己也应该再提升一下级别。

级别问题对于行政官员们是至关重要的。级别不仅代表着一定的权力、一定的能力、一定的社会地位，同时，它还是一种"永久性待遇"的别称。现在，各行各业的人们只要业绩显著，干得出了名后，总是要寻求一定的行政级别，挂上"级"，然后才能心安理得地享受与众不同的待遇。戚志强想，我不是要待遇，我是要企业在政府中的话语权。

"对，还要运作一下！"戚志强从心里想。

于是，他决定再去见一个人。这个人在省里，是从故原走出来的，现在是一位副省长了。见这个人，同样也得带礼物。

礼物准备好了，就是那双42码的千层底布鞋。

讲故事

曹汉亭是个急性子，有时就像鸡毛一样，见火就着。

他接到戚志强让他深入谈零号楼的事，就有些急了。他一急，就把戚志强要求他的话给忘了。这不，又一次来找戚志强拍板了。

"戚总，都谈好了，都是按我们的要求！什么时候签协议？"曹汉亭问戚志强。

"我教你的谈而不崩、议而不决、决而不办,忘了吗?狗还能吃了日头!"戚志强有些不快地说。

"那,谈好了为啥不签呢,早一天是一天呀。"曹汉亭不解地问。

"他答应的小区那块地的批件都拿到了吗?你不要以为市长的话就不会变,变得最快的就是那些当官的!"

"我以为他们都答应了,就与零号楼一起签呢。"曹汉亭道。

"先把那个小区的事全办好了,办不好,零号楼的协议就不签。再一说,拿下零号楼就要投进去5500万呢,钱不弄好,签了咋办。"戚志强望了一眼曹汉亭。

接着,戚志强拿起了电话:"老庄吗?你过来一下。"

曹汉亭立即起身说:"戚总,我明白了,我走了。"

两分钟之后,庄之讯来到了戚志强的办公室。

庄之讯还没坐下,戚志强就说:"老庄,现在我要用9000万,能给我弄出来吗?"

"要这么多钱做什么?"庄之讯有些吃惊。

"你说你能不能弄出来吧,两个月之内!"戚志强盯着庄之讯说。

"没有啊,一时真抽不出这么多钱。"庄之讯有些为难。

"我是说让你想办法弄呀,银行的钱多少没有啊!"戚志强见庄之讯为难的样子,就笑了。

庄之讯也笑了,笑得也很为难,只是脸皮动了一下。从银行也难啊,他昨天才与工行谈过。

戚志强递给庄之讯一支烟,自己也点了一支,吐了一口烟,才说,"别急呀,收购威尔乐要3500万,还银行贷款。收零号楼也得3500万,也是还银行贷款,而且还要2000万完成烂尾楼的工程和装修款。没有钱不行啊!"

"这么多钱,你准备咋办?"庄之讯问。

"威尔乐的贷款,我基本谈好了,市里必须协调农行把贷款向后展期一年,这是收购的条件。但你也得去给银行运作一下!"戚志强看着庄之讯说。

"那没有问题，只要市里出面协调一下，我想能成。咱在农行的授信额度还有 5000 万呢。"庄之讯说。

"收购零号楼和建的钱，也得从银行弄。我想还选工行，你看行吗？"戚志强征询庄之讯的意见。

"工行可能不行，零号楼欠的就是工行的贷款。你让他们再给你贷，而且贷款用途还是这个零号楼，到省行的审贷会也不能通过啊！"庄之讯停了一下，接着说，"为零号楼贷款的事，周孝贤都恼得快要吐血了！"

"就因为还不上？"戚志强问道。

"不是，当初市开发公司那 3500 万贷款，是施天桐用恐吓的办法弄出来的！"庄之讯一提这事就想笑。

"你说说。"戚志强还真没有听说过，还有这事。

于是，庄之讯就讲了起来。

那是三年前，施天桐当时是副书记，分管着政法。开发公司向工行贷款总是贷不下来，施天桐就祭起了他的撒手锏：开现场会。

一天晚上，他把公安、检察、反贪、法院和开发公司的一把手叫到酒店。人都到齐了，他才打电话给工行行长周孝贤，让他来开现场会。周孝贤一到，看见桌子旁坐的人，就有些找不着北了。这是什么现场会？他想，有开发公司的人在场肯定是为贷款的事，那还要公检法的一把手干吗？正在疑惑间，施天桐开口了："今天我们也腐败一次，把工作与吃喝混在一起吧，在酒桌上开个现场会。来，先干一杯！"说着举起了杯子。

你来我往，喝了半个多小时后，施天桐端起酒杯对周孝贤说："周行长，你们银行垂直了，我这个书记按说是管不了你了，"施天桐把酒杯放在嘴上，喝了一小口，又接着说，"但我还是要为你服务呀，今天我把公检法的人都叫来了，你工行以后有什么事尽管说！"又喝了一小口，然后继续说，"你们几个，以后服务要主动些！"

一个月后，这笔贷款就下来了。

庄之讯讲完，戚志强笑了："这就是施天桐，他可是什么事都能做得出呀！"

"那你看，周孝贤还会贷吗？"庄之讯看着戚志强的眼睛。

"我想好了，解铃还须系铃人。这款还只能工行才能贷出来，你给我约一下工行的周行长！"戚志强态度坚决地说。

戚志强确实已经想好了。

他的运作思路，其实很简单。那就是以零号楼地块和已建工程评估后，抵押贷出3500万，把原来的那3500万的贷款先还上；然后，再以零号楼后期建设为理由，由天泉担保再贷出2000万。这种办法能不能运作成，关键看工行如何做资料。戚志强对银行已研究到精通的地步。做企业不研究通银行，就是没有负债机会，就不可能赢得更大的发展。

如何说服他们？戚志强也已经有九成的把握了。

第三天，周孝贤被约到戚志强的办公室。

戚志强没有直接给周谈贷款的事，而是随便聊起了天。聊了大概有一个多小时，戚志强很自然地说："周行，有一个问题我想请教你，行吗？"

"戚总臭我了，我哪有你见识广呀！"周孝贤说。

"其实，这是一个朋友的问题，问题在故事中，"戚志强吸了一口烟，接着说，"说，在美国有一个华人，从台湾跑到美国纽约做生意失败。他女朋友是香港人，他的女朋友对他说，限他三天之内返回香港，不然的话，两个人就得吹掉。当时他口袋里没有钱，就向朋友借款，借了一千美金，但是从纽约到香港的机票，一千美金是不够的，再借也借不到钱。他该怎么办呢？"

戚志强讲完之后，就问周孝贤："你是行长，搞的就是资金运作，你认为这个小伙子该咋办？"

周孝贤想了一下，说："我一时想不好，想先听听你的。"

戚志强笑了，然后说："要我说，迫于这种情况，他应该到大西洋赌城去赌一把，赌输了，命该如此，反正借不到钱回不了，去赌一把有可能赢，赌赢了还有回香港去的可能。"

戚志强说完。周孝贤笑了："戚总，我知道，这就是你的性格。"

"不，这不是性格的问题，我认为是一种必然的选择。如果说能代表我的性格，那下一个故事才真能呢。"戚志强笑着说。

"愿听其详！"周孝贤对戚志强说。

"好，我讲。"戚志强又掏出一支烟，继续说，"一位伐木工人带着锯到深山老林去伐木，结果树锯倒了，但砸住了自己的腿，一抽抽不掉，旁边没有人，一抽一疼昏过去了，一抽一疼又昏过去了。他终于明白了一个道理，与其我在这里慢慢等死，不如我把自己的腿锯掉。于是，他自己把腿给锯了。"

讲完之后，戚志强才点着烟，吐了一口，没等周孝贤说话，就态度鲜明地说："我就佩服这样的人。聪明而果敢！"

"戚总，这次我真明白了。关于贷款的事，你就给我兜个底吧，我看你是咋想的！"周孝贤笑着说。

戚志强也笑了，他没有客气，就直接对周孝贤说："赌一把是不是正确呢，高位截肢是不是正确呢？它们都是在特定的环境下最佳的选择。现在，你工行在零号楼的贷款问题上，就处于这个特定的时候。你贷给天泉后，就可以把原来那3500万逾期的还掉，如果天泉不收购这座烂尾楼，你这笔贷款就沉淀了下来。"

戚志强喝了一口水，继续说："当然，工行这样的贷款也不是一笔。听说，在海南，你们工行从房产公司收抵的一片地，退潮时是滩，涨潮时是海！"

戚志强与周孝贤的谈话，不觉间就到了十二点。周孝贤被留下来吃饭。

酒桌上，周孝贤同意了戚志强的看法。他端起酒杯说："戚总，你放心，我一定运作好。你这是为我解套，我没有理由不运作好！"

戚志强和周孝贤两人，痛快地连碰了三杯。

第四章

黑着灯

一定得到他家去一趟。

宋戈在他到天泉上任前的第三天早晨,就给戚志强打了电话。

戚志强很爽快地答应了,并且就定在当天晚上八点。

7点50分,宋戈就来到了戚志强的大门口。让宋戈没有想到而且也为难的事发生了,戚志强家黑着灯。

这明明是约好的,怎么家里黑着灯,一个人没有呢?是打电话,还是敲门,宋戈一时拿不定主意。

其实,宋戈不了解戚志强和他的夫人吴冰哲。

吴冰哲最怕的是别人到她家串门,尤其是春节啊、节假日或者是晚上。她这样做有两个目的,第一是不希望志强太累。白天厂里忙一天,晚上还要陪人说到深更半夜。第二点不希望人家拿东西,在故原串门一般都不会空着手。这一点她跟戚志强一样,不希望占人家便宜。吴冰哲常对来他家的人说,你们都在企业里的,你们都是工人,你们也挣钱,志强也挣钱,我们肯定是日子比你们还好过,戚志强要你东西干吗。人家也说,每个来的人,他心思不一样,有的是求事,有的是确实希望感谢你一下,或者有的人是真心实意地想给你戚总拿点东西。但吴冰哲不管什么动机，她确实不想人家拿东西过来。

随着戚志强的事业越做越大，吴冰哲也觉得越来越累了，而且不是一般的累。她除了不愿见送礼办事的人，更不愿见当官的，因为她是戚志强的老婆，她随便说的话，在别人眼里就可能代表某一种意思，而且是戚志强的意思。她经常是不出门、不说话，像一个尼姑似的守着自己的清净。

宋戈不了解这些，就有些作难。正在这时，灯突然亮了，戚志强从屋门向外走来。

"宋戈吗？进来呀！"戚志强边开院门，边说。

"黑着灯，我以为家里没人呢。"宋戈说。

"这都是冰哲，她习惯了。她做饭都黑着灯，反正楼后面的灯可以射到我们厨房里来。她情愿借着楼后面的灯光做事，也不希望有人来。"戚志强解释道。

"是呀，一直是黑着灯，来的人一看前后都没人，就走了。做企业家也难啊！"宋戈笑道。

落座之后，宋戈开门见山地说："戚总，我来是登门求教的，过去喜欢听你的宏论，现在更需要了。"

"这个谈不上，不过我在企业干了15年，我的感触还真不少。现在我们是一家人了，作为老大哥，我可以谈谈想法。"戚志强点上了一支烟。

宋戈把屁股向前欠了欠，真诚地说："我真想听听啊，而且要按标准去做！"

"企业的经营者，是一个特殊的群体，不仅要有一般的标准，还要有以经营发展企业为己任的特殊标准。在当前企业中选拔人才的标准就是一句话，具有民主思想的铁腕人物。"戚志强喝了一口茶，接着说。

"标准是什么？我认为不能够把选择公务员的标准混同于选择企业经营者的标准，像选拔公务员那样来照搬选拔企业的经营者，是不合适的。企业的经营者，它是一个特殊的群体，不仅要有一般的标准，还要有以经营发展企业为己任的特殊标准。"戚志强说到这里，突然想起两年前他与省委张副书记的那场谈话。

那次，来天泉考察企业家队伍的建设，问他企业家的标准是什么？他说不好讲。他给张书记讲了一个故事。

在美国的西部，有一条河流，河两岸住着一对热恋中的情人。有一次突发洪水，隔断了他们的相会。年轻的姑娘为了见到自己的情人，千方百计地寻找渡河工具，找啊找，后来碰到一位船夫，问船夫能不能把她送到河对岸，船夫说可以，但要求姑娘同自己睡一夜才可以送她到河对岸。姑娘没有答应，最后在万般无奈之时，答应了船夫无理的要求。姑娘到河对岸见到自己的情人，如实地诉说了思念之苦。这个小伙子不但不表示同情，反而勃然大怒，把姑娘赶出门。这时，这个船夫把小伙子痛打一顿，把姑娘送走。这就提出了一个问题：谁是最可敬的人？谁是最可怜的人？谁是最可恶的人？

如果按照西方的标准，最可敬的人是那个船夫，最可怜的无疑是那个姑娘，最可恶的人应该是那个小伙子。如果按照东方的标准就不一样，评价那个船夫是乘人之危的卑鄙之徒。谁能当厂长，谁能当经营者，关键是用什么标准出来找。

戚志强把这个故事给宋戈复述以后，又掏出一支烟。宋戈连忙拿起火机，给戚点上，"戚总的标准是什么呢？"

"首先必须具有民主思想，因为只有推动民主的进程，加大民主的改革力度才可能推动企业的发展。如果一个企业不民主，决策不民主，不能够贯彻法人治理结构，不能把几个层次搞好，这个企业就发展不起来。过去厂长一人说了算，那是落后的东西。现代企业应讲究科学民主决策，讲究科学领导艺术，讲究董事会集体领导，讲究互相监督制衡。但是，在当前的中国，仅有民主思想还不够，在市场不成熟、不规范的情况下，还必须有铁腕。具体地说，第一必须有思路，有思想。思路不清晰，那就是乱想乱干，胡思乱想。

第二必须要有干劲，要勇于把自己的思想贯彻落实下去。第三，还要品行端正。如果品行不端正，那么就难以带领大家，我们的职工、管理层就不服气。"

戚志强说话时很有意思，他老用眼盯着你的眼，让你有时感到心里发怵。但有时，你正面与他的眼光相对，却又发现他根本看的不是你，而是把你当成了演员练台词的一面镜子。现在，他就是像是在发表自己的演说。

"做企业的主要负责人，品行端正特别重要啊！"戚志强望着宋戈，很有感触地接着说，"在品行端正上，我认为至少要做到三条，要把握好三个底线，或者说做到'三不'：一是不贪财，在企业里做，想贪财、想贪污受贿非常容易，我们的约束机制，在某种程度上还都是苍白无力的。研究研究企业就知道，必须要有一个很高的境界，才能成就一番事业。打一个比方，在你面前，放着一个一分的硬币、一个二分的硬币、一个五分的硬币，首先让你拿，你拿哪一个硬币，都是你的劳动所得，只是让你第一个出来选择。你要记住：永远不要去拿那一个五分的，也不要去拿那一个二分的，你要主动去摸那一个一分的，只有这样大家才能服气。"

宋戈喝了一口水，抬眼望着客厅的正面挂着一幅字。又认真一看，见是戚志强自写自题的小诗：

无题

男儿无怨亦无愁，
不慕华衫耽诗酒；
万千云烟缀素襟，
横箫直上明月楼。

他就说："戚总不仅字写得好，诗写得也好啊。以诗言志，大气磅礴。什么时候，也请您给我写一幅字啊。"

"只要不嫌写得丑，以后吧。"戚志强没有拒绝宋戈，是他感觉自己有点喜欢上宋戈了。他就是这样的人，一旦决定信任你，对你就会敞开心怀。

他又点了一支烟，继续说："我记得有人说过这四句话，以无为而为，以不争而争，以不胜而胜，以无私而私。以无私而私，具有多么丰富的辩证思想啊！以无私始，以实现劳动所得的私而终。你把企业做好，得到的不仅是五分，可能得到的是五百。可能有些人知道我的收入，一年收入大约二十万。我没当厂长的时候，一个平民的子弟，没有想到能当上厂长，更没有想到能拿这么多钱，根本没有这个思想准备。但是你这个企业做好了，就能实现无私而私的劳动所得。这正应了50年代中国的一句口号'我为人人，人人为我'。作为企业家，在大家工资收入都不高的情况下，加上中国多少年的平均主义影响，'我走路你就不能坐车'，那么贪财就缺乏境界，无法带领大家前进。要时刻抑制自己的私欲。"

戚志强是一个很知道尊重别人的人。他自己一口气说了一通自己的看法后，突然觉出听话的宋戈只有听，就转过话题用"你看怎么样"的词儿，来把宋戈纳入他的谈话中去，但这并不是就要他说多少话。

他给了宋戈一支烟，又接着说："二是不贪色。作为企业的经营者，参与错综复杂的活动，要是贪色的人在这个位子上就干不好。贪色是要花钱的。我们都是工薪阶层，收入都不太高，哪有这个钱？没有这个钱，就想歪门邪道，要么是贪污，要么是受贿，要么是吃回扣。三是不赌博。一个经营者够不够水准，有没有潜在的风险，关键看他赌不赌博。赌博是商人的一大戒，万贯家财，一夜之间化为乌有。输了钱怎么办？有权的人只有贪污受贿，工人能偷则偷，能拿则拿。在品行端正上，必须做到三个'不'。这样选拔企业家，可能有人说这三'不'是不是过高了？不高！我认为这三'不'也是做人的一个最基本的标准。"

他们的谈话，一直到十点半。宋戈被送出院门，走了几步，再一回头，戚志强家又黑着灯了。

是啊，现在宋戈才觉得有些走进戚志强的内心，才真正了解了他的另一面。平时，戚志强第一眼给人留下的印象就是，他是一个很难跟着别人的意志走的人。他虽然没有自大狂的表现，但骨子里有一种傲气，他的态度使你感到他有着一种在必要的时候你必须跟着他思路转的魄力。

走在路上，宋戈感觉到心里沉甸甸的。

做一个好的企业头人太难了。

亮　相

"叫燕克仁到我这里来，下午三点！"

中午快下班的时候，施天桐走到外间，他站在门的里面对梁明说。

梁明起身说："好，我马上找他！"

下午两点四十，燕克仁就来到了施天桐的办公室，严格地说是来到了施天桐办公室的外间，梁明的办公室里。此时，施天桐正在他的那张行军床上睡着呢。

三点半的时候，梁明听到施天桐在里面的卫生间里洗漱。又过了十分钟，他小心地敲了一下自己右首的门："施书记，现在可以了吗？"梁明称施天桐从不称市长，且是只称书记的。

"让他进来吧！"施天桐在里面说话了。

这时，梁明才推开施天桐的门。他一边推门，一边对燕克仁说："进去吧！"

于是，燕克仁迈着碎步走进了施天桐的屋里。

"克仁来了，坐，坐。"施天桐嘴里说着，但并没有让座的动作。

燕克仁有些局促地站在门口："市长找我！"

"坐吧，坐吧。"说着，施天桐对梁明说，"给克仁倒杯水。"

燕克仁半个屁股坐在施大桐对面的沙发上时，施天桐说："克仁，听说你对我的决策有意见？"

"不，不，我敢有意见吗？"燕克仁赶紧说。

"没事，有意见提嘛，我们是共产党的干部，就欢迎群众提意见呀！"施天桐笑着说。

"没有，没有，市长。我哪有什么意见呀。"燕克仁讨好地说。

"好，直爽，我们党就需要这样的干部！你说吧，我就是想听听来自基层的意见呢！"施天桐望着燕克仁说。

"没有，真没有。你当市长了，你忙，我就是想见见你。"燕克仁说。

"克仁，说嘛，搞社教那会儿，我们还在一个被窝打通腿呢。"施天桐大声地笑着。

"没有，真没有！"燕克仁站起来说。

"别这样嘛，我知道你对宋戈有意见，那可是市里的决议呀。可不要走个人主义的路线呀。听说小宋跟咱家的小女儿燕鑫过去谈过？可不能小心眼啊！"施天桐望着燕克仁说。

"哪能呢。"燕克仁嘴角笑笑说。

"那就好！我告诉你，克仁，小宋到天泉去是戚志强的安排，你可要对那些闲言碎语注意啊！"施天桐突然绷着脸说。

燕克仁脸色有些灰地说："那是，我一定会支持市长的工作。"

"你错了，不是支持我，是支持市里的工作。宋戈到天泉去，有什么问题，我可要拿你工会主席问斩哟！"施天桐笑了一下。

"好，你放心，市长，我燕克仁保证。"

"那就好，市委、市政府就放心了！你工作忙，你就先走吧！"施天桐起身说。

"好，我走了！"燕克仁有些勉强地笑了笑。

燕克仁走后，施天桐对秘书梁明说："叫宋戈过来！"

不一会，宋戈就来到了施天桐的办公室。

施天桐对宋戈说："宋主任，叫你来，你肯定知道为什么？你高升的日子到了！"

宋戈有些不好意思地说："市长，全靠你栽培！"

"不能这样说，这是工作的需要，也是你能力的体现啊。有什么感想？"施天桐笑着说。

"没什么，只是有些怕，我能担当起吗？"宋戈说。

"什么担当不起，革命时期18岁当军团长的多的是，市里对你是看重的。有什么困难吗？先丑后不丑，我们会帮你的。"施天桐起身走向宋戈。

"市长，我不怕什么，只是不知道到天泉我该怎么办？"

"你不是要知道该怎么办，而是要知道不该怎么办。除了不该干的，都应该干。"

施天桐说罢，宋戈装作不解其意地皱了皱眉头。

"没什么，我只告诉你一句话，国有企业就是共产党领导下的市场经济下的企业，你把握好三七开就行了。"施天桐点着了一支烟。

"请市长明示！"宋戈从沙发上站了起来。

"坐下，坐下。我告诉你，有时候是七分经济三分政治，有时候是七分政治三分经济。说到底，市场经济是社会主义体制下的经济嘛！"施天桐把烟灰弹了一下。

"市长，你是说，我要处理好关系？"宋戈有些试探着说。

"市场经济就是人情经济嘛，你按照自己的理解办嘛。市场经济是没有定式的，你放心地去吧，天泉那边没有事了！"施天桐把烟按在了烟灰缸里。

"放心，市长，我会按规矩办的！"宋戈说。

"既然如此，我就放心了，你去吧，明天就去！"施天桐从班台后面站了起来。

宋戈回到家里之后，就考虑着上任之时应该说什么。对于天泉来说，他过去工作过，应该是熟悉的陌生人。面对天泉过去自己的一切领导，如何处理自己的位置，又如何体现自己总经理的位置？宋戈真的有些不知所措。但他觉得戚志强是一个厚道人，他作为天泉的主心骨、核心人物，应该主动与他沟通一下。

施天桐是一个说办就办的人，第二天一上班，他就叫组织部部长到自己的办公室："今天上午就下文，建议宋戈为天泉集团公司的总经理！"

文件果然下午就到了。宋戈接到文件后，就给戚志强打了个电话："戚总，我还想去给你汇报一下？"

"宋经理，我接到文件了，晚上我请你到咱天泉宾馆吧！"戚志强笑哈哈地说。

"不敢，我只是想给你提前报到一下！"宋戈说。

"不必了，晚上天泉宾馆见，就这样定了！"戚志强说。

晚上，戚志强单独见了宋戈。他给宋戈说："如果按我的想法，你明天坐公交车去天泉镇，不要带车，我在车站接你！"

"好，我听戚总指示！"宋戈说。

宋戈打完电话，陷入了不平静之中。他在思考明天的亮相自己应该说什么。

第二天七点，宋戈就起床了。他把自己收拾了一下，就向公共汽车站走去。

从市区到天泉的汽车只需要二十分钟。七点五十，宋戈坐的公共汽车就到了天泉镇车站。

让宋戈有些吃惊的是，一进车站，他就看到了一幅红布标语：热烈欢迎宋总到天泉任职。

宋戈从车上下来，迎面站着的就是天泉集团接他的人群。人并不多，只有八个人，站在前面的是一个手捧着鲜花的小姐，紧挨着的是一个个子高高的小伙子，再下的人宋戈都认识了，是董事会六个成员。天泉公司唯一没来的董事会成员就是戚志强。

宋戈首先被送上一束鲜花，接着就是闪着白光的照相机和摄像机。

几分钟之后，宋戈被迎入一辆黑色的本田轿车中。

五分钟后，车子就停在了天泉会议大楼的门前。这时，戚志强已经迎了上来："欢迎宋总到天泉来！请！"

宋戈到了二楼的会议厅，里面已经坐了四十多人了。宋戈知道，这是天泉集团副总、子公司老总和部门负责人都在场了。

宋戈被引向了主席台。

没等戚志强介绍，下面就响起了掌声。

掌声过后，戚志强说："同志们，现在请让我隆重地向大家介绍一位大家都熟悉的老朋友，他就是天泉集团公司总经理宋戈同志！"下面再一次响起掌声。

戚志强接着宣读了市里的建议文件。文件宣读后，他用眼向宋戈征询了一下意见，然后说："下面请宋总讲话！"

掌声响后，宋戈站了起来，向前面的人鞠了一躬，说："同志们，我感谢大家的厚爱！"然后坐下来接着说，"我虽然在天泉干过两年，大家是熟悉的，我依然还要说我是带着三张白纸来的！"

见大家静了下来，宋戈接着说："第一张白纸，是我对企业经营和管理是一张白纸，好在有戚总的带领，有各位的支持，我一定会努力学习的；第二张白纸是我对天泉人是一张白纸，我对任何人都没有成见，都应该说不太了解，我希望我能给大家留下好印象，同时，也请大家给我留下好印象；第三呢，我是一张纸任命来的，一张纸也能把我撤回去，我对天泉是有感情的，我不想回去了，希望大家支持我的工作！同志们，支持我吗？"

下面，愣了一会，掌声响了起来！

参 拜

昨晚，是两个同学为宋戈祝贺升迁的酒。

宋戈作出今天去认真地参观，不，是参拜一下天泉酒文化博物馆的决定，就是受昨晚喝酒时的启发。

在市里，裘万里和夏贯仁是宋戈同学中混得比较好的了。他们一个是组织部副部长，一个是纪委副书记，也都算正处级了。

这样的酒场，来的人不会太多。宋戈想。果如他所料，他一到，见只有三个人，裘与夏，另一个是宋的忘年交韦大华，韦是人大法工委主任。

喝酒不怕人多，就怕人少，越人少，在场的人关系越铁，喝酒越多。这不，刚开始不到半小时，二斤天泉御酒就快喝完了。宋戈喝的肯定是最多的，就有些不想喝的意思。这时，韦大华端起酒杯说："小宋，喝！"

"喝，韦主任叫喝，我喝死也得喝呀！"宋戈虽然这样说，但端酒杯的手还是迟疑了一下。

"能喝八两喝一斤，这样的干部纪委放心！"夏贯仁说。

韦大华又倒上了一杯酒，点着一支烟说："喝吧，我常说，今天喝酒不努力，明天努力找酒喝。你们还年轻，我这快到站的人了，以后想喝也不多了！"

"来，老同学，祝贺你荣升总经理。现在企业吃香啊！"裘万里又端起了酒杯。

"我这算什么呀，要说吃香还是你们三个。组织部是发帽子的，纪委摘帽子的，人大既能发帽子又能摘帽子！你们才吃香呢。"宋戈端着酒杯说。

"万里，宋戈应该是正县级吧？"夏贯仁问道。

"现在什么级都不重要了，在企业能挣多少钱是主要的，级别没有什么意思的。"裘万里说。

"那可不是，现在都要做红顶商人，有个行政级别，就多一道保险绳！"韦大华感慨道。

"好了，我们不说级别这些官场的事了。现在在沿海经济发达城市，人家行政官员在一起也不谈我们这些话题了，谈的都是效益、项目、经营的事。经济越不发达，官本位思想越重啊！"裘万里端起杯子，又接着说，"这就是我这一次到苏南挂职的体会啊。要说那里有什么不同，就是人们把官看轻了，把经济看重了！"

"这倒也是，不过，小宋你还真要好好干，一个人一生其实并没有多少次机会，尤其像你这样的机会。"韦大华很有感叹地喝了一杯酒，又接着说，"天泉走到今天不容易啊，戚志强也不容易。你要想干好，必须要真正地了解天泉的历史！"

"对，我认为你首先要正儿八经地去看一下那个博物馆，也是对天泉尊重的一种姿态！"裘万里说。

对，是应该！宋戈当机做出了决定。明天就去！

天泉酒文化博物馆，投资了1500多万，是请北京故宫博物院的专家设计，山东曲阜孔府建工队施工修建的。其外观与北京故宫太和殿相似。里面陈列从远古时期到近代酒文化发展的一些实物和图片，也展示了天泉的发展。

宋戈本打算自己一个人去看，不想让任何人陪着。可他一出办公室，总经办副主任耿辉就跟了上来。

两个人，走出公司大门，正要穿过马路到对面的博物馆去时，宋戈突然看见几个老太太正在博物馆不远处烧香。

"这是怎么回事？"宋戈有些不解地问耿辉。

"这些老百姓一逢到初一和十五就偷偷地半夜起来，在博物馆门前烧香磕头，说戚总把各路酒神、财神都请这大庙里来了。不上香火供着，光让你天泉的厂发财，哪行？"

耿辉看着前面几个老太婆，接着说："还有一个个体户因靠着天泉发了财，在街上盖了一幢小洋楼，还在咱公司的东侧院墙外盖了一个小庙。里面整天香烟缭绕的，供的是土地神、牛神和青苗神。"

"这里的人封建迷信意识还挺浓的。"宋戈说。

在博物馆宋戈认真地听着解说员的讲解。

天泉御酒在其发展的近2000年历史中，有据可查的有8年中断。新中国成立以后就中断了，1958年，天泉公社在老槽坊上建起一个小酒厂。投料后，发现老池里酿的酒很好，就沿用新中国成立前的老名'天泉酒'，生产的酒，都交给故原糖酒专卖公司去卖。因为当时是公社酒厂，专卖公司就欺负它，压它的价，两家就闹起了矛盾。为了化解矛盾，厂子差一点被砍了。

后来，省食品局工作组的同志，带两瓶到省里让专业的同志品评。大家一致认为：此酒风味独特，近似泸州香型，入口绵，落口甜，回味悠长，国内少见。由此，引起了厅领导和专业同志的重视。

接着，就派人专程来现场查看。他们考察了天泉的酿酒条件和水质资源，并询问遗老，查阅有关资料，掌握了"天泉酒"的生产史料之后，当即提出四条意见：保护好现已使用的两条老池以及空闲的另外两条老池；对现有的两缸酒，除抽样外，进行封口储存，再出酒再储存，听候处理；此酒动用粮食生产，不作私酿违章处理，并建议继续投料扩大生产，下年生产用粮由省厅设法解决；根据房屋条件靠近老池，可以开挖新池，并将此事向县有关部门汇报。

为了确保质量，轻工业厅和食品局又组织专家再次认真品评，并与省内外名优酒相比较，认定该酒香质路子宽广，风味独特。当即贴上"此酒以百年老窖和天泉水所酿，老五甑操作工艺，曾进贡过帝王"的标签，瓶装送中华人民共和国轻工业部食品局酿酒处鉴定。得到部里认可后，1959年1月，省里决定在"天泉槽坊"旧址上由省厅投资30万，先拨10万元，建一家地方国营酒厂。

讲解员指着过去那些酿酒工具，给宋戈不停地说着。

建厂时，才有33个人，12间土墙矮房，一口锅甑，一个车间，七条发酵池。那时候苦呀，生产全靠手工，原料靠200斤重的大筐抬，破碎原料靠人工推石磨，水是用木筲一下一下地提来的，凉渣靠芦席扇、木锨扬。连个温度计也没有，试醅子的温度只能用油灯，从醅子里钻出的碳酸气把油灯吹灭了，就说明酒醅发酵好了。

工人每月只有5块钱，下班后，就回家拿红薯吃。在艰苦创业的时候，天泉人提出来两个口号，"大干特干加巧干，超额完成任务是好汉""擦擦汗，拨拨灯，超额完成任务上北京"。那时候，天泉人谁也没去过北京呀。

走到"老照片"展橱前，讲解员笑着说："那时条件太艰苦了，有一个工人在夜里起来方便时,却找不到自己的鞋子,鞋子被冲进来的水漂走了。原来他那时住的房子,是用草搭的庵子,鞋被冲走了。"

宋戈没有笑,继续朝前走。在一块展板前,站了几分钟后,他看着展板上的文字,低声吟道:

  人担水,驴拉磨
  手拌曲麸用脚和
  老虎灶,士甑锅
  木锨扬凉抬筐拖
  冬用手,夏用脚
  二八月里不用摸
  泥土地,茅草窝
  御酒香甜真好喝
  ……

多么好的诗啊,这不正是土地般朴实、御酒般甘醇的天泉人的心灵写照吗!

宋戈走出博物馆,突然有一种感悟:时间,是可以征服整个世界的唯一力量。它的永恒,使沧海桑田变得短暂,反过来,它的飞逝,又使每一个瞬间成为永恒。

自己能为天泉做什么?自己又能做什么呢!

战山东

宋戈遇到了一个大挑战。

这是他到天泉集团任总经理一个月后。

商场如战场，酒类企业正是如此。春节前，天泉御酒在山东市场还呈上升趋势，可节后一个月，就突然销不动了。虽然，戚志强曾经告诉他，现在卖酒就是卖血，但他没有想到市场会变脸这么快。他必须面对这个挑战，这是他进天泉后的第一个大难题。这个难题破不了，他在天泉人面前的第一个亮相就是失败的。

他决定去请教戚志强。

宋戈走到戚志强的办公室里，戚志强正在看一本书。戚志强知道宋戈的来意，他对宋笑了笑：“小宋，别急，我正想找你呢！你看我手上是什么书？”他把那本已经翻得有些毛边了的书递给宋戈。

"《将军决战岂止在战场》，这本书我没有看过。"宋戈有些不好意思地说。

戚志强开门见山地说："山东人口多，爱喝酒，酒厂也多，历来是酒企业争夺的战场，占领了山东市场就能证明自己的实力。我在六年之内，已经两战山东了，这三战山东要你出手了！"戚志强得意的神色中透着严肃。

"戚总，我只是攻城的前敌指挥员，你是总指挥，我就是来向你讨教的。"宋戈腰板挺直地坐在戚志强班台前的沙发上。

戚志强起身，把宋让到里间的小会客室里。虽然，宋戈来戚志强办公室已经无数次了，但此时他才细想戚的办公室与别人的不同。戚志强的办公室是三间，戚面对门坐在外间，紧挨着的一套间是个小会客室，最里面的套间是戚的书房，里面放着书柜和一个放着笔墨纸砚的大案子。一般的老板总是坐在最里面的套间，最外面的一定是秘书的桌子。可戚总虽然没有配秘书，但冲门坐在外间也似乎不太合适。宋戈想到这里就问戚志强："戚总，你为什么冲着门坐呀？"

"这样不好吗？开门办公，让所有要找我的人都能找到！我建议你也这样。"戚志强笑着说。

谈到销售，戚志强的劲来了，这根神经是他最兴奋的一根神经。他说，市场就是战场，竞争就是战争啊！在这里，克敌制胜的法宝就是，一要运筹帷幄，要敢想他人不敢想的事；二要勇往直前，敢打他人不敢打的仗。戚志强从小就崇拜毛泽东,对他的战略那一套,可以说是相当熟悉的,"阵地战""运动战""游击战",好多战术都让戚志强用到销售上去了。不仅如此,有时候还得使点手腕,这叫"攻城为下,攻心为上"。

戚志强决定把自己六年内两战山东的做法,讲给宋戈。他希望宋能从中悟出这一次再战山东的良策。

一战山东,是以胶东半岛为突破口,把"江苏双河酒挤走,从而控制山东局势"。

时间过去六年了,戚志强仍然记忆犹新。连一些具体日期和数字都记得清清楚楚,他说:

六年前是天泉最困难的一年。酒的许多消费市场开始萎缩,卖掉一瓶酒,都是困难的。但山东是一个销酒的大市场,酒也最多,六种不同种类的酒(白酒、酒精、啤酒、葡萄酒、黄酒、果露酒)的销量,它占了5个全国第一,可恰恰缺的是名酒。当时,双河酒在那里销得很好,可以说是统治了那个市场。一开始我们派销售人员去,一家一家地选择客户,用价格、服务、资金优势,用感情投入,但收效不是太明显。后来,戚志强拿38度"天泉御酒"给他打"胶着"战术。那时主要对手就是低度双河酒,要想从胶东半岛起家,从而控制山东市场,就必须把双河酒赶出去!

提口号很简单,也很响亮,但操作起来就不是那么容易了。我们采取蒋介石在第五次围剿工农红军时,他的德国顾问冯·西克特所设计的作战方案:堡垒战术,既攻又守,一城一池"铁钳"合围。我们派了一帮子销售上的精兵强将,用38度贡酒,一个城市一个城市、一个县城一个县城、一个商场一个商场地去争夺。经过残酷的竞争,占领了一个地盘,就留下来一个人或几个人在那里巩固,保护。前前后后三个月,"天泉御酒"在胶东半岛哗的一下打开了,胶东人整天来买酒。当时,酒商找我要一车皮酒,我就担心这么多咋卖掉?这不是把市场撑饱和了吗?我一问来买酒的酒商,他们说:你去看看,我们山东人是咋样喝酒的!后来,我真的专程去了。了不得啊，10个人一桌，喝38度天泉贡，一搬就是一箱子，就是喝不完12瓶，也得喝10瓶8瓶的，都是用茶杯喝！那时我高兴啊，这个市场真选对了！我就下定决心，必须占领整个山东市场！

接着，我就把"堡垒战术"加以推广。从胶东半岛出发，一个地区一个地区，一个城市一个城市地攻。在攻打困难的时候，我们也还采取"抄袭后路""各个击破"的办法。比如，他双河酒在济南市场上好，我就先去打你的老家，或真战或佯攻，让你掉转兵力或麻痹大意，然后我再打你这个济南市场。我们硬是这样用三年的时间，取得了整个山东市场的制控权。自此，山东市场就一直是我们天泉的生存和发展市场了，其效应是十分深远的。我们在这样一场争夺战中，也培养了一批我们的代理商，这个作用就大了。这一次打山东市场虽然很艰苦，但应该说是非常顺利的，因为当时其他酒厂的作战意识还不那么强，我们是先醒者。"先发制人，后发制于人"呀。

讲到这里，戚志强得意地仰头大笑起来。这时，他一定是想起曹操，及中国战争史上以少胜多范例的"官渡之战"。建安五年，曹操驻军官渡与袁绍相持。大败绍军，当时的曹操看到绍兵大败，绍营大破，是不是也仰天大笑呢？

他又讲了两个制胜的秘密。

春节前，我想出了一个点子，就是你卖我15000箱"天泉御酒"，我奖你一个出国名额。这是针对不少代理商的心理出的一招，他卖小厂的酒可以拿回扣，卖天泉就不能了，一是我们得有账，他怕将来出事，再者我们是共产党的企业，也不敢给他送礼呀，那是行贿罪。奖励你出国总可以吧，再者这也是对商家的一种回报，也是让他们去国外考察一下人家的经商经验，对天泉也有好处呀。

此计一出，大受商家的欢迎，有一个代理商，在不是旺季的时候，一个月光"天泉御酒"就销了上千吨呢，这在当时是天文数字了，天泉历史上从没有过的。好多商业公司就拼命地卖，不卖不行啊，一个名额给谁？你销售科长卖的，你的公司经理、副经理呢？

最后，这个公司的主要领导都拧成了一股绳来卖我的"天泉御酒"呀！后来，其他酒厂再学，效果就不那么好了。因为，我们已经有了另外一个更新的招。

戚志强烟瘾很大，只要一跟人说话，那就是一根接一根地抽起来了，几乎不间断。他说他吸烟只是一种习惯。他吸烟从来不往肚里咽，因此，他吸烟也没有什么讲究，逮着啥抽啥，并非其他大老板非名牌不吸。点着烟之后，深吸了一口，又说，我还有个"贼船战术"也是相当精彩的。

在系列酒的销售上，我们有具体的利润返还，这也是个很好的办法。就是你卖我们多少系列酒，就给你返还多少。当时，戚志强针对许多销售公司还没有小轿车的现实，设计了一个"贼船"，戚志强叫他们上去就下不来：卖400吨中档酒，奖励一辆桑塔纳，700吨就是两辆，900吨就是三辆，1100吨就是四辆……不要车，就给你18.5万元。开始时好多人都卖，卖到200吨时，就发现问题了，有点卖不到。已经卖这么多了，卖不动也得卖呀！他卖到200吨时就要千方百计地卖到400吨，卖到500吨时就要千方百计地卖到700吨。这是一条"贼船"，上去就下不来，下来也得摔断一只胳膊，摔瞎一只眼！搞阶级斗争那阵子不也净是"贼船"，上去了，要是再下来，不判刑也得开除党籍、身败名裂！

二战山东，是在一战山东结束三年后。这一次和第一次就截然不同了，这不再是对山东进行攻城略地，而是采取的"围魏救赵"战术。

戚志强现在完全沉入对往事的回忆之中了。他站起来，用手中的铅笔指着左墙上的中国地图，又神采飞扬地讲起来。

那时，"横空出世"的"孔府家酒"和"孔府宴酒"，通过"我要回家"等一系列广告炒作，迅速红遍整个中国，这是所有酒厂和经济界始料未及的。许多名酒厂纷纷应战，但仍不敌其勇，"二孔"产品所到之处，就势如破竹地打开市场，把其他酒打得七零八落，狼狈不堪。当年"孔府家酒"就一举跃入全国白酒销售前10强，位居第9；次年，"孔府宴酒"又跃入第4名，仅次于"天泉御酒"，利税比上年的增幅是258.08%，"孔府家酒"也上升到第5位，排在了"四川全兴"的前面。这阵势，真让酒厂同行们目瞪口呆了。"天泉贡"也同样受到"两孔"的冲击。天津市场是天泉的老市场，多年来一直卖得不错。"两孔"也看上了这个市场，它就一个劲地攻打"天泉御酒"。

谈到这里，戚志强站了起来，竖起右手，上下摆动说：我真叫它攻得心急火燎，虽然天津市场一年也就是卖八九百吨子贡酒，但谁都知道我"天泉御酒"天津市场卖得好，在天津是头一份啊，丢掉了，自己人心理也受影响，况且还是多年培育出来的老市场。怎么办呢？我就想啊，作战基本上有两大战术，一是"进攻战"，二是"防御战"。别人进攻你这个市场打的是进攻战，我们只有打防御战了；进攻战好打，他专挑你的弱点去打，防御战就难打了，要拼资金、拼广告、拼实力。这时，我想到巴顿将军的一句话："进攻、进攻、再进攻！你进攻我，我也进攻你。"一次洗澡的时候，我突然想到了"围魏救赵"这个故事。对，就来个"围魏救赵！"我去你山东老家打你！

为了打好"围魏救赵"这一仗，我们就组织了一个"天泉御酒山东行"宣传队，这可是"海陆空"立体作战了。我们同时加强了山东各媒体上的广告力度；出动天泉歌舞团，花高薪请歌星杨莹、毛小宁加盟；印刷了精美的《天泉报》特刊"天泉御酒山东行"，"山东行"三字，是选毛主席的手迹，彩色印刷，内容极具吸引力；组织游行车队，敲锣打鼓，散发宣传品；在演出时组织抽奖活动；所到城市的街上都挂上过街条幅，天上放着气球，地上响着喇叭，鲜花美女，载歌载舞……每到一个城市，我是阳春白雪也有，下里巴人也有，演出也有，抽奖也有，完成了广告的最高境界：给消费者沟通感情，给商业客户沟通感情。演出时，代理商就想办法请当地的商业头头、头面人物出来为大家抽奖，那气氛可热闹了。

我们一个城市一个城市地搞，从4月到9月底，一下子搞了半年时间。"两孔"被迫收兵回营，乖乖地给我们让出天津市场！当时，我设想这次活动山东市场，能提高500吨就满意了，实际上增加了千把吨。比如说，枣庄，原来一年不过50吨，这次活动后，一个9月份就销我天泉御酒19000箱，计100多吨呀！

宋戈站起来，小心地问："戚总，战山东花了不少营销费用吧？"

戚志强转过脸望了一下宋戈，突然笑着说："我问你，你见过有羊毛出到狗身上的吗？"

宋戈自嘲地笑了笑，不再言语。

接着，戚志强又说："作为卖酒来说，你始终要有个假想敌，'五粮液''茅台'不是我们的假想敌，我们不关心它，但对我们的假想敌就不一样了，比如'全兴''泸州老窖''宋河''高炉'等等，我们就要密切注意，时刻准备远攻近战了！"

在商战中，一个企业经营者，就要运筹帷幄，决胜于千里之外。

宋戈不知道自己能不能在这次山东决战中取胜。

第五章

下眉头上心头

北京。国际和平饭店。

快十一点了,豪华富丽的大堂里,仍然是人来人往。

宋戈住的2901房间,电视没开,安静得有些让人发怵。他到卫生间很快地冲了一下,就把自己累了一天的身体平放在了床上。

在床上躺了一会儿,宋戈决定给妻子裴芊打个电话。他伸了伸胳膊,正要去摸手机,手机突然响了,来了一个短信。

宋戈打开收信栏,一条让他没有想到的短信打开了:

也许有许多事情无法诠释,比如总想连接你;也许有许多思绪未能明了,比如为何连接你;笑我自多情,无计可消除。下眉头,上心头!

短信没有落款,手机号也十分陌生。这是谁呀?这个时候还给宋戈发这样的短信!一个人的夜是寂寞的。宋戈决定回条短信。他从收到的短信中选了一条:

今夜到明天上午有点想你，预计下午转为持续想你，受此低情绪影响，傍晚将转为大到时时报想，心情降低五度，预计此类天气将持续到见你为止。

宋戈本想调侃一下，也是为了打发一下夜里的寂寞。不想，一会儿，手机又响了，莫不是那个陌生人又回了短信？宋戈打开手机果真如此：

昔日相识今无言，春浅愁浓寄小简，君如梦，难与共？寸心千里，云山却万重。

看完这条短信，宋戈心里有些沉了。这个人一定认识自己，但这个手机号自己却不熟悉。这个人能是谁呢？但从短信的内容和口气看，应该是一个女人。宋戈想按这个手机号打过去，但转念一想，还是算了。现在都快十二点了，给一个陌生女人打电话总是有些不好。但这又是谁呢？宋戈决定回信问一下：

请问你是谁？我的朋友或熟人吗？能否告诉我？

一会儿，短信又回了，是一首五言绝句：

击石易得火，扣人难动心；今日朱门者，可怜怯怯心。

这能是谁呢？宋戈想，既然你能这样一条一条地回，我就可以打电话过去问。他按号码打过去，对方却怎么也不接。再打，已经关机了。

明天还要赶飞机，宋戈也把手机关掉，准备睡觉了。

关了床头灯，他依然睡不着，脑子里还是那个给他发短信的人。这个人能是谁呢？宋戈在脑子里想着可能与自己有联系的女性，有些文化的女性。他突然想到燕鑫。对，肯定是她，手机号也是本市的。于是，宋戈回想了与燕鑫的那一年时光。

宋戈大学毕业就分到了当时的天泉酒厂。那时，燕克仁是厂长，在厂里工作四年后，他爱上了燕克仁的女儿燕鑫。燕克仁是不同意女儿嫁给宋戈的，因为宋戈那时只是一个车间副主任。燕克仁的儿子曾就他与妹妹燕鑫恋爱的事，当面羞辱过宋戈。宋戈那时靠施天桐的关系调去了市经委，他与燕鑫的关系就断了。半年后，燕鑫就与市公安局治安科科长卫相如结了婚，从此以后他们再也没有联系过。

宋戈是真爱过燕鑫的，现在对她依然有那种爱的感觉，只是已深埋在了心底，以至不愿再翻出来，去看她，去想她。宋戈现在回想着，突然有些吃惊，虽然他们同住一城，同在市里上班，自己在经委她在纪委，这些年竟没有碰过一次面，更没有互通过一次电话。世界有时也真大，大得人们这么难以相见。宋戈想，她现在突然联系我，是为了什么呢？

兴奋和不安让宋戈难以入睡。

他怕自己明天误了飞机，就拨了饭店的叫醒服务。明天说什么也不能误了飞机。天泉进驻后，威尔乐的工作闹了起来，有几十个人开始罢工了。戚志强要他回来处理此事。宋戈知道，这一是因为自己对威尔乐熟悉，再者也是想让自己磨炼磨炼，如果处理好了，也是自己树立形象的机会。

宋戈是在思考威尔乐的事时，昏昏欲睡的。

宋戈回到天泉的时候，威尔乐的局面已经有些不太好控制了。

现在，工人们竟手扯手，一排一排地站在公司门口，不让天泉集团派去的人进去。生产也停了下来。

戚志强在省里开人代会，按照他的安排，宋戈现在正与被从天泉集团派去的总经理史建明了解着情况。

"事情并不复杂，他们要求天泉集团把过去周大兴欠下的养老保险给补上。宋总，你没到天泉时是参与对威尔乐评估的，你更了解情况,这问题该怎么答复?"史建明有些急。过去,他在天泉集团是负责销售的副总,没有全盘管过一个公司,没有处理工人的经验。

"养老保险是欠下了两年,住房公积金也存在计提和上缴不到位的情况。尽管这事是周大兴造成的,但工人也苦啊,我们要做好解释工作,以后要按规定补上去!你说是不是,史总?"宋戈跟史建明说。

"是啊,可这是一笔不小的钱呀!"史建明数着手指算了一下,"我初步算了一下,应该要450多万呢!"

"没事的,当初戚总与市里谈时,提出两年返还税的条件就考虑到了这些。不过,这事得让市里出面解释。"宋戈说。

"既然如此,就应该快些。现在,省台焦点时刻的记者都在录像采访呢。"史建明点了一支烟说。

宋戈决定给施天桐打个电话。他知道施天桐对威尔乐的事是不可能不管的,因为这是周大兴的事。再者,施天桐给宋戈说过,他会为宋戈树立威信的,而且他更希望宋戈能很快成长起来,与戚志强抗衡,甚至取代戚。宋戈嘴里答应过施,但他并没有这样想,他是想很好地与戚合作做点事情,也真正把自己历练一下,以戚志强的品质和能力,自己也只能这样做。宋戈想施天桐一定会帮他的。

果然如此。施天桐爽快地说:"好,你来市里吧,我们一道立即去威尔乐!"

宋戈和施天桐来到威尔乐时,大门口已聚了四五百人。人的情绪是最容易感染的,见宋戈和施天桐的车来了,人们开始骚动起来。接着,口号声此起彼伏:我们要生存!我们要保险!我们要找周大兴算账!把他从天泉赶出去!

宋戈和施天桐从车上下来。人群就向他们围来。

施天桐看了宋戈一眼,宋戈就明白了。他举起双手,做了一个请大家安静的动作,然后说:"工人同志们,安静一下好不好!我是宋戈,是天泉集团的总经理,这是施市长,今天我们来就是给大家解决问题的!我也当过工人,我完全理解你们的心情,如果我们的处理你们不满意,我们就不走了!行不行啊?"

人群安静了下来。

宋戈首先声明,欠交保险不是天泉的原因,但现在天泉把威尔乐收购了下来,威尔乐原来的员工就是天泉的员工,天泉是绝不会不管不问的。接着,他讲,现在正在统计与清算,与市社保局交涉协商,看如何补上。

人们听着宋戈的话有道理,而且态度也很好,对抗的情绪就减了不少。

接着,施天桐又给大家表态说:"我首先向大家道歉,我这个市长没有当好,没有把过去的威尔乐搞好!但现在我可以负责任地说,天泉收购了威尔乐,威尔乐依托天泉就会有大发展!同时,市里在收购前就考虑到了这些欠缴的钱,已经以文件的形式确定给威尔乐返税两年,所返的钱首先用于补足欠缴的钱!"

见人群中有些人露出满意的表情,施天桐话锋一转说:"不过,我亲爱的工人同志们,我还要批评你们!你们不该以这种停工,不让管理人员进厂的过激方式来要求解决问题,影响了生产,威尔乐没有效益,最终不还是你们吃亏吗!快回去吧,现在就立即回车间,安心生产!"

人们陆续散了。施天桐也回市里了。

宋戈没有走,他安排史建明立即召开中层管理人会议,尽快恢复生产。

没想到,风波平息得这么快。宋戈躺在床上,心情很好。他给妻子裴芊打了一个问候电话。裴芊是一个要强的女人,她从学校辞职后就到了珠海,到他哥哥办的公司里去了。宋戈对裴芊说不上爱,也说不上不爱,两个人分处两地快三年了,他反而觉得比在一起时感觉还好,每天打个电话,有一种牵挂,但少了一份过去在一起生活时的沉重。

打过电话,快十一点了。他冲了个澡,躺在床上,翻开戚志强送给他的那本《将军作战岂止在战场》。

没看几页，手机响了，又来短信了。

宋戈打开手机，一条让他心情复杂的短信映入眼帘：

  天不高，地不大，唯有真心，物物皆依依。
  虚无中，尘色内，聚物匆匆，缘来应不渝。
  白鹤飞来可共语？
  莫道曾分离，终相聚！

劳模走了

威尔乐已经完全恢复正常了。

戚志强回到天泉上班的第一天上午，就把宋戈叫了过来。

宋戈来到戚志强的办公室，看燕克仁已经坐在了沙发上。宋戈多少有些不太自然。他对燕克仁感觉很不好，不仅因为他与其女儿燕鑫谈恋爱的事，更重要的是他没来天泉时是他造谣反对，制造阻力。而现在，他的女儿燕鑫又与自己不断联系，这叫宋戈心里不舒服。

而燕克仁显然比宋戈老谋深算和有城府得多。他见宋戈进来了，就主动从沙发上站起来，一脸笑容地说："宋总，真是有魄力啊，威尔乐那事，两个小时摆平了！"

宋戈听燕克仁这样说，立即谦虚地说："这是戚总遥控指挥得好，没有燕主席你也不行啊，你是工人的头呀！"

戚志强听出燕克仁和宋戈两人话中的话，就笑着打圆场说："都有功，我们就不要论功了。我让你们来，就是提醒你们注意一下工人情绪，情绪问题可是野火烧不尽春风吹又生啊！"

"还有什么事吗？"宋戈感觉到戚总是要说什么事。

"听说，姚师傅病的事在工人中影响不小，他可是全国劳模，处理不好，工人是要闹事的！"戚志强望着燕克仁说。

宋戈和燕克仁你看我，我看你，两人对这个消息都有些吃惊。燕克仁笑了一下，说："戚总，你一直在省城开会，我们都不知道，你咋知道的？我还真不太清楚！"

戚志强笑了笑："我的信息渠道多。做头的就要有信息通道，信息不对称，你咋做领导！"

其实，燕克仁对姚师傅的情况是知道的。他从心底深处，也是想以此引起工人的情绪，让工人闹起来。所以，本来工会应该给姚师傅困难救济金，应该帮其解决问题的，燕克仁就是装聋作哑不办。你戚志强不是董事长吗，你宋戈不是总经理吗，好，你们也别小看工会了，小看我燕克仁了！

燕克仁正在心里盘算着，戚志强发话了："我们马上就去姚师傅家，带上5000元的困难救济金！"

姚师傅住在威尔乐公司家属院里，到了他的家里，戚志强和宋戈心里难受极了。

一个全国劳模，当年故原市第一个全国劳模竟是这种状况。一家四口还住在50多平方米的两居室里。楼是老楼，又在一楼，就显得黑而潮湿。家里几件老家具，电视还是17吋黑白的老机子。姚师傅躺在床上，不停地咳着。他是肺癌晚期了。

姚师傅的老伴和女儿姚翌见戚志强他们来了，眼圈红红的，话都说不顺了。而姚师傅却强打精神地说："感谢你们还想着我，你们还是多忙企业吧，咱这葡萄酒厂过去可是全国闻名的啊，折腾了这些年，到今天这个样子，我心里痛啊！"

姚师傅一口气说了这些，就咳嗽了起来，一声接一声，一声接一声，竟吐出了血。

"赶快送医院！现在就办。"戚志强安排燕克仁。

燕克仁掏出手机联系起来。戚志强和宋戈给微眯着的姚师傅打了个招呼，就出去了。

路上，戚志强和宋戈两个人谁都没有说话，都沉着脸。

下了车。宋戈随着戚志强上楼。

上楼梯时，戚志强才开口："企业搞不好，造孽啊，一个堂堂的全国劳模竟成这个样子！担子重啊！你多关注一下姚师傅一家。"

宋戈本想给戚志强再汇报一下，关于市场上的一些情况，见是这种情况，就回到了自己四楼的办公室。

上午十点多钟。宋戈接到戚志强从三楼打来的电话："姚师傅走了！我们去看看。"

宋戈真没有想到，姚师傅走得这么快，住院一天就走了。

姚师傅的楼门前，已经搭上了简单的灵棚。竹帘外面的桌子上，端放着他的照片。照片是姚师傅在北京捧着奖杯的老照片翻印的。据说，姚师傅在两年前就让照相馆翻印好了，他最喜欢这张照片，他说过他死后就用这个作遗照。

现在，姚师傅微笑着面对大家。那种满足和自豪让人揪心撕肺。

按戚志强的安排，姚师傅火化那天，公司在殡仪馆为他召开一个小型遗体告别会。

上午八点，戚志强按时到了姚师傅所在的威尔乐家属院。

但让戚志强没有想到的是，家属院门里门外已经有四五百人在站着了。凭直觉，他觉得今天一定要有事发生。

果如他所料。灵车要出大门时，却被人们给堵住了。几个人一带头，大家就跟着起哄。不许车子通过。燕克仁从车上下来，让人们闪开路。这时，人群中一条白布黑字的标语突然举了起来：给姚师傅一个说法。标语一出，人群就喊："我们要治病！我们要健康！"

戚志强也下车。燕克仁在人墙前，正激动地说："工人同志们，我们工会也没有办法啊！工会没有权啊，有些事我们想做也做不成了！让开吧！"

听到燕克仁这样解释，戚志强和宋戈都愣了。这是解释吗？这明明是在挑拨！一个念头从戚志强心里生出：说不定这些人就是燕克仁和那些有意见的人挑拨而来的。灵车不能不走呀？戚志强几步走到人墙前，他首先向人们深深地鞠了一躬，然后说："员工同志们，有什么意见事后到办公室去找我!现在我们不能让姚师傅入不了土啊,我们对不起姚师傅啊!让开吧,下午我在办公室等你们!"

人墙慢慢地闪开了。灵车缓缓向前开动。

遗体告别式结束后,戚志强和宋戈就出了殡仪馆。车上,戚志强气得一支接一支地抽烟。国有企业的生存环境不只是外部啊,内部的软环境也同样重要。

车子快到天泉集团总部时,戚志强接到总经办耿辉打来电话:"戚总,省电视台焦点时刻的记者在公司,要采访你。你看?"耿辉下面的话不敢再说了。

"采访我什么?"戚志强追问。

"说是咱公司污染了洵水河,渔民的鱼都死了一河。您,还来公司吗?"耿辉的意思是不想让戚志强到公司来了。

戚志强听后更加生气:"你安排车直接到污水处理厂。我与宋总都去,在那里接待他们!"接着,戚志强给后面一辆车上的宋戈打了电话。

车子从天泉镇的南面,沿河边的公路向污水处理厂驰去。河水确实污染得厉害,水都变臭变黑了,车门打开,空气把眼熏得就要流泪了。车子拐了一个弯,在平整的水泥路上驶了大约5分钟,迎面横过来一条不小的河,远远看去河水清亮,两岸整洁,各种杂树迎风摇曳着墨绿色的身姿。与5分钟前的感觉竟是两重天。

见耿辉陪着两个记者已在前面等着了。戚志强停下了车。他礼节性地给记者打过招呼,就走下河坡。近水的时候,他弯下腰,用手捧起一捧水,然后对着后面的记者说:"你们看着,我戚志强把它喝下去!"说着,竟真的喝了一口。

在场的人全傻了。戚志强却开口说:"我们天泉投资5000万建了污水处理厂,一年还得1800万的运行费用!我们污染了洵水河吗?上游那么多造纸厂、酒厂,我戚志强能管得了吗?"

那个扛着摄像机的记者,把机子从肩上收下来,有些不好意思地说:"戚总,我们是接到署名天泉职工的举报信和电话而来的,没想到是假的！"

"这样也好，我们就做个正面报道吧！"另一个记者赔着笑说。

戚志强感慨地说："我们不想要什么正面报道，这样做我们只图个安心，对得起良心。人怕出名，猪怕壮，天泉从来都不出风头！"

一阵风吹来，河面碧波荡漾。

解散"甲级队"

宋戈到来之后，戚志强一直不停地在思考一个问题。

这个问题也是他想了几年的老问题了：<u>企业家就是企业家</u>，很多时候必须割舍个人的道德标准，割舍文人的情愫，绝不能以情感来格物定事。这种标准，让戚志强在解散不解散"甲级队"上，痛苦万分！

十五年前，戚志强来天泉任副厂长时，燕克仁是厂长。他到来后就想推行自己的改革思想，但很难推下去。那时人们不认可他，也不信任他。现在宋戈同样遇到了这样的问题。

一个企业的领头人，必须要带出一个团队，要有一批人支持你才行。一个篱笆三个桩，一个好汉三个帮。当初戚志强就是这样想的，必须起用新人，起用坚决支持自己的新人！因为，改革就会有阻力，必须要有新起用的人，来听令自己，去东拼西杀。

聚合手下的一批人是困难的。刘备的最大才能就是会用人，用人，是才中之才。虽然他自己并无多大才能，但他用好了诸葛亮、关羽和张飞等一批人，照样成就一番帝业；刘邦用好了韩信、张良、萧何三个人，不也成就了霸业吗！

戚志强当时想，我该如何统率这一批人？既不能像《三国演义》那样"桃园三结义"也不能像江湖上的人那样，搞成庸俗的哥们帮。但总要有一个方式吧。后来，他无意识地发现了这样两件事。一是，自己喜欢洗澡，何不就到车间的澡堂中洗，在这里，人们更容易表现出自己真实的坦诚一面，也可借此与一些人交流交流；二是，自己也喜欢喝酒，他们也常常请自己喝酒，就以酒作为媒吧。酒真是个好东西，喝了酒，人与人就没有了间隔，人也就更加义气，胆小的人也能变成胆大的人，在酒桌上说的事，要比开会布置效果强得多。于是，戚志强就组织了个天泉喝酒的"甲级队"。

这是他在一次喝酒中很随便地发出了倡导：组织个喝酒"甲级队"，戚志强任教练，你们几个酒量大的人全参加。后来，这个"甲级队"就收入了当时生产经营上的几个重要管理人员，且酒量都在八两以上的人，这些人中间，有的酒量竟超过一斤半呢。现在，当年"甲级队"的成员，基本上都是公司副总、各子公司负责人或部门经理，依旧各自把持着天泉的一方天地。

管理说到底，是用人的问题，就是用什么样的人去管理。戚志强在用人上有他独到的观点。用狮子不用绵羊。拿破仑有言："一头绵羊带领的一队狮子，永远战不过一头狮子带领的一队绵羊。"他不喜欢用那些俯首听命的人，也就是说有点奴性的人，这样的人不仅工作推不开，而且容易害了你厂长。

戚志强对中国的农民有极深的研究，从这里他汲取了不少东西。

中国农民文化的一个显著的特点，就是顺。这"顺"字可以改变这个社会呢。你改朝换代了，我就在门前挂一个"顺"字牌，好了，你就不会再找我的麻烦，只要跟着你走就行了。努尔哈赤带着他的八旗子弟骑着马进入中原的时候，汉民闻风丧胆，一听鞑子来了吓得就跑，其实连影还没有呢。鞑子爷当了皇上，坐了王朝，汉人就上去问：您骑什么来的？骑马来的。别骑马了，骑我们吧，骑马多危险，我们背着你走。于是老鞑子让汉民背了一代，老鞑子说上东，就背他上东，老鞑子说上西，就背他上西。到了第二代，变了，背你上哪儿就上哪儿，骑了人的皇上离开人，就不能动了。到了第三代，傻了，不是骑人的想上哪儿就上哪儿，而是背人的让你上哪儿就上哪儿，你得跟着去，二百年下来，鞑子没了，怎么没的，让一个"顺"字给弄没的。

百依百顺的人，要么没有本事，要么就是别有用心。作为一把手，就要注意这个！他在跟宋戈聊天时，就曾说过这种观点。

现在戚志强已经遇到了这样的难题。过去跟他冲杀的人，现在不少人成了全部顺从自己的人，而且已不适应工作的需要了。从天泉的高层来看，40—50岁之间的领导出现了部分断层。从历史的角度来看，这应该是80年代初遗留下来的事情，那时天泉没有人才，有的只是高初中毕业生，由于企业急剧发展，许多人都走上了领导岗位，而现在，就有一部分人，显然是不适应企业发展了。而且还占着位置。

在戚志强的理念里，管理其实很简单，就是两件事：一是建立科学的管理程序和规则，这个事必须这样干；二是这个事由谁来监督着去干，这就是一个用人的问题。十多年来，前一个问题解决得已经很成功了，后一个却一直没有完成最佳的组合。

现在，他越来越深刻地体会到，有了好的管理体制还不行。为什么有的车间管理好，有的车间管理差，科室也一样。仔细一分析，有两个现象，一是存在"木桶效应"，管理不平衡。二是管理不到位，就是灯泡该什么时候亮时，它没亮。原因只有一个，还是人的问题。有效的委派系统没有建立好，人放的位置不合适。后来他就开始调整。但调整也解决不了根本问题，还是这些人呀。这个问题是不好办的，伤透了戚志强的脑筋！

这该怎么办？不能让他立马下来，不能没有感情啊。人家也都是跟着你，风里雨里拼过来的，刀举得高高的，就是下不了手，重感情的戚志强做不出卸磨杀驴的事。

戚志强一直在想，这是所有国有老企业的通病。可以说，这种通病，是在中国这个重感情的国度里的必发症，天泉也避免不了。我戚志强能过去常人这一关吗！

天泉这个已开始向国际化发展的大公司，光有戚志强及少数的人是不行的。近几年，来天泉工作的有近千名大学生，还没有培养出来，现有的干部，又确实已不适应今后的发展，光有对天泉的深厚感情，没有高科技知识和现代化的管理手段是不行的！

戚志强想，如果现在不解决人的问题，他要是离开了天泉，天泉就不可能仍然沿着过去的路子前进，甚至不可能避免出现"人走政息"或"一人离开顷刻变样"的悲剧。

经过这些天的思考，戚志强决定必须动手解决这些问题，而且要动真格的。

周六下午，快下班的时候，戚志强打电话把宋戈叫下来。

"今天晚上你有事吗？陪我去喝场酒！"戚志强说。

"好，什么人呀？"宋戈问。

"都是你认识的人。我要解散我的甲级队了！"戚志强尽量使自己的表情平静，但拿烟的手还是颤动了几下。

晚上，天泉宾馆。桃园厅。六点。

甲级队九个人，加上戚志强和宋戈，都准时到了。

戚志强见气氛沉闷，就跟大家说："我首先感谢诸位弟兄这十多年来对我的支持，我先喝三杯，你们都不要喝，这是我的谢意！"说罢，他站起来连喝三杯。

大家谁也不说，就都跟着喝了起来。

戚志强显然很激动，不停地与别人碰杯，一气与大家每人碰了两杯。

宋戈递给他一支烟，他点着后，环顾了每一个人后，说："我一直喜欢喝酒，我也是个男人呀，不能一当头，就把自己往假正经上整。我也需要交流，这也是我管理人的一种方式，一种联系感情，谈管理、谈工作，共建大业的有力武器。现在这种方式就不行了，我们也都老了，不能再喝那么多酒了，今天就是我们甲级队的解散仪式。我们一醉方休！"

戚志强说完，大家就一齐举起了杯子："喝！"

戚志强解散"甲级队"的真正原因不是那么简单，都不能喝了。而是他明白了在建围墙的时候，却留下了一些未圈进去的空白的道理。他只不过是借此机会，宣布一种东西的终结。

是的，一个人，企业的一个一把手真的太重要了。许多企业兴也是一个人，败也是一个人，这在我国已出现了无数例证。天泉没有他戚志强也不会有今天，但戚志强稍有不慎，天泉也可能毁在他手里啊。

猫鼠游戏

刚才，戚志强把庄之讯和宋戈都臭骂了一顿。

事情的缘由，是省地税稽查局来公司进行税务检查。

税务检查是正常的，但对于企业来说却是老鼠与猫的游戏。现在，在中国没有企业不在税上做文章的。合理避税、偷税、漏税是再正常不过的了，私营企业更是如此。国有企业也同样都在不同程度地在税上做文章，不在税上做文章就不可能与同行进行竞争，因为别人都在偷漏税，如果你不这样做，你的企业运营成本就会相对加大。也正是在这种情况下，社会上税务筹划的专业人员才身价百倍。

对于天泉来说，戚志强一直强调尽量合理避税，如果能再进一步减少纳税也是可以的。因为，天泉在纳税上是好的。过去，戚志强一直要求财务上要按规定纳税，但现在看全国的企业都在这样做，那天泉为什么也不能这样做呢，何况少交的税又不是装了我个人腰包，只不过是为了企业进一步发展多留点资金。

但戚志强是有底线的，那就是不能违法。在具体操作中，如果真的违法了，不仅损害了国家利益，也有可能让他自己马失前蹄，甚至离开这个岗位。到那时，无论是企业或是他个人都会走向另一面。

所以，每一次税务检查时，戚志强都安排接待人员和财务部门，要热情接待、小心应对、积极争取、尽量少缴。每一次检查都会有些问题，都要补交或罚交几十万的税金。但这一次不行了，这是全国的税务大检查，检查人员是省与省对调进行的，有些关系是不好摆的。过去，省里、市里那些检查人员，都基本上被天泉财务方面给摆平过，所以在检查时虽然每次都或多或少有些问题，最终都能安全过关。

这次检查组来时，戚志强就安排了，他对庄之讯和宋戈说："这些检查人员也是知道企业在税上的惯用的手脚的，但他们是人，是人就得有缺口，要以情动人、以理服人、以运作改变人。我们少缴些税又没进自己腰包，你们要大胆协调，不要怕花钱。"

可事情的结果并非如此。刚才，庄之讯来汇报说，这次检查就目前知道的情况看，十分不好。代销、佣金、预收款、营业税、房产税、土地使用税、职工福利、工会、职工教育、业务招待、广告等这些项，少缴或不能税前列支需补交的 300 多万并不算多，关键是预提的工资积金问题。天泉现在被查出的在账户上的工资积金结余有 1.1 个亿，如按所得税 33% 的比例补交的话，就等于说这次要被国库划走 3630 万元，加上其他需要补交和罚交的，总数近 4000 万元。

这是一个十分惊人的数字。

戚志强感到十分痛苦和委屈。

按企业效益天泉必须提出那么多工资积金，而市里又不同意按高的工资标准发放，放在账上又要被划走，这合理吗？如果不是国有企业，是民营或私企的话，想发多少就可以发多少。现在，一方面企业里的人对工资待遇牢骚满腹，一方面又不让发，到最后这些结余的钱又要无条件地给划走，而且还要交罚款，国有企业真是无法干下去了。好在，这种情况只是少数人知道，如果企业大部人知道，企业还如何凝聚人心，还如何经营下去。

在税的问题上，国有企业与民营、私有企业简直是天上地下。不说私营企业可以通过包税等方式少缴或偷缴了，他们仅从不开发票、私下现金交易等方式就几乎躲掉了 80% 的应缴税款。现在，白酒实行了从量与从价计征，一斤酒在原来25%消费税、33%所得税、17%增值税的基础上还要再加征0.5元的计量税。在私营的酒厂中就可以偷过去了，他们完全可以通过少开票、不开票、两本账的方式大量偷税。

这对低档酒来说是致命的打击。一瓶酒本来利润就只有一两毛钱，国有酒厂不能卖，而私人酒就能卖，就可以把这个市场给你抢夺过去。现在天泉的效益一天天下滑，这也是其中一个十分重要的原因。戚志强整天为税的问题伤透脑筋，他曾经不止一次地说，下面的子公司老总和财务人员，如果不懂得如何进行税务筹划就要下班。

现在的难题摆在了他的面前。他也摆不平了。随着年龄的增大，随着经营环境的恶化，戚志强有些时候一想起来就有点心灰意冷，在国有企业干真是太没有意思了，如果不是为了想做点事情、凭着对企业的热爱，真有点干不下去了。天泉对于他来说，就是一个父亲对一个怎么培养也成不了器的儿子，不费心吧感觉对不起他，费心吧也看不到希望，但最终还是要干下去，总是不忍心放弃不管，就这样耗着自己的身心一天天走下去。

这种体制真是不可言说。企业要想摆平关系，只有采取送礼的方式。这些检查人员心里并不是不想要，但他们总是既想收钱又不愿当婊子，送礼的方式和方法就成了国有企业人苦心研究的课题。要对不同的人、不同时候，采取不同的方式和方法。尽管如此，有时候，他们依然不敢收，他怕你国有企业做账。在国有企业里就是送礼也是要变着法儿做账的，只要有账就是可以查出的，只要认真查。他们不收或收得不满足，自然就要秉公办事。所以，他们最不喜欢的是到国有企业去查税，因为他们的权力难以寻租，寻租的成本和风险也高。

但不正视和面对不行啊。戚志强还是在挖空心思地想办法。4000万毕竟是一个太大的数字了，要有多少的销售收入才能产生这么多利润呀。

中午，快要下班的时候，他还是把庄之讯叫到了办公室里。

"老庄，你要想办法！既然他是邻省的，我们本省就会与他们有关系，一个系统嘛。关系关系，就是要找，我觉得只要努力了总会有结果的。"戚志强连吐了两口浓烟。

"是啊，关系是重要。但人际关系是个最大的变数，就像不稳定的化学反应一样，在变化面前表现得十分脆弱。我真尽力了，戚总。"庄之讯十分为难地说。

"那总不能就这样了吧！要是真缴了4000万，我非撤你不行！"戚志强皱着眉说。

"你别急，戚总。我已想出办法了，让财务赶造了奖金发放表，日期是提前的，只要他们愿意放宽的话，是可以糊弄过去的。我也做了工作，最好你见一下那姓宋的检查组长。"庄之讯说。

"那好啊，只要能少缴税，让我见老天爷我也敢。什么时候见他合适？你来安排。"戚志强一听这话，有些兴奋了。

庄之讯想了想说："我来尽量约一下，最好今天晚上，因为明天可能要出结论了。"

"你去办吧！"戚志强挥了挥手说。

庄之讯走后，戚志强的脑子开始快速地转动着。

目前，中国的税制最根本的问题是执法不严、执法不公，国有企业与国有企业、国有企业与民营和私营企业税负不平等。这是体制的问题，这中间处境最难的是国有企业，像天泉这样的国有大型企业。企业运作越规范，相对在税上吃亏越多。

但，在企业运作如此困难的今天，国有企业如果不选择想法少缴税，其结果是相当尴尬的。每一次税制的调整，哪怕是一点点的调整，戚志强都十分重视。他总是让庄之讯他们积极研究，请教专家，尽量找出能够合理避税的办法。因为，他相信没有毫无空子可钻的制度，所有制度都有其缺陷，规定了这个方面那个方面必然要忽视。天泉就是靠这种办法合理地少缴了不少税。同时，也通过请客送礼、不太违规的调整账目方式，少缴了不少。省税务稽查局的一位副局长，与戚志强交流后说过："你戚总不要做董事长了，在社会上做税务筹划，多做些家，一年保准能收入近千万。"

下午四点，戚志强再次把庄之讯叫到办公室里。

他问庄之讯说："说得如何？"

庄之讯有些为难地说："他不太同意，但也没有不答应。"

戚志强看了看庄之讯，笑着说："你呀，你这样告诉他，就说戚总不会给你行贿的，就是行贿也要在事后呀，戚总只不过想与你交流一下中国税制改革的想法。我想他会同意的。"

姓宋的组长终于同意了。他同意今天晚上戚总陪他吃饭。

晚上。天泉宾馆。

戚志强提前来到了饭厅。他安排服务员撤了酒瓶。检查组的六个人坐下后，戚志强说："诸位，按照上面的规定我不能请你们喝酒，看我都让服务员把酒撤下去了。不过，我今天想请你们品一下天泉的原酒。给我们提提意见。不要怕啊，只是品品。"他看了一下桌子上的人，接着说，"老庄，到散酒库里弄点原酒来。用碗盛就行了。"

四大碗酒端上来后，戚志强笑着说："我今天想给大家介绍一下品酒的方法。一般人我不告诉他呢。"

他的话把桌子上的人逗乐了。

戚志强端起碗往自己的小碗里倒了半碗后，说："鉴酒有学问，品酒前不能吃菜，要清口去品。一是要看，酒色清如水晶，而又厚如蕴玉，轻摇酒花圆美，袅袅慢叠；二是要闻，香味悠长而不浓烈，淡雅而无水汽，似处子体香，赛花粉轻扬；三是要尝，尝从舌到口腔到喉再到喉以下，每一步均有不同，舌在酒中蠕动无苦味无水味、流香丰满，酒存口腔不辣不辛不杂；四是要咽，酒流至喉绵软舒适，由喉而咽，水线如注，顺畅一体，香入肌里；五是要动，酒入胃肠，运气动之，酒如温水浸泡酥手，抚胃揉肠，心身俱酥，飘飘欲仙。"说完，他端起酒碗，微目示意。

酒桌上的气氛顿时活跃了起来。在戚志强的劝说下，也纷纷喝开了。

戚志强跟宋组长碰了半碗酒后，感慨地说："宋组长，你说我们干国有企业领导的第一个条件是什么？"

宋组长想了一下说："当然是经营才能了。"

戚志强笑着说："不对，应该是有一副金肠玉肚，设备要好。不能喝酒做不了国有企业的负责人。为什么呢，因为国有企业很多时候比私营企业的环境要差得多，不喝酒协调关系不行啊。从这方面说，我认为中国的白酒永远都不会消亡。"

接着，戚志强由此展开说起了对税的感受。

国有企业与民营、私营企业是不一样的。国有企业必须要业绩，必须要面子，不做出业绩资产的所有者政府是不答应的。业绩是靠营业性收入和利润反映的，这两个指标反映出来多了，交的税就多。而民营和私企，别看账面上盈利不多或大部分都亏，但那很大程度上是做账做亏的，这样少交税呀。在税法执行不到位的今天，国有企业与它们相比竞争力就小了。国有企业搞不好，这不能说不是一个重要的原因。因为它与民营和私企不在一个平等的税赋上竞争呀！

戚志强的口才是过硬的，经过他一场饭的游说，检查组对国有企业明显地多了许多同情。晚上，虽然开始说不喝酒，但最后竟喝了四斤多原酒。

离开酒桌，戚志强感觉十分好，他自信明天的结论出来后，绝不会再让补交4000万了。

到家后，他躺在床上，沮丧的心情一下子又冒了出来：不交4000万，最少也得交2000万。

补税2000万元，对于戚志强来说也是被狠狠宰了一刀。而且是不能叫痛的被宰，这种无言的痛苦是最难受的。

第六章

荣誉职工

国有企业的资产是国家的。

具体到一个企业，似乎就是每一个员工的资产，每个人都是主人翁，全心全意依靠工人办企业也许就是从这一点出发的。因此，企业那些大大小小管理者，都要尽量表达自己的意见。

这样，开会也是一门学问了。尤其是研究一些原则性的问题。

如果事前不做好准备，不选准时机，问题不仅得不到解决，可能会越搞越糟，以致引火烧身。戚志强有他的经验。他大都是在开会前多方征求与会者的意见，充分估计到可能发生的争议。有时要单独说服一两个人，让他们在会上作领导性表态发言。大多的时候，戚志强都是在分析好情况，理好思路，作好决定才召集开会。会议开始，他就会把自己的意见或方案和盘托出，让大家谈看法。有一个成形的意见，而且有他戚志强的理由，结果就容易形成。这样有时虽然不太民主，但事前他征求过别人的意见了，争执和扯皮的现象就少了很多。

当然，有时他从不征求别人意见的。他认为应该怎么办，就必须这样办。开会只是走一个形式而已。

今天就是这样。

上午一上班,戚志强就把书记顾力华、工会主席燕克仁、总经理宋戈叫到了自己的办公室。

他们三个人到齐了。戚志强直接进入了议题。

"今天请你们来,就是要商量一下,关于在我们的代理商中评荣誉职工的事。你们看看这样行不行?克仁,你是工会主席,你先说。"戚志强看了一下燕克仁。

燕克仁看了一下顾力华和宋戈,迟疑了一下,然后说:"我认为不太合适吧。荣誉职工是天泉人的最高荣誉,而代理商只是卖我们酒的人,且多是个体老板。这要职代会同意的,还得报市工会批呢!"

戚志强没有作声,示意顾力华谈谈。顾吸了一口烟,语速很慢地说:"荣誉职工,更多的是荣誉性的鼓励,我们四年才评一届,一届只有四人,过去界定的必须是天泉的员工。"他停了一下,又接着说,"我赞成给代理商一些荣誉,但是不是换个名字呢?我没有想好。"

宋戈没等戚志强点名,就主动开口了:"这些老板不是缺钱,要的是荣誉,自豪感。这从表面上看给了他们荣誉,从感情上说加深了,从深层说把他们牢牢地拴住!"

"还有吗?"戚志强把他们三个人看了一遍,点着烟,说,"这个事,我定了。就是专为代理商设一种荣誉职工称号!未来的中国的商业企业或者说大部分企业,都会向私有形式、民营形式发展,市场经济纵深发展以后,都会变成私有经济。我们天泉的行业特点决定着必须与民营和私营企业打交道。私人老板怎么了,比国营单位机制活,守信用,现在卖我们酒的大户还有几家国营公司!我们这样做,就是要表明一种态度,天泉的合作伙伴首选私企、民企!"

戚志强一口气说了这些,面前的三个人沉默了。气氛有些压抑。戚志强见是这种情况,心里就不太高兴,态度冷峻地说:"开职工委员会通过一下!这事就交给克仁和力华了!"

会散了。戚志强陷入了沉思,他在回忆天泉与私企民企打交道的事。

天泉为什么与国营糖酒公司合作的同时,还与一些民营企业合作?这里头是一个深层次的东西。在早几年前,戚志强就鼓励那些国营老板走出国营,发展私营。他想,把私营企业培养起来了,它永远是天泉的经销商,因为私人企业还要子孙万代相传呢,将来要把这个关系代代相传。而国营的不行啊,"铁打的营盘流水的兵",负责人换了,生意就可能做不好了。再者说,现在私营机制也优于国营。

天泉在选择大代理商时,往往是偏重私营和民营公司。戚志强常说:"这些是新生经济的力量,机制活,当然效果好。"国营公司目前经营好的不多了,烂账坏账最多。被天泉选为代理商的私营和民营公司,多是戚志强培养起来的,其当家人往往是过去国营公司的当家人,后来在天泉的支持下发展壮大的。

河北的刘群就是其中最有代表的一个。

在前年的全国糖酒会上,戚志强决定与刘群深谈一次。刘群原来在河北第一糖酒公司干,该公司卖天泉贡一直不错,但那时不是只卖天泉贡,其他名酒都卖。后来,戚志强发现他这个人比较有事业心,也有一定的渠道,就决定首先把他拉下海,干个体,专卖天泉的酒。

那天晚上,在长沙芙蓉大酒店,戚志强把刘群约来。

刚一坐定,戚志强就开门见山地说:"老刘,你想不想当老板,你在国营公司,上面有个总经理、下面是你们四个副总,你到底有多大权,听谁的?你要是自己出来干,我扶植你!要想在商业上干出一点事业,你迟早要走这条路。"

"自己出来干能行吗?"刘群没有把握地说。

"流通商业这一块,是你们这一批人的天下。这是为什么呢?改革开放以后,你们这些人不敢动,当时下海的人,多数是那些素质不高的人,你们的智商比他们高,一旦下海,将来这一块市场就是你们的了。你要是现在不下海,将来就没有你一块天地了。再者,就你这个水平,现在下海能干个老板,要是再过几年,就只能当雇员了,充其量是一个高级雇员。"

听过戚志强的分析,刘群有了信心,但仍有一些顾虑地说:"我在国营单位干了二十年,出来了,吗都没有了,心里感觉不踏实呀。"

"老刘,我敢保证不出 10 年,国有企业人的身份都会变的,国有企业和单位可能几乎都没有了!谁先出来,谁先找到生存的基础,赢得最先的成功。你要有担心,我可以将你的工作关系调到天泉,你要真下海,我会更加扶植你!"戚志强很有感触地说。

接着,戚志强给刘群设计了一条路子。

"你要争取走捷径,我认为可以借船出海。借船出海风浪小,抗风浪强。具体地说,就是先租赁这个国营企业,有实力了再办自己的企业。"他们两个人越谈越投机。

最终,刘群被戚志强说服了。

一个月后,刘群带4个人就真的下海了,办起了自己的糖酒公司。

现在刘群的公司已发展到 80 多人,5 个分公司,全是下岗职工。这几年,他专做天泉,产值都超过一个亿了。在他下海的当初,戚志强是给予了他大支持的。

有一次,戚志强说:"刘群啊,当时给你一下子发了几百万元的货,是担着多大风险呀!"当然,刘群不能对不起天泉,他拼尽全力地干。现在,对他来说,钱已是身外之物了,他追求的是成就感。

前几天,刘群来天泉看望戚志强。就是那次谈话,才让他坚定了给代理商评荣誉职工的事。

那天,刘群在戚志强的办公室里,十分动情地说:"为什么不能把经销商中比较有特殊贡献的人,纳入你们天泉的荣誉职工呢?我们是靠天泉起家的,也是天泉培养锻炼了我们这些企业和老板。不知道别人如何想,反正我刘群生应该做天泉人,死要做天泉鬼。"

三天后,燕克仁来到戚志强的办公室。

关于在代理商中评选天泉荣誉职工的方案，通过了。

接着，戚志强安排销售公司，按销天泉商品的数量、信誉、市场培育状况、市场发展前景等综合因素，排出八个候选人，然后整理他们的业绩和做法，在天泉报上公开刊发，让职工投票选举。

戚志强注重感情投资，现在要想生意做好，必须有些感情色彩。他常说，要用感情俘虏合作伙伴，要用一种潜在的、不容易发觉的感情投资去剥削你，争取你。

三年前，为了培养和发展新的代理商，戚志强曾用三个月的时间走遍原来所有的公司。他为了动员那些在国营公司的人出来专做天泉酒，几乎每天都喝两场酒。这一喝喝出了感情。

他亲自谈，对小的代理商帮你扶持你，大的要你锦上添花。一个一个谈，大客户小客户一样，培养了一批长期的合作伙伴……

爬杆上的猴子

纪委副书记夏贯仁来天泉找戚志强前，给老同学宋戈打了招呼。

但对于戚志强来说，他却是不速之客。

落座之后，夏贯仁直截了当地说："戚总，我们接到举报，说你们公司的燕本华有收贿和违纪行为。本来是由反贪局介入的，书记批示由我们纪委先行摸摸情况。"

"举报有证据吗？你们准备怎么办？"戚志强决定先看看虚实。

夏贯仁笑了笑说："我们先找他谈谈吧，或者说也可以留置谈话，当然也可以'双规'的，看情况吧。"

戚志强也笑了笑，点上一支烟，然后说："燕本华在任采购中心主任时，确有人反映其收受别人回扣的事，我们公司纪委也查了，可不好查呀。他采购的东西价格并不比别人的贵，质量也不差，如果说拿了回扣，那也不好查呀！"

"那没问题,我们有办法,还没有纪委撬不开的嘴呢!"夏贯仁说。

"那当然,现在人们不怕公检法就怕纪委。现在,我可以表态,我们是支持你们调查工作的,不过,是不是可以由我们先给他谈谈呢?企业要稳定呀,你们一介入,就会沸沸扬扬的。"戚志强摸不清燕本华的具体情况,是不想让纪委进入天泉的。

"那也好,天泉是故原的经济支柱,谁也承担不了责任啊。我回去给领导汇报一下吧。"夏贯仁想了想,给戚志强说。

夏贯仁走后,戚志强陷入了沉思。

天泉不是净土,在市场经济的过程中,时时都与钱打交道,常在河边站难以不湿鞋。他也常听到一些议论,谁谁谁有多少钱,收了多少回扣。但他总是不相信,他不相信这些人这么大胆。而且,戚志强这些年已经很注意一些合同的事,也没有发现明显的什么问题。他自己最清楚,这些年来,他可以说是天泉的一号人物,他除了接受一些朋友熟人的烟酒或小礼品,从没有收过什么贵重的东西,更不要说钱了。但别人不一定都像自己呀。如果燕本华这件事弄开了,牵出一批人来,天泉就会受到很大的影响。

从这个角度想,戚志强决定最好天泉公司自己来处理,不扩大影响。但纪委一旦关注了,事情就不太好办了。现在的纪委可是太厉害了。

于是,他决定去见一下火可书记。

见了火可书记,戚志强开门见山地把事情讲了一遍。

火可最喜欢与戚志强谈话,他们每次的谈话几乎都十分开心而真诚。

"现在不要说企业,就是这个社会的所有掌握权力的人,都受着诱惑。权力寻租的机会和空间很大,权大有大诱惑,权小有小诱惑。而我们的机制和体制又不健全,权力寻租的成本带有很大的机会性,要做到外圆内方,自律自控不太容易啊!"火可感叹地说。

"是呀,天泉为了尽可能地控制这些现象的发生,我搞了'堵邪门走正道，规范经济运行，堵塞经济漏洞'的活动，收效是有，但不理想。"戚志强说。

火可点上一支烟，面色沉重地说："对这个问题，我想过很多。就目前中国的现实，对企业经营者的监督应该说是苍白的，他们是在凭着自己的自制能力在与人的私欲作艰难的斗争。这就为一些不坚定的企业家腐败提供了可能和机会。更重要的是，中国一贯倡导不顾人性的牺牲精神、奉献精神，对创造了巨大社会财富的企业家也一样，让他们以巨大的奉献获取极不相称的收益。"

"中国的国有企业负责人，三五年一个轮回，其中下台的有不少是因为经济问题。就是没有经济问题的，也生活在别人的怀疑之中。火可书记，我真觉得太累了。比如我戚志强，谁又能相信戚志强是清白的呢？"戚志强苦笑着。

"这是一个深层次问题。现在，社会上腐败现象的滋生，一些企业家在看到自己创造的财富被毫无奉献的人占为私有时，产生贪的想法就很自然了。况且有些人占为私有的那部分财富并没有超过他所应得的部分，只是社会没有公平地明确而已。因此，我们必须尊重人的劳动，按价值规律给企业家以应有的回报，同时还要健全和加大监督力度，对企业家进行真诚的管理与保护。"火可一口气说那么多话，嘴有些干，端走了水杯。

戚志强听罢火可书记的话，突然想起了一个故事。他也喝了一口水，然后给火可书记讲开了。

一个老农把一群牛赶到庄稼地里劳作，他对牛儿们说："庄稼是不能吃的。"有的牛果然不吃，不吃也就不吃，主人不会因此而奖赏它；而有的牛顺便吃几口，吃了也就吃了；只有那些把庄稼糟蹋得不成样子，而又被逮个正着的，才有可能受到呵责。

一讲完，火可书记就说："这个故事用在严肃法纪、强化奖惩上，是很有借鉴作用的呀。"

"书记，不是我叫苦，现在做国有企业太难了，有时候就觉得没有大意思，理解的人也太少了。"戚志强给火可书记发牢骚道。

"发吧，有什么牢骚。我不是你最好的听众吗？"火可笑了笑。

戚志强吸了一口烟，苦笑着说："我们做国有企业头的人呀，就是爬杆的猴子。你们这些当官的在下面敲着锣，让我们起劲地爬，爬高了大家都在下面拍着手看热闹，还能收点门票；而我们呢，一爬上去就难免不露出红屁股来，你们就可以抓住这个不雅观的红屁股说三道四。再说了，我们总有不能再爬高的时候，自己下来吧你们要用鞭子抽，摔下来的结局更惨，要么被你们嘲笑，要么被你们不管不问，要么被打进冷宫！"

"你的猴子论很形象啊，我理解你们！"火可也苦笑着说。

对于企业家的问题，戚志强思考过许多。前年，他被评为"全国优秀企业家金球奖"的时候，在北京领奖的座谈会上，他就曾谈过自己的想法。中国优秀的、大的企业家的命运多是三五年一个轮回，一个一个地倒下去，又一个一个地站起来，像舞台上的演员一样你方唱罢我登场。这种现象戚志强感到是中国企业、中国经济的悲哀。

那天他谈得很激动，许多媒体都给予报道了。现在，他又想起来了，就给火可复述了一遍："一个重要原因，是中国的文化背景和宣传机制、体制以及许多方面的操作失误造成的。在我们的民主化和市场化还没有达到一定程度时，国有企业的老总不是真正意义上的职工选举或股东选举，往往是上级任命或是靠上级的力量从被扭曲的选举中产生出来的。

尽管如此，他们在创业时或者更长一段时间内还是敬业拼搏的，但企业取得一定成绩后，由于内外原因他们就很难自我超越和自我突破。加之，我们的社会不允许他们失败，他们的一次失败就有可能被永远打倒。难道成功的企业家就不能有一些失败了吗？一次性的打倒，恰又使他们失去了调整自己的机会，短命的企业家就自然多了起来。"

戚志强演讲一样地给火可复述后，火可也有些激动，竟站起来在办公室里走动了起来，他一兴奋就喜欢站起来走动，边走边说，而且辅以动作。

"是啊，这不仅仅是一个经济收入的问题，关键是如何使企业家在这样一个社会中通过企业实现自己的自我价值，能够使社会对他所创造的财富承认。我们不能幻想用行政的手段把企业家都留在企业，要从他们的真正需求入手，寻求解决的办法。如果我们仍然不愿或者寻找不到这种办法，中国企业家短命的现象就永远不能解决，中国的企业乃至经济就仍然会动荡不定，跌宕起伏。"火可讲完后，两个人都无奈地笑了起来。

最后，火可表态：我打个招呼，让纪委先不要介入。但你们要认真地查一下，把结果报给他们。

第二天，一上班。戚志强打电话叫宋戈到他办公室时，宋戈在那边说："戚总，我这边来人了，一会儿就到。"

过了一个多小时，宋戈才到戚志强办公室。

戚志强没有问宋戈刚才什么事，他也不该问的，但宋戈却很生气地给戚志强诉起苦来。

宋戈告诉戚志强，他一上班市环保局就来人了，说威尔乐公司排水不达标，要罚款，而且要限期建污水处理厂。环保局的人还没有走，地税的人又来，说有欠税和拖税行为，并带来了一张滞交罚款单。这中间，公安、工商、消协也分别打来电话，说这事那事，不是要报材料就是说有违规行为。

宋戈从来没有经历过这种阵势，一时就有些气，一个一个地把他们给顶了过去。我这是企业，你们都当成大肥肉了，都想咬一口，企业还干不干呀。最让他生气的是，交警队也打来电话，说天泉公司的职工班车从市里过，影响了交通，要么限行，要么交线路增容费。这究竟是怎么了？

听过宋戈的诉苦，戚志强点着一支烟，吸了一口，问道："中秋节安排到这些部门去了吗，每年都有惯例的。"

"节前，总经办是报来过各部门到市里对口单位送酒的报告，我没批，那也太多了呀，要几百箱酒呢！"宋戈想起了这件事。

"那他们不来找你的事才怪呢！过去每年都是我批的，你刚当总经理我也忘了告诉你了！这些部门不是爷就是神，不是神就是鬼呀。"戚志强感叹地说。

"怎么会是这样呢？"宋戈有些生气。

"你难道忘了，过去天泉每年三节不是也给你送酒的吗？只不过你的位置变了而已，按说你是更应该能处理好这些事的。"戚志强有些惋惜地说。

戚志强心想，下面的人也应该告诉或提醒宋戈的呀。唉，人太复杂了，下面这些人也是要看宋戈的笑话呀。

想到这些，戚志强感叹地说："在企业内部，我们这些人又何尝不是爬杆的猴子啊！"

朋友论

明天全市工业企业工作会就要开了，都十一点多了，施天桐还在看材料。

这时，街上的警车突然响了起来。施天桐站起身子，出口骂道："妈的，这故原能有多少坏人，一到晚上警车就满街地叫。叫得找小姐的人都提不上裤子，谁还来这里投资呀！繁荣昌盛，不娼盛何以繁荣！"施天桐骂罢，心里决定，明天一定要讲讲这事！

第二天会上，施天桐把天泉收购重组威尔乐作为经验和亮点，在会上大吹特吹了一通。同时，让宋戈介绍一下情况。

施天桐决定，在会议的最后一天，带人到威尔乐去看看。

头一天，施天桐亲自给戚志强打了电话，而且还有十几家企业的负责人都参加，戚志强决定去陪一下。不仅如此，他还安排史建明做了一些准备。

上午十点，施天桐他们才从会场赶到威尔乐。

戚志强本来打算直接带他们去车间看一看，然后再到会议室介绍，甚至就不想进会议室了。但施天桐是喜欢开现场会的，他心里却想通过这个现场会，来推动另外几家企业的重组。戚志强也就没有再争，按施天桐的安排，先在会议室给这些人介绍了一下。施天桐本来想让戚志强介绍的，座谈会开始后，戚却先入为主地让总经理宋戈介绍。

宋戈介绍完后，戚志强又作了几点简单的补充。最后，施天桐开始发话了，他先肯定了戚志强的魄力及天泉的实力，然后从企业发展的趋势和市里的要求，强调要尽快推动市里企业的重组与盘活。

应该说，施天桐对故原的经济发展是下了很大功夫的。中央和省里每一项新的经济政策出台后，他总要强调"说了算，定了干，天大的困难不改变"的执行态度。他强调的是政策，是数字。数字出官，但有时为了自己的政绩，他也根据需要出数字。对这次企业重组与整合，他就强调说："既然中央和省里给了思路和决心，而且外省都在大力推进，我们为什么不能大力推进？政府官员和企业都要抓住政策机遇，政策就是效益啊。"

在这次会议上，他说，国家走三步、省里走六步，我们故原就要走九步。他想以威尔乐为典范推动其他企业的整合，所以给来参观者很详细地介绍威尔乐。

快到十一点半了，座谈会才结束。戚志强引着他们来到车间。

看到最后一个车间时，工人们已经下班了，正在车间食堂吃饭。戚志强本来不打算去食堂了，可施天桐却要去。

戚志强平时也没有到食堂看过。当他走进车间食堂时，他突然有些吃惊了。他看到一个年轻的工人没有换下工作装，浑身湿透地站着，一只手里拿着四个馍，桌子上却是一盘豆腐炒青菜。他没有想到工人劳动量这么大，吃得却这么差，就问这个工人："就吃这点菜，能行吗？"这位年轻的工人笑了笑说："我们半年没有拿工资了，归天泉后才发钱，没事的！"

施天桐听罢，过来拍了一下这位工人的肩膀："小伙子，吃饱了好好干！"

戚志强本想说些什么的，可一听施天桐的话，泪水一下子涌满了眼眶。

戚志强有中午休息的习惯，再忙的事，只要不是非接待不行的任务，他中午总是要睡一会儿的，哪怕是十分钟也行。

由于上午到车间去看到的情形触动了他，中午虽然也休息了，可一分钟也没有睡着。下午就自然疲惫得很，一脸的倦容。

他到办公室后，连抽了两支烟，依然提不起精神。手扶着茶杯，一个人在发呆，脑子里一片空白。

正在这时，有人叩他的门。

进来的是一位二十多岁的小姐。

戚志强接过一张名片，上面印着：

经济大参考　周丽丽　采编部主任

没等戚志强给她让座，她又从包里掏出一个信封来。戚志强瞄了一眼，看到信封上面的落款有"国务院"三个字。戚志强在心里判断肯定又是来要钱的。

果如其判断，周丽丽把信封递给戚志强，然后说："戚总，我们报纸是国务院一位领导分管的，我从咱省里来时，刘副省长也签了字，你看看吧。"

戚志强一听，气就来了，没好声地说："你想干什么吧？"

周丽丽见戚志强并没有掏信就问她要干什么，显然有些不高兴，她开门见山地说："听领导们说天泉在你的带领下做得不错，我来给你们宣传一下。"

"我不做，你去找企业公关部吧！"戚志强冷冷地说。

"我是来给你和企业提高知名度的，领导们都推荐了，我完不成任务不行啊！"周丽丽想用信来压戚志强。

戚志强把烟按在烟灰缸里，沉着脸说："你们都来给我提高知名度，可是，天泉没有印钞机。你把话说清楚，你是来拉广告的就是拉广告的，你不要一上手就拿领导的信吓我，也不要先给我谈你跟哪个领导啥关系。你跟谁谁谁都熟悉，这些人都是当大官的，我们都是当生产队长的，干企业的，你要是谈那些当官的呀，我谈都不跟你谈了。为啥，我怕我把钱一给你，你黑了我，我打官司都找不着门，你认识那些领导叫我害怕。你认识当官的，你叫他去拿钱。我不拿钱。"

周丽丽听罢，脸色十分难看，勉强笑了笑："戚总说话过分了吧，我也没有强迫呀。"

"也许我说重了，周记者，要说合作，咱今天不做，明天也能做，咱今天做不成，认识了嘛，也不失为一个朋友，这多好呢。但你不能拿当官的来说事。我不是官员，我不习惯这一套。"戚志强又给顶了回去。

周丽丽见谈话没法再进行下去，就招呼了一下，走了。

戚志强没有出门送，只是站起来说了声"再见"！

周丽丽走后，戚志强陷入了沉思。

这样的事，我不顶住怎么办呀。要一心一意想将天泉做好，而在这种政企不分，环境极其恶劣的状况下，他奶奶的，谁都来欺负你，而自己又不愿受这个欺负，搞到最后人家说我戚志强个性强，不买领导的账，真没有意思。

他戚志强不是不交朋友的人，朋友就是信息、就是资源、就是财富嘛。过去，他最喜欢交新闻界的朋友，可现在新闻单位也太多了，记者满天飞，都是来要钱的。对于企业来说，真要在防火、防盗的同时防记者了。

这些年来，戚志强一直把新闻界的朋友当作第一位。用他的话说，这些人在他困难的时候给他支持，在各种媒体上宣传天泉企业，天泉产品；在他得意的时候，他们出来泼他的冷水，去他的火，让他冷静地思考问题。他这个人从小就喜欢文学，从小就爱写个诗词歌赋什么的，后来又在市经委当秘书，喜欢摇笔杆子，人家说他口才好，那是"文化大革命"时期大辩论时练出来的。他喜欢与记者侃，这样可以迸发出意想不到的灵感来。

戚志强交的第二类朋友是商界朋友。卖酒的不交商界朋友是不行的。你的产品要靠他们去卖，你的产品信息要靠他们反馈。十年前在天泉最困难的时候，是商界朋友出来倾力帮忙。这些年，卖酒的朋友后来又开发出不少系列产品推向市场，使天泉的酒更加有市场，更加旺销。

第三类朋友，戚志强交的是政界朋友。老说政企要分开，就是不能分开，一个企业离开了政府的支持，你就是干不成事。一个厂长、总经理，你能管理好你自己的工厂，但你管不了社会上其他的事。而企业的运作联系着社会方方面面的部门，这些都得由政府出面协调，由政府出面支持，你企业再能，但毕竟是在你自己的那个小圈圈里打转转，不能投入到大社会中去……

想着想着，戚志强感到了从没有过的累。这是一种心累，一种从战场上退下来之后的身心俱疲。

他就这样坐在办公室里，抽烟喝水，再抽烟再喝水。似乎没有了往日的激情。

临近下班的时候，他的门又被敲开了。

进来的人是戚志强没有想到的人，这个人是戚志强在心里埋得最深的人，市档案局局长，吴琼。

吴琼没有回上海，考取大学后竟又回到了故原。这一点，戚志强心里是最觉得对不起她的。他们恋爱一场，最终没能结婚，而且吴琼就一直没结婚。她爱好书画，人活得也清静淡然，他们很少联系的，有时一两年都不联系一次。但他们的心是那样贴近，两个人像水一样看似无味而又至纯至美。这些年，她从没有主动打扰过戚志强，她与戚的交往就是谈话，只要一谈起来就能无所不谈，每次都是谈过即散，在一起吃饭的情况就很少。

戚志强心情正不好，见她来了，心里为之一亮。他把吴琼让到里间，倒好水，两个人叙谈了起来。

"志强,我看你脸色不好,又有什么烦心事了?"吴琼笑着说。

"唉,在企业每天都是烦心事。"戚志强说。

接着,戚志强就把下午记者来要钱的事说了一遍。

吴琼听罢,苦笑道:"你要调节好自己,我觉得你在你们企业里也是孤独的。谁能知道成功人的背后是什么?是孤独。你在这里跟谁去交流,你这么高,如何去交流?交流不了。而且都对你敬而远之,把你架得这么高,架得这么累。你满脑子就是事业,就是赚钱,你活得累不累呀?"

"没有办法啊,人的追求不一样,境界不一样,我最大的乐趣就是奋斗,就是工作,就是挣钱。在企业这么多年,现在就不以赚钱为乐了!是把企业赚钱当作事业来做的。男怕入错行,女怕嫁错郎,我选择企业,现在看是自找苦吃!"戚志强感叹道。

"这都不是关键的原因,以我看关键是你太认真了,不愿妥协,不愿为权力折腰,不畏势力造成的。"吴琼呷了口茶说。

戚志强又点上一支烟,无奈地说:"不是我戚志强境界有多高,天泉是我一手带着做大的,我真的不忍心败在我手上,在我手上发展不大呀!"

"好了,别给自己过不去了,人们所有的痛苦都是来自自己的感受。想开点,今天你请我喝几杯茶,行吧?"吴琼见戚志强心情不好,决定晚上与他深聊。

"好,我请你,走!"戚志强站起身来。

篮球赛

施天桐有一本百看不厌的小书。

书是副市长王莫平送给他的。书名叫《天地阴阳交欢大乐赋》。

这本书薄薄的一小本,是台湾出版的,装帧和印刷相当精美。

书内不仅有男女交欢的各种插图九十九幅，而且还有白话译文。

这册敦煌写本的《天地阴阳交欢大乐赋》，是大诗人白居易之弟白行简所作。原抄本出自敦煌莫高窟藏经洞。1908年由法国汉学家伯希和偷购出境，现保存于法国巴黎。由端方请人于1913年在巴黎拍摄，罗振玉遂把它作为《敦煌石室遗书》的一部分在北京出版，次年，学者叶德辉加注校改，在《双梅景暗丛书》首次刊印校勘本。后台湾学者又从法国重新影印出版。

施天桐得到此书后，不知道读过多少次了。他是一个特别喜欢女人的人，与他有关系的女人最少也得有一个排的建制了。大家议论最多的是被称为"金陵十二钗"的十二个女人。但自从他认识肖馨之后，他的精力就集中在了肖馨身上，对于其他的女人就基本上很难再有鱼水之欢的畅快了。但也并不是不再来往，只是偶尔会面一两次而已。但，现在这些女人基本上都被施天桐给安排在市直各机关里，或在下属的事业单位里了。施天桐是一个敢作敢当的人，他对女人几乎从不食言的。

现在，肖馨正与他一道同读。他们在一起时，只要看这本书，都是两人一道的，津津有味得像是两个小学生在温习功课。

肖馨起来，给施天桐冲上西洋参茶。施天桐躺在床上打开电视。肖馨本来是不想让施看电视的，但见《新闻联播》节目快到了，就没有阻拦。施天桐与大多数当官的人一样，每天只要有时间一定是早听广播电台的新闻联播、晚看中央电视台新闻联播的。这是官员们的必修功课。有时缺一节都会出事的。

天气预报结束后，肖馨才对施天桐说："有件事你得出面。"

"你又有啥事？"施天桐懒洋洋地问。

"中原房地产的赵总，想让你开个现场会，为减免土地出让金、城市建设配套费的事。"肖馨说。

"你答应了？这件事梁明也给我提过，我没有答应。"施天桐说。

"不是你那个秘书小梁说的，是王莫平让我给你说说。"肖馨娇声娇气地说。

"这个王莫平事也太多了。上月让我给南方宾馆程伟买断南方宾馆和申请流动资金贷款的报告签字,现在又弄出这个事来!我不办。"施天桐生气地把遥控器扔在了床上。

肖馨见施天桐不高兴了,就上来搂着他的脖子嗔怪道:"我看老王不错的,哪一次他出面办事忘过咱,我看比那个小秘书强多了。"

"你懂个屁,他王莫平不是个省油的灯。我看小梁不错。"施天桐说。

其实,肖馨不知道现在施天桐已经开始来敲王莫平了。他已安排人对关于王莫平的人民来信进行查实。他想通过那封人民来信,给他个党内处分,就是不处分,也让他把尾巴夹紧点。如果查出问题了,施天桐会出来做工作的,这样,王莫平会对他更为忠诚的。但施天桐没有想到的是,这一查竟让他自己不能控制局面了,而且牵出自己的事来。

肖馨哪知道施天桐这种男人间的手腕和奸诈,仍傻乎乎地问:"现在都说秘书分文秘型、智囊型、经纪人型、养子型、黑帮型,你看小梁属于哪一种?"

"胡说什么,小梁跟我的儿子差不了多少,有时比他还强呢。我今天累了,早点休息吧!"施天桐声音生硬地说。

肖馨是最了解施天桐的,也最能降服他。一物降一物,施是火肖就是水,施是豆腐肖就是石膏。肖馨搂着施的脖子,在他耳根不停地吻,吻一下吹一口气,吹一口气再吻一下。施天桐被她弄得心里痒痒的,就说:"小冤家,你要干什么?"

"我给你发的信息你还没有回呢,我问你为什么不回?"肖馨把施的手机拿过来。

"什么呀?"施天桐伸过头来。

"你看你看,你最该有体会的!"肖馨把信息打开。

施天桐一看就笑了:四女干部总结提拔失败原因,甲:我上面没有人;乙:我上面有人但不硬;丙:我上面的人很硬,可我在下面没活动;丁:我在下面也活动了,可我没出血。

"你又闹什么呀？"施天桐扭住肖馨的耳朵说。

"我能干什么？我不是想让你高兴吗。机关女子篮球赛，王莫平都组织好了，把你的十二金钗全都弄进来了，你还不高兴呀！"肖馨假装生气地说。

其实，肖馨对施天桐的那些女人并不怎么气。那是过去的事了，她也管不着。相反，她有时倒为她们被施冷落而同情呢。那天，施无意中说想把原来的女人们集中在一起搞个篮球赛，肖馨就动了脑子，他侧面让王莫平来组织，当然前提必须是她来出任裁判。肖馨心里有种近似变态的想法，她要在赛场上指挥施天桐曾经喜欢的女人。

施天桐一听这话，也来了精神。他说："好吧，我说过的，比赛时我要去看的。"

"那当然，你不去看还比赛什么。你不去，她们也不参加了呀！"肖馨用手点着施天桐的额头说。

施天桐这段时间心情确实不错。他最担心的威尔乐公司和零号楼的屁股被擦净了。过去，他没有想过会这么容易就解决这两个问题。他也没有想到戚志强会这样给自己面子。现在，他决定放松一下自己。

篮球赛是在周末的下午举行的。

施天桐和王莫平等市府的其他几位头儿，都穿一身运动服早早地来到了政府大院的灯光球场。

他们先在操场上随便地投着球。不一会儿，球场外就围了一圈人。

当施天桐他们身上都出汗时，参赛的人到齐了。也就是施天桐的十二金钗全到了。

因为这些女人都是从不同单位自愿报名来的，不好分什么什么队。最后，按施天桐的提议，采取抽签的方式确定分队。担任主裁判的肖馨写了12个纸团，他们开始抽，单号甲队，双号乙队。甲队穿红衣，乙队穿蓝衣。

比赛进行得相当激烈。这些女人，谁也不想在这次比赛中表现差。她们心里都知道自己的对手是什么人，不仅是赛场的对手，更是情场上的对手。在同一队的人，也不能协同作战，因为她们每个人都是所有人的对手。因此，比赛完全成了各自为战的局面。

她们在场上，你拉我扯，你推我挡，与平日打架动手差不了多了。赛场外，一阵阵笑声和掌声。

肖馨这个裁判也难当。她的哨子和手势，几乎毫无作用。

闹剧式的比赛终于结束了。红队输了两球。

场上和场外的人都累得够呛。场上的女人跑得累拉得累，场外的人笑得累。

施天桐亲自为两队颁了奖，又为裁判肖馨颁了纪念奖。王莫平和其他人，就以有接待、有事为由离开了。

施天桐让政办的人安排了一下，所有参赛的人全被拉到了"紫宫迎宾馆"。

明天就是三八妇女节了，施天桐准备很好地犒劳一下参赛的队员们！

第七章

见汤姆

非常之人方有非常之识、非常之胆，做非常之事。戚志强早就有这么个非常之想。

那就是把天泉的股份卖掉一部分，这不仅可以解决再发展的融资问题，更重要的是可以引进一种新的机制。

但天泉是国有企业，百分之百的股份是国家的，具体地说就故原市，他只不过是受托管理。要出让股份不是他说了能算的事，必须要征得市里的同意，甚至更高领导的点头。

为了做成这事，半年前，戚志强就开始游说了。他首先给火可书记谈了自己的想法，接着跟施天桐也谈了。同时，在参加市政府的市长办公会上，他作为副市长，也从不放弃机会，大谈出让的好处与做法。

市里基本是同意的，这是大势所趋。但运作起来，却不是那么容易。说的时候，这些头头都说，可以可以，应该应该，可一到具体谈判的时候，就没有人愿意出面了。

戚志强认为，这条路子早晚得走，晚走不如早走。于是，他专门到省里跟分管工业的张副省长作了汇报。

张副省长很是支持,并答应愿意为天泉引线搭桥。

快到春节的一天上午,戚志强看过前一天的发货单,心里美滋滋的。一天发出500多吨酒,这让谁不高兴呀。每年这个时候都是白酒的销售旺季,按说是最忙的时候,可戚志强反而最闲,每天只看报表。

现在,他放下报表,随手拿起那本中国地图册,随意翻开了一页,看了起来。

就在这个时候,一个叫汤姆的美国人来到天泉。

他是美国第一大酒业集团亚洲部的总经理。那天中午,他是手里拿着张副省长的条子来到天泉的。他的目的很明确,他要收购天泉集团酒这一块的股份。

汤姆是一个高个子美国人,但中文说得很好,如果不是有些生硬的话,并不比那个说相声的美国大山差。

他在办公室,一见戚志强就说:"你的名字已经进了美国的档案了。你的儿子和你的夫人好吗?代我问他们好。"

"谢谢汤姆先生,我代表天泉全体员工欢迎你的到来!"戚志强准备跟他谈谈。

"你们的工厂管理也是非常好的,我去过中国很多的酒厂,天泉是第一流的。我来中国的目的很明确,就是要收购中国一些国家级的名白酒厂。"汤姆很肯定地说。

"那好,我愿意与先生谈谈。"戚志强也开门见山地表态道。

第一轮谈判开始了。

汤姆很明确地谈了一些天泉厂的利与弊。可以说他了解得十分周全,也谈得十分准确。这令戚志强有些吃惊,他对国外企业的信息系统由衷地佩服。

汤姆谈了一些对天泉的感受后,话锋一转,直接地说:"我们决心要收购天泉酒,而且最少要控股51%!"

戚志强一听此言,脸色就不好看了,他强压制着内心的火气,语气不高不低地说:"要说合作,我们可以,要是让我卖厂,把中国养育了1800多年的酒文化遗产卖了,那是不可能的,你这样就伤了我的民族自尊心。天泉酒在中华民族造酒业上是一块瑰宝,谁要把它卖了,谁就有可能成为中华民族的千古罪人。我戚志强不想当这种历史的罪人!"

"罪人,戚先生言重了吧。"汤姆说,"我们只是控股,将来的管理以及生产、销售各个方面还要依仗你戚先生去做。你的一切利益只会比现在好,不会下降……"汤姆对戚志强的话有些不解,但他很直接地解释道。

"汤姆先生不要说了。"戚志强制止了汤姆的话头,"你的意思我明白,你说我的利益不会受损失,无非是三条:一是你把我的小孩搞到国外去读书。二是我现在年收入大约是一二十万,你会给得更高一些。三是房子,你会给我更好的洋楼别墅。这些我都不稀罕,而且我现在拥有的一切已经十分满足了,不需要你说的那一切。你要是合作,你就参股;你要控股,那就是绝对的不可能。"

汤姆两手向外一张,摇着头说:"戚先生,我不赞同你这种只要民族自尊而不要市场的人。"

"你说的什么?请你再说一遍。"戚志强脸色一变地说。

汤姆又重复了一遍后,戚志强拿着手中的地图册,在桌子上摔了摔说:"我问你,你知道把中国地图上34个省会、直辖市、特别行政区所在城市连在一起,是什么吗?"

"不知道。"汤姆又把两手向外一张,摇着头说。

"我告诉你,那是'中国人'三个字,请先生回去仔细研究研究!"戚志强激动地说。

谈判不欢而散,自然很快就结束了。

汤姆没有达到预期的结果。他很遗憾地离开天泉。

谈判的当天晚上,张副省长给戚志强打来了电话。

"戚总,你的思想太保守了一点吧。控股有什么不好呢?"

张副省长的不紧不慢的话,让戚志强感到大为恼火,但他还是强压着火气,笑着解释道:"省长,我戚志强是保守的人吗?酒界里谁不知道我戚志强不保守？但对外国人的那种无理的要求我是不能理解的。再说，汤姆先生在谈判前请我吃过一顿饭，在谈判后，我也请他吃了一顿，这总扯平了，算买卖不成仁义在嘛。"

　　张副省长跟戚志强是很熟的。他在做轻工厅长时就常到天泉去，戚志强到省城几乎也是都要拜访他的。张副省长了解戚志强的性格，也就没有坚持什么。

　　汤姆不死心，他到省城后又去找张副省长。张副省长就又电话让戚志强来省城，而且有其他事情要谈。

　　戚志强就来了。他对汤姆的事没有半点松动。汤姆请他们在五星级的凯歌大酒店吃的饭。晚饭后，戚志强和汤姆一齐送张副省长。在大厅里有几个洋人抱着中国儿童，在说说笑笑。这都是外国人到中国孤儿所领养孤儿的。几乎每天都能在这里看到。

　　汤姆看着那些中国儿童，笑着问："戚先生，外国朋友就喜欢中国的孤儿，这些儿童里面哪一个是你们故原的？"

　　这是明显的不友好。戚志强听罢，十分不悦，他转过脸来立即说："汤姆，我从小的时候就喜欢玩具娃娃，我妈妈给我买的都是金发碧眼的洋娃娃。现在想来，特像你！"

　　汤姆与戚志强不欢而散。但汤姆是一个很执着的人。

　　没来天泉之前，他觉得应该是志在必得的。他这样想是有他的依据的。他认为，他根据中国人的惯例，先走了上层路线，是从上头领导那里拿了条子去找戚志强的。没想到戚志强是个软硬不吃的人，不像其他酒厂对他那么主动热情。

　　但汤姆没有死心。他非常了解中国的酒业，他知道中国有个"酒界权威"叫邹天艺的，他的话对于戚志强来说，一般情况下是最灵的。

　　于是，汤姆连续四次才找到了邹天艺。

　　汤姆见到邹天艺，就以中国式的口吻说："邹老喝了一辈子酒，八十多岁了，身体还这么好，可见喝酒还是有益健康的呀。"

　　"我不喝酒，喝酒的人尝不了酒，你总喝酒，嘴就麻木了，尝不出味儿来了，尝酒的人是不会喝酒的人。"邹天艺说。

"你是中国酒界的前泰斗，世界酒起源于中国，你就是世界酒业的泰斗了！"汤姆竖起大拇指恭维道。

"汤姆先生，你有什么事，请直接说。"邹天艺说。

"我在中国转了这么长时间，转了这么多名酒厂，感觉在酒这个行业里，戚志强最优秀。天泉这个品牌也最受消费者欢迎。"汤姆说。

"你的感觉不错，我不想跟你探讨这个问题，我能帮你做什么？你说吧。"邹天艺86岁了，他一般是不与别人谈太长时间的。

汤姆笑了笑，有些不好意思地说："我们想收购天泉，请邹老从中说说，我们会表示感谢的！"

邹天艺笑了，然后说："戚志强的个性你也领教了，他决定的事是谁也改不了的。你没听说过吗？中国白酒界有这么一句话，戚志强，是刀枪不入的……"

"但我们想做成这件事，请问邹老，我该怎么做？"说着，汤姆起身给邹鞠了一躬。

"为什么要做白酒，你们了解中国的白酒吗？"邹天艺问道。

"你们中国人不习惯喝外国酒，洋酒数量小得很。我们的想法是：我投资，让中国人替我做白酒，我再卖给中国人，我来发财。不过，我们五年之内是不想赚钱的。"汤姆为他的想法而得意。

邹天艺笑了："你们美国人厉害，比日本人高明多了，日本人是今天投资，明天就要回报。不过你要控股天泉，我帮不了你！"

汤姆无奈地摊开两手。

后来，邹天艺给戚志强打了电话。

但戚志强一直坚持自己的想法。他太爱天泉御酒了，他从心眼里不想让外国人控股的。这一点也许有些偏颇，但他还是要坚持。

算　账

　　戚志强决定给宋戈算两笔账。

　　这一切，都源于戚志强对宋戈的看重。从他决定让宋戈来天泉时，他就认定宋是一块可以赌的玉。从古至今，对于赌来说没有再超过赌玉的了。一块石头，你看重了，赌上了，用刀劈开可能里面是一块价值连城的美玉，更多的时候是没有玉或是一块没有价值的玉。十赌十输，就是对赌玉的最好评价。但毕竟有万分之一的可能，而且有可能是想象不到的成功。

　　戚志强选择宋戈就带有赌的性质。

　　他觉得宋戈是一个绝有可能包着美玉的石头，是一个可以在企业经营上做出大事的人，当然他让宋到天泉也有更深层次的原因，那就是为了平衡施天桐。但最根本的还是他对宋戈的看重。自古以来，顶尖级的师傅都是主动选徒弟的，只有二三流的老师才是徒弟选他。

　　现在，戚志强通过快一年的观察，他准备很好地教一教宋戈，让他尽快成长起来。

　　搞企业的人必须精于数字，他决定先给宋戈算两笔账。

　　他把宋戈叫到自己的办公室，开门见山地说："宋总，你到天泉也快一年了，你算过现在我们董事会和子公司老总的平均年龄没有，是多少？"

　　宋戈一下子傻了，他确实没有算过，但想了想大概也快五十了吧。他不知道戚志强下面要说什么，因此没有敢表态，而是笑笑说："戚总，我还真没有想过，也不太了解。"

　　戚志强点着一支烟，神情严肃地说："我算过，平均45岁还多点。可沿海企业董事会和经营班子的成员不到30岁。我们的班子老了呀。"

　　"是吗？我真没有细想过。"宋戈说。

"那好，我现在告诉你了，你觉得我们下一步该如何办？"戚志强追问道。

宋戈来天泉后，对人的问题一直不敢表态，他不知道戚志强的想法，也不想在这些问题上说什么。他看了看戚志强说："我没有想过，戚总你看？"

戚志强见宋戈给自己使小心眼，就笑着说："我觉得，应该迅速调整这个班子。方法是退功臣引贤士。"

"应该，不过我想这样做，是不是会引起动荡？"宋戈试探着问。

戚志强看了一下宋戈，说："我准备采取招聘、自由组阁、上一级任命，三位一体的改革路子，无阵痛、无动荡地实现中层管理人员的更新与替代。今年三月，天泉的股东大会上，要基本完成高层领导的更替与布局，年龄大的老同志要逐渐退下来，年轻的新人走上高层领导岗位。不然，天泉没有希望，甚至只有失败的结局。"

"那好，我同意戚总的意见。"宋戈没有想到戚志强会做出这样的决定。

"好，既然你同意，我再征求一下顾书记的意见，然后就在后天的董事会上先吹吹风！"戚志强胸有成竹地说。

第三天，上午。董事会。

这次董事会就一个议题，就是收购天隆集团股份的事。

事前，我给天隆老板孙玉柱进行了谈判。他认为天泉有可能收购成功，而且收购成功对天泉来说是走向沿海发展的一个契机。

会上，戚志强给大家介绍了前期与天隆集团接触的情况。这一方案很快得到董事会其他成员的赞同。在天泉，戚志强几乎成为说一不二的权威，他提出问题后，基本上就没有其他人再提什么反对意见。这一点让戚志强一直很是担心与生气。他也反思过自己的，最后的结论只有一点，那就是他这些年在天泉太强了，所做出的决定几乎全是正确的，大树底下难以再长出其他树了，别人也不敢说什么。再者，就是这些人思想老化，没有什么新的想法，也真的提

121

不出什么意见。

戚志强感到很悲哀，这样下去，天泉非坏在自己手里不可啊。他知道自己不是神仙，也绝对有错的时候。想到这些，他突然想起前天跟宋戈算的账了，就很激动地对人的问题讲了起来："我们诸位，都是过去对天泉做过巨大贡献的人，包括我自己。如果说，现在和将来我们还能为天泉做出更大贡献的话，那就是勇敢地、毫无怨言地把自己的位子让出来，让优秀的青年知识分子走上我们今天的位子！如果说，他们能把我们这一代人从领导的位子上挤下来，这应该是我最大的欣慰，也应该是天泉的大幸事！如果几年后，我们这些人还都在现在的位子上，那就是我们的悲哀，也是天泉的末路了……"

他的话一讲完，大家首先是吃惊，然后是沉默，空气十分沉闷，没有一个人大声喘气。

会议在压抑的气氛中散了。

这次董事会之后，公司一片沉寂。

戚志强感觉到了大家的压力，他自己压力更大啊。天泉御酒的市场也遇到了一些阻力。如何办？他决定实施曾经想过的方案。

于是，他再一次把总经理宋戈叫来，给他算了另一笔账。

戚志强说话，喜欢直来直去，开门见山。

他对宋戈说："你算过没有，现在全国一片红的老池酒一瓶值多少钱？"

宋戈真的没有算过，他只重点研究了老池酒的市场热销，但没有思考过这个问题。

戚志强拿起一支笔在案子的纸上画着，一边写一边说："现在老池酒光在中央电视台各频道投入的广告费就是3.2亿元，加上其他卫视台的广告，应该有4亿元。我算了一下他们自己公布的销售量，每瓶酒仅广告费用就有4.8元，加上包装费、运输费、进店费、礼品费、小姐促销费、开瓶费和国家要收的那么多税，一瓶卖20元的酒，其成本仅有2元！这难道不是我们的商机吗？"

宋戈望着戚志强得意的表情，一时弄不懂他想的什么，就没有接话。

戚志强狠狠地吸了一口烟，然后说："我们应该鼓动记者们写篇文章，题目最好叫：都来帮老池酒一把！大家不拼命地喝，老池就要关门了。"

"对，这一算消费者就明白了。老池酒就完蛋了。"宋戈现在明白了，为戚志强的精明过人而感叹。

"那好，我们就让记者来做这篇文章。可以花钱买通他们，现在记者比妓女还不值钱，只要有钱，什么事都能做得出来。你来办吧。"戚志强把这件事交给了宋戈。

宋戈虽然答应了下来，但心里还是觉得这样做不太好，有些担心地说："这样是不是有点落井下石了？"

戚志强笑了，笑得很长也很响，笑过之后说："市场也是胜者王侯败者贼呀！老池下去了，就给我们天泉腾出了市场空间，尤其是山东市场。做生意该赚的钱一定要赚，一分都不能手软，无毒不丈夫啊！"

"是啊。《圣经》上说：驼驼穿过针的眼，比财主进上帝的国还难。要想做个赚钱的财主，是太难了呀。"宋戈笑着说。

接着，戚志强又给宋戈侃起酒来。

各地文化有各地文化的特点，不同地域的人有不同的偏好。表现在卖酒上也不例外：安徽酒以礼品促销见长，山东酒却迷信广告！

整个山东酒可以用一句话来概括，就是"成也广告，败也广告"。山东酒成功的基础一是广告；另一个是四川散酒流进了山东，使山东酒的质量得到了提高，但也埋下了祸根。山东酒在早期的运作中，不论是"孔府家酒""孔府宴酒"，还是"老池酒"都是十分成功的，尤其是"两孔"在1994年、1995年的白酒行业中，不失为一个成功的典范。但他们通过这种做法迅速完成资本积累后，没有适当控制规模、重视产品质量、规范市场操作、注重品牌塑造，以致市场很快疲软。后来靠广告起家的老池酒，将来会更惨。

戚志强谈了对山东酒尤其对老池酒的看法后，突然话题一转，压低声音说："我们要再出一种新酒，把山东酒再往下推一推，来个落井下石，把山东酒彻底打垮！"

这次谈话的第二天，戚志强就分头安排了行动。

宋戈约来《中国消费报》的记者，做通工作，发表了《都来帮老池酒一把》文章，产品开发部迅速调制了一种叫红粮液的新酒。

正如戚志强判断，《都来帮老池酒一把》这篇文章一出，全国上百家报刊纷纷转载。老池酒一夜之间再也卖不动了。

新出的"红粮液"酒，戚志强采取倒推成本法，每瓶3.8元，每瓶只赚5分钱，有时只要保本也卖。这个酒一出来，全国市场火爆，半年就销了6000吨。一个八月份，兰州一个客户就销了51车皮，1600多吨！一下子把山东酒拉下来了，因为包装、酒质，都不比他们十多元的酒差。

天泉的"红粮液"因为是原料名不能注册，到了年底，全国迅速出了30多家某某红粮液某某红粮液，真可谓全国一片红了。恰恰到年初，山西出了个"红粮液"假酒致死人命案，全国一个通令：全部查封"红粮液"。

戚志强也有算计错的时候，他曾仰天长叹："天绝戚志强，非战之罪！"

收天隆

天隆集团老板孙玉柱是故原的一个年轻人，才33岁。

天隆集团是特定时期的特定产物，孙玉柱也是特定时期的特定英雄人物。他从生产和销售"脑神力"，把天隆集团推动起来，成为全国知名企业，应该是故原人的骄傲。

可现在，号称20亿资产的天隆集团和孙玉柱，都遇到了就要倒下去的绝境。

对待孙玉柱这样的企业家，戚志强的评价是"成也英雄，败也英雄"。戚志强一直认为，像孙玉柱这样的人，在中国改革开放史上，在私营经济发展史上，都是值得大书一笔的人物。因此，戚志强觉得应该尽最大可能救他一把，一定要救他一把。

作为故原人，戚志强又有强烈的乡土观念。他不愿意看到这些在改革史上都是值得大书一笔的人物倒下，他不希望中国的改革家遭遇悲惨的结局，甚至影响到了改革开放的进程。戚志强愿意出手相救。加上，孙玉柱多次与戚联系，希望戚能出手救他一把。

更重要的是，戚志强一直在思考天泉这个企业的未来发展。现在，靠常规性发展思路显然是不行了，必须走资产重组的路子。天泉的资产是优良的，天泉的品牌是知名的，天泉有市场的通路，为什么不采用激活休克鱼的办法去盘活别人的资产，进入别人的领地呢？

戚志强决定就从收购天隆开始，真正进入资产运营的快车道。

戚志强第一次与孙玉柱见面是在广州，那次他正好出差。

那天晚上，简单地礼节性寒暄后，他们的谈话就直接进入主题了。

戚志强对孙玉柱说，你败在一、二、三、四点上，他直接地提出几点看法。戚志强对中国的民营企业将出现的问题已经看到了，他毫无保留表述了自己对天隆集团的感觉和诊断。褒贬是买主，喝彩是闲人。戚志强把天隆集团解剖到了骨子里，正是为了要收购它。

戚志强在得到公司董事会的认可后，接着就安排了与孙玉柱的正式谈判。

上海浦东陆家嘴。紫金山大酒店。

戚志强与孙玉柱，天泉与天隆的谈判整整进行了三天。

这场谈判对戚志强来讲，是布满了阴影。

戚志强对天隆公司的发展前景，看得非常清楚。但，天隆公司一大批年轻的知识分子，对自己的失败，根本没有看清楚，也不承认。这一帮子人的狂傲，也给戚志强心理上埋下了阴影。戚志强反复思考，如果收购了"天隆"，他将怎样指导他们工作？不止孙玉柱一人，还有和他们的工作班子的合作。

孙玉柱请了几个处在幼稚阶段的"顾问"，他认为天隆"怎么怎么"包装一下，就可以捞回一些钱。这次谈判会上，戚志强与天隆达成了"意向"协议。

谈判结束，戚志强对一道去的宋戈说："我们这次的成绩是摸到了天隆大量的资料。回去研究后再谈！"

戚志强回到天泉后，就组织一个工作班子开始研究和分析。

经过一周的研究，宋戈和工作班子的人一道给戚志强去汇报。他们大多数人都持反对意见。

总会计师庄之讯说："戚总，你不能收购。收购回来，我们将后患无穷。"

戚志强当即阐述了自己的观点："天隆集团是做保健品起家的，我们也正在建药厂，这样有利于我们天泉未来的产业整合。再者，天隆集团在市场上的知名度是相当可以的，光天隆这两个字也值五到六亿。如果收购成功的话，会给我们带来意想不到的好处，也能给整个社会带来好处！关键是如何收购和收购后如何整合的问题。"

庄之讯不同意戚志强的判断，他始终坚持自己的看法："从财务上分析，天隆集团很差，已到崩溃的边缘，咋去组合，这非常重要。况且我们通过什么样的组合，才能规范那些不良现象？我感觉心里没底。"

接着，大家从不同角度谈自己的看法和担心。

戚志强喜欢有不同意见的人与他辩争，那样越争越明，越争越有激情。

他听罢庄之讯的话，又点上一支烟说："收购天隆，不仅是两个多亿资金的问题，也不是如何去整合和组合的事，我担心的是人的问题。天隆的人太把自己看重了，面对这样的合作伙伴，我们更重要的是如何跟他们合作？你们再研究一下，我们都认真论证一下，下周再开碰头会。"

之后，戚志强决定再认真研究一下。

对于戚志强来说，他的大多数决策都是凭第六感觉而定的。许多事决定做不做，并不是先进行可行性研究，而是凭直觉认为行或不行，然后再通过专业的研究与分析。这也有他的道理，因为平时的思考和经验积累就是可以作出基本判断的。

但对于收购天隆的事，戚志强是很慎重的。经过一周的反复思考，一套成熟的方案形成了。他知道自己必须说服自己和别人，这是国有企业，光自己认为行还不行，不是他戚志强的个人企业，一个人就能说了算，必须要班子里的人和市里的人同意才行。现在，他找到了说服自己的理由，他就不怕说服不了别人。

第一，天隆大厦早期方案是31层，后来调整到42层，后来再调整到71层，盖到10层就停了，没有钱。虽然需要庞大的投资去弥补，但天隆大厦的影响力还相当大，通过好的炒作和运作，用土地和在建工程抵押及吸收投资，完全有可能融进所需资金，况且大楼前景很好，建成后能迅速为天泉在发达的深圳建起一座发展的桥头堡。

第二，天隆集团在加工脑神力过程中，欠了一些加工厂的大量的钱。一个企业做到这样，喘息一下也不免是一个策略。再去做时，一些新的客户，很有可能在不付加工费的情况下不给你加工，因为你的信誉太差了。但天泉收购后，就可以解决由资金而引起的瓶颈问题。凭着脑神力过去的市场影响，这个产品完全有可能重新占有市场。

第三，天泉如果收购了天隆，就可以把"天隆"在深圳的大楼抵押。虽然这楼早已被银行冻结了，不能抵押了，但进去2000万元的资金就可以解冻，解冻后的楼再行抵押就可以去还原来的一部分债务。

第四，天隆属下的150家分公司在"树倒猢狲散"的情况下，要运转正常是十分困难的。戚志强当时看中的就是他在全国的销售网络。但现在最怕的就是分公司有才华的人可能都飞完了，剩那些素质不高的人都来"争夺最后一道晚餐"。

困难是存在的。但机遇从来都是与风险同在的。戚志强用了两周的时间先后说服了公司内部的同志，然后又分别给火可书记和施天桐作了汇报。市里没有明确答复行与不行，只是表示要慎重。

戚志强做好充分准备后，实质性的谈判开始了。

谈判是在北京华能大厦进行的。

经过一个上午的谈判，双方都觉得很吃力。

中午吃饭的时候，戚志强对孙玉柱说："你的广告词是'服用脑神力，让十三亿人民都聪明起来'，对吗？一点不错，十三亿人喝了脑神力后，都感觉无效，因为他们都聪明起来了，就都不买你的。"

孙玉柱笑了，说："一点不错。"

"依我看，这个广告定位没有定位好。"戚志强也笑着说。

接着，天隆的另外一个人就跟戚志强争起来了，说他们的广告定位如何如何准确。戚志强看着孙玉柱说："你们别争了，我也不和你们争什么高下，我是来收购天隆集团的，我是买主，你们跟买主吵起来了，能证明你们的素质高吗？"

又经过两天的谈判，最后戚志强把自己的底线给亮了出来："以目前的情况看，只有政治加经济的手段，才能救天隆集团，天泉才能完成收购，单靠经济手段是不行的。"

孙玉柱说："只要能完成我们两家的整合，我愿意尽最大努力去配合。"

戚志强点着一支烟说："请孙总去找'上面'，让他们给你出出面，我也做做工作。只要'上面'出面干预，做好工作，给三四年的政策，把'天泉'的费给免掉一部分，天泉再把这部分钱专款专用在'天隆'身上，天泉自身再掏一部分钱，就可以完成对天隆的整合。或者你把天隆集团改变注册地，在我们省注册，省里肯定会同意的，这样叫政治解决办法。"

见孙玉柱听得认真，戚志强又接着说："第二，你找珠海市长、市委书记，看能不能以天泉要收购股份的理由，为了完成天隆的再次起飞，让政府再支持一下。具体地说，就是一是尽量免费，二是交上的税以政府扶植的形式再返回一点。"

"是啊，国外一些企业要倒掉，政府都出面不让它倒，政府出面是捷径。"孙玉柱也十分认同戚志强的看法。

谈判结束后，孙玉柱和戚志强就留在北京运作关系了。他们分别通过各自的关系，从北京找到人，给天隆和天泉两地政府的主要领导打招呼。

政策，政策，就是政府官员们出的"策略"。在中国，政府官员的话最管用。戚志强所希望的政策优惠，就靠他们运作了。

戚志强回到故原后，吴琼也给通了个电话。戚志强把这些天的累倾诉给了她。吴琼就说，你要放过自己和宽容自己，也要放过别人和宽容别人。许多事并不能完全按照自己的想法实现，你不妥协不仅办不成事，而且会伤了自己和别人。

想想吴琼说得也有道理。企业家就是企业家，而不是那种任何时候都不肯妥协的分子。

于是，戚志强就调整了方案，在与天隆合作的一些小的问题上，就进行了妥协。所以谈判进行得顺利多了，双方都进行了最后的让步。

一月后，天泉收购天隆股份的框架性协议签订了。

面对围剿

10月的一天，上午。

打假办的郑卫宏接到举报，离天泉只有1000多米的故原市天水酒厂，正在制造"天泉佳酿"。

宋戈听罢汇报后，立即让打假办四位同志便装去侦查。

郑卫宏四人一进去，天水酒厂门卫就把他们全部关在了厂里。

郑卫宏见势不妙，就用手机与公司保卫科联系请求增派人，并让宣传科的同志带着摄像机来现场录像。

天泉集团保卫科和宣传科一行，要强行进入天水厂区时，天水酒厂厂长李同学就让人开着车把他们向外撞。在里面的郑卫宏四人也往外冲，他们必须离开现场。

司机将一辆五十铃车开了两米多，见再往上撞就会出人命了，就停下了。

李同学大声说："往前撞，撞死我负责！"

郑卫红对司机说："我是执行公务的，再往前开，我就开枪自卫了！"

司机停了下来，但李同学却带着几个人来夺郑卫宏的枪。郑卫宏鸣了枪，他们也不怕，十几个人过来就打。转眼间，郑卫宏和里面的另外三个人就被围了起来，郑的眼镜被一个年轻人一拳给打烂了。

天水厂里的其他人，看见在录像，就上去把录像机夺走，把录像带砸了。

二十分钟后，市检察院来了二十多个干警，才把现场维持住。

宋戈十分恼火，他给戚志强汇报后，决定要到市里去找相关部门："这事不处理，企业还能不能经营了！"

戚志强出差在外地，在电话中说："这事弄到市里，也可能不了了之。都是本市的企业，手心手背都是肉吧。你不要急躁。"

宋戈一时不知道如何办才好。记得戚志强曾经给他说过，为了维护合法权益，天泉成立了打假办公室，但打假工作开展不起来。后来，天泉给市检察院协商，成立了"故原市检察院驻天泉酒厂检察室"，检察院还给了天泉两个兼职编制，那方便多了，墙内的黑手可以打，墙外的黑手也可以打了。

说起故原市检察院"打假保优"，戚志强那是真有点激动。他说，从他们的打假动作来看，切实为企业保驾护航，正副检察长亲自带人打击假酒坏酒、抓窝点……在配合我们打假上，可以说是立下了汗马功劳。社会上的执法部门，都像故原市检察院那样，打假就好办多了。筑起民族质量的长城，这是历史给予我们每个炎黄子孙的职责。说真心话，打假打不进去，这就是腐败！

想着戚志强的话，宋戈陷入了沉思。

也许，这也是中国的一个特色吧。所有大企业的周围，几乎都有这种现象：大企业周围就有"依托名牌发展"的无数个小企业，所谓"一业兴，百业旺"，名酒更甚。茅台有、汾酒有、泸州有、五粮液有、天泉也有。这些名酒厂的所在地，哪一个不是曾经有过上百家小酒厂，像苍蝇一样地活着！酒的假冒能不多吗？酒的打假能不难吗？完全可以说，名白酒都受到了来自它当地和外地的"四面围剿"！

中国不解决打假这个问题，中国经济就没法搞上去。从根本上说，假冒商品，世界上哪个国家哪个地区都有，但我国在打假这个问题上就弱一些。我们国家在法制建设，在打假上，我认为手腕应该更强硬些，也应更成功。前两年你一打假，就有人说你打得狠了，我们地方上咋办？都公开这么说。一些地方的"势利眼""近视眼"加"狗眼"，统统都是地方保护主义。当地有当地的地方保护主义，外面有外面的地方保护主义。

现在的侵权水平、假冒水平也在提高。企业为了维护合法权益，就出来打官司，企业已经到了害怕打官司的地步。企业也麻木了，看到官司也不想打了。打啥呢，这边"打"，那头照"产"；这头"禁"，那头照"销"；企业即使官司打赢了，该索赔的也索赔不回来。除非假东西害死人了，那中央才确实重视，但像这样的案子能有多少呢！从上面看对打假也重视，"质量万里行"也行了，"打假保优"也保了。

地方一些政府也重视，光故原就有这么多假冒商品，是市委书记不重视还是市长不重视，都不是！是"打假保优"落不到实处，关键是假冒商品与国家的腐败有关系。一些执法部门与造假黑手狼狈为奸，有钱同分，有难同当。

现在有的执法部门一去打假，就认为是替企业打的，伸手索取，拿钱来，不拿钱，是不打的。宋戈想，严格地来说，我们是个法治国家，是共产党领导的，企业是纳税人，企业依法纳过税了，打假，执法部门就要出来，你们不出来谁出来？况且你们支持的仍是给你们纳税的那一块。给企业要点钱，也是可以理解的，没给企业做实事，伸手就要钱，企业的钱是从天上掉下来的还是从大树上掉下来的？执法部门认为打假是给企业打的，这是极端错误的观点，是为企业打的，企业又是替谁干的？

打假对于企业来说，是一条充满艰辛的路子。打假的事各种媒体报道多了，一个王海就使一些厂家和商场心神不安，但对于一些个体和乡镇小厂造假者，一万个王海也没有招。听现在企业进行打假真有点像当初"地下党"接头或搞特务工作一样。打假靠举报，为了保护当事人，有些案还不能报，有些案子，对不是干这行工作的真是难以想象。

在打假过程中，天泉感到地方保护主义太厉害。在一些批发市场，天泉打假的人员一到那里，人家工商部门的人，首先是不冷不热地接待，然后就用市场上的大喇叭，吆喝说：各位工商户请注意，天泉集团来人配合我们来清查市场了，请赶快做好准备！有时，他们暗地里去外地市场上看到了假酒，当地的一些部门不是要车、要经费，就是谈其他条件，等一切都谈好了，就找不到假酒了，也抓不到人了。

戚志强回来后，天水酒厂生产"天泉粮液"的案子仍没有真正解决好。本来宋戈是想拘留李同学和那些闹事的人，然后处以罚款。款倒是很快罚了，工商局和检察院第二天就对天水酒厂进行了罚款，而人却没有拘。公安局说，这是经济纠纷，不足以拘留处罚。

宋戈就很生气，他一见戚志强就发牢骚说："现在国有企业真的是太难干了，过去我在市里真是体会不到啊。"

戚志强笑了，对宋戈说："关于打假问题，在去年的全国人代会上，我就以专门的提案报上去了，又能怎么样呢！"

当时，戚志强在全国人代会上呼吁白酒要立法保护。后来，一位记者采访戚志强后，以"黑手，你何时罢休？"为题，发表了关于打假的观点：现在假冒商品到了骇人听闻的地步，用16字可以形容："打不胜打，防不胜防，围追堵截，焦头烂额。"打不胜打，就是打了它一趟又一趟，它像烧不尽的野草一样，"春风"吹又生；防不胜防，企业有了保护措施，没有三个月它也出来了，有的比你弄得还好。企业和有关部门可以说费的力气不小，花的财力、人力也不少，尽管努力围追堵截，但都是徒劳无功。

而现在，戚志强对打假问题也转变了看法。他在现实面前，不得不作出退让。

他一边抽着烟一边给宋戈谈着自己的转变：

现在，我对打假问题的看法，也有了一些转变，假冒，这是改革开放经济发展过程中的必然现象，随着法制的健全，会一天一天好起来的。前几年，我对这事就特别恼火，想不通。还是一个老同志开导了我。有一年我去一个老同志家拜年，说到假酒问题，他说，现在共产党员都有假的，何况你的酒？我的天啦，共产党员这个称号多神圣啊，共产党员都有假的，还有比这更严重的吗？

所以，后来谁给我谈起假酒时，我就说：天泉是我一个人的？它是国家的！啥时被假冒商品冲击垮了，我管不了，我们只要尽到一个共产党员的责任，尽到一个炎黄子孙的责任，就问心无愧了！位卑未敢忘忧国！我们只能面对现实，也只能发发忧国之情而已。因为，你我再有焦虑之心，中国毕竟太大了，中国毕竟太积重难返了，中国的法制化建设，毕竟还有一段漫长而艰辛的道路！

宋戈听罢，也无奈地说："人们常说，无法无天。这个世界上如果没有法，就没有了规则和秩序，世界就不会安宁。像美国对假酒，就有相当严峻的法律。美国马萨诸塞州的酒类执法人员，包括酒类管理委员会调查员，无须出示逮捕令，就可以逮捕被发现非法制造、销售、储存待售、运输、进口或出口酒类饮料的任何人。中国的酒类管理真是太差了。"

戚志强笑了笑，然后说："不要和外国相比，就是与国内其他行业相比，也可能是最差的一个行业了。我国目前有关法规规定，制假在五万元以上者，才算是刑事案件，以下者还算是治安案件，只能罚款或拘留15天，如此而已。这种法律法规的缺陷，为执法造成了困难，使制假者胆大妄为。"

戚志强和宋戈都不想再说什么了，两个人都陷入了沉默。

宋戈从办公室出来，下楼去食堂吃饭，正好路过公司大楼下的停车场。他看着喷着"公安、检察、法院"字样的三辆桑塔纳，无奈地笑了。

能说政府不支持打假吗？都给你企业配了这样的行头，一个企业竟有公检法三种车辆，这也许唯有故原才能做到。但这是对外地造假企业的，对本市的就另当别论了。

对政府来说，辖区内的企业就像手心手背一样，反正都是肉呀。

第八章

喝茶去

对每一个人来说，初恋只有一次，因此每个人的初恋都是最难忘的。

宋戈的初恋是在天泉发生的，他难以忘怀与燕鑫的过去。但他也最不想让自己再重提那段往事。当初，他被燕鑫的父亲天泉厂厂长燕克仁羞辱、被其哥燕本华骂后，他离开了天泉厂，那时他就发誓一定要混出个人样儿，混出人样了再见燕鑫一家。

这么多年，他一直把这个羞辱当作动力，每遇到不顺和难事时他总会想起燕鑫及她的家人，不能倒下去，一定要让他们看到一个有出息的宋戈！每当取得成绩，得到晋升时，他也最先想到燕鑫及她的家人，你们看看，这个当初被你们看不起的宋戈！去年，让他到天泉集团时，开始他是不太想来，后来转念一想，我为什么不去？我现在做你燕克仁和燕本华的上级了，我就要让你们看一看，当初那个被你们称作不配与燕鑫相恋的宋戈。宋戈到天泉来，从心底深处有那么一点小人得志的味道，报复之心多少还是有的。

然而，燕鑫对他并没有什么，她一直在心底是爱宋戈的。那时，如果宋戈坚持在天泉不走，她就决定进一步与家人斗争了，她非嫁给宋戈不可。但宋戈走了，而且燕鑫多次与他联系，他再也不作任何回应了。一年后，就结婚了。燕鑫也只得结婚。但她一直还在想着宋戈，在暗处关注着他的一切，成功与失败，只要能知道的信息，她都在关注。

现在，宋戈到天泉做总经理了，她的心激动难平。她就跟宋戈联系，那天晚上，她第一次给宋戈发信息，宋终于在十一年后第一次与自己联系了。她很激动，她并不是想做宋的情人什么的，她只是想与宋联系更紧密些，她想与宋单独在一起一次，喝喝茶，或者说说话。当然，她也想过，如果宋戈要与她进一步发展，她说不上希望，但也难以拒绝，哪怕上床这样的事，只要他宋戈敢做，她也不会拒绝。

可宋戈总是那样不即不离。有时，燕鑫给他连发几条信息，他都不回。即使燕鑫打电话，他也冷静而官方地应几句，尽管他心里是激动万分的。他说不清自己为什么要这样把心里的东西，隐藏起来。

前天晚上，他收到燕鑫的信息。这是一条写得很好的词：永夜抛人何处去？绝来音。香阁掩。眉敛。月将沉。争忍不相寻？怨孤衾。换我心，为你心，始知相忆深。

宋戈有些心动，他为燕鑫的情和才华而动。但他没有回。他不知道如何回复燕鑫的情与意。他想得很多，现在走到这个位置了，面对的眼睛更多了，就成了戚志强所说的爬杆的猴子了，他不能因情而坏了自己的大事。他明确知道自己现在的处境，虽然戚志强是信任他的，但骨子里他知道戚并不完全信任他，只是把他当作缓冲自己与市里，还有施天桐那些人的棋子而已，当然戚也是希望宋戈能帮他做些事的。而燕克仁一家更是极力在找他的碴儿，轰走自己之心显而易见。公司其他那些老人，面对自己空降而来做总经理，也是不服气的，从对自己的配合中就可见一斑，表面上支持，背地里暗箭不断。

宋戈虽然表面上一身的劲头，可心里很苦很难，是那种说不出口的苦。过去曾幻想着，企业要比机关争斗得少些，岂知国有企业也是个大社会，人与人的明争暗斗好不到哪里去。因此，他决定在燕鑫这件事上必须慎重，冷静，深呼吸！

那天晚上，他怕燕鑫打电话来，就把手机给关了。

可第二天起床，打开手机，接连收到三条燕鑫发来的信息：

春尽小庭花落。寂寞。凭栏敛双眉。忍教成病忆佳期。知否？知否？

夜久歌声怨咽。残月。菊冷露微微。看看湿透缕金衣。归否？归否？

一去又无期信。冬尽。漫天飞白雪。炉灭榻冰独翻转。来否？来否？

他越是不回，燕鑫那边越是急，一条一条地接连着发。

宋戈看过，心里有些痛，他为燕鑫的情也为自己的懦弱。我宋戈还是个七尺男儿吗？为什么要这样自己骗自己，骗别人呢？我堂堂正正地与她联系，哪怕成为朋友又不是什么不可以的？难道为了自己的前程，就把自己弄得这么假吗？不！宋戈与燕鑫联系了。那次，他打电话过去，解释了自己没有回的原因，当然口里说的只是借口与托词而已。

周五，燕鑫相约，周六晚上在"怡心园"茶坊见面。开始他还有些拿不定主意，可燕鑫说丈夫卫相如出去办一个案子了，宋戈就同意了。

晚上八点，宋戈出门的时候，组织部那个老同学裘万里给他发了条信息：

情人是黑车无牌无照偷着开，小秘是专车无牌有照悄悄开，老婆是私车有牌有照大胆开，小姐是公车证照全无大家开。

137

宋戈看罢，笑了。他没有回，他为裘万里而可笑。组织部副部长，在外人眼里是多么有尊严的一个人呀，可他心里想的是什么呢，也说不定他有几辆车同时在开呢。他没回，是怕裘突然提出约他，搅乱了自己与燕鑫的约会。

怡心园茶坊，是上海一个老板开的。装修和风格都十足的江南味道。

燕鑫已经先到了，在二楼一个小包厢里等着宋戈了。

宋戈到后，点了一杯黄山猴魁。这茶清淡而回味悠长。燕鑫喝的是莲心红花茶，微苦而清香。

两个人相见，都有些不好意思，一时不知道说些什么。

这是十一年后的第一次相见。十一年来，彼此都心里想着对方，而见面了又都不知道从何说起。

还是燕鑫先开口了，她端走茶杯问："到天泉还好吧？"

"还可以，比我想象的要好。"宋戈当然不想说出自己心里的憋屈。

"这些年，你一直在恨我吧，我是想给你解释一下当初的事。"燕鑫掩饰着自己的内心的起伏说。

"不，我没有理由恨你的。说真的，我真想忘了你。"宋戈说。

"连恨都没有了，那更不要说其他了！"燕鑫笑了笑。

宋戈呷了一口茶，也笑了笑："随你理解吧！"

于是，两个人都不作声了。包厢里一片寂静。

突然，门被打开了。两个男人闪身进来了。宋戈和燕鑫都吃了一惊。

正在这时，一个男人从上衣口袋里掏出一个黑皮小本，在宋戈面前一晃，然后说："我们是公安局的，有人举报你们有卖淫行为，跟我们走一趟！"

"什么？你们要干什么？你们知道我是谁吗？"宋戈忽地站了起来。

"我们不知道你是谁,但我们是中华人民共和国警察,你就是外国人也得跟我们走一趟!"另一个男人冷笑着说。

宋戈还要跟他们理论,燕鑫就站起来说:"好,走吧!"

四个人走出了怡心园茶坊。

进了北城区公安分局联防大队的办公室后,他们把宋戈和燕鑫分开了。

那两个人留下来,开始问宋戈。

宋戈想,现在只能接受他们的问话了。按他们的问话一一回答。但无论他如何说,那两个人就是不相信,非要他承认与燕鑫有不正当关系。

宋戈最后只好沉默。他想打电话出去,他们不让。他气得真是快要死了,恨不能一下子把他们两个当场捅了。

十点多了。门被推开。燕鑫丈夫卫相如来了。

他进门后,另外两个人就出去了。卫相如点着一支烟,然后又递给宋戈烟,宋戈没有接。

卫相如笑了笑说:"宋总,想不到你也做勾引良家女子的风流事!你说如何办吧?"

宋戈现在什么都明白了,这是一个陷阱,是卫相如与燕鑫一起设计好的。他看了看卫相如,冷笑道:"卫队长,我今天才知道什么叫卑鄙!既然你们合计好的,你应该知道与燕鑫做了什么,你要怎么办吧?"

"不,我注意你们很久了,看,这是什么?"卫相如说着,把一张电信局打出的通话单,甩在了宋戈的面前。

宋戈没有看,他不想看。一直沉默着。

"这样吧,你给我写个保证,以后不与燕鑫来往了。行了吧?以后你还要混事呢。给你面子。"卫相如说。

"我不写!我看你能怎么着。你也要为自己留条路。"宋戈冷笑着说。

"那好,你也算故原的名人了,在这里待长了,传出去也不好。

有人替你写好了,你签个字总行吧?"卫相如把一张纸交给了宋戈。

宋戈一看,是燕鑫写的:我与宋戈只是朋友关系,以后不再来往。

宋戈想签了也没有什么,就签了自己的名字。

卫相如把纸收起来,笑着说:"对不起了,宋总,耽误你的时间了。我来送你吧?"

"不用了,谢谢!"宋戈说。

卫相如跟在宋戈的后面,出门后,他说:"不过,那两个小子不懂事,已把刚才的电话给戚总和你的爱人了,他们不认识你,想核实一下。对不起了。"

宋戈心里一凉。一句话没说,就快步走了出去。

此时,戚志强正在成都"文殊院"茶园。

戚志强喜欢喝茶,但他不太喜欢到茶楼里去,他最喜欢的是到成都。用戚志强的话说,成都是天下第一喝茶的好去处。成都人喜欢喝茶,这是全国闻名的,每一个茶园茶楼都是整天那么多人。

成都的喝茶去处,戚志强最喜欢文殊院茶园了。那里虽然人很多,甚至有些嘈杂,但他坐在那里心里却很静,出奇的静。这里他已经来得不下十次了,因为每年都在成都开全国糖酒交易会。但只要有机会,他总要来坐坐的,喝上一杯茶,感觉一下文殊院的禅意。

今天,他是与史建明一道来的。史是戚一手从车间提拔上来的,现任威尔乐的总经理。他们是为了推动葡萄酒而来的。

戚志强接过手机,自叹了一声:"唉,宋戈呀,糊涂!"

史建明就问什么事。戚志强本不打算说的,但还是简单地说了一下。

史建明听后,就问了一句:"戚总,不少人都不理解,你为什么要让宋戈来做总经理?你不知道他是施天桐的人吗?"

戚志强端起茶杯,看了一眼史建明,说:"你不明白就不想,不想就没有问题了。我给你讲个故事吧。"

"好吧。"史建明也端起茶杯喝了一口。

"说，就在这个文殊院里，一个居士来问住持，什么是佛的真谛？住持说喝茶去。居士走后，小和尚不解其意，也问住持为什么让他喝茶去？住持看了一下小和尚，挥了挥手说，你也喝茶去！"讲完，戚志强看着史建明端起了茶杯。

史建明也不解其意，看着戚志强问："住持的意思是什么呀？我也不明白。"

戚志强笑了，然后说："每个人都有一颗属于自己的心，佛就在自己心中。喝茶吧！"

两个人都端起了茶杯。

操刀手

戚志强除了喜欢洗澡外，还有一个特点，那就是喜欢做饭。

每天早上，他基本上都要早起，一边活动一下身子，一边烧早饭。他把烧饭当作一种情趣，一种活动身体的好方式，烧饭时也可以思考事儿。

戚志强一边在切菜，一边在思考收购天隆的事。看刀动菜断，他突然笑了：现在天隆就是菜，天泉不就是刀吗。刀把就操在他自己手中，我不就是一个操刀手吗！戚志强想到这里在心里笑了。

到了办公室。戚志强继续想收购天隆的具体细节。因为，原定下午就要召开收购天隆工作的领导小组会议了。

戚志强的思路仍然在刀上转悠。对，天泉就是切开天隆的那把刀。那就让庄之讯充当刀刃，宋戈当刀身，自己做刀把。他想让宋戈和庄之讯都真正地练练，这对他们有好处，对天泉未来发展更有好处。在戚志强的意识里，天泉必须走资本运作和资产运作的路子，他们只会资金运作是远远不够的。再者，他感觉到自己不应该再做具体的工作了，现在已不是冷兵器时候单兵作战的时代了，必须要有一个强有力的团队。

下午，四楼小会议室。工作班子的六位成员全到了。

戚志强点上一支烟，宣布会议开始。今天实际是一场一言堂的工作布置会，主讲的只有戚志强他一个人。

他喝了一口茶，环顾了一下所有人，然后开口说："关于收购天隆的实际运作方案，我先给大家通报一下，然后我们再商量一下。"见大家都翻开了记录本，他又接着说，"以这种资本运作收购天隆的谈判是，首先要聘请律师事务所参加，最好是有过资产重组经验的所和律师。我推荐的是北京大成律师事务所，那个所长续军，是一个非常有能力的女能人。我让宋总先接触了一下，宋总，你觉得如何？"戚志强问宋戈。

宋戈看了一下戚志强说："感觉很不错，续军水平很高，是金融专业研究生又考取的律师，也在企业做过，而且有许多成功的案例。只是他们提出的中介服务费高了些，要3%。"宋戈说到这里停了一下，在看戚的态度。

戚志强吸了一口烟说："俗话说，便宜没有好货。律师很重要，我说不高，关键是她能为我们做什么。不仅要再砍价格，而且要提供更多的方便。我们确定让大成律师事务所做后，关键是要他们委托一家得力的资产评估事务所。资产评估太重要了，评估高了，我们出的钱就多，低了，我们投的钱就少。在评估时要注意与具办人员搞好关系，搞点感情投资也是可以的嘛。具体的就是要注意把其实物价值压低，把有可能形成亏损的、不良资产全部剥离出来，债权尽量以不可能收回处理、债务全部厘清！他们虽然号称有形、无形资产20个亿，我看不算无形资产，评估下来净资产应该不超过3个亿。"

戚志强说完，又点上了一支烟。

这时，庄之讯插话说："我从上次他们提供的资料看，压过以后，净资产也应该在4个亿左右。恐怕不能剥离1个亿吧。"

戚志强看了一下庄之讯说："那我还要你们认真去做干吗？你们

要做好评估事务所的工作,出评估报告前再说。"他吸了一口烟,接着说,"天隆大厦现在被银行冻结了,你们要摸清究竟欠多少贷款,银行也不想拍卖,我们要把进入的资金先保证从银行解冻这个停建的大厦。至于欠的加工企业的债,小额的将来就还掉,欠多的,现在就要考虑如何给债权人去谈,争取让他们同意债转股。这样,可以减少资金压力,不至于我们投进去钱后,还了债务就没有流动资金启动运转了。"

最后,戚志强又安排道:"请宋总,要加大与珠海政府的联系,要尽量争取以扶植的形式,减免我们重组后所收的费。税不能免,但可以我们先交,让他们返还一部分。这些东西要促成形成文字性的东西,也可以告诉当地政府,这也是我们收购成否的条件之一。"

接下来,大家又在一起议了议与大成律师事务所和委托评估公司的事。

工作班子的运作应该相当顺利,天隆那边也很配合。

这个结果,戚志强是想到了的。刀在天泉手里,就在自己手里。

戚志强心里有一种按捺不住的兴奋。

他感觉,天泉发展到今天,在企业的实力、规模、效益、形象等方面均达到了一个较高的层次,尤其是近年来在机制改革、市场建设、战略经营等方面取得了突破性进展,已顺利实现了"投资工作由计划经济时期的政府行为向市场经济条件下的企业行为""由产品经营为主向以产品经营与资本经营相结合"这两个大的转变。由直接投资为主转变为以收购、控股兼并等间接投资为主;由单一投资主体为主转变为多个投资主体为主。这一年多,收购零号楼、整合威尔乐已做出了可贵的尝试。这一次收购天隆成功,将使天泉进一步壮大实力,积累经验。

是的,所有制问题、产权问题,在企业目前的改革中是最关键的因素。但说产权问题、所有制问题不解决,改革就进行不下去、大中型企业就活不起来,戚志强则不认这个理。企业必须面对现实,一步一步地做,扎扎实实地做,做到水到渠成。

戚志强想，现在不少人有这样的倾向：好比是栽一棵梨树，还没栽或者刚刚栽下，大家就开始讨论梨子归谁所有了。结果大家都把注意力集中到梨子的所有权问题上，谁也不去浇水、施肥、捉虫、剪枝，谁也不去管理，那么梨树非死不可。在新旧体制交替的时期的现实面前，要把企业做得尽量好，必须踏踏实实地去把梨树种好，至于梨子归谁，可以暂且不去讨论。对国有企业来说，不讨论产权归谁的问题，完全可以进行经济体制的改革，那就是进行资产经营。这是国有企业转变经济增长方式的一条崭新途径，是重组和资源重新配置的有效手段。在最近几年里，谁走活了资产经营这盘棋，谁就掌握了撬动国有企业这块坚冰的杠杆。

戚志强现在最关心的就是资产评估的结果。

焦急地等了两周后，评估的大致结果出来了：净资产3.4亿，几乎都是固定资产和存货了。

宋戈来给戚志强汇报后，戚对宋戈说："你再找他们做做工作，再压压，把固定资产的折旧再提高一点，把存货价值再压低一点，不就行了吗！要灵活。"

说到灵活问题，戚志强的谈话兴致又来了。他点上一支烟，看着宋戈说："做事不能犯傻。要知道条条大路通罗马的道理。譬如做国有企业，思想既不能超前，也不能滞后，要把找市场和找市长结合起来，即，能够发挥市场优势，就找市场，不能发挥市场优势，就找市长；脑袋要灵光，不要自己给自己较劲，认死理。"

看来资产评估没有什么大问题了，一切都可能控制在戚志强的把握之中。接下来，最重要的就是如何与孙玉柱合作的事。

两个企业资产整合成功之后，就必须完成企业文化的整合。关于什么是企业文化，现在真是各有各的看法，五花八门的。但戚志强有自己的看法，他认为企业文化就是一个企业在长期运营过程中，形成的价值观和行为判断标准。企业文化的核心其实就是企业主要负责人的价值观和行为判断标准。这虽然有些个人主义、英雄主义的行为，但事实确是这样。

现在，天隆的企业文化基本上就是孙玉柱的个性，天泉的文化就是戚志强自己的个性。天泉文化能不能整合天隆文化，说到底就是戚志强能不能整合孙玉柱。

戚志强是这样认为的。因此，他一直在想如何从思想和精神上征服孙玉柱。

又过了两周，资产评估结果出来了，最终的净资产是2.9亿多。

这个结果是戚志强过去也没有估计到的。他一直认为应该3个亿。所以，正式合同很快就签订了。

戚志强想，下一步就要进入真正的整合了。

一个神

一个企业的文化其时就是一个老板的价值观。

一个企业的成与败关键时候，就是一个人的成与败。虽然不能说英雄创造历史，但英雄是大众的代表，细分析无论是国内或是国外，英雄改变历史的情况比比皆是。

无论国有还是民营，只要是知名的企业里，里面都有一个神一样的核心人物。这个人物，就是企业的当家人。

戚志强是天泉从小到大，十几年的当家人了，他想靠思想去领导、统治这个企业，实际上他也是这样来统领或者说统治天泉人的。

现在，在某种意义上说，戚志强就是天泉，天泉就是戚志强，而效忠天泉即效忠戚志强这个人。

在舆论宣传上，戚志强不仅在公司上下，组织各种各样的学习班、培训班、公司大会、职工对话会。在《天泉报》上，可以看到以各种形式宣传戚志强的文章，像什么"给戚总画像""戚志强故事""戚志强的经营之道""董事长信箱"等专栏就好几个；戚志强讲话、活动报道得更多；《天泉报》对戚志强的宣传可以说是无微不至。

除此之外，公司还有一个专发给副科以上管理人员看的《天泉情况内参》，这份内部刊物与《天泉报》一样，刊头也是戚志强用他那柳魏相融的毛笔字题写的。每月四期的该刊，有时还出增刊，一个主要内容就是戚志强在不同场合下的讲话。可以说戚志强在公开场合上的讲话这里收录的都有。另外，天泉的电视专栏《天泉风》及公司广播，也同样每期必有戚志强的内容。戚志强的思想可以说已全面、深入地植根在公司全体员工的眼里、耳里了。

而效忠戚志强的目的就是天泉的发展，是每一个职工的发展，这既体现了戚志强的个人价值观，也是他一万多天泉人凝聚在一起，凝聚在自己身上的一种领导手腕。

一种音乐，一种气氛，一种声音，在某种特定的环境下可以使你的文章产生十倍百倍的精神力量。戚志强是一个懂得艺术的人，他会十分巧妙地将时间空间与艺术氛围凝固在一个焊点上！

戚志强特别能讲话，一天至少有一半的时间在不停地说话。或者是给外面的客商、记者、政府里的人、各界朋友不停地说，或者是对内部的人不停地发号施令、大谈自己的感想与见闻，或者就是召集有关人或召集一部分人开会，向他们灌输自己的思想与想法。他能连续谈五个小时，喝两瓶水，抽两包烟，而且一直声若洪钟，毫无倦意，连一次厕所都不去。

他在试图用自己的思想来改变一些人的思维。尤其在新旧矛盾交锋时，他就用这种工作方法，来统一大家的认识。戚志强常说，过去毛泽东讲过"社会主义阵地无产阶级不去占领，资产阶级就会占领"。我也是造舆论。正面的舆论多了，负面杂音就少了。正面说明白了，理解折服的人就多了，那些别有用心的人想利用也困难了。戚志强认为，别有用心的人不可怕，最可怕的是别有用心的人与善良人的结合，或者别有用心的人利用了善良的人的良好愿望。有人说戚志强想把他自己弄成个神，那太浅薄了。戚志强自己认为并不是争名贪利之徒。

一个企业与一个国家一样，如果没有一种思想来凝聚人，如果没有一个象征极权的人物,这个企业就会如一盘散沙。一盘散沙的集体是没有战斗力的。在这方面,戚志强有自己独到的想法。他曾经说过,中国几千年的历史表明中国人是离不开"皇帝"的,在中国任何一个群体都要有一个"头",他就是权力的象征,三个人在一起工作生活就得有个组长,两个人在一起也得分个排名,不然的话心里不平衡,就失去了被人领导的安全感。这是中国几千年君主文化造成的啊。

中国的当权者和名人都喜欢把自己弄得很神秘,很神化,很万能,有时候他自己不想这样,但其他人不愿意,没有一个这样的人物作为自己的主心骨,那怎么办呀!所以,从适应国情这一点来说,做了一单位的头,就得把自己塑造成一个完美的人,就得把自己塑造成这个集体的灵魂,不然的话这个单位的工作就不好整。因此,戚志强毫不隐讳地说,我就是要把自己塑造成这个企业的灵魂,把自己塑造成名人。名气越大你越好领导这个企业,人家服你啊。

火可一到市委书记任上,就来拜访戚志强,并在全市召开了一个向天泉学习的大会。会上,戚志强做了个长达4小时的报告。在这个报告会上,戚志强面对故原市一千多名副科以上的干部,公开地谈了要勇于成为名人的观点。他说:我毫不隐讳地说我就是要做名人。名企业发展到一定阶段都要产生名人效应。就像文学界、文艺界有名人,可以推动文学和艺术的发展。体育界有名人可以扬我们的国威。我们各行各业都要有名人,中国的企业界更应该有名人。我曾讲过,我戚志强在故原投资一千万,在故原的影响仅仅就是这一千万;假如这一千万不是我投的,是香港首富李嘉诚投的,它产生的影响可能就是十个亿。因为,李嘉诚来投了,其他商人都要研究,这里的商机一定很多,他们也会来投资的。这就是名人的作用。

天泉一班子宣传广告人员,在树戚志强这个名人上也是费尽心机。在传统的媒体之外,他们又开发了许多途径。一是把戚志强著的《总要比别人也一点》这本从内容到装帧都很好的书,当作礼品放在天泉的高档酒中,让全国的消费者都能看到戚志强;另一个就是把戚志强的头像激光印在天泉御酒的瓶盖上，在中央电视台和地方电视台上反复播放，既是一种防伪也是一种宣传。这种方式可以说是国内企业独一无二的。

关于这事，还发生过这样一场辩论。有一次故原几个在不同机关工作的年轻人聚在一起喝酒，当说到喝的天泉御酒瓶盖上有戚志强的头像时，发生了争执。大多数人认为这是一种很好的宣传和防伪方式，另一个人硬是说出三条反对意见：一是说搞个人崇拜；二是说天泉人不尊重戚志强，把他的头像印在瓶盖上，喝酒者扭下瓶盖都把戚志强扔在了地下；三是戚志强都上了瓶盖，说明他到顶了，没有发展了。对这个说法，大家感到这里面有隐在心底的、对戚志强不满的情绪。双方争执起来，差点掀了酒桌子。

是的，名人难当，名人背后有艰辛，名人背后有谩骂，有讥讽。有人说，戚志强不就那一套嘛。认为没有什么了不起，他要是来做，比你戚志强还做得好呢。这些现象，在某种程度上也是中国文化上的一大劣根，中国的名人最难成长，刘晓庆说过名人难当，名女人更难，这话一点也不假。

一个演员、一个作家都可以靠一部电影、一个歌曲、一部作品一夜成名，而一个企业家的成名是靠若干年的积累，靠经济实力的积累。企业家的成名和艺术家的成名恰恰相反，艺术家可以有许多绯闻，有许多隐私，有许多花边新闻去炒。越炒越红，而企业家则不能，如果企业家有一点桃色绯闻，他就完了！他只能靠产品的品牌、销售的成功，而一个产品的成功，成为名牌没有巨大的技术和经济实力的支持是绝对不行的。有了名牌产品才能使企业成为名企，有了名企才能逐步地使企业产生名人，运用名人的号召力再使企业和产品的知名度扩大，产生经济效益。

戚志强是一个心胸坦荡的人，是一个很少畏惧的人。因为，假如你是一个非公有制的老板，你有了大名气，你的确会挣很多钱，有很大的信誉。公有制老板大多都怕出名，因为出名之后有很多麻烦事会跟在你屁股后头，像什么被人举报啦，上头查账啦，各种各样的攻击啦,的确太不容易了。这些事在私营企业一般都能对付过去,不牵扯贪污或作风不正的罪名。而公有企业的老板却绝对是不行的。你哪怕是为国家每年创造几十个亿,但你拿了甚至多用了几万几十万,就可以进牢房!

国有企业的领导,他们也都有出名的想法,但却又极怕出名,他们怕的是出了名以后的麻烦事。人怕出名,猪怕壮。而戚志强不怕,他什么也不怕。也许他没什么可怕的。这着实不容易呀。

戚志强说,要做公众名人,就得有做一个"透明的玻璃人"的准备。他戚志强就是一个"透明的玻璃人"。

国有企业的领导中,能这样坦诚地谈出要出名的、要成为名人的,他还是第一个!

冬天的屎缸

这些天,戚志强一直在盘算资金的问题。

资产是企业的躯体,那么资金就是企业的血液。现金流对一个企业来说比什么都重要。而天泉这两年,连续收购零号楼、整合威尔乐、建职代小区、投建药厂、收购天隆,一系列的扩大与投入,使资金显得有些紧张了。虽然从集团的负债率来看,资金状况还是可以的,但那是经过账面处理后的结果。尤其是天泉御酒这一块,通过调账把借款转为扩大固定资产投入后,负债率仅有16%,这种资产状况是十分理想的。

戚志强之所以要这样做,就是想把天泉御酒这一块包装上市。上市就是为了融资。融资后酒这一块是不需要资金的,其真正的目的就是要改变融资用途,支持其他产业的发展。

按天泉酒这一块资产现状,只要能上市40%,融进5个亿不成问题。戚志强是一个想到就做的人,他认为只要想好的事,哪怕不那么有把握也要去做，机会与风险是同行的。他开始思考改制领导小组的班子了。他当然要任组长，他原考虑让宋戈任副组长，再配个财务的庄之讯、公关部的白岩等五人组成前期的班子。但后来，他改变了想法，他不想让宋戈任副组长了，一是他是总经理，经营上的事要问，再者他感觉到宋不太老练，与燕鑫的事竟弄成这样子，最后他决定还是由党委书记顾力华来领衔。

他首先与顾力华通了气。顾开始并不太赞成，理由是现在天泉并不需要太多的资金，再者发行股票后，天泉就成了公众公司，更重要的是他认为上市太难了。弄不好，做了两三年都不一定能把股票发掉，劳民伤财。戚志强不这样看，他最后说："我主意已定，你先研究一下上市公司的有关情况吧，我们启动前是要开董事会的。"

戚志强与顾力华谈后，决定再与宋戈谈谈。他毕竟是总经理，与他通气也是十分必要的。但宋戈这些天显得总是很忙的样子，心情似乎也不太好。戚志强就没有再找他，因为他还没有咨询好，等咨询好后再与他通气也是一样的。想到这些，戚志强心里感觉特别累。这是国有企业，而自己是个一把手，就只有自己真正最操心，其他的人都跟着干，按着自己的设想干。成功了，大家都有份，失败了，责任肯定都会落到我戚志强一个人头上。千口吃肉，一人挨刀。要想做好国有企业，没有境界，他妈的是真不行啊！

宋戈最近确实是遇到了麻烦。

那次，他与燕鑫在茶坊的事出来后，麻烦就接连不断了。

他的妻子裴芊接到公安局打的电话后，第二天就从深圳回来了。她一见宋戈就大发脾气，非要宋戈说清楚与燕鑫的事。宋戈与燕鑫本来就没有什么事，宋戈解释了一次又一次，越解释裴芊越不信。关于宋戈过去与燕鑫谈恋爱的事，裴芊是知道的。作为女人和男人一样，最怕的就是对方与初恋死灰复燃、旧情复发。宋戈面对裴芊真是无计可施，保持沉默吧，裴仍然不依不饶，缠着宋戈不放。开始的两天，还只是晚上闹，到第三天竟不让宋戈去上班了。宋戈真是有嘴说不清。司机在楼下等着接他去上班，裴芊就是不让走。

宋戈急了，一抬手把裴芊推倒在沙发上。

"你，你还敢打我！宋戈我跟你没完！"裴芊从沙发上起来，拎起靠枕就砸。

"你不要不讲理，你要我怎么做，你才相信？"宋戈气得嘴唇都有些发抖。

"好，你不承认与那个女人的关系，你就是想与她好下去，我们离婚！我早就不想跟你这个人面兽心的东西过了。"裴芊哭着说。

"随你吧，就是离婚我也不承认与她有什么关系！"宋戈摔门而去。

宋戈走后，裴芊一个人在家里生气。她恨宋戈，但又说不出来，对宋戈对所有人都不能说出口。她裴芊为宋戈是受过屈辱的。她与宋结婚后，看着别的男人一步步向上走，而宋戈却一直是科员，心里不平衡。心气高是女人的致命弱点。裴芊为了宋的事，曾不止一次地去找过施天桐，当时施是副市长，正分管宋所在的经委，而且宋戈也是施给调到市里的。裴芊本来是想通过找施，使宋戈能提得快些。但施天桐偏是个色鬼，他早就看上了裴的姿色，正在考虑如何下手呢。施是一个非常色的人，他提拔的下级的女人有些姿色的，他基本上都占有过。这些女人基本上都心气高，你占了她的身子，只要给她丈夫提了，她都不会说的。说了对谁都不好。但他也有自己的底线，这种情况一般不会老缠着被他占有的女人的，占了以后，年把半年才占第二次。有的，干脆占一次就罢手了。他也怕时间长了，次数多了，闹出事来。而这些被占的女人的男人往往并不知情。

在施与裴的关系上，宋戈就一点也不知情。

那是六年前的一个下午，裴芊去施的办公室去找施，说宋戈的事。施天桐那天喝了酒，看着裴芊的风姿，就动了心，强行在办公室里把裴给占了。但之后，也就找过裴四五次。裴也就是因为这种原因，才离开故原到深圳跟着哥哥做公司的。裴芊那次之后，就后悔了，但已经没有办法挽回，她只有选择离开。

裴一个人在家里回忆着那一幕幕，心里难受得要死。她真不知道该如何办？跟宋戈离吧，自己又不甘心，毕竟自己为他付出了一生的屈辱。不离吧，她觉得宋戈可能变心了，或者是知道自己与施天桐的事了，早就知道了。想到这些，裴芊的泪不停地流下来。

女人爱哭，让快乐忧愁吐出口；男人爱酒，把幸与不幸咽下肚。这就是女人与男人的区别吧。裴芊一边哭一边想。

这时，她的手机响了。是施天桐的。

"裴芊，你回来了，也不说一声，怕我不给你接风吧。"施天桐在那边说。

"不是，我这几天忙，没麻烦市长。"裴芊强装镇定地说。

施天桐在那边笑了笑，说："我知道你与宋戈闹矛盾了，没事的，宋戈与那个姓燕的女人没有什么关系，全是误会。晚上我请你们两口子吃饭。天上下雨地上流，两口子没有隔夜的仇嘛。就这样定了。"

没等裴芊说话，施天桐那边就挂了。裴芊一下六神无主，心里空空的。

宋戈来到办公室，心里烦得要命。这时，在纪委的老同学夏贯仁给他打了电话，他是为宋戈被卫相如给办了难看而生气。

夏贯仁生气地说："这件事肯定是燕克仁这个老狐狸设的套，我们现在掌握了他儿子燕本华的受贿证据，你给戚志强说说，我一动手，他们就老实了。"

宋戈想了想，就说："我感觉也是他们下的套，是要我难看。我给戚总说说。"

放下夏贯仁的电话，宋戈陷入了深思。他想，必须动动燕克仁和燕本华。

戚志强办公室，宋戈说："戚总，纪委夏主任打电话来，问我们查燕本华的结果。他们想介入。"

戚志强点上一支烟，看着宋戈说："宋总，不要感情用事，我知道你心里委屈，但要慎重啊。"

"戚总，你理解错了，这是夏主任的意思。"宋戈分辩道。

戚志强笑了："夏贯仁是你的同学，你不让查是可以阻止的。你现在还不嫌烦呀，这个时候让纪委来查燕本华，对你对天泉都不好啊。"

"那你的意思是什么？"宋戈问。

"我的意思很明确，就是请你给夏贯仁通融一下，这事仍然由我们自己先查一下。到了能让他们介入的时候，他们不来，我戚志强还得请呢！"

"我不太明白你的意思，戚总。"宋戈真的不明白。

戚志强吸了一口烟，说："你知道种菜的人夏天弄的屎缸吗，夏天能臭死人，可到了秋天，那些屎结了痂，形成了硬壳，到了冬天，就一点也不臭了。如果你要把硬壳搅烂，你试试，不臭死人才怪呢！冬天的屎缸不能搅啊。"戚志强说完，长长地叹了一口气。

见宋戈没有作声，戚志强又接着说："你现在的主要精力要放在工作上，重点抓营销工作，而且马上要筹划改制上市的事，事多着呢。再说，工作着可以抑制痛苦。"

"好，我一定不分散精力！"宋戈表态说。

"晚上，我们在一起吃饭，你知道吧。"戚志强问。

宋戈愣了一下，因为他上午接到施天桐的电话，晚上要请他与裴吃饭的。他没有拒绝。现在戚志强又要自己一道吃饭，他有些为难。

这时，戚志强笑了："是施天桐安排的呀，给裴芊接风，让我陪。"

宋戈一听，心放了下来。他赶紧笑了笑，说："怎么敢劳您的大驾呀。"

戚志强笑了，然后说："对了，姚师傅的女儿姚翌大专毕业了，我看就到总经办吧。过去我们说过的要安排。"

"好。那孩子怪机灵的。"宋戈点了点头。

153

第九章

大阅兵

现在的企业，对广告的态度真是太复杂了。

恨也广告，爱也广告，成也广告，败也广告。

戚志强在巨额的广告费面前，真是伤透了脑筋。尤其是国家规定广告费用不能税前列支后，广告对企业的压力就更大了。

不做广告又不行，你不做，消费者就以为你的企业不行了，中央台都没有广告了，可能没有实力了吧。面对消费者的不成熟，戚志强虽然心里想，羊毛怎么能出在狗身上，但他还是要随大众，每年要拿出一亿多的广告费用。

于是，中央电视台和各省卫视台每年的广告招标就成了企业的爱恨关口。每年，中央电视台黄金段位的广告招标，都搅得人心神难宁，大有风声鹤唳、草木皆兵的感觉。尤其是秦池向中央电视台甩了一个3.2亿元的"炸弹"，撼动全国，令国人开始骂娘，千夫指向秦池。中央电视台今年还招不招标？如何招？

招标之前，中央台决定开始在全国有经济实力、有影响的地区开吹风会，先后在江浙、广东、西南等地召开招标说明动员会，使本来炙手可热的招标会再度升温，以至厂家与厂家、广告公司与广告公司、厂家与广告公司、厂家广告公司与中央台均在相互打探消息，传播让人心动的信息，进行不见硝烟的信息大战。

9月13日，北京大有广告公司范世承带着"天机"万分激动地直奔天泉，面见戚志强。

当范世承先生一口气兜售完"天机"之后，满以为能获得喝彩，戚总却大笑："范先生，你中中央台的毒太深了，你没有从更深处去冷静地观察这件事，那是他们在为自己拉广告，这里又关键要看今年所有中标企业的表现，还要看白酒的整体态势，以及中央台黄金段位的含金量。"

戚志强超乎寻常的冷静和理性，给满腔热血的大有公司泼了一大盆凉水："今年中央台，我们只做淡季四个月，不是你有能力去做吗？请出来帮助运作一下。"

其实，戚志强现在正为广告的事发愁呢。这个难题是市长施天桐给的。

两个月前，市委书记火可到中央党校学习去了，而且还要两个月才能结束。这期间，施天桐就主持了故原的工作。

一个月前，他就把分管政法的副书记陆强和副市长王莫平，叫到自己的办公室。

两个人到了施天桐的办公室，他就直接地说："我的书记和市长呀，现在我们的班长火可书记走了，我们更要抓好工作，不能因为他去学习了，故原的政治和经济形势就出现问题了啊！你们说，是不是呀。"

两个人被施天桐的话，弄得丈二和尚摸不着头脑，都不知道他的真正用意是什么。就你看我，我看你，然后一起盯着施天桐，谁也不先说话。

这时，施点了一支烟，又开口了："故原的治安形势不容乐观呀。最近又发了几个案子，老案子也久不破，人民有意见啊。"他看了陆和王一眼，然后接着说，"我们要保持高压态势，严厉打击刑事犯罪和经济犯罪活动，狠抓社会治安综合治理，维护故原的治安大局的持续稳定，为经济发展和改革开放，为人民群众安居乐业创造良好的社会环境。"

施天桐说完，陆强只是点头，并不说话。王莫平看着施天桐，说："书记，有什么指示，你明说吧。"

施天桐看了看陆强，说，"你们要搞个活动，显示一下你们的威风，把公检法司、民政，包括武警、消防官兵和所有穿制服的人，都组织起来整体展示一下，给犯罪分子一个威慑！"

王莫平突然心领神会了，有些兴奋地说："那就搞个阅兵式，这样集中展示一下我们故原的政治力量，有利于对犯罪分子形成强大的威慑。"

施天桐听罢，并不表态，而是转脸看着陆强。陆强是明白的，施天桐是要他表态。他觉得这样做有些不太妥，但又不能直接反对，就转个话题说："这样不错是不错，但动用那么多人，要经费呀。现在办案经费缺口就不小，钱从哪里出呢？"

施天桐想了想，然后说："我看叫大阅兵不好，就叫向全市人民的汇报展。至于钱嘛，最多花200多万吧，财政上挤一半，让天泉集团拿一半，电视直播时给他们打上广告，不就行了，他们一年那么多广告费。"

"可以，我看这法子好。那我们就办吧。"王莫平表态说。

施天桐看了看王莫平和陆强，然后笑着说："就靠你们俩了，这可关乎故原的政治和经济的稳定。你们开个协调会，就这样办吧，定在10月1日。"

他们两个人走后，施天桐就立即给戚志强打个了电话。戚志强听施天桐这么一说，就觉得不好反对，更不好不出钱，当即就答应以给故原市电视台广告费的名义，给100万元。

所以，在明年的广告投入上，他就特别想通过招标，把费用压低些，保持广告的总费用盘子不增加。

转眼间，到了9月25日。离施天桐组织的阅兵式越来越近了。按说，戚志强作为市委常委、副市长，是要参加阅兵的。但他却以去做广告招标的理由,给施天桐打个招呼,去了北京。

施天桐知道戚志强是有意不参加,但他还是装作不懂戚的意思,同意了他去北京。不愿参加的还有一个人,这个人就是正在党校学习的火可。火可也因要去参加中央党校的统一考察,而婉拒参加。施天桐想,不参加也好,你们越是不参加,我越要弄得热闹些。

9月30日下午,施天桐亲自主持召开了第二天阅兵的最后协调会,会议开到晚上八点。施天桐吃了点饭,因怕耽误了第二天的事,就住进了紫宫迎宾馆那个最大的套间。晚上十一点了,肖馨给他打电话,想到紫宫来看他。他很坚决地说:"不行,明天有重大活动,你明天九点在电视里看吧。"

施天桐一夜几乎都没怎么睡。他不仅处在兴奋中,而且,一个细节一个细节地想着明天的事。快到天亮了,他才迷糊了一会儿。七点钟,施天桐就电话通知陆强和王莫平到紫宫来,要求他们按一级警卫标准,做好安全保卫工作,确保万无一失。

八点半,故原大道上,红旗猎猎,钢枪生辉。公安、检察、司法、武警、消防、土地、工商、税务等执法单位一律统一制服,列队待命。一百多辆警车,和摩托方队一字排开。道路两旁,群众争相观看,万人夹道。市六大班子领导及市直部委办负责人,也早早地在阅兵台就座。

九时整,政法委书记、阅兵总指挥陆强向施天桐报告各方队情况。

阅兵开始,施天桐站在检阅车上首先发表了讲话。他声音洪亮地说:"同志们,通过这次阅兵,可以看出你们是一支训练有素、纪律严明、作风过硬的队伍。你们为社会稳定立下了汗马功劳!我希望全体干警再接再厉,继承和发扬我党、我军的光荣传统,严厉打击各种犯罪活动,为我市社会经济发展,维护安定团结的政治局面做出积极的贡献!"

简短的讲话结束后,施天桐乘敞篷检阅车,沿故原大道自北向南检阅全副武装,列队站立了一千多名政法系统全体干警。施天桐站在检阅车上，不时向干警挥手致意，并高声喊道："同志们好！同志们辛苦了！"列队干警便齐声洪亮地回答："首长好！首长辛苦了！"

施天桐检阅结束，回到主席台上就座。这时，由公检法司组成的方队和百辆警车方队，在民政局彩旗队的引导下，依次通过检阅台，接受检阅。接着，这支队伍在摩托车方队，"打击敌人，惩治犯罪，保卫人民，服务经济"大字标牌的引导下，走向市区主要街道……

而此时，戚志强正在北京的新安大厦，召集同去的宋戈、史建明和白岩开会。

戚志强满脸严肃，他先通报了中央台的最新情况，然后说：秦池、金贵因欠款，中央台将其拒之门外，齐民思因今年逃标也不让其报名，这样一来山东的酒疯子远去了，可能不会再放卫星。白酒将进一步走向理智。预计黄金时间就两条白酒，虽然炒得非常热，但我看在5000万元左右波动。

现在离中央台报名截止时间还有两天，戚志强让他们讨论一下。经过一番讨论，大家的意见是一个字"争"。其实，戚志强心里早已决定了："刚才我已电话给财务部同志讨论了此事，并做好了办风险金的准备，你们今晚就回去，办理银行汇款和报名手续。"

宋戈和史建明、白岩离开了戚志强的房间。戚志强打开电视，电视里正在播放邓小平阅兵的纪录片。

戚志强想到，施天桐此时也正在故原举行阅兵，就无声地笑了。

摩崖石窟

戚志强有一个爱好，喜欢到庙院或道教圣地去看。

每遇到大事需要决策的时候，他总是喜欢离开公司，到外面去。

大多借看市场的机会，去他想去的地方，在行走中拿出决策是他的习惯。

现在遇到了如何整合天隆集团和孙玉柱的事。这件事不是小事，是件大事。对于收购和整合别的公司来说，最重要的并不是资金和如何收购成功的问题，而是整合那个企业的文化和企业原有的当家人。

一个企业的成功，说到底是一个人的成功，一个企业的失败，也是这个企业当家人的失败。对于整合天隆来说，最重要的是文化整合的风险，其次才是管理整合的风险。戚志强把孙玉柱约到一起，他要孙陪他一道看看市场。看市场是假，找机会与孙交流是真。

他们第一站到的是摩崖石窟。

他们在客户的陪同下，用了一个上午在看摩崖石窟。看的时候，戚志强很少说话，几乎就没有怎么说话。看完就要上车时，戚志强问孙玉柱："孙总，看过后，有何感想？"

孙玉柱笑了笑说："真为古人的智慧而叹服！戚总悟到什么了？"

戚志强看了看孙玉柱，点上一支烟，说："你看那个横匾写得多好。那叫'自净其意'。一个人能够做到'自净其意'，他的思想境界就达到很高的水平。再者，我看到释迦牟尼和一些佛，为了劳苦大众表现的生活化的自我牺牲精神。你看他们的种种自我牺牲精神，可以用八个字来形容，'难舍能舍，难为能为'。"

"是啊，戚总一说，我感觉还真的有许多感想。"孙玉柱附和道。

戚志强看着孙玉柱说："人呀，要舍掉的东西都是非常困难，金钱，女色，地位，过去的经验，只有做到难舍能舍，才是一种自愿牺牲。'难为能为'，去克服许许多多艰难困苦，那都是非常不容易做到的，就因为难为才能为呢，这两句话是对佛教的自我牺牲精神和坚忍不拔的意志的高度概括。"

"戚总对佛道真是有研究啊，听君一席话胜读十年书啊！"同行的那个客户说。

戚志强笑了笑，然后说："蓝天似禅，高邈得无道可攀。佛的真谛究竟能做什么？它不是外化的教化功能，而是首先从思想上、

159

精神上承担、清算自己的责任,是来自自身的理性、自尊和人格力量。"

"是啊,是啊!我看戚总你就有这种精神境界。"孙玉柱为戚志强的话而感动。

"说不上,不过,我认为企业家也必须要有这种精神,尤其是国有企业的当家人。都说企业家精神是这是那,我看,企业家精神就两个核心,就是敢于冒险和敢于承担责任的精神。这是我十几年来的体会。"戚志强感慨地说。

那天晚上,戚志强与孙玉柱谈得很多。谈话的主题基本围绕着成功与失败。

戚志强信"天生我才必有用;生死有命,富贵在天"。他认为一个人成功与失败固然与自己的努力程度是分不开的,但机会和环境也是十分重要的,有时是最重要的。或者再进一步说就是"谋事在人,成事在天"。你用民意管解释,你用辩证法也管解释,这个天怎么解释呢。谋事在人,我认真地去干,成功失败我根本不去管它,我尽到责任了。所谓成事在天,是讲你干的事符不符合客观规律。我也感到自己有时是一种徒劳,是一种无效劳动。一个人要想成就一番事业,就必须敢于和善于忘却失败,迎接成功。

孙玉柱听罢戚志强这番谈话,就说:"戚总,你是个私心很大的人。"

戚志强感到不解,给孙玉柱解释说:"我是为事业的,自认为基本上是大公无私,我有啥私心?"

孙玉柱说:"你的私心恰恰体现在你想成就一番事业。你想实现自己的人生价值,在这种思想的指导下,你给天泉也培养了一批这样的人,也陶冶了这样一批人的情操,也鼓舞了一批人,所以天泉这几年也干得不错。但是,戚总你可注意了吗,我听说天泉好多人都是年纪不大就心脏病突发,心脏不好,这都是积劳成疾啊。"

"是啊,曹松曾说过'一将功成万骨枯啊'!他的这句话曾让我多少个晚上都睡不好觉。大公之后就是大私。你孙玉柱把天隆与天泉整合，对于你们当初几个创业者来说，不也是大公而大私吗？"戚志强点上一支烟，说。

"我没有这个境界，我只是想让天隆不死，让我们的心血在遇到挫折后，仍能使公司生存下来。"孙玉柱感叹道。

"我正要给你谈呢，今后天隆如何管理？我想过了，我兼董事长，你任执行董事兼总经理。原来的人我不动，但我要派财务总监。我认为孙总能记住天隆的教训就行了！"戚志强看着孙玉柱真诚地说。

孙玉柱起身给戚志强鞠了一躬，然后说："感谢戚总对我的信任，对过去天隆人的信任。我们一定会在您的指导下，重振天隆的。"

接着，戚志强给孙玉柱谈了对天隆大厦的设想。

他对孙玉柱说："天隆大厦主体工程快要竣工了，现在就考虑如何经营的问题了。我想听听孙总的想法。过去，你肯定是有一套方案的。"

孙玉柱对天隆大厦是经过认真考虑的。当初，他是想做成产权式酒店的。而且也确有100多户交了第一笔定金。那时，这一产权酒店曾被媒体炒得炙手可热。客户们都看到了这一产权方式的投资行为。这些购买了产权的人或公司，自己住价格相当低，只收成本费和服务费，不用的时候由天隆去经营，既可解决自己的商务使用问题，又可作为永久性的赢利收益，同时还可进行产权质押或转让。但看到天隆出现问题，停工待建时，纷纷要求退款。在天泉控股后，这些人也不再相信戚志强推出的债转股方式和承诺，都退出了。

现在这种情况下，孙玉柱一时真不知下面该如何经营。他想了想，还是对戚志强说："我们要把这个酒店建成四星级的。通过一流的设施和服务来实现赢利。在珠海这地方，不愁不赚钱的。"

戚志强点上一支烟，看着孙玉柱笑了笑，然后说："我不这样认为，遍地都是黄金，但并不是每一个都能成为富人。机会多，风险也更大。"

"那戚总的意思是？"孙玉柱问。

"我想委托经营，委托给国际知名的酒店管理公司，用他们的管理优势、品牌优势、客源优势，来实现双赢！同时，这也是天泉走向国际化的一个途径。"戚志强说罢，又点着了一支烟。

孙玉柱想了想，觉得戚志强的思路是可以的，就说："我同意，不过现在国内都太信外来的和尚了，如果选择不好，可能还不如自己经营呢。"

"历史是不能用如果或假设来想象的。我们没有经营酒店的人才，没有客源通路，要经营一座四星级而且将来要做成五星级的酒店，我戚志强是没有把握的。"戚志强一脸严肃地说。

"当然听戚总的了。"孙玉柱说。

"不仅要委托经营，而且在国内也要大胆引进人才，我设想将来天泉集团要以天隆大厦为基点，成立酒店集团，时机成熟了还要上市呢！"戚志强望着窗外，充满憧憬地说。

第二天，他们又飞到了黄山。

在西递村，戚志强在一副对联前久久地停下。它对身边的孙玉柱说："你看这对联多好啊！"

"读书好营商好效好便好，创业难守成难知难不难。"戚志强旁若无人地朗诵着。念完，他像是自语，又像是对孙玉柱说，"这里我来过四次了，每次都要来看一看这副对子。他对我的启发太深了，同时也是一种警示啊！"

走到另外一个院子，戚志强又伫立良久。他神情庄重地念道："遇事让三分天广地阔，心田留一点子种孙耕。"

念完之后，他再一次感叹着说："这告诉一个当权者，当权力达到顶峰的时候，思考问题、想问题的时候都要注意啊！"

这次与戚志强同行后，孙玉柱对戚志强的认识加深了。他过去是没有想到，戚志强会是这样一个人。

天泉能走到今天，其中重要的原因就是有戚志强在。

我今后该如何办？孙玉柱陷入了从没有过的思考之中。

豆芽菜

戚志强打开窗户，一股清新的空气飘进来，他动了动鼻子，心情很好。

他刚坐下，安新格就来了。戚志强先是一愣，然后微笑着给安新格让座。

对于安新格，戚志强有一种特别的感情。

48岁的安新格，过去是靠卖豆芽艰难起家的，前两年才学会写自己的名字，人送外号豆芽菜。在天泉的代理商中，他是比较有特点的一个。

安新格虽然没有什么文化，但他却是一个绝顶聪明的人。他从卖豆芽发家后，就想做"天泉御酒"生意。他一开始，先几十箱几十箱地卖，而且不给天泉销售部门说真名，一直做到几百万的生意，天泉也不知道他的真名，只好给他编了个号。有一次他晚上来进货，下班了，保卫科的人认为他的穿戴不像经销商，就问他是干什么的。他支支吾吾不想说，后来说了，保卫科的人反而不相信了，就把他关了起来。直到第二天，才算弄明白。戚志强一见他，就想起这件事，一想起这件事就想笑。

现在，安新格已非昨日了，西装笔挺，还真有点大老板的派头。他的思维也少了很多农民式的怯懦和保守。落座之后，他就对戚总说："戚总，我那个案子，省院也快开庭了。他们想让我撤诉，县里的副县长、副书记都找过我，我不会撤诉的，更不会按他们说的接受调解，行政官司，根本不存在调解。我就是要他们工商局承认错，我就要争这口气。现在国家都支持私营经济，他们还故意刁难、报复！现在私营企业就是豆芽菜，脆得很。"

戚志强笑着说："那好啊，你们私营企业主应该有这个志气。有什么需要我帮忙的吗？"

安新格笑着站了起来，态度诚恳地说："戚总，我找你，就是想请你让公司出个面，给我运作一下，现在法院也不是百分之百的依法办事，我一个个体户出来，请客人家都不愿去，我想打赢这场官司。"

戚志强看了一下安新格，然后说道："当然可以呀，现在我们就是要支持民营和私营公司，你们代理商不行了，我天泉咋办？再说了，天泉变成民营也是迟早的事，十年之后可能就没有国有企业了。不过，我对这个案子还真不清楚呢。"

"那我给戚总汇报一下。"安新格说。

"给我说说就好了，我听罢再决定派谁去帮你。"戚志强说。

于是，安新格给戚志强说了起来：

这其实就是一个借公报私的打击报复案。我们公司原来专销天泉系酒，效益是很好的。但我们公司对面，有一个门面，是卖其他酒厂酒的，老板是个女的，她的丈夫叫张如祥。原来是县工商局开车的司机，后来当上了南关工商所的所长。他看我卖得好，就不乐意了，同行是冤家嘛。就说你们的执照三年快到期了。

当时我说，该年检，就年检，我又没犯法。我们公司的登记期限是5月30日终止，5月18日，我向寿春工商所，递交了公司变更登记申请，同时提交了有关资料。他们认为手续齐全就收了120元变更登记费和720元市场建设集资费。29日他们把资料报到县工商局，县局以资料不全，不予登记，但没有给我们发《公司登记驳回通知书》，我们就认定是核准了。

后来，他们说我经营期已终止，这是故意的。第二，在这中间的4月2日，南关工商所给我们下了一个缴纳市场管理费64538元的通知。我不服啊，4月15日向福县人民法院提起行政诉讼，法院5月8日裁定：终止执行福县工商局南关工商所收费通知书，等待法院开庭审理。可后来他们就以接到举报，以我们公司经营假酒的名义，强行拉走了我1000多箱天泉牌系列酒。一直到现在我们的公司还未开业，酒还在被扣押，损失太大了。

安新格说着说着，就激动了起来。他也点着了烟，只吸两口就

掐灭在烟灰缸里,然后,接着说:

这个案子各级都很重视,省人大领导、省委书记都批字了。你们天泉集团更是重视,宋总也安排市场部派专人协助我们上诉。当然,这不仅影响了我们公司的效益,而且也影响了天泉产品的声誉,影响了天泉系列酒在福县的销售,影响了天泉的合法权益。咱天泉公司公关部也出面请省里的报纸给帮了忙。9月27日的《大众晚报》,上面有记者舒斌的文章。

说着,安新格把报纸递给了戚志强,然后说:"戚总,我不认字,听说写得不错,对我很有利。你看看。"

戚志强接过来,认真地读了起来:

据新胜职工反映:法院决定9月10日开庭审理关于收费通知一案,而在9月8日下午5点至晚上12点,福县工商局突然来了40多人,口头宣布仓库有假酒,要实行扣押。新胜公司两名女职工出面阻止,并要求出示合法手续——暂扣通知书,福县工商局不予理睬。1小时后又增加了30多人实行强行扣押,并致新胜公司两名女职工受伤。半小时后又增了30多名女同志,强行拖开两名女职工并搬酒。

9月14日,记者在福县工商局调查时,万德成局长徐春江副局长申明工商部门是文明执法,绝无打伤女职工的事,并说现场有录像带。当记者多次提出要看录像带时,局长以种种理由拒绝。随后,记者在福县医院看到,女职工刘琴、昝传菊仍在住院,均有不同程度伤害。特别是刘琴,她的胸口、下腹部、双膝、脚底多处有巴掌大的外伤。医生认为是钝器、拳头所伤,并建议做CT检查有无内伤。据刘琴说,事发时,她听到有人喊:打!朝软处打,别打成硬伤!对于当时到场的工商人员的人数,万局长先是说:绝无100人,是三批,60多人。但很快又改口为:只有两批,40多人。

整个强行扣押过程长达7个小时,且在夜晚,围观群众甚多。

9月14日,在福县工商局,记者并未提及"新胜公司"认为是工商局报复,以行政干预压制"新胜公司",万德成局长却一再声称:我可以完全负责地说,绝非报复。

绝非报复，这不是贼不打自招吗。他们以并不确切的罪名搞突然袭击，强行扣押1000多箱天泉系列酒，又作何解释呢？

这篇文章的后面，还有这样一个观点鲜明的编后：大力发展个体私营经济，是省委、省政府制定的重点治省方略之一，也是我省确定的新的经济增长点。然而，目前类似福县工商局这种滥用职权的现象，已成为私营经济发展过程中亟待解决的问题。我私营经济落后于江浙一些省份，与一些管理人员的素质、执法水平的滞后不无关系。同时，"天泉御酒"是我省在全国有影响的几个名牌之一，是我省唯一的中国名酒，天泉公司是省委、省政府重点扶植的企业，福县工商局以"莫须有"的罪名扣押其产品的做法已对该公司的声誉和销售带来严重的损害。我省有限的几个名牌再也经不起自己折腾了！

戚志强看完这篇报道，十分生气，从转椅上站了起来，点上一支烟，很重地吸了一口，然后说："事实的确很清楚，这的确是一个故意报复案子。我们天泉一定要帮你打赢这场官司，不然，企业还如何做啊。"

说完，戚志强拿起电话："宋总，你来一下。"

宋戈到了戚志强的办公室，戚志强问："宋总，老安这个案子，你是如何安排的？我们天泉掏钱，也要把这场官司打赢了。"

宋戈看了看安新格，然后给戚志强汇报说："我得知这一情况后，立即派驻业务员周文彦开车赶到。并派公关部许辉文协助其上诉。当时我批示说：'请许辉文同志，加强这方面的工作，切实保护代理商及我公司的权益不受侵犯！'"

"那后来的结果，他们给你汇报了吗？"戚志强问宋戈。

宋戈回答道："说了，我一直在关注着呢。老安也在这里。这个案子在安六地区中级人民法院作出：安中行初字第11号和六中行初字第13号判决的前后，福县工商局也做了大量的活动。他们在10月12日以《行政执法 错在何处》为题对事实进行歪曲，并对仗义执言的舒斌记者进行攻击。11月6日，他们又以《无声的呐喊与血泪的控诉》为题再次编造文章，向上至中央办公厅、国务院办公厅、中央各大报，下至本县一些单位投送。"

"一个堂堂的县工商局，至于这样吗？"戚志强皱着眉头说。

宋戈看着戚志强说："但事实就是这样，安六市中级人民法院还是在今年1月11日，作出了安中行终字第8号的判决：一、撤销福县人民法院寿行初字08号行政判决；二、撤销福县工商行政管理局南关工商行向福县新胜有限责任公司收取市场管理费64538元的具体行政行为；三、二审件受理费各3600元，合计7200元，由福县工商行政管理局长南关工商所承担。"

戚志强听罢宋戈的叙述，看了看安新格，然后说："老安，按说这也差不多了。自古民不跟官斗。要真想打赢这场行政诉讼官司，还不太容易呢。"

安新格听罢戚志强的话，有些激动地说："按说也不错了，但我认为他们还得赔偿我的损失，这官司我就是要打！"

戚志强看安新格态度这么坚决，就站了起来，从板台后面伸出手，这时安新格也站了起来，把手伸过来。戚志强握住安新格的手，激动地说："老安，你好样的！宋总，你亲自帮老安到省院给他运作一下，这绝不仅仅是经济损失的事，把这官司给打赢了！"

"是啊，现在私营企业就是豆芽菜，看着鲜灵灵的，可就是经不起折腾！"宋戈也站起身来说。

三双眼睛交织在了一起。

流水兵

吴忠义仿佛就站在戚志强的面前。戚志强看着他的那张脸，突然发现了秘密，他的鼻梁和人中竟不在一条直线上。相书上说，这种人心术不正，生有反骨和二心。

过去怎么就没有发现呢？而且对他的任用，竟让戚志强这样自信的人，自己抽了自己一个大嘴巴。戚志强心里特窝火。我过去为什么就没有发现呢？他一直在深思。以至曾光瑞和邓中超来到他办公室，他竟没有觉察到。

曾光瑞和邓中超，来到戚志强办公室，一眼就看出事情的不妙来。

戚志强仰躺在椅子上，铁青着脸，看他们进来，也一言不发。

曾和邓两个人，都半个屁股坐在沙发的边上，也都不敢吭一声。他们知道，今天戚志强是为了市场调研部经理吴忠义辞职的事。

吴忠义是经济管理的研究生，三年前他应聘到天泉来的。戚志强第一眼看到他，觉得这个人不错。再一谈，知道此人曾是农村中学的教师，十分刻苦，硬是凭着努力复习了四年才考取了大学。戚志强对出身农村和刻苦努力人特别喜欢，他认为这样的人更知道人生的不易，是能做好事的。当即就把吴忠义安排在公关信息部了。公关部应该是戚志强的工作班里，负责信息传播、关系协调、企业形象塑造、大型公关、文秘、信息管理、调研等工作。

吴忠义上班后，十分谦虚，见谁都先笑后说话，不笑不说话。而且，他利用一切能够利用的机会向戚志强接近。又加上连续写了几篇市场报告，戚志强感觉到此人可堪造就，就一下子把他调往销售总公司下面的市场调研部任经理。对于吴忠义的火速提升，天泉内部管理人员也是看法各异的。尤其是销售总公司的一些人，暗地里总要给他制造些麻烦，使吴忠义开始的时候并不顺利。

为了这事，戚志强专门给销售公司中层管理人员开了场会。在那场会上，戚志强要求大家不要做站在屋顶上的羊，对别人指手画脚的不是你的本领而是你现在的位置。记得戚志强声色俱厉地强调，在天泉绝不能出现"干的不如站的，站的不如看的"这种现象。吴忠义很快站稳了脚跟。一年后，戚志强又动议把他改选为天泉股份公司监事。

但戚志强万万没有想到的是，三天前，吴忠义突然提出辞职。戚志强先是挽留，后是劝阻，但最后吴忠义态度坚决地要走。戚志强在不解和恼怒之中签了同意意见。

戚志强怎么也想不明白，他吴忠义为什么要走。天泉这两年流动的人是不少，每年都有二十几个大学生流出，也有一些中层管理人员跳槽，但面对每年招聘而来的近百人来说，这个流出的比例并不算太大。为这事，戚志强不止一次地反思过。虽然他在公开场合总是说人才流动是正常的，何况有些人并非人才之类的话，但他还是觉得一定是天泉出了问题，企业的凝聚力出了问题。这里面既有体制上的原因，也有机制上的影响，人事制度、分配制度、企业成长速度都制约着企业向心力。

而吴忠义这个被天泉人认为，是戚志强最厚爱的几个人之一的人，突然要走，不要说天泉其他人，就是戚志强自己也想不通。这两年从销售走的人，戚志强知道他们大多为利益的驱动，有些人被高薪挖走，有些人利用过去的客户关系自己单独做销售代理公司，甚至有些人与代理商合伙坑公司被查不得不走。走的那些大学生也应该属于正常，他们来自全国各地，过去可能对天泉期望值过高，来到这偏僻的天泉感到落差较大，有些也可能是看到企业管理岗位已经被占完了，失去了信心。对这些，戚志强是能理解的。但吴忠义可能就不同了，他是完全有希望走上天泉高层岗位的。他的辞职一定另有原因。

戚志强给吴忠义签字一直很苦恼，他感觉到一种不被信任，感觉到被愚弄了。过去，也有不少人曾经以不同方式提醒过这个人不能用，但戚志强总是在各种场合对吴忠义进行肯定。现在好了，越是最信任的人越是往你心头上扎刀。今天一上班，就接到信息网络中心的电话，说吴忠义有偷窃公司秘密的嫌疑，他用的电脑经检查全被格式化，上面的信息都没有了，怀疑有关公司市场、客户资源、财务资料等被他拷贝走了。

戚志强接过电话，立即给人力资源部经理邓中超打电话，问吴忠义手续办了没有。邓说看见销售总经理签了交接完毕的字，就在昨天下午给他办了。戚志强一听，火冒三丈，让他和销售公司经理曾光瑞立即来他办公室。

现在，曾光瑞和邓中超都坐了十来分钟了，戚志强还是一句话都不说。室内静得都能听见他们三个人的心跳。

戚志强终于从老板椅子上起身，他们两个人也连忙动了动僵硬的身子。这时，戚志强突然说："打电话把保安科黄大同给我叫来！"

黄大同一会就来到了。戚志强看着他们三个人，厉声说："你们不搞清楚就让吴忠义这小子离开，给公司造成了巨大的损失。现在责任先不追究，你们立即报案，一方面再查一下他带走了哪些资料，另一方面一定要抓住他，他已经触犯了刑律。这样的人非抓住不行！"

他们三个人，都没想到戚志强会这样安排，也不知道出现了这样的事。黄大同就想问一下到底是怎么回事。刚一开口，就被戚志强给堵了回去："不要在我这里说了，你们研究去吧，我就是一个要求，把他捉拿归案！"

戚志强在天泉心慈出名，但也严厉得怕人。他一当厂长就规定，谁要敢从天泉院里偷出一两酒，也必须开除，无论是谁。果真如此，十几年来，因偷酒开除的职工有二十多人。三年前快过春节时，散酒库四个女工与社会上的人联合，夜里偷出50公斤散酒，事发后，戚志强要求安保科立即报案，把他们送到派出所审查。查实后，戚志强要求必须送拘留所。当时，派出所和公司安保科的人都认为罚款、开除处理就行了，不一定要送拘留所15天。但都不敢不听戚志强的话，只得照办。他们没有想到的是，那天早上，送这四个女工的派出所警车还没到拘留所，戚志强的车就已经在拘留所大门前停着了。他要亲眼看着这些人被送进去。

邓中超、曾光瑞、黄大同走后，戚志强再度陷入思考和苦恼之中。

管理人员是企业的排头兵，他们的素质反映着企业的素质，他们的业绩决定着企业的命运！作为一名优秀的营销人员，不仅要有过硬的业务素质，而且还要有合格的思想政治素质。一个品质不好的人、思想不过硬的人，难以成为一个合格的管理人员。尤其是在当今开放的多元化社会里，灯红酒绿，纸醉金迷，处处充满着诱惑，在生意场上，如果对自己要求不严，警惕性不高，自律性不强，稍有疏忽或一念之差，就很容易犯错误，甚至滑入罪恶的深渊！

企业就是"铁打的营盘，流水的兵"。只要有公司存在，人员就要不断地优胜劣汰。但国有企业，这种人员的流动与调整是何等的困难。只有被动地接受，他要走你管不了他，因为你的企业不能满足他的需求，他要不想走，你要想让他走那可就难了。

经过调查，吴忠义确实把天泉的一些材料给带走了。但公安方面说，现在这种高科技的手段不好认定。他作为市场调研部经理，他的这些资料你是不可能防止他带走的，说不定早在几个月前他就拷贝走了，无法找到证据，立案是困难的。公安局不想介入。

戚志强心里仍然坚持要公司安保科去找吴忠义。其实，吴忠义是骗了戚志强，他当时想调到南方一家证券公司去，而实际上他从天泉走后立即就到本省的金龙酒业公司去了，他到那里任的是常务副总经理。

戚志强现在的本意，并不是想要把吴忠义怎么样，而是要向天泉其他人和社会上表明一种态度。当然也有杀鸡给猴看的意思，他实在担心企业里再出现这样的事情。

接连两年人员的流出，尤其是这件事对戚志强的刺激很大，虽然他不表现出来。

这些天，戚志强思考最多的是如何留住人的问题。过去，他充当的几乎是天泉的精神教父和布道者，利用不同场合和方式对天泉进行理想主义的灌输。他总是告诉大家付出是人生的快乐根源，只有人才中的精英才能做企业，只有精英中的精英才能做国有企业。做国有企业必须要有精神境界，有牺牲精神。可现在是市场经济了，所有教育在物欲面前都显得苍白无力了。

从几年前，他就在考虑企业必须要靠事业留人、待遇留人、企业愿景留人、人格魅力留人。他一直在努力，甚至想把天泉打造成像河南南街村那样共产主义小组的企业。他知道这显然是不可能的，但他一直不放弃努力，他一直为这个梦想而奋斗着。

　　戚志强面对着国有企业这个铁打的营盘，心里拿不准自己还能为这个梦想而坚持多久。

　　没有梦想就无法生活，而生活又是多么让人难以产生梦想啊！

第十章

托　管

　　戚志强是一个喜欢形象思维的人。

　　现在，天隆大厦就一直在他的脑海里，一层一层地向上长着。

　　大厦就要封顶了，这个有着500多个标准间的大型四星级酒店，由谁来管理经营呢。天泉显然没有这样的人才，天隆公司也没有这样的人才。他本来想从天泉集团中选一个人，或者面向全国招人。但他最终还是有些担心。回忆着天泉过去投资的一些项目，前景都是不错的，但派去的人显然是差了些，一流的项目用二流、三流的人才去做了，结果都没有戚志强理想的那样。

　　他是打算委托经营的。但与班子里的人沟通了一下，大家虽然口里不说什么直接反对的意见，可心里总有那种说不出的感觉：我们投资四个亿的酒店，让外国大鼻子当老板！

　　戚志强自己也不是没有担心，外来的洋和尚真的能念好经吗？如果失误了，他如何对得起那么多钱，如何对得起天泉人，他又如何能洗清自己的身子。

　　唉，国有企业啊！戚志强现在越来越感觉累了，既有身体上的，更多的是来自心理的。但后退又不行啊，开弓没有回头箭的。选择了企业，选择了国有企业，就是选择了责任和压力。而且这种压力是没有多少人理解的。不少人看到自己坐着高档车，全国各地世界各地地走，高档酒店、电视镜头、报纸上频繁露面，以为潇洒得很，其实，那都是在唱一场没有结束的戏啊。

戚志强坐在转椅上，点着一支烟，一边想，一边拿起笔，在纸上胡乱写着。

他在纸上连写了几个"企"字和"赢"字。写着写着，他突然停了下来。望着这个"企"字，戚志强笑了，"企业啊，从人开始也是由人止的呀，人可以创造一个企业，企业也同样可以毁在人的手里啊！"他自言自语道。

再一瞅那个"赢"字，戚志强更为自己的感悟而兴奋：只有用非"凡"的举动，投入"钱（贝）"，选准突破"口"，一"月月"地努力，才能避免灭"亡"，实现"赢"啊！

钱，天泉投入了，我们又愿意努力，关键就是突破口了。戚志强想，这也许是上帝在启发我。天隆大厦这个突破口，只有委托经营。委托给国际知名的酒店管理公司，用他们的管理优势、品牌优势、客源优势，来实现双赢！戚志强下定了决心。

接下来就是要具体运作了。戚志强就是这个特点，只要想好了，一般就能运作成功。他常想，成功取决于思想和意志。他立即给曹汉亭打了个电话，让他立即从珠海飞回来。

曹汉亭第二天下午，赶到了戚志强办公室里。

戚志强上来就问："汉亭啊，你光在那里建酒店，你想过让谁来经营吗？"

"我想？这是你戚总的事吧。我没有想过。"曹汉亭笑了笑说。

"你没想？！那建好后，就让你去管！"戚志强望着曹汉亭说。

曹汉亭有些急了，赶紧说："戚总，我是搞房地产的，这样的高档酒店，我是不敢管的。"

"战场上有时拼的就是一个勇字，这好像不是你汉亭的性格吧？"戚志强笑着说。

"戚总，你要叫我经营小酒店，我还差不多可以，经营这样大型的酒店本身是一门科学，我都没学过它。不行，我不行。"曹汉亭一脸认真地说。

戚志强递给曹汉亭一支烟，然后笑着说："对，你确实不行。哎，汉亭，咱能不能请些国内或者国外的物业管理公司过来帮咱管理吗？"

"这当然是可以的！我可以找这样的公司。"曹汉亭很有把握地说。

"那好，你就给我选这样的酒店集团，要国际知名的，而且你可以代表公司与他们前期谈判。随时给我消息。"戚志强安排曹汉亭说。

接下来的日子，曹汉亭就按照戚志强的安排，在与一些大公司谈。国外的有希尔顿、香格里拉、假日、皇冠、菲利华等十多家酒店公司，国内也有不少。这中间，戚志强也分别与一些公司进行了接触。像锦江、华努等，但都谈得不太好。戚志强决定就选国际的品牌。尽管人家的要价高，管理费用在营业额的3%，而且管理人员的费用也高得吓人，其他条件也相当苛刻，但敢揽瓷器活的一般都有金刚钻。这一点，戚志强坚信。

两个月之后，曹汉亭与国际皇冠酒店管理集团谈得差不多了。戚志强在深圳也见到了皇冠亚太区总裁杰克逊。那次谈得不错，杰克逊还到正在建设的天隆大厦去实地看了。戚志强就与杰克逊签了意向性协议。

本来，戚志强是想在天泉董事会上通过后再与杰克逊谈的。但他认为，必须基本落实了合作方，给天泉那些人通气才合适。没有一个框架性的东西，给他们通气也没有什么作用。戚志强是有些霸气，他的决策基本上不容别人改变的。甚至在骨子里，他总认为，一个企业其实就是一个人，大多数好的决策一般不是经过什么可行性论证的。市场是变化的，论证也不一定能以变应变。他所谓的给班子里的人研究，大多数只是通报而已。

把天隆大厦委托经营的事，戚志强觉得这个通气会能开了，而且不能不开了。一是酒店马上就要筹备开业了，二是这个会后，他还要去北京参加一个研讨会，一个关于他个人的研讨会。

这天到会的人比一般时候要多。董事会全体成员，曹汉亭和孙玉柱也从珠海赶来了。

戚志强今天来得较早，他来后仍有庄之讯和宋戈没来。他坐下来，点上一支烟，刚吸了几口，庄和宋就先后来了。

戚志强看了看大家，然后笑着说："会前，我先给大家说说我去年出国考察时的一点体会。"

大家都应道："好啊！"

戚志强又喝了一口茶，然后开始说："我们是搞酒的，饮食文化，我就从吃说起吧。中国人吃饭用筷子，外国人用叉子和刀子，这事大家都知道。但我去年到美国时，突然产生了联想，这是为什么呢？我想啊想啊，终于找到答案了。我们中国人用筷子，要夹菜力量是向内的，而外国人用叉子和刀，力量是向外的。思维方式不一样，吃的方式和所用的工具就不一样。再者，你看中国从故宫到咱们的农家小院，都是围墙，内门外门，修不起或不能修几道门的，也得弄个挡门墙，而且门上还要安个槛，内敛而设防。"

戚志强喝了一口茶，见大家都在听，又接着说："对中国喝酒碰杯，我也有些感悟。为什么碰杯呀，有人说喝酒了嘴快活，碰一下能出声，让耳朵也快活。我不同意。我认为，这应该是从我们古代沿袭下来的。你想，过去能喝起酒的大多是诸侯或官人之类的，他们互相设防，就是走在了一起喝酒也不一定互相信任，都怕对方在酒里下了毒药。于是，大家就碰杯吧，一碰，杯里的酒互相溅入对方的杯子里，有的还喝交杯酒。这就是中国人的互不信任啊！"

戚志强停了下来，点上一支烟问："大家有何感想啊？"

会场上没有人吭声。停了一会儿，宋戈打破沉默地说："戚总，是说我们天泉也要有开放和互相信任的观念吧！"

接着，大家开始议论起来。你一言我一语，会场的气氛活跃了起来。

过几分钟，议论就自动停了下来。戚志强笑了笑，宣布会议开始。

他首先谈了天泉要经营天隆这样四星级的大酒店，所不具备的人才制约。然后，又谈到为什么要引进国际知名酒店公司来托管。他从这些公司的品牌、客源渠道、管理优势等方面，一口气谈了半个多小时。

见与会者都在表情各异地听，在说过自己决定让国外托管后，表情激动地说："可能会有不少人心里不舒服，说我们天泉花这么多钱收购的酒店交给外国人管理，而且一个总经理管理费用就得120多万元。说实话，开始我也不舒服，我们才拿多少钱？但我后来就想通了，我们为什么不能只当老板，让洋人让大鼻子们给我们打工呢？再说了，人家拿的钱多，但人家能保证给我们盈利，大头不还在我们天泉吗？相反，如果我们自己管理，盈利不了，怎么办？在座诸位谁敢保证能自己管理盈利，我戚志强就交给他！"

这时，顾力华书记说："我们是不是考虑两套方案？如果托管不成功我们应该如何应对？"

戚志强听罢，脑子转了一下，就问："力华，你坐过飞机吧，有备用飞机跟着你吗？没有！那你怎么敢坐了？我们平时坐车也没有备用车跟着呀，我们不是都坐了吗？企业人的精神特质，我认为就是冒险精神和敢于承担责任的精神！"

戚志强说完，大家知道他主意已定。而且，自己也没有什么好的办法，就只能支持他的意见。

逐个进行表态发言后，戚志强宣布："委托经营的方式就这样定了，至于具体的选择与谈判，要认真地进行。"

接着，曹汉亭汇报了与国际皇冠酒店集团谈判的情况。

曹汉亭用了近一个小时的时间，才把条款及谈判的事汇报完。大家一边听一边记，有的干脆就只是听。中间谈到，他们收取管理费用标准时，宋戈提出，必须给外方定营业额指标，不然就不能保证实现盈利。宋这样一说，大家就一言一语地说了起来。

还是戚志强打断了他们的话，曹汉亭才得以继续讲下去。

会议进行了近三个小时。最后，戚志强明确，此事由宋戈负责，曹汉亭具办，正式签合同前，董事会再讨论一次。

研讨会

清华大学。近春园宾馆。三楼会议室。

来参加"企业家困境与出路——《商人宣言》研讨会"的记者，已经来了二十多人。他们正在散淡地抽着烟，等待着那些专家的到来。

其实，已经有些专家到场了。他们被引进会场旁边的休息室里，也在啜着茶，抽着烟，散淡地相互打着哈哈。

估计全国人大的那位领导和另外几个一流的经济学家，就快要到了。天泉公司公关部经理许辉，来戚志强住的房间，让他下去，在休息室迎一下。

戚志强看了一下表，又整理了一下领带，从房间里走了出来。他边走边问："跟筹备的情况差不多吧？"

许辉笑着答："都能来，这次规格是不错的。"

戚志强没有吭声，点点头，继续向楼梯口走去。

戚志强对这次研讨会是非常重视的，他要求在清华召开，而且请到那么多高规格的领导和专家来出席，也是精心考虑过的。他想借着这次研讨会，呼吁一下理论界和经济界对企业家的重新审视。

当初，新经济出版社约他这本书稿时，他就有了这种想法。

去年春天，新经济出版社责编吉化成，在《企业家报》看到对戚志强的专访，就给戚打了电话。在那篇专访里，戚志强明确把自己多年来一直认为的观点亮了出来：企业家不是官衔而是一种职业。

我决不会为现实的困境和流言所屈服，我也不会在任何一位大师面前胆怯，身为国有大型企业的当家人，我依然要直抒胸臆——我是商人！

　　吉化成认为这种理念很新，而且是当下国有企业的一个大问题。戚志强是没有时间写书的，但他在公开场合的讲话都有录音，而且被整理成文字。吉化成来到天泉，认真地看过那些讲话后，就当即拍板：以讲话为基础，出一本书，名字就叫《商人宣言》。

　　戚志强对这本书也比较看重。他也为吉化成的敬业精神而感动。书征订结果出来后，一下子印了五万本，这是戚志强没有想到的。但吉化成却在一开始就有这个估计。戚志强记得那天与吉化成的谈话。

　　那天，戚志强谈得很投入也很激动。

　　他说商人是伟大的，而肯定地说，自己是一个标准的商人，是追求利润，把赚钱当作职业的。他认为没有企业效益，就没有社会效益。社会效益永远建筑在企业效益的基础上，不讲企业效益，只讲社会效益，都是拿着共产党的钱当败家子，都会导致国有资产的流失。不讲企业效益，把企业干垮了，把大量的职工推向社会，这样就有社会效益吗？

　　戚志强在酒桌跟吉化成说，商人伟大的第一条理由，是商人追求利润最大化，他可以走遍千山万水，历经艰辛地去追求。客观上，到哪个地方，他都会对这个地方的经济做出很大的贡献。第二，商人是最诚实的人，他要想赚钱，做生意必须诚实可信。有人说商人都是奸商，戚志强认为一个伟大的商人绝对不是一个奸商，奸商指的都是卖羊肉、卖鸡蛋的小生意人，就是那些小商小贩，也是应该以诚为本，才能财源广进。

　　一个伟大的商人绝对是一个诚实的人、有智慧的人，是一个注重中长期利益的人。他是一个对国家、对人类有贡献的人，商人这种诚实忠厚，将改变一代人的观念。列宁曾经说过只有无产阶级才能解放全人类，我认为只有商人才能解放全人类。怎么解放人类？

真正意义上的解放是经济的解放,没有商人就没有商业,没有商业就没有一切。第三,大商人最实事求是,为了生意,为了他的资产,他必须实事求是。

九点整。研讨会正式开始。

会议由新经济出版社社长周正家主持。

吉化成首先介绍了《商人宣言》这本书,出版的经过及市场上的大致反应。接着,全国人大的那位领导开始发言。他一字一句地讲了十多分钟,大致内容是现在市场经济,是商人的时代,国家需要大批优秀的企业家,也同时是企业家的时代,企业家们应该认认真真地对国有资产负责,对人民负责之类。

这位领导最后向大家笑了笑,然后说:"对不起了,我还有个会,先离开一下。"接着,就在众人的掌声中,由秘书引领着,被戚志强给送了出去。

戚志强回到会场后,研讨才算真正开始。

经济学家刘纲是个快人快语的人,首先发表了自己的看法。

他说:"中国企业家的命运都是三五年一个轮回,一个一个地倒下去,又一个一个地站起来。像舞台上的演员一样,你方唱罢我登场。研究研究有几个在中国的社会主义经济市场的大舞台上,一直是长盛不衰的?没有,一个也没有!在中国民主化还没有达到一定程度的情况下,国有制工厂的厂长不是职工民主选举的,如果说厂长不能做到自我突破,不能做到自我超越,就不可能永远成功。"

刘纲的话一停,另一位经济学家朱大华就插话说:"我认为也有另外的原因,比如,我们中国的文化背景和宣传机器、机制、体制以及各个方面都有操作上的失误。这个失误原因导致个人不能做到自我超越,自我突破。社会也不允许企业家失败,有些人一次失败就被打倒了。别人认为企业家就应该成功,不能有一点失败。为啥一定偏要成功呢,过去做成功了,现在有点问题,失败了,也是正常的。企业家也是人,不可能永远成功,为什么不能正确地站出来评价他们呢?"

他喝了一口茶，话锋一转，对着戚志强说："请问戚先生，你在天泉执政的这十几年里，有成功，有荣誉，有引起自豪的地方。但也有失败的地方，甚至会有不少钱打水漂了。你说是不是这样？我倒真想听听，你们在一线的人对厂长呀、经理呀的自我认识与定位。"

戚志强先给朱大华点了一下头，又环视了一圈，然后对主持人周正家说："周社长，那我也回答一下朱老的话吧。"

这时，记者们开始向戚志强这边走动，今天戚志强是他们报道的重点，而且事前也都领到了红包，就对戚志强显得有些过分关注。

戚志强挺了挺身子，开口说："从坐在厂长位子上起，我就给自己订了两条，第一，要永远记住自己是共产党员，干的是社会主义企业，我的一切工作，都是为党工作，为革命工作。认认真真，踏踏实实，兢兢业业把各项工作做好。从事这个工作是崇高的，是光荣的，是伟大的。自己不跟民营企业比，我付出了什么劳动，创造了什么价值，自己得到多少，这一比坏事了，心里就不平衡了。就想贪污盗窃吃回扣。这都使我无法实现我的人生价值，我是靠天泉这个舞台来实现我的人生价值的，这也不枉我来到世上走一回。

"第二，要永远记住我是个打工者。充其量是我们党，国家的高级打工者，不管这句话有没有人接受，我的确认为我就是一个打工者。是党和国家委托我来经营这个企业，我必须完善我的打工艺术。我要替党和国家努力工作，好好地干，不然的话，国家和党就会炒我的鱿鱼，把我解雇了，我的人生价值也实现不了。因为我有这个打工意识，所以我才能真正地做到心里平衡。实际上我说这话是一个问题的两个方面。"

戚志强见大家听得都比较注意，就又接着说："我们国家目前的监督体制都是苍白无力的，只有靠一种员工敬业精神，没有其他好办法。好多企业都是成功在某个企业家手里，又毁在他手里。最鲜明的是'亚细亚'，企业家把亚细亚推上去了，现在又毁在他手里了，他事业成功了，他忘了他是共产党员，忘了他是个打工的了。我就给自己定了位，这一生就做了商人，企业家就是商人嘛。不过，现在我还不是一个大商人。"

戚志强讲完，大家立即鼓起掌来。

研讨会与酒桌上喝酒差不多，有气氛了，大家都会主动，而且一定会出一人甚至多个"人来疯"。

接下来的发言，越来越开放和自由。其中一个经济学家翻开面前的那本《商人宣言》，念道："一个伟大的商人，他的思想境界应该是非常高的，他以赚钱为己任。商人以赚钱来体现自己的价值，而不仅是为自己，为个人不必赚那么多的钱。我曾说过，什么是自己的钱？你吃、用、住的属于自己消耗的钱，除此以外都是属于社会所有。作为商人他是以自己为社会回馈多大价值、做多大贡献为自豪的。我存在于这个社会，我是对社会有所贡献的、具有价值的人。"

念完后，他抬头看着戚志强说："戚总，我们今天的主题是'企业家的困境与出路'，你如何看待你自身的价值与待遇？"

其他几个人也跟着附和地问。

戚志强笑了笑，然后说："人的确是有价值的，要不然怎么会有人骂道你这人一分钱不值呢！外国人给我个人的价值评估为3000万美元。这个评估我认为还是准确的，因为目前我领导的企业，的确是每年为国家创造几个亿的利润。而我的收入只有二十万左右，我确实感觉给得太少了。而且我面临的是企业效益只能升不能降，一降，以前的成绩就会被否定！"

戚志强说完，又有几个人接着谈了起来。

研讨会到十二点半才结束。刚结束，戚志强的手机就响了，是施天桐打来的，说的还是那件事。施天桐想让肖馨参股天泉乳品公司。他并不是为了赚钱而是为了洗钱，而且保证两年后就抽股撤资。戚志强本来是不想答应的，但还是同意了，因为他有一件事必须求施天桐。

这件事就是天泉上市的事。

看过皮影戏吗

今天戚志强表现得一反常态,一向敢为人先的他,在讨论时却显得有些顾虑重重了。

戚志强故意以这种态度出现,缘于他跟两个人的谈话。这两个人都是关键的人物,一个是故原市委书记火可,一个是市长施天桐。现在天泉是故原百分之百的国有资产,要上市,不给他们汇报、征得他们的同意,是不行的。

本来,戚志强是坚定要尽快上市的。可与火可和施天桐分别谈后,他有些动摇了。

那天晚上,戚志强来到火可书记所在的故原宾馆。当他把打算将天泉御酒公司和威尔乐葡萄酒绑在一起上市的事说完,火可表现得很冷淡。

戚志强不解地问:"火可书记,现在天泉把那一块上市,一是为未来发展融资,更重要的是要通过产权改革来改变一下机制。有什么不妥和不行吗?"

"志强啊,你可能考虑得过于简单了。据我所知,要想上市是十分困难的,这里面有风险。省内有不少企业都弄了几年,花了上千万几千万都没有发成股票。更重要的是,故原这些官员支持你吗,真要发的时候会不会有人提出要求呢,搞不好,别人腐败了也把你带进去!"火可有些担忧地说。

"书记,那总不能不干吧?唉,听说你要走了,真的吗?"戚志强突然想起,在省里听到的关于火可要去任副省长的消息,就问道。

火可笑了笑,然后说:"求所不得,得所不求,其实我还是相信命运的,不相信传闻。"

"书记什么时候也变得让我们摸不清虚实了,你要真一走,说不准这股票还真不太好发了呢。"戚志强说。

火可看着戚志强,点上一支烟,说:"现在像你这样做企业难啊,既要熟知经济规则，又要深解政治规则。你的一夜要分两半啊，前半夜想自己，后半夜想别人。正因为有担心，我动摇过让你在企业继续干的想法。"

戚志强觉得火可今天的谈话，与往日不一样，这与传说他当副省长绝对有关。他望着火可的眼睛说："书记，志强愿听教诲。"

火可皱着眉头说："志强啊，你的成功是因为你太强了，你要是失败也是你太强了。做企业要学会妥协，而不是争强好胜。所有成功者的失败都是源于他曾经的成功！"火可笑了一下，又接着说，"天泉是故原的支柱，你也是全国知名的企业家，你太强了，我担心会出现强龙压不了地头蛇的事。你想过动动吗？"

戚志强突然觉得，火可是考虑好了一种什么事，是在征求他的意见，就说："难道，书记想让我离开天泉？"

"你没想过做市长吗？我走的事组织上已经谈了，但我左右不了施当市委书记，我想推荐让你做市长，这样天泉的企业岂不是会有更大的发展？你也从企业出来了，做行政领导也是能发挥作用的，只要你想为人民干事！"火可说。

"书记，我想过了，我做不了官，一是我太认真，二还是我太认真，在企业长了，适应不了了。我就是想把天泉做好，做大，我想用我的一生带着天泉走下去。"戚志强态度坚决地说。

"那天泉就必须真正实现改制，中国经济要真正实现以私营经济，企业真正去掉国字头，只有到那时你的理想才能实现。"火可笑着说。

"是啊，我的判断，像天泉这样不影响国家大政的国有企业，最终一定会走向产权多元化、社会化，几个大股东控股，这是国有企业的真正出路。"戚志强说。

"既然你有这种想法，我支持你先把一部分上市，但你要慎重操作。"火可拍着戚志强的肩膀说。

接着，两人又谈了谈其他一些事。

与火可分别后，戚志强在想火可是太谨慎和低调了，做事和说话总是留几步，从不把事和话做到头、说到位。这谨慎低调的处事风格与他出身低微有很大关系，他从农村最底层起步，没有后台，完全靠自己打拼，在风云变幻的官场上，他不得不处处小心，这可能也就是他从一个农村基层干部平步青云的秘诀吧。

快十点了，戚志强的手机响了。他一看是施天桐的号码，就走出去接了。火可见戚志强接电话那样子，知道他有事，就主动结束了谈话。

十点半，戚志强来到了施天桐所在的紫宫迎宾馆。

施天桐把戚志强让到沙发上，戚志强才看到，茶几上放着两瓶威尔乐葡萄酒。其中一瓶已经打开，倒在了两只细高脚杯中。

施天桐端走一杯，对着戚志强示意了一下，然后说："戚总，我今天这么晚请你来，是想求你帮个忙啊，当然，过去你也一直是在帮我的。"

戚志强也端起了杯子，在鼻子上闻了闻，笑着说："市长大人，不，是书记大人，需要我做什么，尽管吩咐。"

"看你说的，别人乱传，你可不能乱说啊。组织一天不下那个红头文件，就不能乱说的。我们靠什么？靠政绩。政绩从何来？还不是靠你们企业嘛！听说你有把天泉推动上市的想法，我很高兴，你这是帮我大忙了！"施天桐笑着说。

"哎呀，看书记说的，天泉要上市没有你的支持是不行的，我正要求你支持呢！"戚志强说。

"都是为了故原人民的事嘛，你我谈不上谁帮谁了。我为你这种开拓的精神和想法所感动，我一定支持你。前些天，我到北京认识了一家有承销股票资质的发行承销公司，我一定帮你做成！"施天桐很有把握地说。

"那太好了，来，我先感谢你一杯！"戚志强举起了杯子。

施天桐喝了酒，然后说："你看过皮影戏吧，所有精彩都在背后那只手上。发行股票一样，经营你天泉一样，我在政府里也是一样啊。"

施天桐也是从基层干出来的，但与火可的风格却截然不同。他是以胆大闻名的，与其说他胆大，还不如说他无胆，他是无胆英雄，他根本对什么事就没有过畏惧。他在不同场合都说过，我一个孤儿，从小就一无所有，只有得到，没有失去。

那天，戚志强与施天桐谈得很晚。回到家里，戚志强很久都没有睡着。

他在想施天桐说的那只手。现在的股市就是背后只只手在运作，中国的股市是没有投资只有投机的，发行新股大多数是为了圈钱，企业圈过之后，下面才是机构和大户掏散户的钱。天泉也是，天泉现在靠的也是资本动作这只手啊。他施天桐在政界更是如此。

戚志强想，施天桐与火可的态度相反，这么积极推动天泉上市，一是为了自己的政绩，也许他也想从中捞点钱。戚志强明白，他要想从上市中伸手，无非是要原始股、买重签证，要么就是从他推荐的承销商那里拿回扣。

戚志强心里明白，要原始股是一点也不行的，你要拿回扣是你的事，只要我能发成股票，回扣是你自己谈的，自己收的，谁拉的屎谁吃！但他还是有些担心，这些年与施天桐和那些眼里长着手的官员打交道，真是与狼共舞。搞不好，就会把自己送进狼口。

但不能不干啊！天快亮的时候，戚志强想到不知在哪看过的一句话：真正的英雄主义只有一种，那就是看清世界的真正面目并去热爱它！

你施天桐不是一只背后的手吗，我戚志强难道就不能做你手后的手？

戚志强决定关于发股票的事，还是让公司的其他人再讨论一下。要让大家达成共识，即使弄不成，这一次也不是我戚志强一个人的决定。

初夏，天泉主体办公大楼前的花园里，杂花如云，蓓蕾初绽；窗外的法国梧桐树，枝繁叶翠；灵巧的喜鹊，在溢着酒香和花香的窗前，鸣啭翻飞。

此时，戚志强的办公室里，宋戈、顾力华、庄之讯、白岩等人，正坐在戚志强的办公室的一圈黑色真皮沙发上，互相争论着，探讨着。

戚志强又点着一支烟说："我们何必要发行股票？我们已经有那么多资金，股票上市融到那么多资金，我们用来干什么？"他故意反着说话，是想听听大家的想法。

话音刚落，庄之讯急躁地反问："难道我们天泉目前积累的资金能算足够多吗？据说现在好几家酒厂都在积极筹划上市呢，何况我们的集团发展将需要更多的资金呢。"

资产管理部经理白岩，也涨红脸说："从投资和融资的角度上看，光靠我们积累的资金去投资，风险比较大；而我们通过股票募集到的资金，是低成本筹资，可以大大减少企业发展的风险。"

戚志强又点上一支烟，没有说话，眼盯着没有发言的党委书记顾力华。顾力华环顾了一下左右，然后看着戚志强说："上市很有必要，不仅可以通过融资扩大企业规模，更重要的是可以促进我们企业经营机制的转变，在竞争日益加剧的市场环境面前，使企业更快的发展。"

每个人都发表了自己的意见后，一直静听和沉思的戚志强，开口了："对发行股票我有几个顾虑我解决不了。请大家讨论一下。一是，现在看，我们对集团化发展还没有经验，如果我们有更多的资金，就有产生更大失误的可能；二是，白酒属于限制发展行业，国家政策可允许我们上市，上市了，就一定能转换企业机制了吗？这个我也拿不准。"

大家对戚志强的态度和观点，不太不解，就都极力说服戚志强下定决心。

又经过一个多小时的讨论，戚志强又点上烟，环视了一下所有人，然后说："今天天泉的董事来了一大半，既然大家都同意，我就表态，只要有希望就要争取，成立改制办公室，由宋总你负责，主要成员就是力华书记、之讯、进中你们几个人，组成一个工作班子，全力抓这件事！"

会散了，戚志强长舒了一口气。这个决定最终还是下了。昨天晚上，他自己还真有些动摇呢。但不决定不行，现在天泉御酒的销售可能出现了一些问题，但并不太严重，不加快股票上市，可能问题越来越多的，甚至股票有发不成的可能。

对企业的担心，戚志强时时都有，但他从没有表露过。

市场如战场，大战面前，主帅岂能心现于色！

狗喝油

庄之讯来到戚志强办公室里。

他长吐了两口气，心还是怦怦地跳得厉害，说不出话来。

"老庄，你平时走路都踩不死个蚂蚁，天要塌了是不是？"戚志强吐了一口烟。

庄之讯又吐了两口气，才说："戚总，不好了，我们拆借的资金要出大事了！"

戚志强猛地把烟掐在了烟缸，低声说："怕什么，大不了狗喝油，把吃进来的再吐出去！我不相信还能把身子掉进去！"

其实，戚志强两天前就知道这个消息了，而且这两夜里几乎都没有睡着。过去，他做事都一直坚守着自己心中的那道底线。而这次，他感觉突破了底线。正是这种突破，让他有了一种从未有过的担心和焦急。

这件事要罩不住、压不下来，对天泉来说就是致命的打击，甚至一下子就能置天泉于不得翻身的死地。去年决定要做这件事的时候，戚志强虽然也有担心，但他没有想到结果会这么严重。但再严重，作为董事长的戚志强也得表现出若无其事的镇定，他要是一乱，下面就更不可收拾了。

于是，他递给庄之讯一支烟，自己也点着，吸了几口，然后安排庄之讯说："别急，我知道几天了，也正在运作这事，估计问题不大。你安排资金调配中心的丰硕新，让他先出去躲一下，别让公安给抓住了。只承认承兑汇票贴现的那一笔，其他不要承认。要注意拖时间。你去安排一下吧。"

庄之讯起身，拉开门，正要出去，戚志强又把他叫住："老庄，此事要注意保密，绝对保密。如果外面知道了，那些人就是赖我们的账！知道了吧？"

"这个知道！"庄之讯点着头说。

"那就好，去吧！"戚志强望着庄之讯开门出去。

庄之讯走后，戚志强又点上一支烟，在焦急地等待着一个人的电话。

这个人就是市委书记火可。

昨天下午，他在火可的办公室，把承兑汇票贴现被查的事给火可说了。虽然没有说完，但火可已经感觉到事情的严重性。按照国家金融管理规定，只有银行同业可以拆借，其他不经批准的机构和个人拆借均属非法；中国人民银行一经发现必须立即进行调查核实，初步认定后就要提请公安机关立案侦查；查实后，不仅要追究当事人的刑事责任，而且要处没收非法所得并处非法所得一至五倍罚款，同时还要另外缴纳10万至50万元的罚金。

火可听罢戚志强的汇报，心里也十分紧张。他想起了《内参》通报的广东恩平非法金融大案。想到此，火可头上出一层细汗。因为当时，戚志强准备做资金拆借时，是给他说过的，而且他为了让天泉提高对政府的贡献率，也是同意的。火可知道要想自己靠政绩快点离开故原，必须让故原经济快速呈现繁荣景象，要想让故原经济快速呈现繁荣景象就必须提高GNP数字，像天泉这样的企业就必须提供更多的利税和经营性收入。

他是在这种情况下同意的。但是他提醒要注意操作，并建议只做委托贷款一事。他知道由天泉把钱存入银行，指定由银行委贷处贷给用钱方，银行收取手续费，天泉是可以获利的，就是出现无法还贷问题，只是天泉吃点亏，并没有违规行为。

他判断，虽然戚志强一直说，只做了几笔委托贷款和承兑汇票贴现，没有其他拆借行为，但肯定天泉做的绝不止这些。不然，天泉去年利税数就不会在上年3.2亿的基础上，一下子增长到3.9个亿。

如果天泉做了其他形式的拆借，如果不尽快压下去，给牵扯出来，后果是不堪设想的。一向稳如泰山的火可心里急坏了。他脑子里一直是《内参》上关于恩平案的内容：

> 以高息揽存、非法拆借103亿元而"闻名"全国的广东省恩平市，先后两次发生严重的挤兑风潮。为平息风波，国家先后调集70多亿元资金堵"窟窿"，迄今尚有30亿元待兑付，这是我国首次全国爆发的地方性金融风波。恩平市副市长、建设银行恩平分行原行长郑荣芳，在被判20年有期徒刑之后又被重新判处死刑，缓期二年执行。
>
> 由于当地政府大量干预金融，银行大搞违规经营，银行和信用社靠非法拆借和高息揽存获得大量的资金。一时间，恩平成为全国"游资"的"漏斗"。对资金的"饥渴"导致恩平金融机构大规模对存款"贴水"（正常利息之外再贴一部分利息），贴水率由最初的10%上涨到20%，最高达到36%。银行再以更高的利息借贷给企业，群众形象地说："银行卖白粉，企业吃白粉。"而贷款者从借钱那天起也就没打算还。
>
> ……

想着这些，火可当即决定晚上就去省城。必须摆平，不然后果不堪设想。

戚志强心里更急。他在心里一笔一笔地算计着拆借的这些钱的风险。其实，他也不想走这条风险之路，但在政企不分，政府逼着要政绩的情况下，加上巨额利润的诱惑，他不得不做出这种冒险。天泉在连续高增长以后，要再继续攀升是相当困难的，企业发展到一个高度后，必须要停下来在一个平台上盘整一下，然后再进入下一轮攀升的上扬线，这才是发展的规律。但无论是政府，还是社会各界、天泉内部员工，就是戚志强本人从心里也不太能接受这个发展平台上的盘整。

两年前，天泉的现金存量有四个亿。庄之讯就一次次地跟戚志强说，要让钱直接生钱，要赚看不见的、没有数的钱。戚志强经过反复思考，加上火可也认可了他的做法，他下定决心拿出一个亿，专门成立一个资金调配中心来运作。

当时，正赶上中国人民银行将存款准备金率提高了一个百分点政策。这一政策就等于人行从市场上抽走了 1000 个亿的资金，加上货币乘数的作用，那就是近 4000 个亿。同时，人行对四大行的总行实行了余额控制，实行银根紧缩政策。在这种情况下，四大行停止了对股份制商业银行的转贴现业务，部分商业银行的分支机构停止办理票据贴现业务。天泉在这时出来进行私下贴现。一般银行承兑汇票的贴现率是 1.89% 左右，但那时急用钱的企业和个人却愿意出高达 5% 的利息。天泉用 2000 万的资金，按照 5% 的贴现率操作，按最长贴现半年算，一次就是 100 万的利息，一年周转两次，就赚 200 万。

与此同时，在庄之讯的直接操作下，又采取了股票质押、货票质押、实物、厂房、地产、房产、设备等质押放款手段，把一个亿的资金轮番拆出。到目前，1 个亿的资金如果连本带息安全收回，将是 1.5 个亿了。

戚志强为这种巨额利润而激动，但也感觉必须见好就收，不然将会偷鸡不成蚀把米。两个月前，他就安排庄之讯尽快回笼，对有些拆借对象，就是不给利息也先把本金收回。但他没想到，刚开始收拢，就因一张 210 万元的承兑汇票而引起人民银行的注意。

现在，人民银行已经调查并基本核实了这张承兑汇票。如果再继续查下去，下面的事是很容易被扯出来的。

戚志强想，这种现象确实能对国家金融造成巨大的影响。如果这种事多了，必将演绎一个渔夫和金鱼的童话故事。故事的开头，社会游资或银行是一条无所不能且消灾弭祸的金鱼，是一个可以无限索取的对象，故事的结局却是渔夫和他的老太婆重新守着破木盆度日。现在想起来，他真的有些后悔，自己为什么要这样做？这样冒险挣得的钱自己一分都不能要，而且要承担甚至刑事责任的风险，更重要的是将影响金融秩序。

后悔归后悔，但更重要的是要想法把此事压下去，尽快收场。

戚志强一直在办公室等火可从省里打来的电话。电话始终没来，戚志强想可能有希望，如果摆不平火可会立即打电话来的。现在，火可与他与天泉成了拴在一条绳上的蚂蚱，由不得他不努力去找人摆平了。想到这里，戚志强笑了，国有企业有国有企业的好处啊！但他还是又把庄之讯叫来，让他想法把那些贴现的票据，做成与天泉进行关联交易的关系。将来即使再查下来，他可用天泉与这些单位有业务来往，天泉为了支持他们才以票据质押暂借款，并非专门为了贴现。

中午快下班了。戚志强的那部黑色电话突然响了。

火可在那头如释重负地说："好了，领导打过招呼后，人行那边说不再查了，查出的要处理，罚款20万元！"

"谢谢书记了！晚上你等我！"

戚志强放下电话，也长长地舒了一口气，心里想：不是狗喝油，还是赚得多！

但这事再也不能干了，必须为资金寻求真正的投资出口。

第十一章

跑着带路

今年的夏天,对于戚志强来得感觉有些早。

酒是天泉的根,所以,戚志强每年夏天都要亲自到市场上跑一个多月。

从去年中秋,戚志强就感觉到了天泉酒出了问题。虽然销售收入还是增长的,但市场还是有些不对劲。从最直观的可以看出,天泉酒各种产生的销售比例发生了变化,产品在每一个市场上的销量也发生了变化,产品在市场的价格也出现了变化,而且是不正常的变化。戚志强心里是急的。

过去,戚志强对衡量销售工作有一个尺度。那就是"三个一"的行为规范:首先是一个标准,不管黑猫白猫,抓到老鼠就是好猫。其次是一个态度,灵活的态度,从实际出发,贯彻有效的原则,不搞千篇一律,防止惯性思维作怪,市场变化了,还在那里做昔日的玫瑰梦。再就是大局观念,从大局出发,维护大局。不能从自己的一时之利,隐瞒、怂恿客户冲击市场,破坏全局的稳定,自己打垮自己。现在,戚志强从销售部门的汇报和一些报表中,看出来一个怪现象,有的市场把产品价格卖得特别高,客户却在减少。有的市场又卖得低，搞低价冲销，一个比一个低，那是代理商打垮自己和打垮天泉啊。

就做生意而言，市场是永远的，客户是暂时的；利益是永远的，朋友是暂时的。春节以后，戚志强就不断接待来访的客户。他们都在抱怨自己由过去的"搬运工"，沦落为"高级乞丐"。过去他们辛辛苦苦卖酒，赚点小钱，当了"搬运工"。现在呢，变成了"高级乞丐"，只不过比乞丐稍稍好一点。乞丐伸手向人要钱要物，只有索取，没有劳动，而这些客户，特别是他卖了很多酒之后，卖得不赚钱、亏损了，他们大都是让戚志强给一点钱，不给钱就没法干了，成了高级乞丐。

对这些人，戚志强不是全信的。需要支持的他一定会支持，乘机捞油的，他是坚决不给。一天，河北一个客户来找戚志强，说自己的生意做不下去了，要求给政策支持。戚志强对他的经营情况是了解的，他就有些生气，就对来人说："你看，现在冬天时候，我外面穿件大衣，里面套件西服，西服里面还有件羊毛衫，羊毛衫里面还有件衬衣。做一轮生意，你们都说赔了，我把大衣一脱，说哥们儿分吧；做了第二轮，你们说又赔了，我又把西服脱下来了，说哥们儿再分；到了第三轮，你们又说赔了，我又将羊毛衫脱下来了，哥们儿继续分；现在我只剩下一件衬衣了，如果我不脱，你们就说都得死；但脱了，我光着背，可能我得死。我当然不想先死啊，那只能让你先死。你现在不仅想把我们的衬衣给扒走，还想揭掉我一层皮。你这样的客户，我不要了！"

戚志强通过与客户、与销售人员谈，他有了一种感觉。他认为现在天泉的产品在市场上出现了问题，有些走向了被动，不是在创造市场，而是被动适应市场。造成这种现象的原因，是他戚志强决策的毛病，他的决策与市场的真正情况不太吻合了。他戚志强是受到了自己的销售人员和客户的误导。企业大了，他的精力用在其他方面多了，对市场就没有原来那样熟悉了。现在天泉各种档次、规格、品种有1000多个了，而且代理商品牌开发也有上百个，市场现象混乱，市场价格也互相冲击。什么是天泉酒，戚志强自己一句都说不出来了，他感到了从没有的后怕。

造成这一切的原因是什么？就是信息失真，不对称。是负责销售的人不负责的结果。

戚志强感到压力很大。他必须去深入一线调查，用事实来印证自己的感觉和判断。

四月份，戚志强就安排宋戈，让销售部门给他在全国排出一个路线，他五一后就要出去了。销售部门很快送来了，天泉酒17个主要销售地的路线图。他们选定的多是省会城市，或发达的地级市。戚志强看了一下，没有说什么，但他心里是不高兴的。省会城市一般都卖得不错，而且条件又好。下面这些人在糊弄自己了，戚志强感到气愤和悲哀。但他没有表现出来。失察易，明察难，察人易，察己更难。戚志强想想有些后怕，许多倒下去的企业，最终也许都是被自己打垮的；许多企业领导人，最终都是被自己的下级给弄倒台的。

四月底，戚志强就把手头上的工作安排好了，并做好了出发前的准备。五一到了，他就乘着车，带着那本全国地图册，与司机两个人离开了天泉。

戚志强第二站到了河南。他一到郑州，就对河南区经理金华昌说："在河南，我选三个点，第一个是邓州，第二个是三门峡，第三个是洛阳。"

金华昌一听，就急了，有些为难地说："戚总，邓州就别去了，那是个小市场。"

"为什么不去，这个市场怎么样？"戚志强问。

"还可以，但他老两口又没文化，你也给他们谈不出来个什么。"金华昌解释说。其实，邓州这里的代理商是老两口，都五六十岁了，又没文化，戚总毕竟是戚总，金华昌怕老两口万一招待不好戚志强，自己也没有面子。

戚志强一下子就看出了金华昌的意思。他有些生气地说："你是怕人家接待不好我？我们是做生意，又不是去吃饭！你平时就是这样对待客户的？"

金华昌吓得脸都变了。他支支吾吾地解释说："那就去吧，这个客户叫胡诚云。"

晚上，戚志强躺在床上，老是在考虑那个思考了快三个月的问题：真正导致市场下降的原因，可能是信息不对称。

由于现在考核销售人员，只强调销售额、资金回笼，没有注重利润和市场成长性的培育，致使一线一些销售人员，为了追求销售额，不是去深做市场，而是要总部开发新产品，用新产品这种高利润的形式来实现销售任务。代理商更是喜欢新产品，市场上刚一出来，定价空间大，利润就多，这个产品卖倒了，就鼓动销售人员一道给总部反映，再上新产品。而且有的销售人员，竟以没有新产品而作为未完成的理由。

一些有实力、脑子好使的代理商，也推动着开发品牌。自己给产品起个名字，挂天泉的牌子，自己开发市场。当初一开始时，戚志强是经过认真考虑的。虽然他们用的是"天泉××酒"的牌子，但酒是从天泉车间装进去的，货也是从天泉发的，天泉按照这些代理商的要求去生产，不会有什么影响。但他们操作起来，却变样了。戚志强现在一想到这就有些后悔，中国人真的太喜欢挂羊头卖狗肉了。戚志强没有想到的是，这些代理商把自己开发的酒自由定价，不按酒质离谱地定得很高。消费者一喝这酒，一百多二百多，酒质却不太好，他们自会有一个判断，那些低于这种价格的酒能好喝吗？

第二天中午，12点多了，戚志强的车子才到邓州市。

刚进市区，坐在戚志强车子上的金华昌就看到了胡诚云。金华昌说："戚总，胡诚云来接你了，就在前面。"

戚志强看着200米外的、那个东张张西望望的老头，就问金华昌："前面那个肯定就是胡诚云了！难为他了。"

车子离胡诚云还有十几米，戚志强就让司机停了下来。

戚志强下车，说，"胡老，来坐车子里，一道去你公司吧！"

"不了，不了，我坐不习惯！"胡诚云红着脸推托说。

戚志强见胡诚云确实不想坐，就决定也走着过去。这时，胡诚云说："戚总，这可不敢，你要不坐上车，我就不走了，这太阳毒着呢。"

戚志强最后只好坐在车上。车子开得很慢，因为胡诚云硬是在前面小跑着带路，一直到他公司的门面前。

晚上，胡诚云请戚志强喝酒，请了一个他认为最大的官——公安局长。虽然在小饭店里，档次不高，但那天戚志强喝得最多，7个人喝了6瓶38度"天泉御酒"。

酒喝到最后的时候，胡诚云说："戚总与人家名酒厂老板一比，真是天上地下了。听说，那些老板出门都住总统间，一般客户都难见上一面。真没想到啊，我一年才卖你100多万的酒，你还亲自来看我。"

戚志强有些感动，端起酒杯说："胡老板，我敬你一杯，你就是不卖我一瓶酒了，我只要来这里，我都会看你的！"

胡诚云连忙站了起来，一口喝掉杯中的酒，然后说："老胡我有生之年，就卖天泉了，啥酒都不卖了！"

……

那天晚上，戚志强睡得很晚，他怎么也睡不着。

他一直后悔一个问题，那就是自己这几年跑市场太少了。但他更多的是担心，担心销售公司的业务员没有善待客户。把自己当别人，把别人当自己，把自己当自己，把别人当别人。既要弯下腰来做生意，又要能挺起胸脯征服客户。戚志强反复回忆着自己前些年给业务人员讲的话。这些人能做到吗？

要是那样的话，天泉的危机就埋了下来。

猎人与兔子

对于天泉来说，发行股票毕竟是第一次。

他们都没有想到，会有那么多困难。

这一点，宋戈他们具体办事的人没有想到，戚志强也没有想到。

确定要把白酒和葡萄酒一块上市，当时拟定是以人民币的形式在境内发行 A 股。

由于白酒工业，国家不支持，经过两个多月的动作，看来发 A 股这条路是走不通的。

宋戈给戚志强汇报后，戚志强说："我的性格你们还不了解吗？开弓就不愿看回头箭。发不成 A 股，那就发 B 股，要是 B 股也发不成，那就发 H 股，反正得发成！"

宋戈他们见戚志强这般坚决，就开始运作发行 B 股的事。

一了解，在境地外销售的 B 股，可能比 A 股更困难。A 股下达到各省，B 股下达到深圳、上海。要想发成必须要有额度，两地的额度必须在当地发行。而额度只有这两个城市有，那就必须去借。戚志强听过汇报后，就立即说："到深圳去借！"

他有这种感觉是有他的道理的。深圳和上海有个不同的特点：深圳是一个新兴的城市，它工业基础比较薄弱。它有好企业，但它的企业数量比较少，企业用不了那么多额度。深圳就想，活跃市场必须有好的企业进入 B 股市场。本来是国家给它的额度，它就面向全国借给那些它认为从效益上、从行业上、从管理上比较好的企业，以活跃深圳 B 股市场。

宋戈把这个消息摸清后，立即与深圳方面进行了联系。对方没有拒绝，只是表示此事他们可以考虑，但要研究后再说。宋戈把消息反馈来第三天，戚志强就去了省里。

与戚志强同去的还有市委书记火可和施天桐市长。

他们一行到了省里，张副省长晚上就出来接待了。晚上接待，当然是在酒店。

张副省长听过戚志强、火可、施天桐的分别汇报和补充后，十分高兴。

他端起酒杯，笑着说："火可书记，按说这事该你管了，你马上就来了，我管不了了。"

"张省长，你可不能不管呀，故原老乡可就是靠你了。这几年，我有什么难事不找你呀！"火可端起酒杯，笑着说。

"这就不对了，你不要不敢承担责任，你马上就要来接替我了。"张副省长停了一下，接着说，"当然，你没来之前，我还是要站好最后一班岗的。"

"张省长，故原基础不好，以后要靠你老和火可的领导了。"施天桐笑着看了张副省长和火可，然后说，"当然，离开戚总的支持，故原也不行啊！"

张副省长喝了一小口酒，说："天泉上市绝对是好事，我们省经济基础差，额度没有了。我马上就与深圳方面联系，尽量能从他们那里借一些来。不过，你们也要做好准备，人家是要来考察的呀。"

那晚，他们四个人谈得很多，主要是围绕故原经济及天泉集团的事。

第二天，火可和施天桐回故原去了，而戚志强没有回去。他在省城坐镇等张副省长的消息。

就在第三天中午，戚志强接到了张副省长秘书的电话，要他到省政府去一下。

戚志强到了张副省长的办公室。张副省长十分高兴地说："应该差不多了，深圳方面反馈回来消息，额度能借给你们8000万港币，但他们要到天泉来考察。"

"感谢张省长的支持了！我回去一定好好地迎接深圳方面的考察。"戚志强说罢，站起身来，给张省长鞠了一躬。

"不要这样嘛，你回去给火可汇报一下，让他也出面接待一下。回来的行程最好安排从省里走一趟，我见见他们。"张副省长说。

"我们一定做好！不辜负省长的关心。"戚志强说。

由于是张副省长出面，而且天泉的情况也确实很好，深圳方面来人看过天泉的一些资料后，十分满意。他们觉得天泉这个企业发展态势不错，其成长性也较好，决定借给天泉B股8000万港币的额度。

额度落实下来后，就立即选择了国际协调人"西洛尔"公司。这是一家日本公司在中国的一个分公司，专门承揽中国企业操作B股上市的公司。这个公司是施天桐介绍的。一开始改制小组还有不同意见，但最后戚志强拍板说："施市长介绍的公司更好，这样更有利于协调，上市的速度可能更快呢！"但戚志强同时又请了英国的"夫照"公司。由西洛尔和夫照两家公司联合做，既有利于上市的迅速操作，又使两家公司形成对照和互为制约。尤其是能避免施天桐在其中出什么问题。戚志强想，就是你施天桐从西洛尔拿东西了，但天泉也不可能多给西洛尔多少代理费用。因为有"夫照"公司在那里比着呢。

B股发行需要国外会计师事务所，对包括利润、销售收入确认、折旧等进行审计，要求得相当严格。天泉第一次申报的建设二十万吨啤酒厂的项目就没有通过。当时的国际协调人"西洛尔"公司，认为中国的啤酒市场不像天泉材料上分析的那么好。建议戚志强改为追加葡萄酒投资。

戚志强本来是想以啤酒来做项目，形成白酒、葡萄酒、啤酒三位一体的酒业王国。现在，戚志强只得要求工作组改项目，把所有文件又重新做，改成了追加葡萄酒的投资。按开始的约定与合同，"西洛尔"和"夫照"联合做天泉的国际协调人，"西洛尔"负责做上市的所有材料，"夫照"负责股票的配售。

开始时进行得相当顺利。三个月就基本完成了前期的工作。但突然发生了变化。"夫照"公司股权被"林美"收购了。这时候，天泉只得找"林美"公司继续做主承销商。但"林美"公司一般5000万美元以上的案例才做，天泉的款额远远达不到5000万美元，只有

8000万港币。"林美"公司不愿意做国际协调人。现在只有"西洛尔"一条腿了，它只能做材料，因没有国际上的配售网络，就迫使"西洛尔"提出解除给天泉做国际协调人的契约。

继续寻找可以进行国际承销的公司十分困难。任何一家新的公司介入，都必须从头做起。这样一来，天泉的发行额度一直在深圳延期。但按证监会规定，发行额度必须在年度内发掉，不可能无限期地延续下去。

天泉B股上市的事，突然间山重水复了。

而此时，因上市而进行的前期运作费用已达400万元了。作为改制上市工作的主要负责人及成员们就有压力了。公司内部一些人也都在议论这事。

宋戈从深圳回来后，就去找戚志强说："戚总，这咋弄？"

戚志强笑着说："这没有啥，这是天不作美，你们的成绩是不可估量的，搞清了路子，打下了基础，继续干！你去发行股票，我来创造业绩。别急，有机会我给你们正正名。"

但宋戈心里还是承受不了这个现实。他过去没有想到发行股票这么困难。而且，现在天泉正需要资金，如果股票不能顺利发成，那么过去的计划就会难以实现。宋戈的这种心理，戚志强从谈话中已十分清楚地感觉到了。

戚志强认为，宋戈是有些缺乏胆识，也有些急躁，更缺乏承受风险的能力。

市场经济需要的是用胆识去挑战市场的风险。胆者即胆量，识者即认识，一个人胆量的大小往往取决于他认识的深浅。但有识无胆者也很多，许多人有了好的决策而不能立即付诸行动，就是没有胆量使然，也就是说没有真正的胆识。

在戚志强看来，发行股票的决策已定，无论如何也要向着这个目标前进，绝不能因一时的困难而动摇与放弃。

戚志强告诉宋戈："你去找施天桐，他说，他的一个朋友跟日本山一国际证券有关系，而山一也有承销的能力。"

宋戈说:"山一国际我们也了解一些情况,但我怕如果它再弄不成,不仅又会花去一笔费用,而且还会耽误时间。"

"你们也太不敢承担风险了。现在谁也不敢保证就一定能发成。西瓜没开,谁敢包你黑子红瓤。据我了解,山一国际香港公司是专做东南亚这一带的股票承销,而我们的天泉御酒在东南亚一带有影响,有华人居住的地方,才对白酒是比较了解的。我认为他们来做可能更合适。"

宋戈还是信心不足,有些担心地说:"就是山一国际愿意而且也能,但现在它还存在与西洛尔的协调问题。现在西洛尔要提出退出。"

"没做,怎么知道不行呢?我们做企业,做任何事都要有敢于试错的精神,没有这个精神什么事都做不成。所有的创新都是在试错的基础上实现的。"戚志强点着一支烟,又接着说,"不要患得患失,你听过这个故事吗?"

戚志强喝了一口水后,给宋戈讲了起来:

一个猎人看到一只兔子蹲在草地上,就立刻端起自己的猎枪瞄准。这时他暗暗想:我要是打到这只兔子就吃它的肉,然后把皮卖掉,用卖皮的钱买只小鸡,小鸡长大下蛋后就用蛋去孵化小鸡,小鸡再长大——用卖鸡的钱娶老婆,老婆生了小孩,小孩长大了要是上街去跟别的孩子打架,我就训斥他:"嘿!你这小子——"嘿声一出,兔子受惊,逃跑了,猎人的一切计划都化为泡影。

企业中这种当断不断的猎人确实太多了。每天都会面临新的机遇,如果不在充分的信息支持下作出果断的决策并付诸行动,企业就会成为那个打不到兔子的猎人,更不要说吃肉了。

下班已经一个多小时了,戚志强和宋戈还在那里讨论着。

身份问题

车子离公司大门还有 100 多米时，戚志强就感觉有些不对劲儿。

公司大门口有近百名工人，在那里站着，东张西望着，有些人还在不停地走来走去。快要上班了，这些人在干什么？给戚志强的第一感觉就是，公司可能发生了什么事，或者将要发生什么事。

这样想着，车子就到了人群前。人群中的那些人并不给戚志强的车子让路。

司机看了一下戚志强，不知道如何处理。戚志强就让司机把车子停下。车子停了下后，戚志强拉开车门从车里下来了。这时，人群中突然拉出两幅白布黑字的标语。一幅标语是：打倒等级观念；另一幅标语是：还我公道 还我平等。

戚志强看了两幅标语及人群中的人，他心里已经十分清楚了。这些闹事的人基本上都是农民合同工、临时工、季节性临时工，他们肯定是因为内部职工股分配的事而动的。这件事，前两天公司董事会才议过，而且要求严格保密，现在为什么都知道了呢？再说，工人在公司门口闹事，为什么没有人通知他？这肯定是一次有组织的闹事。戚志强觉得事情有些复杂。但现在大门被堵，自己进不了公司也不行啊。

戚志强向人群走了两步，然后大声说："员工同志们，你们为什么要这样堵住大门呀？有什么事我们可通过正当渠道、按照有关规定商量解决。你们现在这样，这是要耽误生产的，影响生产我们天泉如何生存？你们靠什么吃饭呢？还是先不要这样，有什么事我们坐下来好好解决！这样行不行？"

"我们要公平！我们要公正！干一样的活，不拿一样的钱，为什么人与人不一样？"人群中有人在大声喊叫。下面的人就跟着喊。

"如果你们喊能解决问题，那你们就喊吧！你们不是解决问题吗？我到办公室里去等你们，你们选几个代表去！行不行？我这是真诚地要解决你们反映的问题。"戚志强给人群在解释。这时，宋戈和其他几个副总的车也先后来到公司大门口。

在大家的劝说下，人们终于收起了标语，把大门闪开了。戚志强脸色沉重地走进公司大门，后面的几个副总也都脸色沉重地走进公司，一个接着一个。

戚志强没有喊宋戈，宋戈还是跟着他走进了他的办公室里。

"这是怎么搞的？方案还没有出来，就把门堵住了。"戚志强说。

"戚总，这事在事前我也没有觉察到，是谁走漏的风声呢？"宋戈停了一下，又接着说，"我估计是燕克仁捣的鬼！"

戚志强看了宋戈几眼，没有吱声。他点上一支烟，才开口说，"这事我看不会这么容易就算完。你说说你们方案做的情况。"

"我们现在才排出各种工种的人数及工作年限，具体的东西没有出来呀。"宋戈说。

"我是说你们排出来的情况。"戚志强有些不高兴地说。

宋戈看了看戚志强，有些感慨地说："我真不知道，现在公司人员构成这么复杂。这些问题不解决好，将来真是后患无穷啊。"

宋戈所说的工种，其实戚志强在心里比谁都了解。天泉由于是从一个几十人的小作坊一步步发展起来的，不同的发展时期所进来的人的身份也不一样。有政府组织部门下文的任职干部、干部身份、全民身份、大集体身份、全合身份、企业合工身份、农民合同工身份、征地工身份、临时工身份、季节性临时工身份十种。从在岗情况看，又分为离休、退休、病退、内退、退养、待退、在岗、待岗、临时放假、长期放假等。

从另一个方面说，现在是要把天泉御酒这一块拿出来上市，而天泉御酒这一块是天泉集团的核心企业，如果只有天泉御酒这一块人能拥有内部职工股，那么其他方面的人如何处理。这些事确实是太复杂了，而且内部职工股的数又那么少，僧多粥少，平衡问题就难以解决了。

这件事，前几天董事会刚议过，当时的原则是两条：一是必须连续在岗的；二是必须在实行全员合同制的时候签了合同的。这些人确定下来，然后再根据任职、工作年限等系数去分配。

但戚志强没有想到的是，现在刚进步摸底，就会出现这种情况。他也想到了是燕克仁从中搞的鬼。因为，上月市纪委非要来查燕本华的问题不行，说是有人已经举报到省纪委了，省纪委批示要结果。当时，戚志强想，虽然是在改制上市的关口，但这毕竟是他本人收受回扣的事。如果不让纪委进来，就有一种怕的感觉，就说明天泉其他人也可能有问题，尤其是戚志强本人也许会有问题，怕撕开口子不好收拾。但戚志强自己是明白的，他本人是没有任何问题的，而且凭他的观察天泉有问题的管理人员也不会多。况且，有些人是靠天泉的牌子做了一些手脚，但不至于有什么连锁反应。

就是鉴于这种情况，戚志强才同意纪委进驻的。当然，他当时也想到了最坏的结果，一是如果范围扩大、牵出其他人如何办？如果这事影响改制和上市怎么办？这些事，他是想过的。如果范围要扩大，那就把燕本华先拿出来，用他祭刀，以转移视线。无论如何不能影响改制的工作。

而现在，燕克仁竟经不住纪委进来，他用的是转移视线之法。他借改制内部职工股的分配问题，让员工出来闹事，以转移视线。戚志强过去也估计到了。燕克仁会使用这一招，但没想到他真使了。所以，现在戚志强就在心里暗笑，你一抬腿我就知道你拉啥屎！

戚志强让宋戈来自己的办公室，主要的目的并不是问内部职工股分配方案的事。而是，想知道现在纪委这一块对燕本华双规的情况。

纪委副书记夏贯仁是宋戈的同学。他们一进驻天泉时，戚志强就对宋戈说过，你要时刻注意那边的动向和进展，千万不能扩大范围，影响改制大局！

宋戈告诉戚志强说："纪委那边，夏贯仁说现在有望落实的也只有二十几万，但证据不全，正在询问。不过，听夏说他们只框定在燕本华一人身上，牵扯到天泉其他人的事就不再往下问。据说，施天桐也是这样安排的。"

戚志强听罢，没有表态，只是点了点头。宋戈不知道他点头的真正意思，也没有问。

停了一会儿，戚志强对宋戈说："别等他们一会来了，你去主动找他们，找出个头来，告诉他们现在内部职工股正在讨论之中，没有定案，将来会逐个公布的。到那时候公司还可以听取大家的意见。尽量平掉这事。"

宋戈离开后，戚志强给施天桐打了个电话。

此时，施天桐正在紫竹苑与肖馨温存呢。他升为市委书记了，肖馨高兴死了。

火可走后，施天桐已经被省委认命为市委书记了。

戚志强首先给施天桐客气了几句，然后直接说："施书记，天泉改制的事得靠你大力支持呀。现在有些员工受一些人的传言影响，情绪不太稳定。尤其是纪委的进驻，现在公司传言很多。"

施天桐听罢，立即说："戚总，这事我想到了。改制的事一定要做，越快越好，我们不能坐失良机啊。我想改制后，我就给省委建议让你任副书记。至于纪委查燕本华的案子，"他停了一下，喝了口水，然后接着说，"我问了一下纪委，可以很快结束的，当然，如何结束要看你的意思了。"

戚志强听罢，心里就明白了几分。现在施天桐是不会让纪委来影响改制的，但他也不会让纪委轻易就走。至于，给自己安排副书记，那也许只是一张空头支票。再说，戚志强觉得改制后，自己在政府任不任职问题都不大。另外，宋戈说的施安排只查到燕本华一人，戚志强是不信的。按施的性格，戚志强判断他一定会安排所有线索都要弄清，这次只处理关于燕本华一人的事，甚至他施天桐说不定就会暗中做戚志强的手脚。

想到这，戚志强说："我的意思是尽快结了，但并不是说不查了，而是实事求是地把查问题移交司法部门。"

"还是戚总支持我呀，不声不响地撤了对上对下都不好交代，再者，如果真查实了，燕克仁也会老实些，天泉的杂音就少了。不过，听他们说有些事还做不到铁定，那我让他们尽快查实吧。不能因此而耽误改制。"施天桐声音很大地在那边说。

戚志强听罢，心里凉了一下，想，施天桐就是施天桐，他把别人的心思琢磨得真够透的，戚志强最怕自己的心思被谁琢磨透了。他定了一下神，然后说："感谢书记支持，就按你说的办吧。"

施天桐放下戚志强的电话，就给纪委打了个电话：燕本华的事快点结了吧！

戚志强与施天桐的通话结束后，他就打电话让燕克仁到他办公室里来。

他想给燕克仁来个敲山震虎。如果能震住就算，震不住就要真杀虎了。

戚志强又点上了一支烟。

褪了她的裙子

燕克仁接到戚志强的电话，心就定了下来。因为，他知道戚志强肯定会打电话找他的，但一中午了竟没有电话来，他有些沉不住气了。

现在，戚志强找他了，他心里反而坦然了。一种释放的快感，就要来的那种感觉。

燕克仁来到戚志强的办公室。

戚志强动了动身子，笑着对燕克仁说："克仁，找你来是跟你商量件事。"

燕克仁一边坐一边说："戚总，有什么事，你安排就是了。"

"是这样，现在我们天泉正在改制的关键点上，你们工会要做好解释和说服工作呀！"戚志强盯着燕的眼说。

"戚总,我知道我们做得不好,我正要来给你请罪呢,今天这些人突然就闹了起来,事先我们一点也不知道。"燕克仁解释道。

"工会,就是工人之家,工会主席就是工人的领袖。我希望你们做好这方面的工作。改制是大局,也是你的重任。"戚志强声音很低地说。

"是啊,我们都在尽最大努力。上市了,企业能融到六七个亿的资金,对企业发展太重要了。我们怎敢不努力呢。"燕克仁看了一下戚志强的脸色,又接着说,"工会几个人还说上市了,工会就没有作用了的怪话,我把他们狠狠给熊了。"

戚志强听罢,笑了笑又说:"公司上市后,是要新设股东会、董事会、监事会,但原来的厂委会、党委会、工会还是要并存的啊,况且我们只是酒这一块改为股份公司,集团还是原来的集团呀。"

对于新三会和老三会,戚志强是做好了打算的。他准备新三会与老三会并存,互相兼职,两块牌子,一套人马。这种做法,虽然有点不太符合股份公司的法人治理结构,但毕竟是过渡呀,不然这些新会老会还不打架呀。现在燕克仁提出这个问题,分明是想探一下戚志强的底。

现在,燕克仁突然提出这个问题,分明是在给戚志强叫板。那意思很明确,我们工会现在毕竟是不能取消的,现在你要我去做事,你必须给我一个承诺,我将来如何。戚志强想,既然你燕克仁这样说了,那我也就单刀直入吧。

"所有改革和变化都是要有阵痛的。改革就是利益的再调整与再分配,员工中有些不理解是正常的。时间会消磨一切的,改是一定要改,无论遇过多大阻力。我相信天泉员工大多数还是支持改革的。我们每一次改革都没有让他们收入比过去减少呀。"戚志强点上一支烟,接着说,"今天我让你来,并不是要谈早上那些人堵门的事,我已经安排宋总去处理了。"

戚志强一边说一边观察燕克仁的脸色。燕没有想到戚志强会这样说,刚来时他有些得意,以为戚志强得求他去把工人闹事的事给摆平呢。现在看来，戚志强是另有话要说了。燕克仁很快想到是为他儿子燕本华的事。

"那戚总还有什么事？"燕克仁故作轻松地问。

"是关于本华的事。"戚志强停了一下，然后接着说，"纪委已通报，查实了一些事。唉，我说老燕呀，我们是害了他呀。当初不让他到那个岗位上就好了。"

燕克仁现在有些紧张了，他一直在关注儿子的事，据他从内部弄出来的消息，现在并没有查实燕本华受贿的证据。而现在戚志强这样说，可能他安排的那个人罩不住了。

想到这里，燕克仁还是强装镇定地说："唉，这孩子，就是贪图虚荣，喜欢接受别人的一些小恩小惠的。"

戚志强笑了笑说："好像不是只收一些东西，应该是收了钱的。"

燕克仁这时心里转，转变话题说："是呀，现在监督不严呀。我估计本华要真的收别人的钱了，我们天泉收别人钱的人还真不少，看来，纪委要把天泉闹个底朝天了，天泉不知道还要有多少人进去呢！"

燕克仁这话显然是来硬的了，那意思很明确，你戚志强现在敢不保燕本华平安无事，天泉就会出大乱子，到时我让你戚志强也罩不住。他的这个心思，戚志强看得清清楚楚的。他站起身来，给燕克仁和自己加了水，然后说："企业也不是净土啊，我早就说过谁拉的屎谁吃！"

"是啊，拉多了就吃不了了，就会出现到处都有屎的时候。"燕克仁带有挑战性地说。

"我相信天泉不至于此。"戚志强笑着说。

燕克仁走后，戚志强陷入了沉思。是呀，企业也是小社会呀，要做到外圆内方是不可能的。过去，戚志强曾经一个人很认真地想过，按社会上流行的权利寻租价码，每一个岗位可能会有多少灰色收入的事。这种现象要想杜绝是太难了，尤其像天泉这样的大企业，他们在做事时，买的时候价格并不比别人高，但也有可能拿到回扣。

为了避免这种问题出现，按他的意思成立了采购委员会等会签制度，增加流程的环节和控制，但也不能真正解决问题。后来，他又想过岗位调换，但又影响业务和工作的开展，而且有时还会出现新人到新岗位会加大寻租力度的事。社会上都这个样子，一个企业要想堵住经济腐败是不行的。

现在，戚志强最担心的是怕燕本华的事引出丰硕人的事来。资金调配中心的丰硕人，在进行资金拆借时自己拿了别人的钱，致使1000多万元本金收不回来。而且那个企业主已经从广东消失了，这事对于天泉和戚志强来说都是哑巴吃黄连，有苦说不出。不能起诉，不能声张，一旦声张了，就会牵出资金拆借的事来。

他现在必须用燕本华来祭刀，以此堵住丰硕人的事情，进而防止资金拆借的事被旧事重提。

记得有一次，戚志强曾经跟火可在一起谈话时谈到这个问题。当火可问他对这个问题的态度时，他说了八个字，"洪水、崩溃、交易、权力"。

火可一下子明白了，很有感触地说："是啊，当权力进行交易的时候，企业就会因欲望的洪水而崩溃！"

天泉远不到这种地步，但天泉有没有问题？有些人肯定是有的。那就要快刀斩乱麻，迅速处理。

每个人心里都有一个死角，黑暗的死角。

戚志强也有。现在他就在想，只能把燕本华给推出去了。他被推出去，这件事就会告一个段落，就不会发生连锁反应。再者，他向社会证明，我天泉是不怕问题的，有问题我是勇敢地进行处理和曝光的。

接下来，他给施天桐打了个电话。

转眼间，过了一周。

这天中午一上班，宋戈就来到了戚志强的办公室。

宋戈一来，戚志强就知道燕本华事搞定了。他并不急着问宋戈。宋戈却有些急地开口说："戚总，燕本华的事纪委方面说搞实了。现在查实的金额有 35 万元。"

"前几天不是还没有查实吗？"戚志强装作有些吃惊地问。

"纪委现在多厉害呀，没有他们搞不定的人和事。"说到这里，宋戈笑了，然后接着说，"他们竟把韩国大湖商社的元顺基给'双规'了！那小子两天两夜就给招了。"

戚志强心里一怔。乖乖，'双规'是对党员干部的，对外国人也用了！

他没有再说什么，停了一下就对宋戈说："改制的事，你抓紧点！"

宋戈从戚志强的办公室里来，手机响了两下，他打开一看，是燕鑫发来的信息：

晚上我要见你！鑫。

第十二章

天字号案

　　春节就要到了，要不是在市里开会，戚志强难得像今天回家这么早。

　　正是看新闻联播的时候，他打开了中央电视台一套。刚看几分钟，突然被一则新闻震惊了：

　　　　山西朔州一伙人用工业酒精假造白酒出售，致27人中毒死亡，多人中毒卧病在床。
　　　　为此，国家领导人大为气愤，在电视里严厉谴责制假、售假的不法商人，责令一查到底、严肃处理！

　　新闻联播没有播完，戚志强就给总经理宋戈、销售副总兼威尔乐葡萄酒总经理史建明、公关部经理白岩分别打了电话，要他们立即赶到他家来。

　　半个多小时，他们三个人先后到了戚志强家。

　　戚志强问他们："刚才的新闻联播你们看了没有？"

　　三个人都不知道发生了什么事，不好意思地说，没有看。

这个世界既不是有权人的世界，也不是有钱人的世界，而是有心人的世界。

刚才那条新闻一播完，戚志强就嗅出在这天下皆知的"天字号大案"背后，隐藏着巨大的广告意义。他脑子里立刻浮现出一个巧用山西朔州假酒案制造新闻，树立天泉形象的公关方案。

给三个人分别倒了一杯水后，戚志强点上一支烟，说："我敢肯定，现在全国工商、公安干警已经倾力出动，一场打假的人民战争就要轰轰烈烈开展行动了。山西白酒，特别是带有'红'字牌的白酒，肯定会先查封、后处理。甚至现在全国老百姓，都在看家中的酒瓶上是否贴有山西朔州产的'红粮液'，山西产的酒可能就没人敢喝了。"

他看了看他们三个人，又接着说："我们应该有所行动，这可是千载难逢的机遇啊。我们要巧用这个事件制造新闻进行公关！"

接着，戚志强十分兴奋地给他们谈了自己的一套方案。

> 以我的名义，在有关媒体发布"天泉御酒致全国消费者一封公开信"，信中倡仪成立"中国打击假酒基金会"，呼吁白酒立法；以公司董事会的名义慰问、抚恤27名死难家属，建议每位家属捐助1万元；在《人民日报》《经济日报》《法制日报》及鲁、豫、皖、江、浙等主要地市晚报，连发三次；时间越快越好。同时，要争取在《焦点访谈》栏目制作一期节目，呼吁白酒当立法；争取在央视315晚会上给予报道，并力争在晚会上，将捐款送给受害的消费者；在全国人代会上我将接受记者采访，详谈"天泉御酒致全国消费者一封公开信"的意义。以此来树立我们天泉的亲和力与美誉度。

宋戈他们三个人从戚志强家出来时，已经十点多了。三个人都没有休息，立即又到公司进行了商量和分工。并连夜跟有关方面进行了联系。

第三天，天泉御酒公司以戚志强名义的"致全国消费者的一封公开信"，便见诸十几家报刊。公开信见诸报刊之后，立刻在社会上引起了强烈反响，一些新闻单位纷纷转载。二十天内，这封公开信就相继在《半月谈》《瞭望》《人民日报》《经济日报》《法制日报》《中国消费者报》《中国证券报》《中国贸易报》《中华工商时报》《安徽日报》《安徽广电报》及"中央人民广播电台"等媒介均以不同形式进行了转载报道；新华通讯社以"天泉贡呼吁打假"为题，向全国各大媒介发了新闻通稿。

在致全国消费者的公开信中，戚志强呼吁白酒立法，倡导成立"中国打击假酒基金会"的主张，也得到了国家工商局、国家技术监督局、中国质量检验协会、中国消费者协会等有关单位的高度重视和大力支持。

这些媒体刊登了通稿和那封信后，白岩就与中央电视台的315晚会组进行了联系。他按戚志强的计划，准备带中央电视台记者去朔州，把天泉亲自给死难者家属的抚恤金做跟踪报道，然后在这台晚会上播出。晚会组织者也十分赞成这一想法。

这样一来，天泉就不能把钱直接捐给朔州市红十字会了。

朔州方面也是想要这笔钱的，毕竟是一笔不小的数目。在以戚志强名义的公开信发表后，山西朔州市红十字会会长、秘书长，就联合署名写信给天泉及戚志强，表示感谢与歉意，并表示支持天泉提出的"白酒当立法"的提案，等等。但言外之意，还是想让天泉尽快把抚恤金给弄过来。

白岩把这件事给戚志强汇报后，戚志强说："我们既然话说过了，我们一定会给钱的。但我们只能选择亲自把钱送到死难者家属手中，现在下面的情况复杂，不是我们不信任红十字会和他们方面的基层领导者，而是直接送我觉得踏实。"

白岩给朔州有关方面联系，把天泉的想法告诉他们。他们也觉得天泉的提法不过分，有道理，他们支持，但要汇报。当时，中央电视台播出后，省里及市里就规定了宣传报道的纪律：为了维护朔州的形象和经济发展，任何单位和个人都不得不经请示和批准接待记者采访。

天泉的这个要求，没有得到山西有关方面的支持。那边传出话来，我们有能力进行抚恤，如果天泉要带记者进行跟踪报道，那以后再说。山西方面也是有道理的，他们认为假酒案已经给山西带来不良影响，现在已经事隔几个月了，事情刚刚平息，为了120万，如果媒体再一报道，损失的不知道又是多少万呢。

天泉计划的捐款没有捐出。但备受消费者关注的315专题节目的记者，还是就此采访了戚志强。

那天采访结束，戚志强心里有些不好意思，没有花那份捐款，却赢得了那么好的口碑，他有些于心不忍。但他也为这次策划的成功而高兴。

与此同时，中国名酒企业反假冒联合宣言专版办公室，也发出"致全国著名白酒生产企业领导的一封信"并和《人民日报》《经济参考报》《市场报》《中华工商时报》发出专题发布，共同呼吁白酒立法、反对假冒，保护消费者和名牌产品的共同利益。这是一项功在当代、利在千秋的大事。中国经济的未来，是由这些名牌企业支撑着的，不严厉打击假冒伪劣行为，国无宁日，中国经济无宁日！

中国质量管理协会也就天泉的公开信组织了关于组织开展"成立打击假酒专项基金，保护消费者合法权益"活动。

媒体的这些反应，为戚志强在全国人代会上的提案做了意想不到的铺垫。

在接下来的全国人代会期间，戚志强以一个人民代表的身份，向全国人大常委会庄严地递交上了"建议白酒立法"的提案。戚志强的"提案"得到了许多代表的支持。

会议期间，戚志强有几次被一些记者包围，纷纷要求采访他对山西假酒案及白酒立法的看法。戚志强拒绝了所有的采访。这期间，白岩正在组织一个专题新闻发布会。

会议就要结束的第二天晚上，戚志强在保利大厦举行了"天泉御酒新闻发布会"。会上，戚志强对到会的五十多家媒体进行了回答。

他说："至今，我国酒类生产专卖的法律、法规没有出台，这对于我们这个酒类生产销售的大国来说，是极不适应也极不相称的。无规矩难成方圆，无法可依，假酒就得以横行猖獗。这些年来，假酒致人死亡案连连发生，使人们望酒生疑，就是因为缺乏法律、法规的依据。加之地方保护主义，严重威胁名优酒的销售市场。每年我们企业不得不投入巨额资金来进行防伪打假……"

新闻发布会后，戚志强回忆起这次案例公关活动，不禁感叹道：商场即战场啊。

初五打雷了

这个春节，戚志强过得特别累。

一连几天他都在思考一个问题：如何避免天泉向下滑的必然趋势。

两年前，天泉正如日中天，当年以27.9%的增长速度实现利税5.1亿元，在全国白酒业中成为佼佼者。也正是在这个时候，戚志强就感觉到天泉已经攀到一个高度，能在这个点上走几年平衡就不错了，说不定要下滑。他仔细分析其原因，认为出现了五大失误。其中最致命的是人才的失误和投资的失误。

虽然这两年，进行了整合，并通过收购零号楼、威尔乐葡萄酒、天隆股权等战略，进行了一些弥补，培育了一些新的增长点。但其他那些小公司和酒这一块销售渠道及品牌问题，稍有不慎，都足以拖住天泉下滑。

两年前，为了提高天泉人的危机意识，他把总结出的五大失误，登在《天泉报》上，让全体员工学习这五大失误。但，现在看来病是找到了，也下了药，可病的医治效果却不明显，并有老病不去新病又来的苗头。他决定要出来说说，要在社会上公开说说，尤其是在政府这一块。让他们的心里期望值降下来。

正月初五，故原市召开市委常委扩大会。施天桐年前就给戚志强打招呼了，让他参加并安排讲话。一个春节，戚志强都在想是不是就选择这个机会出来讲呢。

初五那天。戚志强提前来了十几分钟，他在施天桐的办公室，正与施在说话。

"戚总，你讲啥？"施天桐问。

"我想讲讲天泉的五大失误。"戚志强一脸的认真。

"这是开年的第一场会，你别讲失误了。你讲讲振奋人心的东西。"施天桐说。

"书记，讲提神的东西，振奋人心的东西都对，但是自己讲自己的失误是为了更好地前进，才能真正地做到持续快速的发展。你让我出来说说。"戚志强坚持说。

"哎呀，我说你戚总啊，天泉不是做得很好的嘛，我就没有看出有什么失误，不要说什么失误了。有些失误也是正常的。"施天桐笑着劝道。

"书记，我的态度就非常简单，在失误面前不是停留下来，不是躺倒了，而是在失误面前能够站立起来，更稳健，更扎实地前进。失败本身就是成功。没有千千万万人的失误，就没有千千万万人的成功。对待工作中的失误，对待败笔这是两个不同的人生态度。还是让我讲讲吧。"戚志强仍然坚持着说。

"那好吧，你先讲。"施天桐望着戚志强说。

故原市委小会议室。参加会议的人基本都到了。

施天桐简单地讲了一段话后，话题一转，顿了一下说："今天我们来洗洗脑。请天泉的戚总、戚市长给我们上一课。"

与会者听罢，都愣了一下。会场更静了。

戚志强给大家礼节性地拜个年，说一番感谢大家对天泉对自己支持的客套话，接着就谈起了天泉的失误。

关于天泉的失误，我认为某种程度上说，也是我戚志强的失误。第一，天泉重大的失误是在人才的培养、使用上，这件事我并没有真正地搞好。天泉的经济发展速度远远超过人才的成长速度。过去，我总认为自己年轻着呢，还可以干很多年。同时也认为，人们在改造客观世界的同时会改造自己的主观世界。随着企业的发展，人才自然都会成长起来。但是我万万没想到，一个人改造环境的作用是相对的，环境改造一个人是绝对的。

应该说天泉现有人才的水平不低，我对这些人还是比较了解的，但是只能说他们适应天泉的今天，不适应天泉的明天。天泉缺的是什么，缺的是高层管理决策人才，而不是缺操作者。天泉中层干部一抓一大把，个个都管干好。就是一些高层人才，不能及时地成长起来。所以，不得不认识我们这个传统产业，培养接班的人的局限性。传统产业不可避免带来了传统的思想方法，传统的工作方法，这也是一个制约。

再一点就是，可能我的封建主义的思想也在作怪。我过去多少年来有一种思想，就是希望起用天泉土生土长的干部，希望起用在天泉锻炼过一段的知识分子。"打仗要靠亲兄弟，上阵还靠父子兵。"我相信这个话，也只有这样，这个企业才能有亲和力，才能有强大的冲击力。这就是说，在人才培养的方式上，在机制上，仍然是传统的那一套。是师父带徒弟那套。没有建立起一个现代的人事制度和创造一个新型的人才成长机制。现在我认为人才某种程度上制约了天泉的发展。

会场上的人没有想到戚志强会讲这样一番话，都有些吃惊，听得十分认真。

戚志强喝了一口水，接着继续讲，并不在意与会者的表情和态度。

天泉的第二大失误就是在投资上。在投资问题上，不能说是重大失误，但是天泉在投资上做了许多败笔。我们都犯了共产主义的左派幼稚病。太天真幼稚了。在90年代初期，全国几乎所有的大企业都在搞多元化、集团化。在那种环境下我的头脑也狂热了，一心一意想让天泉尽快地发展起来。有时候不顾客观条件。千方百计地把那种不可能的东西变成可能。没想到天泉各方面人才是跟不上的，管理还是脆弱的，还是幼稚的。基础还不牢靠。盲目上马会带来各个方面的问题。

天泉的整个投资决策、风险、防备的意识还不强。决策的整个程序还不够科学。风险机制还没有完全建立起来。在投资问题上，天泉当时的想法太简单，错误地认为自己是个名牌，干酒干得好，就把自己看成万能的了，过高地估计了企业，过高地估计了自己。在发展多元化上认为名牌的延伸等于效益的延伸。我的部下也都跃跃欲试，热情极高，都想单独创出一番事业来。这时的我可能觉得，天泉在这些人的努力下有了那么多钱，就是作为回报，也应该让他们出去闯一闯，何况天泉必须向外发展呢，何况这些几百万的小投资又伤不了天泉的筋骨。于是，我可能就像古代开国皇帝一样，开始分封诸侯，成立了一些小公司，把有能力的干部分封为"诸侯"，让他各练一摊。在这种情况下，我们做了不少败笔。

我在许多次讲话中间都专门谈到，天泉犯了个简单的、低级的错误。天泉酒厂的发展与多元化的发展有着不可比的原理，天泉是一个传统的工业系统，它是一点一点地发展起来，它有时间和空间作为发展的余地。而多元化的发展，有的是低成本扩张，有的是兼并收购，有的干脆是"横空出世"新建的一个企业。而所有的一切都需要一流人才迅速补充上去，把先进的经验和管理运用到位。这样新的企业才能迅速运转起来。天泉恰恰缺少的是这种经验充足的、能胜任一把手要职的一流人才，而是用二流、三流人才往上冲，这必然带来些问题。

戚志强讲得十分动情与投入。施天桐听着也觉得讲得很真，但老讲这也不行啊。他插话说："戚总，我感觉今年没开春就打雷了啊！"

戚志强笑笑，接着继续讲。

天泉有点重决策，轻操作的毛病。决策是重要的，是成功的前提；但是操作同样也是重要的，是成功的保证。由于我注重宏观经济的研究，注重大的谋划，讲究谋篇布局，轻操作，这应该说是天泉工作方法，思想方法的一些大的失误。一些失误都是由这而来。操作不是一件小事，天泉在操作中间应该如何去管理，如何去管理经营者这个机制，没很好地建立起来。这应该是天泉的第三个大失误。

……

戚志强在这次会上，一口气讲了近两个小时。

会散了，与会者的这些头头脑脑，还没有弄清戚志强为什么要这样讲。

但戚志强是有目的的。以他的判断，如果改制不成功，天泉就是不滑坡，最近几年也难再攀升了。这些政府官员十多年来，都是看着天泉年年增长的，如果增长不了，他们会出来议论。与其让别人议论，倒不如自己讲出来，也省得他们再讲了。更重要的是，他想以此引起这些人的重视，天泉不改制不行，从而减少改制上市的阻力。

这些，施天桐听到最后才明白过来。

扛起了三八枪

这一段时间，戚志强感觉到特别累。

他一直想静下来休息休息，哪怕是几天都行。

正好有个机会，是与台湾一家公司在南京谈判。这是一次接触性的谈判，双方主要负责人只是见一见面，互通一下各自的想法。但这却是一笔大买卖的前奏，还必须要戚志强和对方的一把手出来才行，而且是秘密性的。戚志强是想把天泉整个集团的控股权卖出去。台湾这家公司早有收购天泉股权，以此为跳板进军大陆食品业的想法。

戚志强想，这既然是一次举重若轻的会晤，就把它当成一次休息吧。

他与台湾的秦先生见面之后，双方感觉十分融洽，进行了一次长谈。当天就约定到安徽的九华山去，在那里边看看这座佛山，边进行其他内容的交流。

九华山上。戚志强与秦先生谈得十分投机。因为他们俩都对佛教有共同的兴趣。

在肉身殿门前，秦先生问戚志强："请问戚先生，你是真信还是假信，是真学还是假学？"

戚志强笑笑说："我不是信佛也不是拜佛更不是求佛，而是学佛。学佛的睿智，学佛的智慧，学佛的风度，学佛的境界。而不向佛索求什么东西。"

"是啊，就说地藏王吧，从韩国来到这里，那种'有一众生不成佛者，我誓不成佛'的精神境界，确实让我们景仰啊！"秦先生感叹道。

"秦先生说得对，我们做国有企业的老总，如果没有境界，只有两种结局，一种是企业倒台；另一种是企业也许不倒，但个人要倒，最终企业也是倒吧。"戚志强一脸肃穆地说。

"戚先生说得对呀，我研究过大陆国有企业的老总，不靠境界是做不到企业兴旺而自己安然无事的。"秦先生笑着说。

戚志强点上一支烟说："在大陆有一句话，叫男怕入错行、女怕嫁错郎，走进国有企业就要相信命运。时也命也，时是什么，是机会。命是命中注定。命中注定的东西你是改变不了的，这东西有时候是一种自然规律，人超越不了的，超越不了就把它变成神话。就信了。"

"是啊，这个时，现在就是市场经济全球化的态势，命，就是机会与机缘。"戚志强感叹道。

晚上，戚志强与秦先生喝过酒后，已经是十一点多了。这一天，戚志强都没有开手机，这是按他与秦先生在南京的约定办的，他们都不开手机，不让任何人打扰。

到了九华迎宾馆。戚志强把秦先生送到房间，来到自己的房间时，他才打开手机。一看，一天之内竟有二十多个未接电话，而且有的电话多次打来。他刚打开手机没有五分钟，宋戈的电话就来了，"戚总，你住在九华吗？"

"你在哪里？"

"我知道你住在九华山，可找了不少地方就是找不到你，急死我了。"宋戈说。

"你既然知道我在九华山，还找不到我呀？"戚志强笑着说。

"是啊，我给司机和其他人都联系不上，打电话把大些的宾馆都问了，就是没有找到你。"宋戈故作生气地说。

戚志强在那边笑着说："你也真是，我就必须要住大宾馆呀？我就不能住家庭店？这里比大宾馆感觉好多了。"

"那我马上到，我找你有事啊，急得很。"宋戈说。

宋戈找戚志强就两件事，合并同类项之后，就是一件事，那就是关于内部职工股的问题。

对于上市企业来说，内部职工股都是个大问题，既是企业内部的问题，也是方方面面投机钻营的问题，更是权力寻租的问题。作为原始股的内部职工股，一进入二级市场，一夜之间就是翻数倍的事。天泉B股，据国际山一公司的估计，一上市每股就可能突破14元，要突破5倍之多。

现在，内部职工这一块也成为焦点，公司从高层到中层乃至普通员工都十分关注，谁都看到了其中的利润空间。市里一些领导更是这样，尤其是施天桐。他虽然没有说过一句话，但肖馨却一直给宋戈打电话，她并不是说直接要，而是问如何认购的事。

宋戈不好回答，也不知道如何回答。他必须要来给戚志强汇报。

这个事定不了，与承销商国际山一公司，就没有办法进行定价的谈判。他们日本人对中国的国情是太了解了，他们最怕的就是政府权力的参与。因为中国的国有企业，虽然看似所有者缺位，但关键时候政府是握有生杀大权的。

宋戈把这些事给汇报后，戚志强并没有直接回答他的问题，而是掉转话头，给宋戈讲起了佛的事。

戚志强又点着一支烟，喝了一口茶，给宋戈讲了起来。

他给宋戈说，人其实很简单，从字面上看就是一撇一捺两笔，而其他任何事物无一例外地要用更多的笔画来书写认知。在现实中的人其维系生存的形式很简单，纵有广厦万千不过身眠七尺，孔子说颜回一箪食，一瓢饮，回也不改其乐，罗丹说雕刻就是把不要的东西统统砍去，就是说人生要简单，要减欲。

见宋戈不住地点头，戚志强心情很好，他接着就说起学"觉悟"的事。也许是这两天一直在九华这个佛教圣地，戚志强说的话总与佛联系得较紧。

"觉悟"一词，追其本源是出于佛教的。佛便是觉悟者，它的对立面就是"执迷"，就是停留在表面的现象之中，而不能看到事物的本质面目。人只有在经受病痛、牢狱、突然的灾变、直面死亡、失恋后才能真正觉悟。

戚志强给宋戈讲一通自己的感受后，很是兴奋地说："这两天我在九华体会很深，过去几次来九华都没有这次这样。这一次，我想了四句话，说诗也行，那就是，'半山雾锁半山阳，俗心未泯祷瑞祥；地藏无语点迷津，男儿求福须自强'。"他狠狠地吸了一口烟，然后说，"我们不想追求那些利益的东西，至于其他人，还是那句老话，谁拉的屎谁吃！"

宋戈听罢还是没有得到自己想要的答案，他再次问戚志强："肖馨要我们帮她做原始股认购的事，如何办？"

戚志强笑了，然后说："你也真是，人家肖馨这般聪明，就是不想让我们太作难，你没有看出来吗？"

223

"是啊，我不太明白。"宋戈一脸疑惑地说。

"唉，就一层窗户纸。山一不是施天桐介绍的吗，你就给山一说一下，让他们来给肖馨汇报不就行了。与我们何干？"

戚志强说罢，宋戈突然明白了过来。

十天后，戚志强赶到上海与国际山一公司，进行最后一次协调会。

会前，宋戈和顾力华都跟戚志强说，现在关键是价格的问题与山一谈不拢，说不定就要崩盘，发不好。

戚志强说："你们说啥叫发好？发掉就是发好，你们得有这个决心！"

协调会的前一天晚上。上海延安饭店。

戚志强第一次为股票的事，正面与山一公司东京总部负责人交换意见。这一次，戚志强分五条说服了他。当天晚上事谈得很愉快。谈判结束后，日本人很高兴。

吃饭的时候，其中一个年轻日本人很有意思，在卡拉OK厅唱了一支抗日战争时的歌。他一手拿话筒，一手做出扛枪的样子用汉语唱着：

一九三七年哪，鬼子进了中原，先打开卢沟桥，后占了海关哪，火车站就通到了中原呀嗯儿哟。

鬼子放大炮哪，八路就拉大栓呐，瞄了一瞄准，嘿，打死个翻译官哪，他两腿一伸就上了西天哪，呀嗯儿哟……

这位日本青年人的演唱，逗得在场的人开怀大笑。他是没有军国主义思想的。

第二天，真正谈判的时候只用了两个小时。山一这位负责人说，你们天泉的主帅就这样义无反顾，我们干了！

10天后，戚志强登上了去新加坡的飞机，进行发行前的推介。

壮壮失踪

北京世纪大酒店。旋转餐厅。

宋戈正在陪山一公司的人吃日本料理。

他是喜欢吃寿司的,那种把洒上醋的米饭捏成的团,抹上芥末,再放上新鲜的生鱼片,吃起来十分爽口。荞麦面条派和烤鳗鱼串也相当有风味。

宋戈一边吃着,一边喝着日本青酒,加上舒缓的轻音乐,感觉很好。

这时候,手机突然响了。宋戈按下接听键,一下子惊呆了。

电话是他母亲打来的,说他的儿子壮壮已经有一天找不到了。

壮壮今年11岁了,是一个聪明伶俐的孩子。他出生在故原,并在故原长到七岁。四年前,宋戈的妻子裴芊到深圳她哥哥的公司去时,把他带走了。壮壮就在深圳上学了。但每逢寒暑假总是要回故原住上一段时间的。

一周前,壮壮放暑假刚从深圳回到故原。宋戈只与他在一起两天,就出差了。照料壮壮的事就交给宋戈的母亲了。现在突然找不到了,他能到哪里去呢?宋戈听母亲在那边哭哭啼啼说:"早上吃过饭他下楼,在小区里与其他孩子一道打球。十点多的时候,我下来找,没有找到,以为他与谁家的孩子一道玩了呢。可找了一下午也找不到。我把所有的亲戚都喊来了,都在找,就是找不到。我咋这么没用呢!壮壮到哪里去了呀!"

宋戈的母亲在那边哭。

宋戈挂了母亲的电话,立即给戚志强打了电话。

电话一通,戚志强在那边就说:"你别急,我已经安排人了。也许是与谁家的孩子一道玩去了呢。你等着,有消息我会立即告诉你的!"

宋戈一夜没有合眼。他不停地与公司和家里人联系。但就是没有壮壮的消息。他心急如焚，想象着种种结果的出现。他想壮壮绝不会走失，但也不会出车祸什么的，因为全城都查了，没有车祸发生。那就只有一种可能了，就是被绑架了。谁又会绑架他呢？宋戈把自己这些年的交往圈子全部搜寻了一遍，没有把谁得罪得很苦。他一直与人为善，就是对伤害过自己的人，也从未太过分过。他不是把事做绝的人，从小母亲就要求他，打狗要留狗道。如果是绑架的话，也许只有燕克仁了。

这边，戚志强也焦急一夜，一次次地与市里通话。他两次给施天桐打电话，要求动用尽可能多的人力和最先进的手段去找到壮壮。

五点钟，宋戈就从酒店出来了，叫了辆车，直接到北京国际机场。昨晚没有回省城的班机，不然他夜里就赶回去了。

宋戈赶到故原时，已经是下午一点多了。他直接到了公司，因为戚志强正在办公室里等他。

戚志强让宋戈坐下来，倒了杯水说："别急，我判断壮壮这孩子，极有可能是被绑架了。但正是因为被绑架才不会有问题。"

"可我们现在没有接到绑匪的消息呀！"宋戈焦急地说。

"既然他要绑架，就是为了一种目的。只要有目的，最终他们会告诉我们的。我是这样判断的。我已给市里主要领导通过话了。"戚志强说。

宋戈从公司出来，就回家了。他母亲正在那里哭着。宋戈安慰了几句，就坐在沙发上不吭声了。他心里也急啊。

这时，手机响了。他猛地掏出来，一条信息闪了出来：找卫单独交涉。鑫。

宋戈一看信息并不是燕鑫的手机发来的，而是信息台发来的，他心里突然升起了希望。他立即给戚志强打了个电话，把信息告诉他，并问戚志强自己该如何办？

戚志强想了一下，低声说："你要直接约一下卫，就以请他帮忙尽快找为理由。最好，只打个电话，不要约见他。那样他会认为你怀疑他，以免节外生枝。如果他要约你，你立即告诉我，我会安排人把你们相见的所有资料录下来的。"

宋戈接过电话，找了一支烟点上，只吸了两口就丢在了地上。他担心给卫相如通电话会有坏的结果，但不通又不行。现在卫的妻子燕鑫让他找卫，说明她肯定知道信息，再者这事一定是与燕本华的案子有关。宋戈定了定神，拨通了市刑警一大队队长卫相如的手机。

"卫队长吗，我是宋戈。"宋戈尽管要求自己镇定，声音还是颤颤地说。

"啊，你好，宋总。你什么时候回来的？你别急我们这里一天一夜都没休息了，正在排查线索呢。你回来正好，你想想有谁可能做出绑架的事，是不是得罪过人了，我们好排查。"卫相如在那边既焦急又安慰地给宋戈说。

宋戈定了定神后，说："我也想了，没有什么仇人。要是为了钱，我也没有多少啊。"

"你别急，宋总，我们一定会尽力的。"卫相如说。

与卫相如通过电话，宋戈就把情况给戚志强说了。戚志强说："别急，现在不能怀疑谁，有些事情最可能做的人，反而最不会去做。再等等吧。"

时间一秒一秒地过去。宋戈和许多人的心，都因没有消息而揪着，揪得痛痛的。

很快，一夜又要过去了。宋戈一直守在家里的电话前，放在充电器上的手机也在面前。生怕有人打电话自己接不到。其实，公安局负责电子监控专业人员，从接到报案后就开始对有关电话和手机进行了监控。

凌晨四点多的时候，宋戈的手机突然响了。他翻开手机盖，那边传来一个外地口音：你让他们不要再逼别人承认给燕本华行贿了，否则，你的儿子就会没命的！

宋戈正要说话，那边突然断了。他看了一下号码，立即给市公安局赵副局长打了电话。赵局长说："我们知道，电话是从广西打来的，肯定是公用电话。不过，现在你不要太急了，他们的目的明确了，壮壮不会有事的。他们一定还会再打电话的。"

中午十点二十分，果然又有一个陌生人给宋戈打了电话。那人声音很阴地说："明天你们到南宁火车站广场来领人！如果燕本华的案子不结，下一次就不客气了！"

接了这个电话，所有的人都松了口气。宋戈与市公安局的六个人立即向省城赶，他们要坐飞机到南宁去。同去的，除公安局赵副局长外，卫相如也一道去了。

与此同时，戚志强来到了施天桐的办公室。

他们经过商量，决定燕本华的案子到此为止，不再向下查，而且现在就立即移交到检察院。他们都想到了，也许是燕克仁和女婿卫相如做的事，但都没有明说。倒是对燕本华的事能不能移交掉进行了分析。

戚志强心里明白，如果对燕本华不继续取证，只凭韩国那个元顺基交代的材料，不足以证明燕本华受贿。检察院极有可能不接这个案子，就是接了，将来到法庭上也是可以翻掉的。

但施天桐不这样认为，他给戚志强说："这个案子先压一压，暂不移交，先让燕本华出来，监视居住，等待讯问。来个内紧外松。绳在我们手里，到合适的时候再收！"

戚志强同意施天桐的意见。

壮壮在火车站领了回来。可没有抓到那几个绑匪。

宋戈的妻子裴芊是一周后才知道儿子壮壮被绑架的事。在壮壮被绑架那几天，宋戈跟她联系不上。她哥哥到国外去了，她的手机和电话都联系不上。宋戈只顾找儿子壮壮，也没有心思与她理论什么。

可等与她联系上时，裴芊突然却要提出离婚。宋戈虽然知道她一直要与他离婚，但没想到在这个时候。她离婚的理由很简单，就是一句话：不想在一起过了。

虽然这样说，但宋戈还是觉得她是对自己与燕鑫的事，仍不愿放弃怀疑。

事已至此，宋戈就悄悄地与裴芊办了手续。

办手续那天，裴芊的妹妹裴薇从上海来了。裴薇在上海华东师大附中教书，她一直对姐姐不太理解，也曾多次劝过姐姐裴芊。劝得多了，裴芊竟产生了误解。过去，只要宋戈到上海出差，她总是要三番五次地询问宋戈和裴薇，然后把两人的话仔仔细细地对照。为这事，不知吵过多少次。

现在，她与宋戈离了。裴薇就直接把壮壮带到了上海去读书。宋戈心里也想过不太妥，但又没有什么好的办法，也就同意了。

送壮壮和裴薇去上海回来的路上，宋戈碰到了燕鑫。

宋戈本来打算停下车，给她说点什么，但最终没有。而燕鑫却发来了一条信息：

当理性和信心已经出发，就不要担心风雨。燕。

第十三章

骗　局

"驰名商标",就是在市场上享有很高的知名度,并且为公众所熟知的主要品牌。

中国现在贸易正跟世界接轨。搞驰名商标的认定,是因为中国也加入了世界知识产权保护组织,我们必须更多地发展自己的驰名商标,这样就能在世界上受到更多的保护。

驰名商标实际上包括了企业的综合实力。天泉目前全国的市场占有率达到了1%,市场的全国覆盖率达到了100%,已经大大具备了综合实力,应该说早在几年前就已具备了条件,但就是没有被认定为驰名商标。

企业商标被认定为驰名商标是一笔财富。因为,"驰名商标"是扩大类别的保护,扩大区域的保护,拥有者就拥有了追诉的权利。在向前5年的追诉权利下,其厂家抢注的和你相近相似的商标都要撤掉。另根据"驰名商标"的权利规定,对企业与之相近相似的也有两年追诉权,也就是两年以后审批的带有相同字样的各种单位都要更换名称。谁拥有了驰名商标,谁就拥有一片"蓝天白云"的可能!

戚志强对这件事十分恼火，不止一次地批评过企业品牌部的经理陈士东。

　　这时，施天桐的情人肖馨知道了消息。

　　有一次，他与施天桐在上海认识了一位自称搞名牌大厦的孙孝虎。此人，曾经说过，他跟国家工商总局的领导相当熟悉，能做驰名商标的事。当时，肖馨就想找天泉，让天泉来做这件事。但施天桐给挡过去了。那时，施天桐正因威尔乐和零号楼的事摆不平，让戚志强来办，就没有同意肖馨去找戚志强做这事。

　　驰名商标一开始是评比，现在变成一种"认定"。"认定"完全是政府行为，由国家工商局根据"驰名商标"管理办法的7个方面来认定。这样，在当时情况下，企业都对"认定"的程序不是很熟悉。

　　但戚志强认为，认定就带有很强的主观性。现在主观性的东西，企业就摆不平，而且天泉的实力和影响又实实在在地存在着，肯定是具办人办事不力。

　　去年，消费者反映国家的"驰名商标"是一种市场行为，现在变成基本是企业在后面操纵，不是消费者的评语，不是真实的。鉴于这种情况，国家工商局认为这种方法在中国行不通，于是就定了七条标准，由各省推荐上来，然后再由专家评定。但这一方法没有公开，所以很多企业都不清楚，包括像天泉这样的企业，都不知道。

　　其实，有关部门采取的是个案认定。那就是对国内较著名的商标，如果你有抢注案子，为了扩大你的保护范围，才认定你为"驰名商标"。这种做法实际上是一种被动的保护，中国的"驰名商标"是一种被动的保护。按这个方法认定的第三批驰名商标，一共23个，白酒里两个——"郎酒"和"汾酒"。当时，"汾酒"在台湾被抢注了，注册商标"古井亭"。"郎酒"在香港也被抢注，所以工商就认定这两个。

　　这个结果出来后，戚志强更为不满。他把宋戈和陈士东叫来，狠狠地批评了一通。他们离开时，戚志强说："我就不信羊不吃麦苗！"

宋戈回来后，又把陈士东说了一通。要求他无论采取何种办法，今年这一届一定要把天泉认定为驰名商标。

陈士东急坏了，四处找人，找关系。

现在肖馨觉得是一个机会。他就给施天桐提出要做这件事。

"老施，我想给天泉牵线做驰名商标认定的事。"肖馨给施天桐说。

"你何必呢，事情做多了，不是跟自己过不去吗？"施天桐有些不高兴地说。

"给自己过不去有什么不好？只有给自己过不去，才能发挥自己的能力极限呢。孔子和林彪都说要克己复礼，刘少奇也说要慎独，就是强调自己不给自己施压呢。再说了，你现在在台子上，我们不搞点钱，将来你退出了怎么办？而且我还不知道，哪一天才能被你扶正呢。我就要干！"肖馨也生气地对施天桐说。

施天桐是喜欢肖馨的，很多时候他是把她当作女儿看待的。她一撒娇施天桐就得依她。他想想也是这样一个道理，就答应说："那好吧，我找时间给戚打个电话说一下。"

"不要你了，只要你同意就行。我已经给具体办事的陈士东说了，只要有机会你说一下与那个孙孝虎的关系就成了！"肖馨搂着施天桐的脖子说。

施天桐吃力地点了点头。

前两年，全国有很多地方要搞名酒城，中华商标协会就准备在上海浦东搞一个中国名酒城，名字叫"上海名牌大厦"，30层。那时，上海"名牌大厦"是中华商标协会的一个成员单位。这个协会成立于1994年9月份，当时这个协会成立是李岚清副总理批的。

中华商标协会，可以起到一种推荐作用。经肖馨的安排，"上海名牌大厦"安排来了个人，叫孙孝虎，这个人原来在《经济导报》当记者，现在是上海名牌大厦公司的技术策划总监。

他来了，就在肖馨的带领下与陈士东认识。陈士东说"驰名商标"是商标局管的事，"上海名牌大厦"怎么能管这个事呢？你怎么能推荐天泉呢？

孙孝虎很是牛气地说:"现在在中国办事,你是相信正规渠道还是相信其他渠道?你不信那就算了,要不是肖小姐的相邀,我还真不来呢。去年我帮忙认定了两家!我又不收你啥费用。我是纯属看在施市长和肖小姐的面子上才来的!"

陈士东当天就把这事给宋戈汇报了。宋和他都认为:第一,他来推荐并且协助我天泉创驰名商标,不收你什么费用;第二,人家已经搞过一次了,毕竟在这方面很有经验。就决定请他来做。

孙孝虎把有关认定的文件拿了出来。这文件确实企业是看不到的。陈士东就根据他说的七个方面组织材料。一是商标注册时间、商标的历史,二是商标在同行业的地位,三是市场占有率,四是广告宣传费用的投资额,五是获奖的情况等。我们做了材料以后他审查。他一看,认为基本上可以,但认为材料打印或复印得不是很好,他就专门带到海南,在那里的一个印刷厂,通过扫描重新印刷了,印刷得很精致。

一个月后,孙孝虎请"上海名牌大厦"的老板出面,把北京国家商标局一个副局长请到了天泉。这位副局长其实并不知道让他来还有另一层意思。他来后,跟戚志强见了面,对"驰名商标"的一些认定工作,也谈了一些情况。

当时戚志强说,像"天泉贡"这中国四次蝉联国家金奖的名牌,质量一直保持平稳,并且效益一直在中国500家最大国有企业行列,发展势头和市场占有率越来越高,应该是驰名商标了。这位副局长也认为"天泉贡"确实能搞成驰名商标,他就题词说:"天泉御酒驰名中外。"这次这位副局长还谈到,你们这个驰名商标认定,中华商标协会可以推荐,另外你们也可以通过地方局搞双向推荐。戚志强认为也很有道理,协会作为一个组织推荐,地方政府和企业的主管部门推荐更有力。他对孙孝虎也打消了疑虑。

又过了一个多月,孙孝虎说离申报的时间已经很短了。但就是不给报,总以材料不太行而推托。这时,肖馨就传话说,孙孝虎想让天泉对上海名牌大厦投入一点,投120万,可以在名牌大厦给天泉公司一个展位，永久性的。

陈士东给宋戈汇报后，宋戈觉得现在是关键时候，应该做出让步。而且还有上海名牌大厦的展位。他就给戚志强汇报。他给戚志强汇报没几天，施天桐就打电话过来，跟戚志强说："现在天泉上市在即，弄个驰名商标的牌子，对在海外发行B股是十分有利的，而且你们天泉不为故原争光，故原就永远不可能有驰名商标了！"

戚志强经过认真思考，认为此事也有道理，就同意投入120万给上海名牌大厦。

120万打入上海后，孙孝虎表示立即把材料送到北京，保证一定能评上。

过了三个月，国家工商管理局已经公布了驰名商标的认定结果，但天泉却没有评上。

戚志强十分恼火，要求给孙孝虎联系，问具体原因。可已经找不到孙孝虎了。他感觉出问题了，就让陈士东到国家工商局去问。陈士东到国家工商局，问为什么"天泉贡"没有评上？国家工商局查了资料后说："我根本就没有收到任何关于推荐天泉的资料，因此，无资格参评。"

通过打听，像天泉这样受骗的企业有五家呢。戚志强这时才知道上了孙孝虎的当，也上了肖馨的当。他们联手把天泉和自己愚弄了一回。但事已如此，也没有任何办法了。

他没有批评宋戈和陈士东，而是在心里重复了他最喜欢说的那句话：谁拉的屎，谁吃！

推介会

B股的发行，运作到现在，需要的就是惊险的一跳了。

这一跳就是在境外的推介和新闻发布。戚志强决定今天就从上海动身到香港。

同行的国际山一公司,给戚志强准备了两大本子材料。都是别人如何问,该怎么答之类。从上海出发时,戚志强就开始熟悉了。飞机上,戚志强觉得按他们的框框,肯定不会太成功。到了香港,戚志强临时决定就按自己的方式来谈。

香港富丽华大酒店。窗外的维多利亚海湾,风景极美。

但戚志强却没有心思去欣赏。在海外推销股票确实不是一件容易的事。一个小时会见一家公司,日程排得满满的,戚志强他们就像机器一样,被山一公司的人安排得有时只得吃盒饭。这次与众多基金的会见是成功的。虽然戚志强开始的时候还有些紧张,但谈了几家后就得心应手了。他们那些人基本上关心的都是共同的问题,回答一个,下一个就好回答了。

戚志强现在关心的是股票发行时的定价。股票发行时定价的事最重要。不仅关系着发行公司的利益而且关系着承销商的利益。新闻发布会的头一天晚上,他必须与国际山一公司敲定价格。关于定价问题,一直是个争论不休的大问题。天泉同对方讨论了一两个月的时间都没有定下来。

晚上,九点钟。山一公司又觉得价钱不对,原来定价是根据天泉的盈利来进行的,就是每股八毛九分四,乘一个议价的倍数就是3.92港币,但他把盈利算错了,他把天泉所有的盈利加上募集资金,在计算利息的时候忘了扣税了,把所有的利息都当成净利润,利息乘以67%,就是去掉33%的所得税才算净利润。这样算我们的盈利数字就比较大。除掉利息,大约差5分钱的样子,5分钱乘8000万股是400万港币。日本人真是吓出了一身汗,他算错了就是他自己的责任。最后终于定下来了,3.92港币/股。

香格里拉大酒店。天泉御酒股份有限任公司,B股发行新闻发布会就要开始了。这实质上是对香港、新加坡的基金经理做了一个演讲。戚志强穿黑色西服,花色的领带,很夸张。

他首先介绍白酒的历史源远流长,从发酵酒介绍到蒸馏酒,介绍了白酒的历史也介绍了白酒的市场。介绍了"天泉"的历史及现状。

接着，提问就开始了。

有人就问："中国目前有4万多家白酒厂，竞争如此激烈，天泉如何能保证你们的市场？"

戚志强微笑着答道："整个白酒市场是供大于求的，现在中国年产700万吨白酒，就是压缩到500万吨，400万吨这个量都不算少。但把白酒市场分成两块，一块是中低档酒市场，另一块是高档酒市场。目前，中低档酒太多，小酒厂太多，劣质酒太多，但是高档酒这块还是供不应求的，全国17家名酒厂，高档酒加在一块不到整个市场的10%，也就是70万吨左右。随着人们的生活水平的提高，人的素质的提高，对健康的要求越来越高，就逐渐从高度劣质向优质低度酒发展。优质低度酒的发展空间是非常大的。"

一个矮个子日本人又问：凡是发股票的企业，都是资金不是太充裕，向社会上筹集资金，继续扩大再生产，但是你们已有六个多亿元的现金在流动。从投资的观点来说，不需要发股票，不需要向社会筹集资金。你们为什么还要发股票呢？

戚志强环顾一下全场，侃侃而谈："我们第一是从现代企业体制建设上入手，另一个也是筹资，我们资金仍不够，需要筹到更多的资金。但更重要的是建立现代企业制度，因为天泉这个地方比较偏僻，如果能够用现代企业制度来规范企业的动作，会提高企业的竞争力。"

接着一个大个子韩国人提问说：据我们所知，贵国领导人提倡"节约粮食，少喝白酒"；你们的《光明日报》也发表了类似的言论，并号召少喝白酒，公务宴请禁止饮用白酒。戚先生，你怎么看白酒在中国的发展前途？

会场立即静了下来，都望着主席台上的戚志强。

戚志强胸有成竹地说："这位先生说的确有此事，但我觉得，尽管白酒是受限制发展行业，而天泉与一些优质酒厂家却不仅不会受其影响，而且会得到更大的发展。原因有三：一是，一些小酒厂由于设备、技术等原因，确实存在着浪费粮食的现象，而且很惊人，但我们酿酒用的多是高粱这些粗粮，名酒厂有效地提高了粮食的深加工，最大限度地为国家创收，于国于民都有利；二是，多喝高度白酒对人身确实是有害的，但我们天泉早在1989年就第一个实行了降度技术，降度后的白酒不仅不会对人体带来危害，而且对人体有益，它的前景是非常大的；三是，从发展趋势看，白酒将由分散的小酒厂向名酒厂集中，像天泉这样品牌、技术都优秀的名酒厂，将会得到更大的发展……"

整个的推介会开得很成功。他们又提了一些十分敏感的问题，戚志强都回答得恰如其分。天泉是今年第一家B股上市，他们预计也不会有多少境外证券商到会，就按200人准备的会场，设想能到会一半人也就不错了，结果整个会场坐满了，后边还有站着的。

美国一个大的基金公司老板，长得高高的、白白的，30多岁，不戴眼镜，黄头发。他对戚志强在推销会上的表现，以及所描绘的公司发展前景和以后公司肯定对股民负责、对投资者负责的态度也极为欣赏。天泉的8000万股，他们一家就买了1000万股以上。因为这家美国公司投资比较大，他的知名度、投资基金比较稳健，他的项目成功率比较高。所以相应的其他公司都跟着这家公司走，认购比较积极，推介会开得比较成功。

会议结束之后，有一些小的券商找到戚志强入住的富丽华大酒店。要求再给他们拨一部分额数。原来拿到的指标，现在都全部买空了。他们想再借助天泉，再多赚点钱。但因为天泉没有多余的指标了，只好好言谢绝。

下午，深圳香格里拉大酒店，被一盆盆鲜花和一个个花篮装扮得喜气洋洋。

4点50分，激动人心的时刻终于到了！天泉B股发行有关协议的签字仪式正式举行。在接下来的新闻发布会上，深圳证券交易所的总经理，对天泉B股进行了中肯的分析。第二天，深圳各大报都对天泉 B 股进行了报道，迅速形成当时深市的一个热点。第三天，天泉 B 股开始配售。6 天，配售工作结束，8000 万股 B 股被全部认购。

天泉 B 股上市之后，中国的 B 股市场就开始活跃。天泉的股票发行之后，把一直低迷不振的 B 股市场激活了。深圳证券办高度评价说，天泉公司的 B 股质量高，推销得好，二级市场表现好，把整个深圳的 B 股市场带动起来了。6 月下旬，整个 A 股市场才开始缓缓启动。天泉股票的表现受到了深圳交易所、深圳证券办包括国家证监会的一致好评。

一个月后的一次晚上。戚志强与施天桐在一起吃饭。施天桐说，"天泉应该再多弄些额度，募集更多的资金。"

"书记，我认为天泉的股票发行，也许能使天泉走进一个铺满鲜花的深渊。募集到的大量资金，如果没有很好的投资去向，有可能使天泉因钱多而跌入投资的死亡之谷。"戚志强表情严肃地说。

"是啊，钱多了就有些不知道所以然了。现在发行股票有多少公司是为了圈钱。"施天桐笑着说。

"要让人疯狂，就给他钱与权。钱多了，就可能使思维错乱。书记你说是不是？"戚志强说。

"这，我不太知道，也没有体会。"施天桐眼睛向上瞄着说。

"一个企业的成败有时就是一个决策，这个决策就是一个人的决策。一个企业有时就系于一个人，成也萧何，败也萧何。国内企业正反两方面都已有了许多例子。我戚志强真是担心啊！"戚志强说过，长出了一口气。

满月酒

宋戈被人敲诈了。而且，敲诈他的人还不是一般的人物。

这个人，就是市委书记施天桐。

敲诈与被敲诈往往是提前就埋下伏笔的，只不过被敲诈人不知道而已。宋戈从离开上海虹口机场那一时刻，他就中了施天桐下的套。

宋戈此次是以天泉集团公司总经理、天泉制药公司董事长的身份出现的。

四年前，天泉集团新建了天泉制药公司。当时，戚志强力主建药厂考虑得很简单，一是药的盈利性太诱人了；二则故原这片土地自明清就是全国的中药材种植和集散地，而且有全国数前几位的药材和药品交易市场；同时，自古药酒同源，酒为百药之长，天泉由酒而发展制药有其渊源性。戚志强当时是希望，制药能成为天泉新的增长点，进而成为天泉集团的另一个支柱。

也正是出于这个考虑，从一创建之初，无论从规模、档次，还是人员的配备上，戚志强都做了最精心的安排。药厂的生产车间，是按国内最先进的标准配建的，完全超出 GMP 标准，10 个月就投入生产了。一开始生产的全是药典上中成普药，黄连上清片、板蓝根、六味地黄丸和药剂提取。因为，天泉还没有自己的品牌新药，而且一种新药从研制到药理试验再到临床，以至最后进入工厂生产、走向市场，这些个环节没有三至五年是绝对不行的。

天泉没有自己的新药，只靠生产药典上哪家药厂都能生产的药，是难以赚钱的。更为重要的是，因为是新厂，从管理人员到车间生产人员技术都欠熟练，生产成本高。本来就薄利的产品，加之要面对黑洞一样的药品营销现实，天泉制药不但没有实现当年创建当年盈利的目标，而且运转一年后亏了 400 多万元。

迫于公司内外的压力，戚志强只得把天泉制药的总经理曹春江调离降职。同时，起用在天泉集团以其才能呼声比较高的副总经理楚大军。楚大军上任后，立即加快新药"心泰安"和"女儿红"的审批、试验工作。楚大军是个机灵人，他见新药一两年批不下来，生产药典的普药和靠给别的厂家进行药剂提取加工，扭转不了亏损局面，就另想了一招，收购倒卖中药材。

楚大军事前并没有报告戚志强，他以天泉制药作为抵押从银行弄出了600万元的短期借贷款。钱贷出后就立即大量收购桔梗，以求涨价。当时，楚大军心里暗喜，他一直认为桔梗会涨价，再者他想就是不涨价也可以把桔梗加工成食用菜，出口韩国。当时，他已与韩国一家公司进行谈判。可人算不如天算，当年的桔梗不但没有涨价反而一直在降价，加之大量收购时下面的人把关不严，收来的桔梗不仅有些质量存在问题，而且含水量也不合格。看没有涨价希望，等到要出手还款时，已经出现了烂库。600万元的存货最后只收回280多万元。戚志强知道后，大为恼火，把楚大军臭骂了一顿，撤职。

在这种情况下，宋戈不得不按戚志强的安排，兼任了天泉制药的董事长。

宋戈上任后，就给戚志强提出，出让股权与国内或国外制药公司合作合资的办法。戚志强是同意的。这两年他一直在考虑这个问题，天泉涉足制药业就如同进入了别人家的院子，没有市场和其他资源的优势，过去创建之初所考虑的优势难以被激活。但天泉制药有两个新药正在临床试验中，最终还是有希望打开市场的，戚志强一直这样坚信。宋戈却以另外的理由来说服戚志强。他认为就是新药出来，不用大量的广告或营销费用也是打不开的。

戚志强同意了宋戈的建议。于是，宋戈就开始与国内一些知名的制药企业接触。这中间，施天桐给宋戈推荐了日本一家制药企业，松下制药。这家企业与宋戈谈得较为直白，他们称就是要在入世之初抢占中国市场。天泉制药是他们最为理想的合作对象。天泉是新建的，设备先进，又坐落在中药材的集散地，这里的人力成本又极低，他们是志在必得地要拿下天泉制药。

宋戈跟戚志强汇报后，戚同意了让其去考察。宋戈就与市国资局一个科长童海全去了日本。这次考察时间是18天，按说出境考察是不能超过14天的，但日本人采取了其他办法，延长了时间，考察地点也从日本境内扩大到了北美一些国家。在美国考察时，宋戈和同行的童海全因多喝了些酒，就被稀里糊涂地给弄进了娱乐场所，并与陪同的日本人进行了消费。

这虽然是国外企业对付中国企业和政府负责人的惯用手法，但宋戈还是跳进了早已知道的陷阱中了。人的一生其实就是永远在做一道选择题，选择的正确与错误决定着成功与失败。宋戈在这个题目上做错了。

通过对松下制药的考察，宋戈明显感觉到是不能合作的。对方提出的条件太苛刻，就是以一种药的知识产权和经营网络入股，而且要占51%的控股权。虽然这两方面按国际惯例和实际价值，都是可以入股的，而且，也真有可能使天泉制药的固定资产投资盘活，但他们显然有控股后再通过资本运作掠夺固定资产的嫌疑。因为，他们在四川已经有过这样的做法。凭着对企业的负责和良知，宋戈是不能同意的。

然而，就在宋戈做考察报告时，施天桐出现了。他把宋戈叫到自己的办公室。

施天桐只打了声招呼，就把一份纪委的红头文件递给了宋戈。宋戈一看，原来是对童海全的处理文件。

宋戈看后，心里一凉，望着施天桐不知道说什么好。施天桐这时笑了笑："宋总呀，你们真糊涂了，这种地方能进吗？进去之后就没有想到，这些日本人会给你们留下记录吗？现在好了，举报的资料全来了。"施天桐指了指自己的桌子抽屉，接着说，"我先把小童给处理了，不处理不行啊。但对你，我还在考虑补救措施。"

"请书记关照！我真后悔了。"宋戈用乞求的语气给施天桐说。

"我也想保护你呀，可他们日本人不愿意，直接送来这些证据给我。我采取了舍卒保帅之策，处理了小童，可他们还不同意。"施天桐又看了看宋戈，接着说，"这些日本鬼子，非要让你促成与其合作的事。"

宋戈现在心里明白了，这肯定是个圈套。施天桐明明与松下的中国首席代表是朋友，他们肯定是设好的套。如果自己不同意，就有可能被他们搞得身败名裂。他只得暂时答应了施的条件。

其实，施天桐原本是不想这样做的。他当初极力推荐宋戈到天泉来，是想把宋戈培养成自己在天泉的代言人。以人定人，人决定人的命运，已经成为官场和国有企业里的一个规律性现象。他没有想到宋戈来到天泉后，竟渐渐地脱离了自己的控制，不听他的招呼，或者说宋戈当初来之前就根本没有打算让施控制自己。现在，既然你不被我所控制，我就要给你一点颜色看看，而且还可以达到自己的目的呢。

施天桐敲诈宋戈应该算一点都不高明，而且是不得已而为之。因为，他的这种敲诈办法是跟别人学的，而且这种敲诈是别人逼着他不做不行。他在两月前参加松下制药安排的考察中，也同样被日本人敲诈。日本人开出的条件，就是只有促成松下与天泉的合作，他在国外召妓和受贿的事才不会被公开。

现在，他以螳螂捕蝉黄雀在后的方式，把难题转到了宋戈的头上。

接下来的几天，宋戈一直坐卧不安。一种危险的感觉始终缠绕着他，逼他做出选择。在他思维的瞬间，他也考虑过采取欺骗的手法做一份可行报告，让戚志强同意，以保全自己。但他又深知戚志强不会是那么好哄的。直说现在的处境，又怕坏了戚对他的印象和信任。现在，他深深理解了那句老话，危险就是在你不经意时积累的灾难。宋戈一直在后悔和自责之中，推托了几次，都不敢正面与戚志强谈这件事。

宋戈甚至想到了退缩，不在企业干了。他觉得在企业干太累了，尤其是国有企业。这些天，他一直在想一个问题，中国的文字太有意思了，"国有企业"四个字就表明了搞好企业的难度和障碍。"企业"是讲求效率、效益的，而"国"是讲公平、权力的，这么两个词组合在一起，本身就是一个矛盾。企业负责人就不可避免地在矛盾旋涡中。

他的情绪变化，戚志强看出来了。

这天中午一上班，戚志强就打电话让宋戈到他办公室。

宋戈进来后，戚志强直截了当地问："去考察的情况如何？不能没有下文了呀！"

宋戈一时不知如何说，为难地看着戚志强。戚志强有些不解地又问："有什么不好说的，行就行，不行就不行。"

"这，这件事我有些拿不准。但又不知道如何给你说。"宋戈为难的样子。

戚志强吸了一口烟，突然紧锁眉头地问："另有原因吧？国资局那个童海全的事我知道了，你也？"他用眼睛逼着宋戈。

宋戈这时心里防线突然崩溃了。他在戚志强的追问下，如实把经过说了一遍。

戚志强一直在抽烟，一口接一口地抽。

宋戈说完后，戚志强突然微笑着说："今天不出错、明天不出错、后天还不出错，这样的人应该在神待的地方生存。没有什么大不了的，我来帮你摆平。合作不成没事，你继续寻找，汲取教训把工作做了就行了。"

宋戈听罢，感激地站起来："戚总，我这一辈子都感谢你，我会把工作做好的。"

"不要说感谢，常在河边走没有不湿鞋的。遇事多考虑三分钟，就会加快成熟了。"戚志强说。

接着，戚志强就给宋戈讲了山鹰重生的故事。鹰的寿命是七十年，但到三十五年左右时它就要到山顶上，把羽毛用喙全拔光，然后再把喙放在石头上磨掉。只有等新羽毛和喙全长出来后，它才飞下山，开始以后的新生。

戚志强是在鼓励宋戈不要灰心，要敢于面对失败，要勇敢而主动地进行新生。

但首要的是要解决他的现实问题。宋戈走后，戚志强又把对付施天桐的办法想了一下。

其实戚志强现在对付施天桐的办法很简单，他拉的屎还端给他吃就行了。戚志强想，现在只要给施天桐打一个电话，告诉施，宋戈和自己听说他的情人肖馨生了个儿子，想喝他的满月酒，就能把施给摆平。

戚志强准备还施天桐一个礼物，也来敲诈一下他。

于是，戚志强拿起了电话。

"施书记吧，我是戚志强呀。听宋戈说肖馨生了个儿子，我们想去喝满月酒，行吗？"戚志强笑着说。

施天桐在电话那边干笑了两声，然后说："还是让这个不长脑子的宋戈好好工作吧！"

外来的和尚

戚志强决定引进职业经理的想法，一年前就有了。

他深深地感觉到，目前天泉集团在营销上出了问题，尤其是酒的营销体系出了问题。要想建立新的营销体系，靠本企业的人已经不行了。虽然，他自己对营销体系的设想是科学和先进的，但就是执行不下来。执行力差的问题，使他的想法总是不能得到很好的贯彻落实，从而导致销售利润的下降。

他与阮夫勇谈过后，他坚定了引进的信心。

阮是美籍华人，曾在中国做过东北一家大企业的副总，后留学美国，加入美籍后，先后在美国、加拿大从事市场营销工作。现在是美国麦加食品公司的中国区副总裁。他对中国白酒十分感兴趣，对戚志强的企业经营思想也很感兴趣。他在业内，以做通路执行力强而闻名。

戚志强决定聘他，担任天泉集团销售顾问的原因，不仅仅是做市场，他是想以此来推动目前制约天泉发展的其他方面的变革。从这个意义上说，后者所占的比例更大。

但这一点，其他人并不能理解。

戚志强跟阮夫勇基本谈妥后，就召集天泉的董事层议了这事。

当时，大多数人是担心的。一是担心阮及阮带来的团队，能不能与天泉现在的人融在一起，再者，就是这个外来的和尚就一定能念好经吗？如果他不但做不好，反而影响我们现在的销售怎么办？

戚志强知道这种担心肯定会出现。

他为此发表了自己的看法。他认为，职业经理人是相对于企业的股东或所有者而言的，他们是借助于他们所受到的专业训练或拥有的专业技能，而走上管理岗位的人。所有者的职能是提供资本，而经理人的职能是运营资本。职业经理人之所以出现，是因为企业的发展需要更多的专业化管理人才。职业经理人阶层的出现，是企业管理高度专业化的结果，也是企业管理成熟的标志。

戚志强想通过引进职业经理人，来促进天泉内部机制的改变。职业经理人的到来，就是承认天泉人才的缺乏，就能给天泉人带来危机感。同时，职业经理人的高薪酬，也能促进天泉薪酬制度的改革。

这次会上，戚志强重点强调了，资产所有者要有宽阔的胸怀。现在企业不能有天下了，在全球化的今天，不大胆引进先进的理念和人才，就必然要在竞争中失败。最后，他重点强调了信任。他说，信任带给商人的是一种它所能得到东西的基础，无论精神的还是物质的财富，没有信任你将一事无成。

这次会议两个月后，阮夫勇和其所带的14名职业经理人，空降到天泉。

在阮夫勇与销售人员的见面会上，戚志强再次强调了引进的意义和纪律。他说："引进职业经理人就是引进新的营销模式，对他们要真诚配合，主动参与，不能做旁观者、评论员，不允许有任何形式的抵触，要缩短磨合时间，提高执行能力。在这个问题上，谁心态不好谁下岗！"

应该说，阮夫勇们的到来，确实给天泉的营销工作带来了起色。

他推行的通路建设和深度分销方案，很快促进了销售量的上升。但与天泉人观念、行为上磨合的问题，销售成本过高的问题也开始显现出来。

转眼间，到了年底。一年的销售业绩出来后，戚志强把阮夫勇叫到自己的办公室。他要很好地给阮谈谈了。

戚志强看着报表，心里多少有些失落。虽然销售收入增加了一个多亿，但利润却下降了3000多万。这固然与全国白酒企业利润都在下降有关，但他所期望的应该比这更好些。

阮夫勇尽管谈了一些客观理由，诸如天泉人执行力不够、市场成本全国性加大等，但戚志强还是强调职业经理人的落地问题，本土化操作问题。

他说："我对海龟及国内MBA们，并不迷信！搞管理，其实不需要太多的理论。海龟之所以归来，90%以上是因为在国外混不下去。海龟唯一的作用，就是把他们的牌牌挂到公司门口吸引风险投资，好比饭店门口的幌子。至于干活的本事，还是汉阳造的盒子炮好使。"

阮夫勇一听戚志强如此说话，脸色一下子红了，他感觉到了戚志强对他的不信任，甚至是轻视。他解释说："戚总，如果觉得我不太理想，我可以提前解除合同。我们职业经理人强调的是效果与敬业。但我要遗憾地告诉戚总，市场通路的建立是需要时间和成本的。"

戚志强突然笑了。他深知，企业所有者与职业经理人之间存在着天然的矛盾，即委托—代理矛盾。企业的所有者将资本交给职业经理人去运作，而运作结果的好坏既不能完全预知，又不能完全控制。这是由于经营本身既存在着各种客观风险，如政治、经济、市场、技术风险等；同时，还有各种主观风险如职业经理人的能力、道德风险等。

他点上一支烟，解释说："阮总，你误解我了。我只是说，前一段公司内部有些人提议要引进海归派经理人。你算不上海归派呀。

但我觉得，你是不是也应该注意一下与公司内部的沟通。"

"那当然应该了，只是我还不太了解和理解公司内部的一些游戏规则。我一直想找你谈谈呢，请为我指点一下。"阮夫勇诚恳地说。

戚志强想了想说："我以为职业经理人与企业所有者的冲突，主要表现在四个方面，即能力冲突、利益冲突、道德冲突和信念冲突。要想解决这些冲突，一定不要忘记密切联系群众，尤其对于广大中层干部。你的创意、你的计划、你的方案，要想得到顺利推行，首先一定要取得他们的支持。要坚信世上只有别人好，别人支持的干部像块宝。"

这次谈话之后，阮夫勇感到了从没有过的压力。他觉得在目前的中国大陆，职业经理人也是很难生存的，必须懂得急流勇退。当职位和薪酬还没达到顶峰时，就一定要开始寻找全身而退的道路。如果你已经达到顶峰，却还赖在这个位子上超过一年无变化，就一定是你的失败。

在之后的一年里，戚志强先后在集团公司不同岗位，引进了三十多位职业经理人。天泉开始了双轨运转。新的模式导致了新矛盾的产生，天泉内部管理人员有时岗位与职业经理人是一样的，但待遇相差最高的达十倍以上。一时间，公司内部议论纷纷，抵触和不满情绪蔓延。有的人公开说，你戚志强才拿30万元，他阮夫勇们凭什么就能拿130万元、100万元、60万元、50万元、30万元。薪酬改革的呼声此起彼伏。

戚志强知道大家的心思，在为他戚志强抱不平时也是为自己叫屈。这正达到了戚志强其中一个目的。职业经理人的引进，确实给天泉带来了一股强风，一下子冲破了过去难以扭转的平均主义。现在，天泉人基本接受了企业中的等级现实。但仍对职业经理人采取看的态度，公开反对是不敢，我就站着看，看你怎么办。你动作多了，总要出纰漏的。尤其是对营销方面的职业经理人。你们不是能吗？为什么利润上不去！

戚志强也感觉到来自内部的压力，他觉得也许再有一年，如果销售利润再上不去，阮夫勇他们就有可能被员工的议论轰走。

他的判断是对的。现在，他就接到一份调查十分翔实的报告，题目是《看职业经理人与代理商如何在终端蚕食天泉》。戚志看罢，十分吃惊，文章所列的情况，细一分析确实存在。有些经理人与代理商有合谋从广告费、促销费等环节，从天泉洗钱的嫌疑。

这种现象普遍吗？程度有多深？戚志强有些拿不准。

还怎么让这些外来的和尚好好念经呢？这是困扰戚志强的大问题。当初是他极力聘请职业经理人的，但两年多过去，酒的销售利润每年以大于10%的速度下滑，他该如何向天泉的员工解释？就连他自己也很难找到说服自己的理由了。

中国这块土地真是邪了门了，什么样的东西一到这里来，就会变种，就非驴非马了。

戚志强陷入了苦恼中。

第十四章

清君侧

戚志强多次谈过他最崇拜一个人。

这个人就是血液里流动着中国传统文化，骨子里带着农民影子的毛泽东。

戚志强对毛的思想及其著作的理解，可以说达到了很高的水平。他在商战中的许多策略，都有毛氏战略战术的影子；他的某些思维习惯和思路，也有着明显的毛氏轨迹；他的性格本质的深处，也时时闪现着毛氏的幻影；就连他的脸形，乍一看，也有点毛氏的轮廓。

戚志强是共和国的同龄人，他是在毛泽东思想哺育下成长起来的一代人，他的思想行为，他的一些做法，有毛泽东思想的烙印。

戚志强到天泉当副厂长那年，就组织了"天泉酒厂思想政治工作研究会"，并亲任会长；从当上天泉的一把手之后，他最关注的是天泉人思想深处的一丝一缕的波动。人的思想是战胜一切困难的保证，思想的统一和坚定，是一个群体永远朝前走的前提。戚志强深谙这一点。他统一和校正天泉人思想的方式，更是深受毛泽东的影响：每个重要关头，他都要发出切中实际、富有鼓动性，或者，更贴切地说，是极富煽动性的言论，使天泉人按着他设计的路子，满怀希望地去拼杀、去奋争。

每年夏天，利用生产和经营的淡季，他都要搞一次表面上面向全体天泉人，实际上是针对管理人员的思想整风活动。在这个过程中，以群众的呼声为武器，来纯洁干部队伍、隐退老人、起用新人，利用群众的呼声来强化制度、规范行为。最终强健这个企业的各级管理队伍，统一全体天泉人的认识，从而使企业按照自己的设计一步一步地向前迈进。

从严格意义上说，天泉的这些思想领域里的工作，从五年前开展的"堵邪门、走正道"到营造"四个氛围"活动，才算是真正的"思想整风"。因为，这五年的活动，都达到了"思想上的统一"和"实际问题的解决"的目的。

规范经济行为、堵塞经济漏洞活动，表面上是从一篇消息和一篇评论开始的，实际上，它是戚志强等待已久的突破口。针对当时社会上拿回扣盛行，天泉也发现一些不正常的行为时，戚志强就意识到，必须让这些有机会拿回扣的管理者，看到回扣是不好拿的。但一直找不到这个突破口：供应科与南京一家仪表厂签订了购买配件的合同。总会计师庄之讯在审批合同时，经过核价和谈判比原来签的合同总价低了29.58%；虽然合同还没有执行，但这是由于不认真而造成的失误，戚志强决定严肃处理。《天泉报》在当日的头版头条位置刊登了：《价格不明签合同责任咋负？》《市场未明报价格漏洞难免》《我公司通报处理三名副科级干部》的消息。并配发了《规范经济行为，堵塞经济漏洞》的长篇评论文章。这场"运动"就拉开了序幕。

如果说，这还不能算作是"杀鸡给猴看"的话，最起码也"敲山震猴"了。

接下来的就是全厂范围内，就"在经济交往中如何防止回扣""有了回扣怎么办"的大讨论。并号召大家在"大力举荐和表彰廉洁自律、克己奉公、无私奉献红管家的同时，大胆揭露贪赃枉法、见钱眼开、见利忘义的天泉蛀虫"，让有不良经济行为的人如过街的老鼠，无处藏身。这些讨论和整顿学习应该说是一个铺垫。有铺垫，就一定会有高潮。在这次活动结束之时，真的是"杀猴"了：两个月后的《天泉报》，再一次以头版头条的显著位置刊登了文章：《前车之覆，后车之鉴，自查自律防患未然，刘夜峰等人弄虚作假损公肥私被查处》。根据群众举报，对假报产量，多拿奖金的车间主任及四名管理人员，给予了行政开除的处理。其中，有两名还是刚刚从大学生中成长起来的中层管理人员。

刘夜峰是戚志强厂长亲自发现并一手提拔起来的，是当时天泉唯一的一个大学生车间主任，也是最年轻的一个车间主任。在戚志强的心中，将来还要有许多更重要的工作由他去干呢。这是天泉人都明白的一个真实存在。然而，还是毫不手软地将其开除了。此刻，真有点像《三国演义》里的诸葛亮挥泪斩马谡。其实，戚志强要的就是这个效果啊！

"活学活用"毛泽东思想的人，现在很少了。但戚志强却一直在"活学活用"毛泽东思想，他把毛泽东思想的精髓运用到治厂的各个方面。

戚志强学习了毛泽东的延安整风运动，就在天泉开展整风运动。

天泉的整风方针是：强化自身，不断提高，迎接挑战；整风的层次是：在全公司范围内，开展强化自身，做合格天泉人的讨论，在管理人员中，开展强化领导意识、不断提高自身的活动；阶段进程：第一阶段，从学习分厂厂长周林及学习八篇论谈文章开始，第二阶段，管理人员针对戚志强关于"一把手"的讲话，学习讨论、自查不足，第三阶段，处理不合格干部。第四阶段，统一思想。整风成果，一是，统一了制约天泉的根本问题，是人才的增长和干部素质的提高，跟不上企业的发展这一认识。二是，调整了一批管理人员。

去年，天泉一个从未有过的发展机遇已经到来了。

由于天泉业绩的所在，天泉 B 股的发行工作超出预想地顺利和成功。这为戚志强全力搞好这次整风，提供了更多的时间和精力。股票发行的一周后，第二阶段就拉开了序幕。戚志强又针对天泉成为上市公司的实际，发动他的笔杆子又来了一个八篇评论，作为第一阶段学习和讨论的材料。

光看题目，就足以让你感到其阵势，已经比过去厉害得多：《老观念不更新，行吗？》《我们的钱是谁给的？》《该给我们的干部打多少分？》《何不多一点理解与信任？》《不要忘记你是一把手！》这些标题带有问号和感叹号的文章，果然效果很好。基层在学习讨论中就开始触及对干部的评价问题。"我们的现有干部称职吗？""高级管理人员不高级""中层干部不中""过去的功臣现在的罪人""能者上，无能者下""起用新人"等呼声浮出水面。一些中高级管理人员开始对基层的讨论有点恼火。接着，又在戚志强的授意下，《天泉报》发表了《关于天泉人事制度及人才的断想》这篇观点鲜明的文章。文章大胆提出了诸如：人才的肠梗阻问题，庸者让无能者下，干部的坐吃老本、贪图享受、用亲信、害怕新人、听话型干部不是好干部、用人要疑，加强监督、眼睛向内搞批评、不换脑筋就换人等。

此文一出，中高层开始看出来，这不是"帮闲文人"在书生义气地空发议论，而是来自戚志强、顾力华、宋戈的心声，就有些坐卧不安了。高级管理人员毕竟就那些人，是你不高级还是戚志强不高级？中层干部也不是太多，是你不中还是戚志强不中？似乎有点人人自危的了。正在这时，戚志强在第二阶段的总结会上，又发表了长达七千字的《如何当好主帅》的宏论。

该文从"千军易得，一将难求；一将无能，累死千军；上梁不正下梁歪，中梁不正倒下来"等议论谈开去，从"主帅"是一个单位的灵魂和核心，只有好的"主帅"才能带出一个好班子，随着市场经济的深化"主帅"的作用愈加突出，天泉发展的快慢与成败，关键在"主帅"的素质能否提高。四个方面论述"主帅"的重要。最后，又详细地论述了"主帅"的七个方面的素质：要讲政治，品行端正，清正廉洁；要有思路，懂业务，干劲充沛；要敬业奉献，吃苦在前，享乐在后；要善于分析问题，把握自己，把握企业发展方向；要说真话，办真事，自尊自重；要善于用人，德威并举，调动各种积极因素；要两手抓，两手都要硬。

中高层领导就已明显感到最后的结果了。这时，随着讨论的深入，一些小道消息也不断出现。有人说这是借整风搞"清君侧"，要换一批人，有的甚至传得有鼻子有眼，谁谁要下，谁谁要上……其实，他们还不真正了解戚志强，一向崇尚"度"和"中庸"的他，是不会进行人们不能接受的那种急风暴雨似的改革。他所信奉的是，人在改造客观世界的同时，也能改造主观世界。

天泉这一次的整风，实际上就是人事制度改革的真正开始。这次整风，虽然没有像一些激进的年轻人期望的那样真正触动高层，但也着实让天泉的中高层干部吓出了一身冷汗。但也确实为天泉人事制度的改革和人事的调整，做了成功的实践和对人们心理承受能力的测试。为天泉成为上市公司和今后的大发展做好了十分必要的准备！

这次震撼人心灵深处的活动结束了，天泉并没有调整核心层领导。也许当时的这些人还是称职的，只是需要敲打敲打；也许戚志强认为时机还没有成熟，没有到水到渠成的地步；也许天泉还没有这个水平的新人出来补充；也许戚志强已少了刚当厂长时组建甲级队的那种胆魄；也许还有我们想不到的一些原因。

天泉什么时候能完成这个层次的更新？

春天，新年的第一次高级管理人员会议记录上，记录着戚志强这样一段精彩的讲话："我们诸位，都是过去对天泉做过巨大贡献的人，包括我戚志强自己。如果说，现在和将来我们还能为天泉做出更大贡献的话，那就是勇敢地、毫无怨言地把自己的位子让出来，让优秀的青年知识分子走上我们今天的位子！如果说，他们能把我们这一代人从领导的位子上挤下来，这应该是我们最大的欣慰，也应该是天泉的大幸事！如果几年后，我们这些人还都在现在的位子上，那就是我们的悲哀，也是天泉的末路了……"

五月，白酒销售进入淡季，戚志强开始采取招聘、自由组阁、上级任命，三位一体的改革路子，无阵痛、无动荡地实现了中层管理人员的更新与替代。

七月，天泉的股东大会上，基本上完成了高层领导的更替与布局，年龄大的老同志开始逐渐退了下来，年轻的新人走上了高层领导岗位。

在戚志强的心里，天泉的未来一定还是一片艳阳天。

女儿红

宋戈这一段时间心情都很沮丧，这种沮丧的心情来源于多方面。

过去他一直有一种情绪周期，一年之中总有一两个月情绪不太好，一个月中总有几天情绪不太好。他曾经暗自想过，女人有生理周期，生理周期中情绪低落，自己为什么也有呢，别人有吗？

这些天，影响他的情绪的原因集中起来有两个方面，一是工作上的，二是感情上的。

工作上是不顺利的。天泉制药的新药"心安泰"和"女儿红"的批号一直办不下来，与松下制药的合作谈得又不顺利，这都让他感到压力很大。他现在几乎看不到天泉制药起死回生的希望。最可怕的就是没有了希望，没有希望就没有了动力和一切。

另一件让他着急的事，是关于天泉金融平台建设的事，也办得不太顺利。他已明显感觉到，戚志强对他的不满，或者说是能力的怀疑。半年前，戚志强决定天泉要走产融结合的路子，宋戈是支持的。戚志强分析得十分有道理，从这件事上宋戈也感觉到了，自己与戚志强的差距，进而对自己的能力产生了怀疑，他觉得就是将来，戚志强把天泉这一摊子交给了他，他也没有能力去做好。

戚志强是一个有梦想，敢实践的人，那种敢为人之先的勇气和魄力，让宋戈感到折服的同时，也感到了压力与自卑。在二月份的职代会上，戚志强力主通过了"实施产融结合战略，推动天泉第三次创业"的决议。这对天泉人来说，是一个既振奋人心，又担心的事。天泉现在表面看是一派繁荣，但作为造血功能的主业白酒和葡萄酒，却每况愈下。天泉的第三次创业，真能像戚志强描绘的那样前途光明吗？

但戚志强是坚信的。他分析说，前些年，天泉的兼并收购、改制上市使企业迈上了资产经营的道路。今天，要在资产经营实践的基础上，突出产融结合，打造金融平台、产融联动互动、推进天泉第三次创业的实现。这是挖掘天泉现有产业能力、释放企业有形和无形能量的重大举措，是调整和改造现有产业结构、推动集团产业升级再造的一个重要途径，同时，它也是天泉与时俱进、顺应经济全球化、与中国经济发展的一个重要战略。

在戚志强的设想中，天泉以现在的天泉投资公司为突破口，与市政府合作成立"故原市建设投资公司"，同时成立"故原天泉中小企业担保公司""天泉典当公司"，并努力推动在故原市农村信用社和城市信用社的基础上，成立以天泉控股的商业银行。

戚志强的这个规划，是相当科学与宏伟的，如果真正实现后，天泉加上两个上市公司就成了产业和资金的孵化器。因此，他对这一块抓得相当紧，并让宋戈作为副组长具体办理。经过半年多的运作，"故原市建设投资公司""故原天泉中小企业担保公司""天泉典当公司"均已按计划成立，但最为重要的商业银行却不太可能。

虽然有政策上的制约，但是戚志强一直不忍放弃。他再次要宋戈去省里协调。

宋戈这次来省城的任务很重，一是两个新药批文的事，再一个就是关于商业银行的事了。

临出发前，他还给戚志强委婉地提出，自己不想担任金融办公室副组长了。建议让投资公司的姜春明来接替他。姜春明现在也已经是天泉集团的副总了，而且，宋戈知道戚志强对姜的运作能力，也是相当满意的。但戚志强没有答应，也没有反对，只是说："你要继续抓,你是总经理你不抓谁抓,至于你提的建议,以后我会考虑的。"

　　宋戈这次到省城,除了司机外又带了总经理秘书姚翌,还有刚被抽到金融办公室的小于。姚翌大专毕业后就被安排在总经办工作了,这几年她进步很快,已经能帮助宋戈单独处理不少事了。宋戈对她是满意和喜欢的。有许多时候,她陪宋戈一道出去做事,凭着她的机灵、干练和年轻漂亮,办成了不少并不好办的事。她酒量也大,在酒桌上只要一出马,基本上能把请的关键客人给摆平了。现在社会上都说,喝酒有四怕,"扎小辫的、红脸蛋的、带药片的、没见过面的",这四怕姚翌都具备了。因此,在酒场上被宋戈称为"女杀手"。

　　这次任务比较艰巨,关键是让省药监局签字批准。一种新药从研发到上市太难了,首先要经过临床前研究、临床研究。临床研究又包括临床试验和生物等效性试验,临床试验又分为Ⅰ、Ⅱ、Ⅲ、Ⅳ四期。这一切都过了,才能进入新药的申报与审批。新药的申报与审批又分为临床研究和生产上市两个阶段。

　　现在,天泉制药从四年前,对实验室开始投资到今天,为了治心血管病的"心安泰"和治乳腺病的"女儿红"两种新药,已投入800多万元。目前已经到省药品监督管理局了,只要他们一批准,就可以送到国家药品监督管理局复审了。然而关口就卡在了省药监局了。严格地说就卡在了那个快六十岁的桑处长手上。

　　这个桑处长,也许快要退了,59岁普遍存在的现象在他身上表现得十分明显。他不仅敢明目张胆地收贿赂,而且也色得很。每次喝过酒都要去唱歌,唱歌后还要去洗澡、找小姐。宋戈一提到他就恨得牙根发痒,但也没有办法。今天,他不仅给他准备了现金,而且准备把他喝倒了,争取一定要让他批下来。

　　晚上,金元大酒店包厢。

　　桑处长表现得特别兴奋。一开始就没有像平时那样故作姿态,而是主动地端杯。宋戈和姚翌本人都知道,这个老色鬼是因为姚翌在场，才这样兴奋的。姚翌知道宋戈为新药批不下来着急，她就使出浑身解数劝桑喝酒。一杯接一杯地喝。尽管中间，桑不时地挑逗她，用腿去蹭她的腿，但她还是忍住火气，强作笑脸。

姚翌之所以这样表现，不仅是为了公司的事，也有种私情在里面。自从她父亲去世，宋戈就一直关心她，毕业后就把她留在身边工作，她渐渐地对宋戈产生一种向往和喜欢。但她始终不敢表白，一直把这份爱埋藏在心里。开始的时候，她也为燕鑫与宋戈的关系而心里难受，后来随着宋戈与妻子裴芹离婚，她又充满了希望。虽然她也感觉这种希望其实是一种无望，她也许永远不可能与宋戈走在一起。但她对宋戈的关心却加强了，她甚至会以一个妻子的关爱，在暗处悄悄地对宋戈表达着自己的心。

其实，宋戈也看出了姚翌的心思。过去，他不敢相信，也不愿相信。这个比自己小二十岁的女孩子，怎么会爱上自己呢。他也是喜欢她的，但这是一场连言说都不能的爱恋。因为，虽然他们间的爱是纯洁的，真诚的，但外界肯定不会这样看。宋戈想，如果自己真的爱上姚翌了，并且发生些什么，那他将成为社会攻击的焦点，也会影响自己的前程。在中国，对一个事业成功的男人来说，情感的变化仍然是别人攻击的把子。现在，自己又离婚了，如果接受了姚翌的这份爱，别人一定会说是因为她才离的。所以，宋戈一直强迫自己把姚翌当女儿、当妹妹待，把自己的心包藏起来，一层又一层地包藏起来。

现在，她之所以这样应付桑，就是为了帮宋戈把这件事办成。她认为，公司的事也是宋戈的事，这件事办成了，就能为宋戈减轻一份压力。

酒一直喝到九点半。已经喝醉的桑处长，又提出到楼上去唱歌。这个金元大酒店是他的据点，他喜欢在这里活动。宋戈本来不想答应他，怕他趁酒劲对姚翌做出什么不轨之事来。但姚翌却很主动，她说："那好吧，桑处长，明天你可一定要给我批文呀！"

桑处长拍着胸脯说："只要今天我高兴，明天保证，我保证！"

歌厅内。桑一会儿让姚翌与他一道唱，一会儿邀姚翌一起跳舞。当然，在唱歌和跳舞的时候，对姚翌是大胆而不轨的。后来，宋戈实在看不下去了，就以喝多了为由，对桑处长说："处长，我们今天结束吧。你看我和小姚都喝多了，明晚上我们少喝酒，我让小姚好好陪你，行不行？"

桑处长十分不情愿地说："宋总，你吃醋了吧，你的秘书我就不能摸摸了？那也好，明天让小姚到我办公室拿批文吧！"

第二天上午，按照分工，宋戈去省人行协调商业银行的事，姚翌去桑的办公室拿批文。

中午十一点多的时候，宋戈才回到酒店。他本来是打算请人行的人吃饭的，可他们推托了，说是晚上。宋戈心情也不好，就顺坡下驴了。

他来到酒店时，姚翌已经回来了。批文是拿到了，但宋戈感觉到姚翌表情有点不对劲，估计是那个姓桑的处长又做什么了。问姚翌，她总是支支吾吾地说没有什么。宋戈知道肯定是那个桑处长对她动手动脚了，便不再说什么。

因为，宋戈晚上要请人行的人吃饭，明天还要参加全省的一个经济工作会议，姚翌就一直坚持自己下午回去。宋戈劝说，等两天一道回，或让司机送她回去。她都拒绝了，她说没什么，她坐依维柯三个多小时就到了。

宋戈见拦不了她，就同意她回去了。临走的时候，宋戈还目送她离开酒店大门。看着她离开，宋戈想起来时，她在车上背诗的情形：黑夜给了我黑色的眼睛，我却用她来寻找光明。

但让宋戈万万没有想到的是，这一别竟成永诀。

姚翌乘坐的那辆依维柯，在高速上出了车祸。姚翌和其他三个人当场死亡。

宋戈听到这个消息后，一下子瘫在了沙发上。

壳　变

戚志强是一个野心很大的人。

用他的话说，没有野心的人就不能做企业。就是做了企业，也不会做大。

过去，戚志强一直想通过做市场，把天泉酒做成全国最大的公司。但残酷的市场竞争让他觉得这个梦想难以实现。天泉上市后，他的梦想发生了改变，他感觉做实业太难也太慢了，资本运作才是企业急骤膨胀的捷径。

按说，天泉完全可以通过上市的天泉御酒股份公司这个壳，进行配股或扩股，从而实现大规模筹资的目的。但戚志强一直没有让这样做，他始终坚持现金分红。这样做有他更深的考虑，他是想进一步树立天泉的品牌形象，进而寻机会再使天泉的酒店业上市。这样，天泉集团就拥有了两家上市公司，三只股票。如果真能做到这一点，这无疑使天泉拥有了一个神话般的"摇钱树"，基本可以做到任何时候，都能从市场上融资。

现在，天泉集团已经成立了天泉酒店集团，酒店集团旗下已拥有珠海天隆大厦、故原天泉大酒店、省城的新东方大酒店，加上托管的七家酒店，完成具备独立上市的条件。戚志强一直想把酒店集团这块较好的资产，从天泉集团剥离出来单独上市，融资后就可以实现在上海、北京等地再建新店的酒店业托拉斯梦想。

公司要上市太难了，而且一旦上市就不太可能退市。因为，与一般企业相比，上市公司最大的优势是能在证券市场上大规模筹集资金，以此促进公司规模的快速增长。上市公司的上市资格就是一种稀有资源，要想做到这一点，需要的不仅是实力更重要的是机遇。从酒店集团成立之初，戚志强就给董事长孙玉柱下达了指令：力争三年上市。

第一年过去了，孙玉柱几乎看不到一点上市的希望。他有些急了，给戚志强建议采取借壳上市的办法。

那就是，让天泉集团把酒店集团这一块资产，想法注入到已经上市的天泉御酒这个壳中，从而实现酒店集团的上市。这种办法，戚志强给否定了。其中的原因，不仅是跨行业借壳运作也十分困难，更重要的是戚志强想弄两个上市公司，将来有一天把天泉集团这个母公司，通过天泉御酒和天泉酒店公司两个壳，实现整体上市。

在天泉酒店集团上市的问题上，戚志强一直倾向于买壳上市。

他让孙玉柱积极寻找那些业绩较差、机制转换不彻底、经营管理不好、在证券市场丧失了进一步筹资能力，即将被ST或者退市的公司。他不止一次对孙玉柱说："只要能找到，就不惜中介成本，以酒店集团为投资主体收购其控股权，实现先买壳后借壳上市。"

这个机会终于来了。半年前，与天泉有供贷关系的"亚太包装"，有出让股权的意向。

戚志强听到消息后，十分高兴。他安排孙玉柱利用各种关系打通关节，寻找一家中介公司或中介个人进行谈判。

亚太包装，戚志强是熟悉的。这是一家民营包装企业，十五年前在深圳上市。盘子小，股权也较为单一，其中作为当初公司发起人的三个大股东各占21%的股份。十几年经营下来，他们也都赚了不少钱，但由于合作的关系，其中两个大股东都想退出。通过评估，注入1个亿应该能实现控股。现在，这正是一个千载难逢的好机会。戚志强想到这事，心里就兴奋异常，他决定这一次必须拿下。

戚志强几乎每天都要与孙玉柱通话，询问谈判的进展。

按戚志强的要求，孙玉柱飞回了天泉大酒店。戚志强已在那里等他了。

西餐厅里。戚志强与孙玉柱和宋戈边吃边谈。

"你说说现在关键的问题在哪里？"戚志强叉起一小块牛排说。

"有两个问题，"孙玉柱放下红酒杯说，"一是资金问题，一旦谈成我们立即就要付出1.2个亿的现金。而且对方要求我们谈判前，就必须先将这部分资金打入指定账户，怕谈后不能兑现。"

戚志强端起酒杯笑了笑,说:"看来他们谈的家数一定不少了,这个条件可以答应。目前,我们天泉有的是钱。还有什么?"

"中介人要的中介费太高,要一点五个百分点,而且是税后净的。我一算,快要200万了!"孙玉柱摇着头说。

"那是高了点,这里显然有什么名堂,说不准与出卖股权的股东是串通好的,想多要我们出钱。"宋戈插话说。

戚志强看了看宋戈和孙玉柱,笑了,点上一支烟后,笑得更响了。笑过之后,才说:"好啊,我看这单生意做成了。他越是要的钱多,说明越有可能做成!"

他端起酒杯抿了一口酒,接着说:"中介费高怕什么,我们就当多出200万买的不就行了?现在中介费是合法的,只要缴了所得税。他收合法,我们给也合法,只要我们自己人不从里面拿,就不会有任何问题。我还是那句老话,你们要记住,谁拉的屎谁吃。"

饭没吃完,戚志强就下定了决心。他决定要拿下来,并成立了以他为组长、党委书记顾力华为副组长,宋戈、孙玉柱、庄之讯为成员的领导小组。要求立即进入实质性的谈判。

那天晚上,戚志强特别兴奋,比天泉B股上市时还兴奋。在他的心里,如果这次买壳能成功,将比那次上市对于天泉来说还重要。吃过饭,他提议要到歌厅唱支歌。

戚志强一般是不唱歌的,曾在公司中层管理人员家属招待会上唱过。那已经是六七年前的事了。那时候公司管理人不算多,不到200人。戚志强为了凝聚人心,提议每年春节前邀请中层管理人员及其家属聚会一次,地点都在故原市里的天泉大酒店,楼上楼下一拉40多桌,很是壮观。每次吃饭后,他总要唱一首歌,这支歌就是:《潇洒走一回》。

那时候,戚志强想的是用家庭般的亲情来凝聚人心。那副每年必有的对联,就是最好的印证:"你心我心心心系天泉 你家我家命运连一家"。后来,他感觉到温情管理办法已经不行,必须要用冷冰冰市场关系来做才行。加之,随着管理人员的增多,搞起来也困难,

261

戚志强就宣布取消了。从此再没有谁听过他唱歌了。

今晚，戚志强仍然唱的是这支歌。音乐响起，他手把话筒，十分投入地唱了起来：

  天地悠悠　过客匆匆
  潮起又潮落　恩恩怨怨
  生死白头谁人能看透
  红尘呀滚滚痴痴呀情深
  聚散终有时
  留一半清醒　留一半醉
  ……

唱过歌已经是十一点多了。戚志强还是没有休息，他到了房间再次打电话，把宋戈和孙玉柱喊到自己房间。他又一次细致地安排了一遍。并要求他俩想法找一家水平高的会计师事务所，防止在评估中资产多评了。

谈判进行得十分顺利。经过一个多月的谈判，就签下了收购46%股权的协议。但并没有像戚志强想象的那样，实现控股。

收购小组给戚志强回报时，戚志强并没有感觉不满意。

他对孙玉柱说："我们拥有46%的股权，实质上已经实现了间接控股。因为剩下的都是小股东，他们看我们天泉这样出手，自然会站在我们这一边的，到有决议要表决时，我相信我们能控制局面。再者，我们以后可以通过配股，对另外那个23%进行稀释，最终就一定能控股。"

又经过两轮审计评估，两个月后天泉酒店集团收购了"亚太包装"的46%股份，并将公司更名为"天泉亚太股份有限公司"。

现在，天泉拥有了两家上市公司，这在国内是少有的。

戚志强感到从没有过的兴奋。他想下一步，如果能成功实现天泉集团国有股权的退出，天泉就真能进入核裂变时期。

天泉迅速发展成上百亿资产的公司之梦想，就一定指日可待了。

期股期权

这个问题，一直困扰着天泉的发展和戚志强本人。

戚志强思考这个问题，已经很长时间了。这个问题就是薪酬制度的改革。

这些年，天泉股票上市后，随着股权的变化机制也有不少变化，但人的精神却始终难以振奋起来，企业运行质量却难以提高，效益一直扼制不住下滑的趋势。这个根本的原因，就是薪酬制度设计得不合理。再往下深究，就是国有企业对人力资本的不承认或者说是漠视。

最近，戚志强一直在琢磨，为什么国有企业搞不好？就是不承认人力资本。像天泉里的人包括自己，应该是非常能干，但政府不承认。不承认的结果就给那么点工资，大家心里都不平衡。心里不平衡，你光靠雷锋精神短时期内可以。长时间就要自己给自己找平衡。无外乎两条办法：该给的不给，我就给你花那不该花的；该给的不给，我就偷着拿。

戚志强接触和思考的国有企业很多。所有国有企业都存在着大量浪费的现象，天泉在自己的把持下，应该算是好的了。现在国有企业普遍存在着"我赚这么多，不能多拿，我就浪费！"的现象。如此，你国家不是加强监督，让"四菜一汤"吗，企业就理解为一个人四菜一汤，一桌10个人吃饭就是40个菜10个汤！不承认他的人力资本价值，他们就恶意反抗。

戚志强记得有一次他到北京参加人代会。河北一个国有企业的负责人请他吃饭，竟安排在钓鱼台国宾馆里。当时戚志强说，随便找一个地方吃着聊聊就行了，何必挨宰呢。可那人不同意，他说：

"国宾就是不是自己人的意思,不是自己人就要讲排场,讲排场就要挨宰,我就想被宰一把。"结果四个人包了个厅,20平方米那么大,他们孤零零地坐着,每人后面站一个夹菜的姑娘。吃完饭一看单,1.97万。这个负责人一看钱数,有些兴奋地说:"戚总,别看我们这些国有企业老板挣的钱不多,但我们可以多花,我们也只能这样,不求有钱但求支配了!"

人是社会的关系的总和。任何人也逃脱不了社会的影响。

戚志强看着社会上许多国有企业负责人,纷纷被59岁这个坎击垮,心里感慨万分。去年,与他一起在十三年前,被评为省优秀企业家的渡江烟厂厂长雷达成被判刑,对他刺激更大。他一辈子都非常廉洁,就是快退休了,出问题了。

戚志强分析感觉原因很简单。他干了一辈子企业,还剩半年了,马上就要走人了,结果干了一辈子什么都没有啊,不行,我得拿一点。由于离他退休的时间很短,时间比较紧张,拿的方法不注意,就被抓住了。戚志强想,如果一个人出这个问题,可能是品德有问题,大面积出现,而且是前赴后继,这一定是制度管理的问题。必须改革,不能这样干了,国有资产极其重要,人力资本也是极其重要。

现在,戚志强决定必须实行薪酬制度的改革。

他把这件事交给了宋戈。

此时,广州和上海方面对国有企业,正在实行薪酬制度的改革。宋戈与人力资源部邓中超经理作为薪酬改革的具体负责人,马不停蹄地进行方案的设计。

广州市政府规定,在该市市属的广州汽车集团等5家大型国有企业中试行董事长、总经理年薪制。按该办法,国企董事长、总经理的年薪由3部分组成,分别是基本年薪、效益年薪以及以往国有企业改革中鲜有触及的期权(期股)收益。其中,董事长基本年薪以完成年度考核指标为前提,按企业上年末在册职工人数和总资产规模,分别划分6万至8万元3个等级,效益年薪则根据企业完成国有资产保值增值率、年销售收入额和企业不良、不实资产及关闭破产企业资产处置率3项指标来确定。在业绩达到以上3项指标基础上，国有资产保值率每增加1个百分点，董事长可得效益年薪增1万元。

上海市按《国有企业经营者分配制度改革的试行意见》规定，在上海国有企业经营者中逐步试行与现代企业制度相适应的责权利一致的分配形式，并推荐了年薪制、风险抵押经营、经营者持股经营、期股期权激励和按要素分配五种经营者收入分配方式。

宋戈和邓中超他们，经过出去考察和参考一些企业的办法，只用一个月时间就拿出了方案的第一稿。

基本框架是，董事层和经理层年薪＝基本年薪＋效益年薪＋期权收益。有关经营者的期权（期股）收益，参考上海和广州让市政府出台。具体办法是，经市政府委托中介机构对天泉进行年度审定后，按"如果天泉实际上缴的税后利润超过20%，超过部分按3%计提收入，不封顶"；如果天泉完不成国有资产保值指标或上缴税后利润指标，要按照差额的5%扣减基本年薪或全部年薪收入。

戚志强看后，认为其他基本可行，就是要求必须把风险团队扩大。由原来的董事层和经理层，扩大到各子公司正副职、财务总监和本部的部门经理。这样做，戚志强是出于对天泉的实际来考虑的，毕竟这是国有企业，平均主义根深蒂固，只有扩大实行年薪的人数，才可能稳定住天泉这个管理团队的人心。再者，也容易在市里通过。

天泉现在的资产主体仍是国有占大头。股票上市后，国有资产仍占67%，因此，薪酬方案必须要市里通过。

戚志强考虑成熟后，决定约施天桐。地点是施天桐选的，仍是他喜欢的紫宫迎宾馆。

戚志强没有兜圈子，开门见山地把天泉经营的情况、目前薪酬的弊端、上海及广州年薪制实施的办法及天泉的方案，给施天桐介绍了一遍。

施天桐听罢，笑着说："国外企业家的身价，是由他对企业的股权来决定的，企业家能得到的回报，其中一部分是企业资产增值，另外一个是企业的利润和资产膨胀。国外的 CEO 持有 15% 或更多的股份，在所有权清晰条件下，没有什么分配不分配的问题，股权给他带来了天经地义的权利。"

"是啊，在中国，国企的官员被任命为董事长、经理，并不持有股份，合法性来源只是一个文件。在相当多的情况下，国企做不到让其经营者的收入和贡献相一致，致使一些企业人心理失衡。"威志强吸了一口烟，接着说，"国企负责人经营的资产是国有的，风险是国家的，待遇没跟风险挂钩。现在采用年薪制来激励国企高层管理人员，一定程度上达到了国有资产保值增值的目的。"

威志强说罢，施天桐喝了一口水又喝了一口水，然后才说："实行年薪制和实行期权制，企业领导人为了在短期内将经营业绩搞上去，可能会竭泽而渔，搞点数字游戏很容易。这样损害企业的中长期利益，那数字一两年弄高了，随后就砸了。美国的安然公司就是把账本瞎编乱造，把企业的盈利弄得非常高，几个高级管理人卷走了钱。"

从施天桐的话中，威志强听出了另外一层意思，施天桐心底里并不太同意天泉的方案的。威志强想，必须去争，如果这件事弄不成，天泉人才流出将加快，企业效益下滑的趋势将更难以扼制。

想到这里，他十分严肃地说："短期行为不可排除但也不是绝对的。但要想使国有资产保值增值，就必须承认企业经营者的人力资本价值。责任与利益从来是不能分的，如果仍按目前这种分配制度，我威志强不敢保证天泉的人才不流失，更不敢保证效益不下滑。"

威志强与施天桐争得很厉害。最终，施天桐让步了：他同意此方案交市里讨论修改后实行，但只能先批准试行一年。

威志强最终也妥协了。他现在越来越理解火可说过的话，做企业、经商最重要的是学会妥协，因为你不妥协就得不到更多的资源，何况做国有企业呢。不学会妥协是根本不行的。

谈判就是双方的妥协嘛，实行一年也算有进步，第一年实行了，只要效益能提高或稳定，戚志强相信第二年也会实行的。

那天晚上，戚志强睡得很晚，他怎么也睡不着。

其中还有一个原因，就是吴琼给他打了个电话。吴琼总是在天泉关键的时候，给戚志强打电话。这次，她给戚志强说："要记住，钱永远是烫手的。因为钱是铜臭，在别人的热眼中，不烫手是不可能的。"

接过电话戚志强就想，自己是企业的负责人同时还是党的干部，还有一套党的干部的行为规范，在经营上、财务制度上、其他方面都按照约束来做。党性和个人人品在里头起了很大的作用。

这些年他戚志强是凭着良心和党性来经营企业的，自己没有多贪多占。也许，这些不会有人相信，但他自己心里是清楚的。不仅如此，他还在通过教育和影响，"欺骗"其他人在努力工作。

戚志强深信，国有企业必须进行以产权改革为突破口的综合改革，这是一个不以谁的意志为转移的趋势。

正如狄更斯在《双城记》中所言："这是最美好的时代，这是最糟糕的时代；这是智慧的年头，这是愚昧的年头；这是信仰的时期，这是怀疑的时期；这是光明的季节，这是黑暗的季节；这是希望的春天，这是失望的冬天；我们全都在直奔天堂，我们全都在直奔相反的方向——未来取决于我们的行动。"

进一步改革的想法，激荡着戚志强的心。

第十五章

独立董事案

孙玉柱绝没有想到,这两件事都会发生,而且会同时发生。

这两件事应说是大事了。一是,天泉亚太被证监会通报罚款,而且还对三个独立董事分别处以10万元的罚款;二是,独立董事程永新,坚决要起诉天泉亚太公司。

戚志强也同样有两个没想到。

他一是没有想到孙玉柱会这么大胆;二是为什么他这样聪明,却阻止不住程永新的上诉,给天泉带来如此恶劣的影响。

天泉酒店集团收购亚太成立天泉亚太后,戚志强本来是想让孙玉柱先努力搞好经营,然后以实绩来实现扩股的目的。可是,酒店经营并不像戚志强和孙玉柱想象的那样好。孙玉柱决定采取虚增利润的方式,加快扩股的目的。在建上海天泉五星级酒店资金缺口的驱使,更重要的是,孙玉柱建天隆大厦时"超常规筹资"的毛病又犯了。

财务出身而且具有注册会计师资格的孙玉柱,对企业虚增利润的办法是相当熟悉的。

他调动了所有的智慧,采取了多种手段并用的方式,进行虚增利润。

一是，通过虚假销售，提前确认销售或有意扩大赊销范围，调整利润总额。他采取错误运用会计原则，将非销售收入列为销售收入，通过开增值税销售发票，虚增收入；通过混淆会计期间，把下期销售收入计入本期，或将本期销售收入延期确认，来调整当期利润。

二是利用关联方交易进行利润调整。通过资金拆借，向关联企业收取资金占用费；同时，通过转嫁费用的形式，让天泉集团这个母公司来分担广告费、人员的费用、管理费用来调节利润。

三是通过资本公积科目进行调整。在资产评估时，将待处理财产损失、坏账、毁损的固定资产和存货、待摊费用等确认为评估减值，直接冲减资本公积，相应虚增利润。

四是通过"其他应收款""其他应付款"名目进行调节。其他应收款，被孙玉柱称作"垃圾箱"，里面相当一部分是应该结算而未结算的费用，采取长期挂账隐藏亏损；其他应付款被孙玉柱称作"聚宝盆"，其中实际有相当一部分是虚列而无须支付的款项，以此隐藏收入。

通过上面的办法，孙玉柱一年之内虚增利润1740多万元。凭着大胆和精明，玩了一次"账面大盈利"神话。

孙玉柱对这种操作是熟悉的。他通过做工作，请香港一家会计师事务所，顺利通过了审计认定。

当他安排人把审计报告交由独立董事签字时，心里一直还在打鼓，生怕他们看出问题而拒签。这样的报表，按说独立董事是应该能看出问题的，但比他想象的顺利，三个独立董事只是对利润数字感觉大了些，最终还是签字了。

这时，孙玉柱才感觉出戚志强的高明来。

去年，证监会要求上市公司必须聘请独立董事时，孙玉柱就跟戚志强说："依托酒店的平台，认识了不少水平相当的经济学家，想请几个人担任天泉亚太的独立董事。"

戚志强当即否定了。

他说："证监会的想法是好的，是想通过独立董事的独立身份来保护中小股东的利益，但在中国所有事都可能挂羊头卖狗肉，我估计一段时间内独立董事只是花瓶而已，根本起不到应有的作用。"

"为什么会是这样呢？"孙玉柱认为也许他们能发挥作用，有些不解地问。

戚志强笑了笑，说："独立董事具备基本的资质条件，只是有效履行职责的必要条件而非充分条件，他还必须有足够的时间精力来履行职责，有的公司却一味追求名人效应，导致出现一人担任多家独立董事的现象，其独立董事职责义务能否真正履行我是怀疑的。"

孙玉柱觉得戚志强说的话有道理，但对不请名人来还是不理解，他说："既是装点门面，那我们为什么不找有些知名度的人来做呢？"

"你呀，我认为这些人太有知名度也不是好事，说不定他为了表现自己的水平，不知啥时候就会给你弄出点麻烦。我们现在是满足证监会的要求，既要满足了他们的要求，又要尽量避免麻烦。"戚志强解释说。

孙玉柱正是在这种思想的影响下，才改变了原来的想法，没有请知名的人士，聘请的三位独立董事均来自不同的高校。程永新就是经贸大学的教授。

但孙玉柱没有想到的事接连发生了。

公告一出，证监委就接到了天泉亚太虚增利润的举报，立即派人进驻天泉亚太进行重新审计。审计的结果很快出来，虽然没有把1740万的虚增全部审出，但毕竟审出了900多万。尽管孙玉柱和戚志强都想尽了办法，进行解释和通融，最后还是没有免去通报及罚款。

最没有想到的是，证监会下的罚款中还有三个独立董事的，每人罚款10万元，并处以永远取消入市资格。理由是：不负责任，签署公司虚假文件。

独立董事被上市公司作为"摆设",而且因为"摆设"还要"挨板子",一下子成为媒体争相报道的热点。全国近百家报刊纷纷进行报道。

事情发生后,孙玉柱立即分别给三位独立董事做工作,即罚款由天泉亚太交,并再以提高补助和薪金的办法每人补偿30万元。

另外两位董事均已接受了孙玉柱的条件。但程永新却说什么也不同意,给再多的钱也不同意,他非要起诉证监会。

> 理由很简单:当时天泉亚太聘其为独立董事的目的,并非让其直接参与公司经营管理,而只是为公司的总体发展方向提出建议,其本人也是抱着这样的目的担任这一职务的。至于签署的报告,是在天泉董事会向其提供的注册会计师审计过的报表上签的,他根本无从了解天泉内部真实的运营状况和财务情况,对虚假信息披露也无从得知。

戚志强要求孙玉柱再做工作,一定要让其撤诉,但程永新始终不撤,他表示就是要以此来推动国内独立董事制度的进步。

孙玉柱和戚志强及天泉的所有人,都没想到快六十岁的程永新竟是一头犟牛。

对于这样的人,什么办法都是无效的。他吃了秤砣铁定了心,这个官司一打势必将天泉亚太置于媒体监督之中,更引起证监会对天泉亚太的注意。

一个月后,程永新起诉证监会案在北京开庭。

在三个多小时的庭审中,围绕着程永新是否应对天泉亚太违规披露信息行为负责,及对其处以10万元的罚款是否合法等问题,展开了法庭调查、质证和辩论。最后,审判长宣布,合议庭将根据已查明的事实、证据以及有关法律的规定,驳回上诉。

程永新虽然没有打赢这场官司,可他打出了知名度。在这场官司中,虽然天泉亚太作为第三方,表面上看没有任何新的损失,其实真正受到重创的恰恰是天泉亚太。

这是令戚志强和孙玉柱都没有想到的结局。

草根是甜的

从紫宫迎宾馆南门出去，走一百多米，就是洵水河北岸了。

现在正是深秋，从水边到河坡腰上的一丛丛芦苇，干着身子，头上却顶着一簇簇银白色的花，随风婆娑，煞是妩媚动人。河坝因为是白沙质土，晒了一个夏天和秋天，也变得银白而酥松，上面飘着一根一根的茅草，这些干透了的茅草也在微风中晃动着。

因为火可副省长一行听过汇报就离开了，施天桐约的时间还有一个多小时，回公司也没有什么必要了，戚志强就约宋戈出来走走。

这些天，宋戈由于个人感情和对天泉有些失望的原因，情绪很低落。戚志强曾给他谈过一次，看来也没起什么作用。从内心里说，戚志强是想留住宋戈的。就是他决意要走，戚志强也想听听他这些年对天泉和自己的看法。

戚志强和宋戈沿着坝子一直向东边走着，两个人都不说话。向东走了有二百多米，戚志强突然蹲下来，连根拔出了两根茅草。他用手捋了捋上面的土，递给了宋戈一根。宋戈正不解其意，他却把草根放在嘴里嚼了起来。他边嚼边说："你也试试，看是啥味？"

宋戈也放在嘴里嚼了起来。这时，戚志强说："啥味道？是甜的吧！"

"嗯，是有些甜味。"宋戈看着戚志强说。

戚志强笑了笑说："是呀，市场是我们企业的根，员工也是企业的根呀。我感觉他是甜的。有草根在，草虽然干了，春天还会长出来的。野火烧不尽，春风吹又生嘛。"他看了一下宋戈又接着说，"你不要为一时的困难而失去信心，我看天泉还是有市场竞争力的，我们的根还在呢!"

宋戈看了看戚志强,情绪不高地说:"戚总,你对竞争力如何理解呢?"

"我认为竞争力一方面是物质或者技术层面,另外一方面是人的层面,但只有二者结合起来,才能形成真正有活力的强大竞争力。从我个人的理解来说,一个企业的竞争力,离不开企业的现状和支撑力。品牌、管理、资本和人才,这四大支撑力处于一种什么样的状况,决定了企业的过去、现在和未来的发展走势。"戚志强吐出嘴里的草根,接着说,"研究一个企业的竞争力,不能只看到企业一年、二年、三年或者五年的情况,跨国公司到中国来,前五年都亏损,人家也不害怕。像白酒这样的传统行业是营销导向,发展到一定程度就必须牺牲利润、追求市场份额,要付出一定的代价。"

宋戈也吐了嘴里的草根说:"白酒行业整体上看处于饱和状态,市场总量持续下滑,白酒业的成长空间缩小了。我认为这影响了天泉的竞争力。"

"白酒业不存在夕阳问题。虽然,目前的市场总量是420万吨每年,1000多亿元的销售额,高峰时期是805万吨,市场总量仍然巨大;但集中度非常低,一共有三万六七千家工厂,成熟性的大企业非常少。这为有志于成长的企业提供了足够的市场空间。注重过程的优化,比短期内获得一个不牢靠不持久的结果更重要。"戚志强说。

宋戈不接话,仍然在认真地听着。戚志强感慨地接着说:"重视过程是天泉改革开放二十年的探索中获得的宝贵经验之一。我常说中国企业面临两大怪圈——轮回和英雄主义。天泉也是如此。为什么中国企业不能持续健康地发展,而是你方唱罢我登场,各领风骚三五年一个轮回? 因为我们更重视结果而不是过程,以胜败来评判英雄:成功往往是因为一个产品,一个点子,一个特定的时机,或抓住一个稀缺的资源,但企业并没有练好基本功,并没有成熟和先进的制度,没有形成强大的系统支撑力。这时候企业家自己往往骄傲了,社会上也把他捧得很高;膨胀的结果必然是跌下来。"

戚志强说罢，宋戈觉得不好意思，就说："戚总，你不能这样说，天泉这十几年来应该是发展不错的。只不过因为体制问题，才出现现在的情况。"

戚志强对宋戈笑了笑，说："在天泉最辉煌的时候，谁说有问题，大家都认为你是在危言耸听，包括我在内。其实，白酒行业的低水平竞争手段，都能看出来天泉的影子，如捆绑式销售、卖酒奖励汽车，奖励出国考察名额，等等，这些当年都是领导潮流的手段，天泉是这些手段最大的受益者同时也是受害者，也给我们的健康发展留下了阴影，因为别人一旦跟进，结果就只能是价格战。天泉上市后税后利润达到创纪录的5亿多元，那时已经是一个患病的企业了。"

"戚总，你不能这样说呀。我认为天泉现在的下降，责任并不在你一个人身上。"宋戈有些急地说。

"不，我只是个二流的企业家。一流的是带领企业发展到一个高峰后能够稳住，然后率领企业再获得一轮新的发展；二流的是带领企业发展到一个高峰后出现一定的下滑，然后再获得新一轮的发展；三流就是从高峰一头跌下来。我认识到，天泉的问题就是没有破除暴发户心态，解决人的问题。过去怕退功臣会引起内部的地震，虽然人的问题也解决了一些，但我在思想上也产生了放松，实际上问题并没有解决。"戚志强感慨地说。

"应该说我们天泉出问题，是从2001年国家调整白酒行业税收政策开始的，白酒现在毕竟还是我们的造血机器。"宋戈说。

"是啊，那是个突破口。效益开始大幅下滑时，我才真正认识到问题的长期性和复杂性，企业的改造真不容易。当时天泉的问题大量呈现出来，可以说是谣言四起，杂音很多。那时候我感受到大厦崩于一旦的滋味，有一种树倒猢狲散的感觉。"戚志强陷入了沉思。

那段时间，戚志强一直在思考，必须要注意方法，必须要有坚强的意志。当时，如果他稍微松一口气，或者表现出情绪上有问题，也许天泉就危险了。实际上企业垮了，并不是没有钱，而在于信念上。可能一般员工甚至一些中层干部都不会觉察到，当时天泉的真金白银也不少，但是一些人产生了"最后的晚餐"的想法，这是很可怕的。当时企业出了一些事情，有些处理了，有的被戚志强压下去没有公开处理，这样没有形成多米诺骨牌效应。

也就是从那个时候，戚志强坚定了进行彻底改革的决心。不久，他推出企业整合、人事任命、薪酬制度等五项改革。这些新的措施鼓舞了天泉的年轻干部，但是大多数人还在犹豫观望，推行起来特别吃力。有时候戚志强自己都感觉到对企业的影响力和控制力下降了，说话有些不算数了。但他硬是这样挺着，采取政治的手腕，为了让大家接受，采取以民主和开放促改革的方式去处理一些事情。

戚志强在心里一直反思，天泉近20年的教训，就是注重了改革而忽视了开放。以前他也经常请人为企业开药方，后来不开了，因为他觉得没有什么药方能真正治病。只有开放和由此带来的民主气息才能真正解决人的问题。民主就是企业的原则、制度建设要符合人性，满足人的基本需求，回归到经济学最基本的原理上，必须承认和尊重人的合理利益。过去，他自己过分相信自己了，有一种英雄主义和个人主义在作怪。

现在他不这样认为了，他多少次在心里自问：我给天泉留下了什么？他戚志强的成功并不能代表永远成功，只有先进的制度和理念，先进的流程，而不能靠个人英雄主宰这一切。这是天泉可持续发展、基业长青的关键因素。

戚志强沉思良久，然后点上一支烟，才说："宋戈呀，我从35岁就在天泉做一把手，现在你已经55岁了，离退休也不远了。我只期望进行改革，就是通过产权改革把天泉变成民营，给天泉留下一片有人人是企业主人、人人对企业负责机制的蓝天白云。你应该陪着我走完这一程。"

宋戈也点上一支烟，想到了前年戚志强给他题的一幅字，"难舍能舍，难为能为"。

沉默了一会，他深有感触地说："是啊，一个人能经历在他的领导一个企业从小到大发展起来，之后它遇到问题，通过调整还能把企业带回到一个良性发展轨道上来。很多人因为多种原因，很难有这样完整的体验。你算是有幸的。"

"我一定会推进这最后一次改革的，天泉的改革发展到今天，需要进一步地深化，牵涉人的问题，再也不能像过去那样温良恭俭让的态度，在中国，鲁迅先生说过一句话我记忆非常深刻，挪动一张桌子都要流血的。何况要触及产权呢？这也是国企改革的一个趋势，但要注意员工的合理利益。"戚志强一脸严肃地说。

"那是啊，你刚才不是还说要注意来自草根的力量吗。改制能不能顺利进行，我想政府是一方面，员工满意不满意也是一方面。"宋戈说。

戚志强望着脚下淙淙流淌的河水，感叹地说："水可载舟亦可覆舟。合理利益不仅适用于企业员工，同样也适用于管理层。我思考天泉改制，必须有第三方介入。改制会导致一部分人不平衡，包括企业内部的人，地方政府和所处社会周边环境。如果都只是员工持股，管理层收购，"戚志强停了一下，接着说，"如采取传统的送一点儿再买一点儿的做法，在天泉并不是不能操作，因为天泉是良性资产，寻找贷款是很容易的。但是这种操作在中国目前的情况下，不可避免地会受到有内部交易猜测的嫌疑，因为它本身就是内部控制人的交易形成的。只有第三方的介入，才有可能形成一个社会的公平价格。"

宋戈有些担心地说："引进战略投资人，也会带来一系列的问题。首先要形成理念的良好沟通，其次是对于产业发展要有共识，第三则是如何看待天泉的老员工，如果采取一般的买断员工工龄下岗的办法，一定要以不能带来社会动荡为前提。我觉得这个问题不仅对团队有所交代，也要对员工有所交代，而且对政府也要有交代。如果一旦改制，戚总你就会处于包括第三方在内的几股力量的矛盾中心。"

戚志强又点了一支烟，然后说："你说得对呀，我也考虑过不进行产权改革。不改革也可以过几年好日子，但是天泉有没有前途。但现在我们不能再失去这个机会了，我必须推动和领导这次改革。"

宋戈说："刚才你在火省长面前不是已经说了吗，天泉的改制成功后，股份部分除了你自己掏钱买下的部分，其余如政府奖励或者银行贷款购买的那些股份，你都要以某种形式归还给政府或者企业。能做到这一点，戚总，我真的感觉在中国是不多的。"

"不这样不行啊，我必须牺牲我的合理利益，不然就不能确保天泉的改制顺利进行。"戚志强笑着说。

"在国有企业当好一个当家人，真是太难了！"戚志强和宋戈几乎是异口同声地说。

一股风从河道吹过，眼前银白色的芦花和脚下立着的茅草，都簌簌动个不停。

炒股被查

这些天，戚志强太累了，可以说是精疲力竭。

他感觉到，像自己这样操作着几十亿元资产的国企老总，无时无刻不处在悬崖的边缘。

一个事接一个事的出现，让他有些顾头不顾尾的感觉。一年前投资的天维高科技有限责任公司，投进去1.4亿元不说，现在不仅没有按计划投产，而且面对IT产业的巨变，大有血本难归的趋势。摆在他面前的只有两条路，要么继续追加投资，上更新的生产线，要么就这样建下去，生产出的产品毫无市场。

上海的天泉大酒店也正面临着主体结构封顶，接下来的是装修，而现在天泉亚太由于独立董事案件，新扩股筹资计划受挫。天泉亚太的银行授信也由AAA级降为AA级，所有贷款必须有担保或抵押。这个问题虽然通过在建项目抵押能贷来一部分，但资金缺口还是难以解决。

在这个当口，宋戈又提出参加省经委副主任的招聘考试，他想离开天泉。按说这对他个人来说是一个不错的选择，他是做官的料子，做企业缺少的是灵性与韧劲。但他的走无疑给天泉内部和社会带来负面的影响。一个有两家上市公司的集团公司总经理突然离开，其中是不可能不让外界产生议论的。

这些问题还不是太让戚志强为难的，最让他为难的是违规炒股案发。现在，证监会和公安部门已经立案审查，具体负责股票运作的天泉投资公司董事长姜春明已被秘密收审，投资公司的所有账户均被查封。如果这件事摆不平，天泉股A股和B股两只股票都可能被ST，天泉将面临不可预知的劫难！如果能过了这一劫，把股票运作的利润抽出来，资金的问题就会迎刃而解了。现在，就是一个坎子，过了就生，倒了就死！

人要倒霉时，喝凉水都塞牙。这些天，那么多事一个接一个、一遍接一遍地在戚志强脑子里晃来晃去，使他浑身发紧。现在他在浴池里已经泡一个多小时了，脑子里一直在盘算着解套的办法。他已经忘记了自己还在水中泡着了。

天泉投资公司违规炒股案，是由海市制造公司炒股案牵扯出来的。天泉曾先后拿出1.2亿元与海市制造公司联合动作，海市制造被证监会查到后，自然就牵出天泉了。证监会认为天泉既然能与海市制造联合炒股，就绝有可能自己也进行违规运作。于是，穷追不舍。

其实，天泉进行股票运作是从天泉贡B股和A股发行后不久就开始了。那时，几乎全国所有的上市公司都在或多或少、或明或暗地进行股市运作。社会一个单位和企业更是如此，全民炒股是当时的基本现象。

开始，戚志强并不想做这些事，他觉得既然已经融到这些资金，就该靠投资推动实业，赚没有政策风险的钱。但全国都如此，如果天泉不去做，就等于天泉自动放弃了挣钱的机会，放弃了资金效益最大化的可能。股市就是一个印钱的机器，只要你能把握好。盈利的驱动，使戚志强也动了心。

天泉首先采取的是基金式运作，戚志强认为这样是没有什么问题的。当时，天泉集团的工资积金节余很多，就以年终效益兑现奖的形式造册到每一位管理人员和员工头上，这一笔就是1300多万元。然后，再把这笔钱转入刚成立的天泉投资公司，以员工委托的形式进行股票运作。接下来，每年都从应发的年终效益兑现奖中留出一部分，转到投资公司，追加股票运作的本金。这样两年运作下来，赚了1个多亿元。然后通过房改，把这笔钱又分人头返回到每个员工手上。天泉投资公司只赚了1%的手续费。到现在，戚志强也认为这并不算什么违规操作，这只不过是替员工办了点事。

天泉亚太买壳上市后，天泉在股市上的运作才真正开始。采取的办法是以天泉亚太公司名义购买天泉御酒公司内部职工股1000万股，加上此后从一级半市场上另行购买的50万股内部职工股，分散在50个个人账户中的1050万股内部职工股，成为炒股的工具。此后，把所赚的1.5亿元，通过虚开销售发票、伪造销售合同等途径，计入天泉亚太的主营收入。然后，再由天泉亚太转入母公司天泉集团。最终完成了获利的运转。

与此同时，天泉集团把资金注入到天泉投资公司，以天泉投资公司的名义进行新股认购和股票运作。这中间有赚有赔，目前账面上仍有2.1亿元的盈利。

戚志强现在最担心的是姜春明，能不能过了审查这一关。只要他在调查组面前，对没有发现的事不供出来，就有可能大事化小。昨天，他已通过北京一个关系，摸清了姜春明秘密审查的地点。如果顺利的话，现在姜春明应该知道他该怎么做了。

戚志强决定他必须立即去省城一趟。马上就去。现在政企还没有分开，孩子哭了不抱给娘抱给谁。天泉是国有企业，就是国家的企业，我戚志强没有从中多拿钱，赚的钱都给市里、省里、国家了，天泉垮了，对市里对省里也是一个巨大的损失，无论是经济上还是社会影响上。

另外，火可从故原市委书记升任副省长了，但故原却流传了对他不利的消息：农民子弟，偏想做官；人挺老实，能力一般；不偏不倚，外忠内奸；学历太浅，没有靠山；别人贪了，你也就贪；提拔高升，为了惩贪；明天办你，一点不冤。戚志强知道这是火可的反对派们故意传的，而且有可能与施天桐有关。火可一定知道这件事，他是为了证明自己也会极力帮助天泉摆平这事的。不然，这事就有可能牵连到他身上。而且，火可的后台就是张省长。

从这些判断，戚志强认为，张省长和火可是会兜这个底的。他本来不想这样做的，这样做是有些阴了。但不这样做又能怎么做呢？我戚志强已经别无选择了呀。

这次去省城，他带了两双千层底布鞋。一双是给那个最爱穿这种鞋的张省长，一双是给在故原就开始穿这种鞋的火可。

戚志强是先见的火可。

火可一见到戚志强就皱着眉说："这事我知道了，你也不年轻了，为了啥呀！"

戚志强也苦着脸说："唉，你说我为了啥呢，我自己也不明白呀。赚的钱我一分也拿不到，我思来想去还是我的好胜心，我就是一直想把天泉做大，有时候对后果想得就少了。功利呀。"

火可望着戚志强很久才接下句："这下好了，你给我捅了大娄子。"他停了一下，又接着说，"人呀，都去不了功利心啊。"

戚志强感到委屈地说："我们企业人一门心思想的是赚钱、是效益，官员想的是政绩，企业的效益就是官员的政绩，想想心里真凉呀。"

"天要下雨娘要嫁人，事出了，再当缩头乌龟也不行的。我前天给张省长也碰了一下，你也去找找他。我们共同出面，这毕竟也是省里的事呀。"

火可递给戚志强一支熊猫烟。

戚志强给火可点着烟，说："我是来征求您的意见的，不然我是不敢贸然去找张省长的呀。"说完，自己才又把自己手里的烟点着。

临出门的时候，火可说："老戚呀，我看你也不小了，天泉不是在考虑改制吗，省里出面支持，一旦改好了，你就出来吧，到社科院做个调研员什么的，我们也好没事聊聊天。"

戚志强心里一热，知道火可一直是把自己当作他的人的。

第二天上午，戚志强在张省长的办公室见到了张省长。

张省长第一句话就说："志强啊，你可给我惹大麻烦了，证监会都给我发了内部通报。现在，规范证券市场建设可是中央的指示啊，在这个时候，天泉要是出了问题，我们省里如何向中央交代呀！"

戚志强连忙欠了一下身子说："省长，都怨我没有按政策办，在追求企业效益上急功近利了。天泉和我都是省长你一手扶植成长起来的，我不该事前瞒着你不给你汇报。我这次来是请罪的，请省长批评、处理。"

张省长看了看戚志强，喝了一口茶，然后说："处理就不要说了，现在关键是如何给上面解释的问题。短期行为，是国有企业的顽病，中央提出的可持续发展战略实在太及时和重要了。尤其我们省，是一个经济并不发达的省份，发展和持续发展是个大课题呢。"

戚志强看着张省长说："省长说得对，我们在下面就认识不太清了，只想着加快发展速度，对持续发展问题重视不够。"

"是呀，省里会给上面交涉的，我们省上市公司不多，经不起折腾。这次如果真要把天泉停牌 ST，罚没你们的炒股所得，依我看上市公司、投资者、监管部门三方就要进行一番博弈了！"张省长为自己的判断有些得意。

戚志强显然十分不解地问："我不太明白，请省长给我上上课。"

张省长笑了笑说："这很显然，就目前我国的证券市场来说，只能是处于成长期，亿安科技、银广夏一系的案子，证监会不都是弄了个烫手的山芋吗。他们接了盘，与其面对投资者给他们打民事赔偿官司，不如让上市公司面对投资者了。"

张省长谈兴不错，与戚志强谈了近四十分钟。临结束的时候，张省长说："看来，要净着身子出来是不可能的了。罚款通报、重新公告是必然的结果，至于被冻结的资金要等半年甚至更长时候才能解决。你先回去吧，要安心抓经营，年底我要去你那里看看呢！"

是呀，现在关键问题应该在省公安厅。他们以国有资产保全为由，把冻结的资金转到他们的银行账户上，一是可吃利息，二是只要案子不结就可以借调查为名，到全国出差，当然不想早结了。

戚志强离开省城，心情好多了。有张省长和火可的态度，他觉得自己可长舒一口气了。现在既然张省长和火可有了这种态度，一定会很快有结果的。

但他心里也一直在想：我这样做到底是为了什么？是为天泉，也是为自己。自己为了什么呢？并不是钱和以后的位子，他并不贪财也断了做官的念头。那是为了什么呢？

快到故原的时候，他突然有所悟。也许就是为了心里那个梦想，就是要试一试自己到底能把天泉做多大！

这时，他又想起了吴琼的那句话：要放过自己。

又有几个月没见了，连电话也没有通一次。他有些想她了。

于是，他决定见一见吴琼。

找到陈仓

对改制这件事，戚志强认准了。

认准了的事，对戚志强来说就一定得做。做让自己后悔的事，是弱者的选择。但做要有做的法儿，做事不得法，往往事与愿违。尤其是国有企业，要想把事做圆了，脑子不转几个回合，那是不行的。

多少年来的经验告诉戚志强，有些事要从下向上做，这叫推着做；但有些事得从上往下做，这叫拉着做；而还有些事，得上面拉着下面推着，上面劲儿大叫上拉下推，下面劲儿大叫下推上拉。这里面的学问可大着呢。

关于改制这件事，戚志强认为必须采取上拉下推。上面不认可，不在关键时拉一把，就做不成。先走上层路线是别无选择的，上面不活动，下面就别想快活。

戚志强决定到上面走走，活动活动。在省里，无论是火可副省长和张省长，戚志强都一直走动着，这根天线就是他的方向，有时也是一把手，很有力的一把手。

戚志强见到火可副省长，在之前火可到故原去时，他已经给他透露过要改制的事了。所以谈起来就更直接些，火可是支持的。

但这次，当戚志强谈了市里一些人可能会有阻力时，火可给他谈了权力资本导致国有资产流失的事。

他说，中国的权力资本经历了五个阶段，每一次都导致了大量国资的流失。一份资料上说，农村土地承包时有大约20亿集体财产落到集体干部手中；商业资本阶段，由国家垄断的贸易渠道转为私人所有时，有5万亿元转入私人手中；以生产资料双轨制为标志的生产资本阶段，腐败加剧直接靠审批权获得好处，有约350亿元落入私人手中；1992年开始的金融资本阶段，股票、证券、房地产、贷款等方式又有一大批国有资本流入私人；现在进行的企业改制、重组，不知又要有多少国有资产流失呢。但这是必然的成本，不改又不行了。中国的经济也正是经历了这几个阶段，才发展到今天。

火可边忧心忡忡地计算着，边不停地摇头。

最后提出，要戚志强注意谨慎操作。他说："操作，操作，这个词很好呀。再有可能成的事，不操作好也是不行的。你还是给张省长再汇报一次，像天泉这样的大企业，省里不形成统一意见是不好操作的。"

再一次征得火可的认同后，戚志强就通过张省长的秘书小毕，与张省长约了时间。现在秘书太重要了，戚志强是深知秘书政治的。他每次来都先给小毕秘书打个电话，当然也在尽可能的条件下给他办了几件事。这样，戚志强要造访张省长，就比较容易了。

第二天一上班，毕秘书就打电话给戚志强，说："戚总，九点能到吧，省长十点半有个会，现在有时间。"

戚志强十分钟就到了。到了之后，就直接被安排进了张省长的办公室。

张省长正在那里看一份文件。他见戚志强进来了，欠了欠身子，招招手说："志强，坐吧。又有两个月没见到你了。"

"是啊，省长忙，不敢打扰。但不找你我心里没有政策的底呀。"戚志强站着说。

"坐下，坐下说。我还是愿意听来自企业的声音的，你就是我了解企业的一个渠道嘛。"张省长边示意戚志强坐下，边笑着说。

戚志强说："省长，这次来就是给老领导汇报一下改制的事。这几年，我越干越没有招了，天泉效益的下滑我压力很大。国企之病、体制之痛、机制之弊一直在困扰着企业，使我们在许多问题上一直不能有一个根本性的、本质性的突破。与许多民营企业、私营企业和外企相比，天泉多数子公司的市场竞争力还处于明显的劣势。"

张省长一直静静地听着，戚志强说完，他把背向后靠了靠，微笑着说："这几年，天泉在改革和创新方面是取得了一定的成绩的，省里是肯定的。但由于体制本身的缺陷，导致企业的经营机制还没有得到根本转变，这也怨不得你。改是要改，这也是中央、省里的调子。但要稳妥，一切要从考虑大多数人的利益出发。"他停了一下，把头抬了抬，然后问，"你打算咋个改法呀？"

"过去，我也考虑过用MBO的方式来实现改制，但我有顾虑。如果全都是员工持股、管理层收购，在天泉并不是不能操作。但是，这种操作在中国目前的情况下，不可避免地会有内部交易、内部控制的嫌疑。只有第三方的介入，才可能形成一个公平价格。更何况，天泉人自身也没有那么多钱能买得起。"戚志强说。

张省长一边微微地点着头，一边问："第三方找好了没有？这可是个关键呀！"

戚志强有些发愁地说："是呀，难找呀。省长您还得帮我们推荐呀，您推荐的企业我们放心。"

"你说说，你倾向于什么性质的企业。"张省长微闭了双眼，一副思考状。

戚志强停了几秒，才说："我们也和国内很多大型知名公司谈过并购的事，五粮液、茅台都有这个意思。"戚志强看了一下张省长的脸色，接着说，"但五粮液们对天泉参股或控股并不能解决天泉的问题，因为它们也是国有企业，参股之后天泉仍会有国企之弊。民营企业可能会好些，它在给天泉带来巨大资本的同时，会进一步激活企业机制。"

戚志强说罢，张省长有半分钟没有说话。这时，戚志强有些紧张了，他不望着他，揣摩不透他想的是什么。终于，张省长有反应了，点了点头，然后很慢地说："我想了一下，有道理呀。我们要有开放的思想嘛，要与国际接轨，但要注意操作，切不可让群众有意见啊。当然了，也不能因为个别人想不通就畏首畏尾，影响了改革的推进。"

听着张省长的话，戚志强在心里想，当官的就是不一样啊，他说的哪一句话都跟中央文件差不多，原则性和技巧性都强。他们的话，就像一个球，圆得很，有时候是没用的，但有时候就有用。你还找不出一点空子。

戚志强从张省长办公室出来，就又拐进了毕秘书的办公室。他对毕秘书说："毕处长，你在领导身边，接触得也多，有好的企业信息可别忘了给我说啊。"

毕秘书笑了笑，说："天泉是我们省的知名企业，为了天泉的改革我是愿意出力的。当然，戚总要办的事，我能不办吗？"

从省里回来，戚志强就加快了与一些企业接触的速度。但都是秘密的，公司内几乎没有几个人知道。他一边与一些合作伙伴谈，一边与施天桐和仇东升谈。

施天桐是表示支持的。这既是大势所趋，再者对市里也没有什么影响。再说，副书记王莫平被"双规"使施天桐心神不定，他的心思都用在了这件事上。王莫平是他一手提起来的，都知道是他的"四大金刚"，上面动了王莫平，对于施天桐来说，总是不妙的。

仇东升更是支持，他现在刚到故原来，缺的是政绩。现在，天泉把股权卖出，政府可以套现那么多资金，这些资金又可以由他来支配用于出政绩的事上来，况且改后税仍在故原纳，说不定比过去还要多纳呢。他当然要支持了。

其实，最作难的是戚志强，他必须找到一家符合他想象的公司。

戚志强与顾力华很深地谈过，收购天泉的第三方必须具备这样几个条件：一是真正有实力的民营企业；二是必须是真正的实业公司，而不是资本运作型的公司，不能让它把天泉当成洗钱的工具；三是这家公司的理念必须与天泉有可兼容性；四是业态也要有相同或相近性。这样条件的公司，还真不是太好找。先后谈了五家，都不太合适。

越是大家闺秀，婆家越难找。天泉现在还是靓女，她所找的婆家也一定要与之相配。

正在戚志强发愁的时候，毕秘书给他打了个电话。电话告诉他，让他有兴趣来省里一趟，有一家香港企业适于与天泉合作。

戚志强立即决定去。

他知道，毕秘书推荐当然有他的目的，现在企业并购，中间人是可以收中介费的。他极力推动，肯定是为了中介费。这一点，戚志强不怕。因为，中介费由买方出，只要他把握好合作的条件，与天泉是无关的。香港大地集团公司戚志强是知道的，前年他去香港时考察过。如果他们真有合作的诚意，说不定还有可能成呢。就是不成，对天泉和他戚志强也没有什么害处。不就是去一趟吗。

戚志强一到省城就见到毕秘书。毕秘书给他介绍说，大地集团应该是对天泉研究过的，前天我与省长到广东考察与他们老板谷忠明见过面。他对天泉好像很感兴趣，张省长好像对大地印象也不错。

毕秘书最后说："昨天下班后，我收检省长的东西时，见他用过的废纸上写了几个'大地'，我就征求他的意见后，推荐给你了。"

戚志强知道按有关规定，省部级干部用的废纸秘书每天都是要收检的，有字的都要留着或者碎掉，因为上面有可能写的就是属于国家机密的事。据说，因此国外的间谍也利用这种废纸的渠道，盗窃了不少机密。领导有时随意写下的字，可能就代表他正在思考的事或一些意见。想到这，他笑了笑，说："感谢你的操心。请你帮我们天泉约一下谷总，好吗？"

"可以，要不你见一下省长后，就先回去？我约好再通知你。"毕秘书说。

戚志强想，说不定是省长牵的线呢，现在去问肯定不合时宜，让他不好说话，不如不见。想到这，他笑着说："省长这么忙，我就不打扰了。等谈得有些眉目了，我再汇报吧。"

"那也好，我尽快给你约谷老板。"毕秘书说。

一周后，戚志强在北京与谷忠明进行了一次秘密会见。

这次谈得很好，令戚志强十分满意，而且相约十天后谷去天泉一趟。宋戈被录取为省经委副主任后，顾力华又兼任了天泉集团的总经理。戚志强回来后，与顾力华商量后，便坚定了与大地集团合作的信心。

真正让戚志强坚定与谷忠明合作的信心，来自他在大地集团设立的"败家子基金会"。大地集团有 20 多个股东，其中有 7 个高管。而这些高管子女，平常喜欢按照父母在公司股份多少排座位。后来，谷忠明就提出原始股东成立的基金会，请专家管理。同时要求这些高管的子女，念完书以后不要进大地集团，要到外面去打拼，并在打拼过程中对他们进行观察和考验。若是成器的，可以由董事会聘请到大地集团工作；若不成器，是败家子，由基金来养那些败家子。

戚志强从他这个败家子基金会中，看到了大地集团的审慎与危机感。这样的企业绝不会做坏的，也绝不会对合作伙伴不负责任的。他当即与谷忠明私下达成了意向性协议。

谷忠明来天泉也是秘密的，他以客人的身份来的，只有戚志强和顾力华知道真正的来意。谷走后，戚志强召开了一次董事会。

会上，戚志强首先要求保密，然后介绍了改制的进展及拟与大地集团合作的原因。

他分析说，大地集团是个有实力的实业公司，不是资本型公司，它参与改制，是对天泉今后发展的一种高度负责。而如果选择一家金融公司，如果其目的是炒作天泉，那对天泉发展极为不负责任。

再者，大地是靠药业发展起来的大型综合经济实体，天泉是靠酒业发展起来的大型企业集团，产业上天泉只比大地多出了个酒店业。而且两家在产业、经营理念上有惊人的相似，特别是在战略发展的价值取向上，双方是完全一致的。双方能战略合作，不仅能取得强大的协同效应，更可以产生强大的共振效应。

同时，大地集团去年6月初收购了山东一家酒厂，现在正在与山西一家酒企业同时谈，收购天泉后，他们就可以向"酒业帝国"的梦想进发。

虽然说是要保密，但有九个人参加的董事会上的事，从来就没有真正保密过。当天，天泉一些人就知道了戚志强要把控股权卖给香港大地集团的事。

这是天泉从没有想过的，也是不能理解的，尤其是普通员工。

但戚志强是坚定要改的。

他知道只有到了改过的那一天，天泉才真正市场化了！

第十六章

车　祸

这是一个阳光绚烂的早晨。

一辆轿车飞快地直奔天泉镇而去。此时，正是田野里面麦苗儿肥来油菜花黄，高大的成片成片的泡桐树怒放着粉红色的喇叭花，散发出一阵阵幽香。一望无际的白牡丹给大地铺上了一层翻动的祥云，嫩盈盈的芍药花正羞答答地把大地染成满眼红色。

飞驰在公路上的第一辆车是黑色六缸奥迪，里面除了司机外，汽车的后座上坐的是宋戈。

第二辆车是黑色奔驰，戚志强并无心欣赏窗外的美景，他在思考改制的事。

这些天，戚志强一直在想，这次改制必须做到"四个对得起"。即一是要对得起职工，维护职工的合理利益。如果自己维护不了职工的合理利益和管理层面的合理利益，感觉到已无能为力，就愤而辞职！二是要对得起管理层，对管理层的工作要给予充分的肯定。三是要对得起故原的社会各界。故原的社会各界对天泉的发展做出了很大的贡献，用"招商"的方式对待天泉的改制，以此推动天泉的发展，推动故原经济的发展，为故原市培养新的经济增长点。四是要对得起政府。天泉这一块资产说到底还是国有的，政府提出了这个改制方案，应该说政府也做出了最大的努力。虽然还有这样的不满意和那样的不满意，但用"比上不足，比下有余"这句话来评价这个方案是比较合适的，这个方案还是能够接受的。

戚志强想到这里感觉到，如果真能做到这些，改制一定会很快成功的。

正在这时，只见司机小马右脚一点，汽车又平稳地提速向前蹿了一截，紧紧盯住奥迪的屁股急驰。奔驰离奥迪前后最多20米远，小马清楚地看清前面奥迪后坐上的人影。此刻正是早上的七点半，路上行人并不多，汽车的时速都开到120迈以上。

这时，忽然前面的奥迪一个急刹车，车屁股重重地颠了两颠，就横在不足6米宽的公路上。紧随其后十几米的奔驰车想要刹车已来不及了。只见小马身子往右一歪，双手握着方向盘往左用力一拐，汽车就借着惯力向公路左侧冲去，就听在咔嚓嚓的撕裂声中，奔驰车擦着一棵粗大的泡桐呼啸而过，嘭地撞在另一棵直径有40公分粗，又大又高的泡桐树上。

顿时，车体发出一声沉闷的暗响，嘭，浓烟立时充满了整个车厢。正在沉睡的戚志强的头被重重地碰在前面的风挡玻璃上，玻璃当即出现了许多细密的裂纹！睡梦中的戚志强突然觉得胸前抱了一个什么东西，睁开眼睛仔细一看，是一个硕大的气囊拥在他和挡风玻璃之间！他左右看了看，才知道刚刚在梦中撞了车！

"乖乖的！"戚志强拍一下胸前的大气囊，歪头看看司机，司机小马正愣愣地拥抱着方向盘上鼓起的气囊，仿佛痴呆了一般不知所措。他也完全被这不及一秒钟之内发生的事情惊呆了。

戚志强用右手使劲地打开车门，跳下车来。司机也随后从右手门跳出来。这时，前面奥迪上的宋戈及司机也跳下车来，紧随奔驰后面的一辆奥迪也走出人来。

"站远点！"戚志强冲着众人大叫，"汽车要爆炸！"大家什么也没说，往后退出了几丈远，躲在泡桐树后看动静。可是过了一会，车内的烟雾散尽了也不见有动静，知道车不会爆炸了，大家不约而同地围在了奔驰车前，只见奔驰车前的保险杠已深深地向里弯去，车左前边的引擎盖和叶子板全部撞毁，右轮胎碰炸，轮毂扭曲变形。

司机小马手颤抖地摸着碰毁的汽车，眼里充满着惊恐的泪光。他在心里暗暗地庆幸：幸亏是撞在树上了，这要是撞在前面那辆奥迪上，这么大的冲击力，后果不可设想！小马一面心里暗暗庆幸，一面看看正在和宋戈大声说话的戚志强，他除了脑门子上有轻微的撞伤以外，别无他恙。

这时人们的目光只注意到车和人，谁也没有注意到一棵40多公分粗细的泡桐树竟被奔驰车头平平铲下来，此时正直直地矗立在奔驰车车头前。

过了很久，也不知是谁说了一句："噫！这棵泡桐树还直直地站着呢？"人们才注意到它。

不知是谁轻轻一推这棵泡桐树，泡桐树才乖乖地向田野一边倒去。

戚志强眼盯着慢慢倒下去的泡桐树，一脸严肃地说："是这泡桐树救了我一命啊。要不是它，车冲到这公路沟里事也不会小啊。"这时，人们才注意到路左边两米多深的公路沟。

已经到了升国旗和厂旗的时候了，为什么大老板戚总和宋戈他们还没到？

人们仿佛预感到什么，都不约而同地聚集到公司门口，往天泉镇路口方向张望，盼望着奔驰车的出现。

但，他们盼来的不是戚志强的奔驰，而是市里打来询问戚志强是不是真的出车祸身亡的消息！这时，市委里的一个人打电话给公司总经办问："戚志强已去世，市长、市委书记都去人民医院去看望了，整个市委大院都炸开了锅。"

没有人敢相信这是真的，只说是戚志强还没有到公司。可是来电话的人说有人正抬着写有"戚志强安息"挽联的大花圈到市人民医院去。他是出车祸死的。

291

在没有得到证实以前，谁也不敢相信这是真的。整个公司笼罩在一种不祥的氛围之中，人们说话的声音都小了下来。

不一会，两辆奥迪车开了过来，桑塔纳也紧随其后，唯独没有奔驰，人们的心情愈加沉重。然而当汽车停在门口，从桑塔纳车门走出来的却是戚志强！

人们紧绷的心顿时松弛了，国旗、厂旗也就在歌声之中飘扬在湛蓝湛蓝的碧空之下。

不一会儿，市委书记施天桐、市长仇东升都来到天泉探望。

戚志强见他们来了，就开玩笑地说："好啊，看来这次改制弄不好，上帝还不让我走呢。你们可要真支持我呀！"

上午，戚志强很认真地给施天桐和仇东升谈了自己关于改制的想法。

他一再阐述，说一定要做到三个确保。

一是确保天泉的改制合法、合规、合理，这是法律规定。天泉和他个人绝不徇私舞弊，依法改制，依法做好各方面的工作。二是确保员工包括管理层的合理利益。维护员工的利益，维护管理层的利益，改制工作才能顺利进行，改制后的新天泉才可能运转好，才能焕发新的生机和活力。三是确保天泉可以做到可持续发展。

戚志强说："改制不是为了分钱，不是为了分资产，而是为了天泉能够做到可持续发展，把天泉做强做大，使天泉能够真正成为基业长青的企业，能够成为百年老店。这才是我和天泉人的最高理想和最高目标。"

施天桐笑着说："看你戚总说的，我们相处这么多年了，天泉在你手上干了二十年，如果你是想弄点钱，早就够了。外界都传你早就有千万呢。其实，他们哪能理解你的境界呢！"

戚志强知道施天桐是话里有话，但又不好反驳，他现在是为了改制，不是斗嘴的时候，就顺着说："如果我们是简单地分点钱，分点资产，天泉今后做垮了，那点钱、那点资产可能消耗一两年也就完了。做好这个企业才是我们的最高目标。为了发展天泉、把天泉做强做大，做到可持续发展，天泉就必须要改制，这是历史的驱使。不改制，天泉是没有希望的。这就是我刚才所说的，晚改不如早改，早改早主动，早改早好。"

中午，戚志强心情很好，与施天桐和仇东升喝了不少酒。

事后人们才知道，就在戚志强董事长出车祸的前几个小时，故原当地也有一个40来岁的叫戚志强的药商于凌晨去世，是死于车祸。两人同名同姓。他仅仅比天泉的戚志强早出车祸几个小时！当天泉厂的戚志强出车祸时，那个戚志强的亲友正给那个戚志强送花圈。所以就闹出这么一场虚惊。

但虚惊归虚惊，有心的人就说了，天下哪有那么巧的事情呢？两个戚志强一前一后出车祸，阎王爷到底是拿的哪一个戚志强？如果去拿的是死去的戚志强，那活着的戚志强就不该出车祸。如果拿的是活着的戚志强，那死去的戚志强就成了替死鬼。阎王爷那里一笔勾销了戚志强的生死簿，这个戚志强就可以长命百岁了！

也有的说，两个戚志强都在拿之列。只不过是天泉的这个戚志强把天泉做大了，造福于故原人，阎王免了他；或者是天泉的戚志强出车祸的地点好，他出在桐树王那里，他的命是让那棵桐树王给保下的，要不，那时车怎么有恁大的力量将一抱粗的泡桐树齐齐铲断，像锯子锯的那么平，铲断了又直直地像一杆大旗站在那里不倒！

当然，也有人说，这是上帝给戚志强一个警告，让他停止把天泉卖出去。就是改了，也不要胡作非为。否则，天不会容他的。

戚志强出车祸的消息不知怎么传了出去，当天省城证券交易大厅的天泉A、B两只股票和天泉亚太A的价格都降了下来。

一个人对企业的影响力如此之大，真是我们没有想到过的。

斩立决

施天桐现在被夹在了中间，两头作难。

一头是，按戚志强所提的方案，积极推进天泉改制的事；另一头是，如何顶住和抚平市里几大班子里一些人，对天泉改制的抵触，从而摆平由王莫平"双规"带给自己的压力。

这两边都是必须摆平的，而且都难以摆平。

按戚志强的建议，市政府打算将天泉的国有股权全部转让。具体方案是香港大地集团受让其中的60%，天泉集团管理层及员工受让40%股权。而且，经过资产评估认定后，天泉管理层及员工先受让40%股权，然后大地集团才进入。

这样做，按说是没有什么问题的，但市里几大班子的人和一些退下来的老干部，意见却不大统一。分歧就在天泉管理层及员工先受让40%股权的方式。按市里派到外地考察回来意见，这40%的股份首先用来对天泉员工身份的置换，然后是对管理层及员进行奖励，其次是由天泉以节余的1.6亿元公积金置换，最后剩下的才是天泉管理层及员工掏钱去买。

明眼人一算就出来了，现在天泉集团就是去掉无形资产和股票市值，总资产也应当有50个亿，乘以40%就是20个亿。天泉人要分掉这20个亿，这让他们心里怎么也不能平衡。天泉是国家投资的企业，现在发展大了，仍然是国家控股，你们天泉这些年也不是没拿工资，凭什么就能拥有这么多资产？这是国有资产的流失！

但戚志强也不同意，按他的估计这50亿元的资产，剥离不良资产评估认定后最多只有20个亿。如果评估认定不公，他宁肯不改。再者，香港大地集团也不会收购另外60%的股份。

事情就这样僵着，施天桐必须摆平。不然，改制不成挨板子的也可能是他，即使改成了，社会上一些人不满意，就会说他与戚志强串通一气，就会加大人们对他的敌对情绪，举报的信和电话就一定会增多。

施天桐应该是一个争议性比较大的人。由于他胆大，一切以政绩为出发点，生活上又不检点，举报他的人一向没有断过。但每次举报他都不但没有动他，而且都要往上升。他知道关键是省里那个人帮了他。这次不一样了，省里那个人调到外省去了，而且不久也被"双规"。他不仅在上面没有了援手，而且，现在又传要把他调到省政府任副秘书长，他也怕被调离故原后被查。在故原，他经营了二十多年，他不走，一般情况下，该是不会出什么问题的。如果他走了，反对派们肯定是要出招的。

调虎离山，釜底抽薪，是施天桐最怕的。

但，现在怎么办呢？他想必须要确保天泉改制成功。说不定，改成了自己又有了新政绩，会过去这一关的。对那些机关里的人，只能做工作，加大对他们的安抚。他与市长仇东升谈了，让他出来也做做工作。要坚定和支持天泉的改制工作。

接下来，他在几次会上都出来做工作。他一直说，天泉改制的重要原因是整个集团发展处于下滑状态。天泉四年前的利润是4.7亿元，三年前滑落至2.6亿元，两年前只有1.8亿元；而今年公司中期净利润只有4000万元左右。这种速度下滑，不改行吗？你们也不要认为天泉如何好，其实有不少资产是不良的。

他这样讲就是要让大家心里平衡，要让大家支持。如果天泉不改革最终什么都没有。现在天泉改了，市里可以变现资金十几个亿，这些钱可以用来发展故原，而且，如果改成了天泉就会继续攀升发展。

施天桐这样说，对市里一些人起到了些作用，但效果并不明显。而作为戚志强是高兴的，他也是替他替天泉在做工作，是在降低故原社会各界对天泉的期望值。天泉现在越被说成一钱不值，改革走来越顺利，社会上患红眼病的人就越少。

尽管作出这样的应对，施天桐还是觉得自己仍然处于两难之中。

随着王莫平案牵扯和"双规"的人增多，施天桐越来越沉不住气了。他分析现在不会直接牵扯到他的,因为从平时的观察王莫平不到万不得已时,是不会把他说出来的。王莫平一定明白,把施天桐说出来,就等于自己在外面没有帮手了。但施天桐分析,很有可能要牵扯到肖馨。因为,肖馨做的许多事虽然是他施天桐在背后操作的,但王莫平是直接的参与者。肖馨与威尔乐的事、给天泉弄驰名商标的事及从天泉那里做的事,施天桐相信戚志强是不会承认的。况且,那些事也找不出什么把柄。要出事,一定会出在王莫平身上。

与其这样,不如让肖馨离开故原,甚至离开国内。施天桐从王莫平一"双规"就这样想。但他一直拿不定主意,第一肖馨不一定愿意走,再者他与肖馨生的儿子才两岁,孤儿寡母的就是到了国外,又如何生活。更何况,现在国家也在监控这方面的事。说不定,弄不好,人没出去,又牵扯出自己来。

施天桐一直犹犹豫豫的,不能决定。在这个时候,他决定再去找一次丁慎东丁大师,让他再给自己卜一卦。

丁大师是以八卦在故原出名的。在施天桐的家里,他几乎没有说什么话,就开始摇了。他用两枚铜钱,一次一次地摇了六次,摇一次眉头皱紧了一次。摇完之后,眉头几乎锁在了一起。他抬头看了看施天桐,先是叹了一口气,然后说:"书记,不好啊!"

"先生说说!"施天桐有些急地说。

丁慎东捋了捋胸前的胡子说:"是噬嗑卦,有讼狱之象。"

施天桐更急了,有些紧张地说:"请先生明说吧。"

丁慎东看了看施天桐,然后慢慢地说:"此卦六爻均与讼狱有关呀。初九:屦校灭趾,无咎。就是说足戴的脚镣遮住了脚趾,不会有大的灾祸发生。六二:噬肤灭鼻,乘刚也。是说咬鱼时把鼻子遮住了,也不会有大事。六三:噬腊肉,遇毒,小吝,无咎。是说咬腊肉中了毒,但不会有大问题——"

丁慎东并不看施天桐,一直说下去。他把六爻都说完了,才停下来。

施天桐越听越沉不住气了。见丁慎东停了下来,就急着问:"请问先生，可有破法？"

丁慎东看了看施天桐，然后说："别急，书记大人。此卦虽为讼狱象，但如果把握好，也是可以大事化小，小事化了的。"

"请先生明示。"施天桐的脸色微微好看了些。

"破拒相生，万事均有破法。此卦也说，刚柔分，动而明，雷电合而章。柔得中而上行，虽不当位，利用狱也。"丁慎东看了一眼施天桐，然后接着说，"交相运动而咬合，刚柔上下分开，雷电交合而彰显。柔者能奋力向上，又能居中位而得中道，就算不在纯柔的位置上，也有利于讼狱。"

见施天桐还在出神地听，丁慎东就说："书记大人，看来你得与一个女人分开呀，分开了，一切都会过去的。"

见丁慎东后的第三天，施天桐就去了北京。他坚定了让肖馨离开国内的决心，而且立即就去操作。

但他这一切都没有告诉肖馨，让她一点感觉都没有。

他通过一个关系，很快拿到了两张加拿大护照。他决定把肖馨和儿子办到加拿大。加国的移民政策施天桐几年前就研究过，应该是最好的去处。中国的公民要求加入加籍，只要具备两个条件，通过关系就行了。一是要有税后50万元人民币的个人资产证明，二是要在加国有50万元的置业或投资。

施天桐两年前，就做了准备。他不仅准备了一张肖馨名下的税后50万元个人资产证明，而且在那里以肖馨的名字买了一套150万元的房屋。由于准备得早，通过关系肖馨和他儿子的护照很快就拿到了。

晚上，施天桐来到肖馨住的紫竹苑小区的家。他亲自动手烧了四个肖馨最爱吃的菜，一个是清蒸黄花鱼，一个是糖酱西蓝花，一个是烤牛排，一个是蟹黄豆腐，外加一碗荆芥黄瓜汤。菜烧好了，孩子也睡了。

施天桐拿出一瓶法国白兰地，把肖馨让在了桌子上。肖馨不知道施天桐要干什么，问他，他也不说。两个人坐下来时，施天桐把酒斟好，然后说："馨儿，这些年你辛苦了，今天我陪你好好喝一杯。"

施天桐一边喝酒，一边回忆着与肖馨在一起这些年的一个个细节。肖馨被施天桐的情绪感染了，也特别动情，两个人不停地喝。喝着喝着，肖馨就倒在了施天桐的怀里。于是，施天桐就把肖馨抱到沙发上，两个人做起爱来。

一阵疯狂过后，他们又找来一瓶法国干红。两个人继续喝，喝了一半，就又倒在了一起。等他们洗澡上床真正睡时，已经做了三次了。两个人都被对方的激情所感染和迷恋。有不少年了，他们都没有像今天这样。

到了床上，他们又做了起来。肖馨实在是累了，最后一次做过，倒头就睡了。而施天桐却睡不着，他就这样让肖馨在自己的臂弯里熟睡着，自己却在昏暗的紫光中静静地看着她。

九点，肖馨终于醒了。

肖馨洗漱化妆完毕，已经是十点了。她为昨天和今天的施天桐而不解，就问："你是怎么了？也不去上班了？"

施天桐没有作声，从皮包里掏出了两个小本本，递给了肖馨。

肖馨一看，软在了施天桐的身上。

第三天上午，肖馨就抱着儿子，登上了飞往加国的国际航班。

小泥人

每天早上起来都要择菜，是戚志强的一个习惯。

戚志强的院子有四分多地，别墅的前面和后面都种了些菜。一年四季，各种时令蔬菜不断。他每天起来，一般都要摘好青菜，然后就一棵一棵地择，择后再洗干净。他的夫人吴冰哲，这时一定是在给他烧早饭和给他准备中午要吃的东西。戚志强中午没有人需要陪，是不吃饭的，只吃些西红柿、熟鸡蛋、牛肉干和一盒酸奶。

戚志强摘菜和择菜都做得很慢，很细。其实，他是把这当作功课，当作晨练的，有时候更是为了思考问题。他大都是在这个时候，考虑一天应该做的事，把一天的事理一理，到了办公室思路就清晰多了。

这些天，戚志强心里时刻想的都是改制的事。现在，他一边择着韭菜，一边在想如何才能完善改制的方案。昨天，顾力华从市改制领导小组，把《实施企业改制完善产权制度方案》拿给他，他就一直在犯难。这个方案显然是不行的，但要想使方案达到自己当初的设想，他必须敢于牺牲自我。

应该说这次改制损失最大的可能就是戚志强自己了。改后，大地集团控股后，他就不能再担任董事长了，最多担任酒这一块的执行总裁。大地集团是想把天泉公司酒这一块，与他收购的山东和山西两家酒公司合起来成立一个酒事业部，按与谷忠明谈的结果他是要出任这一块执行总裁的。过去，自己是说了算的董事长，二十多年了一直是自己说了算，现在好了，自己却要听从别人的指令。

戚志强知道一个人最不能适应的是角色的转变，尤其对成功人士来说更是如此。但不这样不行啊。

改制后，天泉将完全变成一个民营企业。天泉在变成民营企业之后，随即带来的是国有企业文化和民营企业文化的一场严重冲突。这两种文化如何磨合，这两种价值观念如何整合？戚志强想，它的深度，它的广度，它所持续的时间将比目前公司进行的改制更为艰巨。天泉在改制成功之后所面临的，是一场更为艰巨的战争，那就是价值观念的整合。整合的程度就是要脱胎换骨，就是要在磨合中融合，在融合中优化，以此来逐步塑造一个天泉的新文化、新的价值观念，使公司更加开放，更加适应市场。

戚志强想他自己能接受这种变革的现实，但并不一定别人也能接受呀。

但天泉这样的国有企业不改肯定是不行的。现在人人都是主人翁，人人都是企业的主人，其实人人都是主人空，从而也就造成了人人都不负责。国有企业里要求人人平等，把一个虚拟的"人人平等"政治概念，当作一个经济概念来理解，平均主义、大锅饭是非常严重的。而要改变这种现实，就必须改制，改制首要冲击的就是他戚志强。

戚志强一边择菜一边在想，他必须主动提出辞去市委副书记职务，这样才能表明他并不是在改制后，像别人传说的那样进入政界。再者，改制天泉成为民营性质的企业，也没有必要再戴红帽子了。这样既能征得政府一些人的认可，又能理直气壮地为天泉人争取应该得到的东西。

天刚下过雨，韭菜很干净，但拔起的几棵葱就带出不少泥来。戚志强把葱也剥好了，冰哲仍然没有喊他吃饭，他就捏起地上的泥在手里团了起来。团着团着就团成了个泥人。他看着手里的泥人，突然想到那个泥人过河的故事来。

这是五年前在成都青城山听到的一个故事。那天，他在与天净子道长在一起喝茶，天净子讲了一个故事。

某一天，上帝给泥人国传下话来，哪个泥人能走过他指定的河流，他就赐这个泥人一颗金子心。这个话传下来，一直没有泥人回应。最后，终于一个泥人站了出来，说自己要过河。上帝就问：你知道泥人不可能过河吗？你知道肉体一点一点失去时的感觉吗？你将会成为鱼虾的美味，连一点影子也留不下啊！小泥人没有退缩，他说，我不想一辈子只做小泥人，我想拥有自己的天堂，但我也知道要到天堂必须先过地狱，这个地狱就是我要经过的河流。

小泥人来到了河边，双脚一进水中，一种撕心裂肺的痛楚就覆盖了他，河水从下向上一点点销蚀着他的身体，鱼虾也贪婪地咬噬着他的身体。他只得忍受，忍受，再忍受。不知道过了多久，小泥人被痛苦折磨得快要绝望的时候，他突然发现自己居然上岸了。他低下头寻找自己时，却惊奇地发现他自己什么也没有了，只有一颗金子的心，而他的眼睛正长在他的心上。

听过这个故事后，戚志强常常想，天堂里从来就没有什么幸运的事，就连上帝也是曾经在地狱中，走过最长的路、挣扎得最艰难的那个人。而小泥人却能以奇迹般的勇气和毅力让生命的激流荡清灵魂的浊物，然后，照到自己本来就有的那颗金子的心。

苦难是河水，我们都是必须要过河的泥人，那么天堂和归宿在哪里？

现在，面对戚志强和天泉中高层管理人员的问题，何尝不是这样呢？他们必须要敢于经受割舍的痛苦。吃饭和坐在车上到公司的路上，戚志强都一直在想这个问题。

上午十点，顾力华和史建明及庄之讯来到戚志强的办公室。现在，顾力华是党委书兼集团总经理，史建明是天泉御酒股份公司总经理，庄之讯仍然是集团财力的一把手。他们要对市里出的方案草稿进行讨论。

方案的主要内容，也是这次改制的主要内容有九部分，身份置换、分配工资节余、个人出资购买、一次性付款优惠、国有股权转让、政府奖励、有关税费的缴纳、劳动关系处理、职工股权管理。当他们讨论到政府奖励时，戚志强很有感触地说："这一项是个大问题，能不能处理好是个关键。按市里政策将净资产增长的5%作为对我们天泉管理层的奖励。我初步算了一下，应该有1.5个亿。再按对高管层奖励50%，对董事长、总经理的奖励不超过高管层总额的50%算，力华呀，你我就会有3500万股呢。我们能不能全拿？"

庄之讯和史建明就说："这是正常的，南方一些企业改制后，董事长总经理一下子都成亿万富翁了。现在，既然政策允许为什么不能要呢。况且，你们不要，别的管理人员怎么办呢？"

戚志强笑了笑，然后说："我来给你们讲一下小泥人过河的故事。"接着，戚志强就把早上想起的那个故事讲了一遍。

讲过之后，戚志强看着他们三个人，大家都一言不发。最后，戚志强还是开口了，他说："我想，我们应该扩大管理层范围，同时高管层要降低比例，把多出来的股份再分给一般管理人员和普通员工些。我表过态的，现在再说一遍，我戚志强是绝不会按政府规定的比例拿的。"

史建明在戚志强说过后，就问："戚总，你不是一直在强调三个人人吗？人人都为自己的合理利益而努力工作，人人都为自己的合理利益而诚信劳动，人人都为自己的合理利益而行使监督权和约束权。现在怎么会是这样呢？"

戚志强吸了一口烟后，说："我是说过，但为了确保改成，把员的意见降到最少，我们就必须牺牲自己的利益。因为，我们天泉人现在还没有所有者文化的概念，大多数人还认为这是国家的，你们为什么要拿多，我就要比你们少？"

"是啊，现在我们还没有确立等级观念。所有者文化就是所有者的主权文化，说白了就是要明白谁是老板。职级的不同贡献不同，拿的钱就要不同。但现在人们还接受不了这种差距啊。"顾力华感叹地说。

最终，戚志强还是说服他们三个人，只有牺牲自己才能促进和促成这次改制。

讨论结束，戚志强还一直在想：现在改制是河水，天泉所有人都是必须要过河的泥人！面对每个人都是一次灵魂的考验。

谈　判

市里与天泉的分歧越来越明显，也越来越集中了。

分歧就在资产评定的结果上。这是戚志强早就预料到的事。

按戚志强与大地集团谷忠明的谈判，以及天泉的利益出发，改制之前对资产的评定必须客观公平。故原市是天泉资产的所有人，当然是由他们委托会计师事务所进行资产评估。按照惯例和为了促成这次股权的出让，这次评估首先要对天泉集团的非经营性和非主营资产进行分离，然后再对剩余的资产进行评估，评估后才能作为出让的依据。

经市委扩大会议研究，一个月前就成立了"天泉改制领导小组"。组长由施天桐担任，副组长由仇东升和戚志强担任。领导小组下设办公室，由市政府、市财政局、国有资产管理局、计委、天泉集团等十几人组成。

改制办公室成立之后，各种工作很快展开。但人们最关注的是对资产的评估。

为此，市财政局聘请了国内三家会计师事务所，进行资产评估。

评估是按照天泉集团提供的资料，同三家会计师事务所分别进行的。评估的过程就是谈判的过程，天泉当然想把资产评低些、评实些，以此加大资产的可放大性。而政府是想把资产评多些，这样，政府在出让时就可以获得更多的收益。最关键的是关于资产分离的处置方案，分歧最大。

庄之讯和史建明几乎每天都给戚志强汇报，评估的进度和存在的问题。这次资产分离按原定的相关性原则，对除酒业、酒店业、房地产业、制药业及与之存在上下游关系以外的资产进行分离；按照盈利性原则，对盈利能力不强或存在亏损的资产进行分离；按照战略规划性原则，把不符合企业战略发展方向的资产进行分离。按照这个思路和办法，分离资产的范围很大，有21家子公司的资产需要分离。

虽然评估结果还没有最后出来，但按照这种办法天泉资产分离后，最后认定可以出让的资产不会超过20个亿。这是市里和故原各界所不能接受的。他们认为天泉这些年都号称总资产上百亿，怎么能这么少呢？认为国有资产这种改制，肯定会流失的呼声很大。市财政局长相卫东的压力最大。

相卫东找到施天桐汇报。施天桐由于王莫平案和传说自己马上要调到省政府任秘书长，心里很乱，就不太在意地说："评定和分离的原则都是报省里批准的，就按那样弄吧。我的意见是公开公平公正。具体的事你给仇市长汇报吧。"

相卫东碰了个软钉子,心里也不大痛快。但他必须要给领导汇报呀,不然,将来他可担不了这个责任。第二天,他就去找仇市长。

仇东升对这次改制的想法是,尽快改掉,不然无论是对天泉还是对故原市各界,影响都太大。现在都在议论这件事。更重要的是,他必须要尽快促成这件事,省里已经把他召过去谈了,很快就要对故原市的班子进行调整。他原来是做老省长秘书的,这次,在老省长的努力下,他将接任施天桐。改制重要,自己的调整同样重要,某种程度上他认为职务的调整比改制更重要。但现在改制是关节口,这件事处理不好,很可能会影响到自己的仕途。

当相卫东给他汇报天泉资产分离的事时,他也对相卫东的担心有些不耐烦,何必这样节外生枝呢,能快一点就快一点。资产评定不结束,与大地集团谈判就没有结果。因此,相卫东找他时,他就有些不高兴地说:"你们现在的思想为什么还不开放呢?分离多少不是原则性问题。分离是为了天泉轻装上阵、精干主业、提高竞争力,更重要的是让大地集团能够接受。人家会买你盈利性不强、成长性不高的资产吗?当然了,我们一定不能让国有资产流失。"

"市长,现在我当然是理解市里的政策的。但关键是分离后,天泉可以用来置换的资产只有20个亿左右,社会上其他人不理解呀,会说我们这些人把资产弄流失了。"相卫东解释说。

"议论是不可少的,你见过不被议论的事和人吗?谁人背后不被说,谁人背后不说人呀。真理往往就掌握在少数人手里,你们要给社会上解释嘛,分离后的资产并没有流失,而是还在市政府手里。"仇东升有些不高兴了。

"市长,有些话我本不该说,但我还是想说,故原人可是喜欢斗的,抓住一点就能把人斗倒。"相卫东孪着胆子说。

仇东升扭头瞧了一眼相卫东后,笑了笑,然后说:"老人家说过,与天斗其乐无穷,与地斗其乐无穷,与人斗其乐无穷。但我认为,与政府斗后患无穷。"

相卫东听后，对这件事没有再说什么，接着简单地汇报了大地集团谷忠明一行来故原的时间和行程安排。

其实，仇东升说的是有道理的。分离后的经营性资产仍归市里所有，只不过是以这部分资产组建一个运营公司，然后，市政府再委托天泉职工控股公司进行经营，政府收取利润，天泉职工控股公司获得管理费用。时机成熟时，市政府可以考虑把这块资产进行转让，可以转让给天泉人，也可以转让给第三方，只不过天泉拥有优先受让权。

这也是外地的经验和从实际出发选择的办法。因为，分离出的这部分经营性资产与天泉的整体运作相联系，而且一直是天泉人在经营，由改制后的天泉职工控股公司运作是最好的选择。不仅如此，仇东升还一直在想，如果天泉人愿意现在就收购这部分资产，政府可以考虑打七折出让。但天泉人现在没有这个经济实力。

初步评估结果快要出来的时候，大地集团的谷忠明一行来到了故原。

故原市和天泉集团，对谷忠明一行这次来是十分重视的。市里专门组织了一个接待组，不仅改制领导小组的成员全部参加，而且施天桐和仇东升及市里六大班子的人都参加了。

考察总共安排了三天，白天由两辆商务车和四辆小车组成的考察团，不停地在天泉各子公司考察、参观，真正的谈判都在晚上进行。

故原是中药材集散地，大地集团此次收购天泉后，准备以天泉制药为立足点在故原投资药业。这一点，是市政府没有想到的，也是吸引市里的一个原因。因此，谈得异常顺利，当天晚上就敲定，资产评定和分离后，大地集团将收购60%的资产。如果按现在初步评定的结果，可以受让的总资产20个亿的话，那就是大地集团将出12个亿的现金来收购。

不过，在如何付款上还是出现了一点小问题。第二天晚上谈得十分艰苦，一直谈到快十二点。大地集团最近两年大量并购企业，现金流量压力大，拟按50%、30%、20%三年分期付清。这天施天桐没有参加，他被紧急召到省里有事，仇东升在主持。他最后表态，明天市里研究再定。

第三天上午，按照事前安排，张省长到别处考察路过故原市，停了下来。这其实是省里的安排。此次，张省长来有两件大事，一是安排故原市的班子，宣布施天桐调省里任秘书长、仇东升兼任市委书记；另一件事，就是听取故原市对天泉改制的汇报，同时接见大地集团的谷忠明一行。

上午的考察，施天桐、仇东升和人大常委会主任都没有参加，他们在给张省长汇报。考察团由戚志强陪同。考察已经不是主要的了，戚志强与谷忠明坐在一辆车上，一直在谈合作的事宜。谷忠明通过考察和与市里的接触，认为很有信心。戚志强对这次合作也充满信心。

下午三点，紫宫迎宾馆。

张省长接见了大地集团的谷忠明。市里的主要领导和天泉的戚志强、顾力华、庄之讯、史建明也同时在座。

接见只用了四十分钟。张省长在听取谷忠明对大地集团的介绍，及这次与天泉合作的有关想法后，应该是比较满意的。他当即表态，双方要本着战略合作的眼光，立足这次并购，搞好今后的合作。

第二天，省里的日报发表了题为《张省长会见香港大地集团谷忠明董事长，大地集团将与故原市进行战略性合作》的报道。同期报纸还发表了关于施天桐不再担任故原市委书记，调省里另有任用、仇东升兼任故原市委书记的消息。

20天后，天泉改制领导小组在仇东升和戚志强的带领下，赴香港大地集团考察。并经过这次考察，双方签订了合作的框架性协议。

这是一个有些庞大的考察团，市里方方面面和天泉的有关人员加起来有五十多人。他们一出香港机场，在贵宾室里稍事休息，就被三辆本田高级中巴给接走了。前面是警车开道，后面也是警车殿后，好不威风。

当天晚上，内地和香港的媒体便有了关于大地集团收购天泉60%股份，各种消息版本的报道。接着，有关天泉和大地集团的报道，一时间成为热点。报道的主体是围绕天泉资产评定过少，大地集团涉嫌进行资产运作。

这一报道，很快给天泉和故原市及大地集团形成压力。天泉旗下的两家上市公司股票，也大幅度下跌。

考察组从香港回来的当天，天泉就在媒体上发布了公告：公司第一大股东天泉集团和实际控制人故原市政府确实与大地集团进行了一些接触，但双方只是相互进行了简单的考察，并没有签署意向性或具有实质意义的协议。

戚志强现在的感觉没有以前好了，他总感觉这次改制不会像他想象的那么顺利。果如戚志强直觉判断一样，没几天，上面发布了《关于国有企业改制中要注意的几个问题》的通知。

戚志强心里捏了一把汗。

第十七章

职代会

对天泉资产评定的结果，跟人代会通报后，没有通过。与会者，大都认为资产分离过多，可出让资产评估过少。要求重新评估。

改制显然又遇到了新的阻力。但仇东升现在的态度很坚决，二次评定可以，但天泉的职代会必须如期召开，先通过《天泉集团实施企业改制职工安置方案》《政府奖励股权分配方案》《天泉集团职工股权管理办法》《天泉集团资产分离及处置方案》。

这四个方案通不过，就是市里再愿意改，也会受到来自天泉集团内部的阻力，最终改制有可能中途夭折。这一点，戚志强更清楚，也更担心。

因此，这次职代会对于故原市、对于天泉集团来说都是特别重要的。

会前，戚志强是做了精心安排的。他首先让公司高管人员，通过一些渠道分别听取中层管理人员的意见，管理人员赞成了，问题就不会太大。天泉有近两万人，只要主要管理人员不出面组织，就不会有太大的问题出现。另外，各种方案对普通员工严格保密，不能让他们在会前知道，以免影响会议进行。

同时，这次职代会除正式代表外，经市总工会批准，又增加了70多人的列席代表。列席代表均为各分厂、子公司及独立单位不是正式代表的管理人员。他们虽然没有投票表决权，但可以在会议讨论时起到引导舆论的作用。

会议开始的前一天上午，仇东升又一次约见了戚志强及市改制小组的有关成员。他要求戚志强一定要确保这次会议开成功，尤其是要保证半数以上通过方案。

戚志强和顾力华及庄之讯、史建明从仇东升那里出来，就直接与仇东升一道，去参加了改制领导小组会议。这次会议是决定安置方案和奖励股权数字的关键时候。虽然，不能确认具体数字是多少，但可以确定基本比例，等资产评定结果最终出来，就可以清楚地算出来了。而且这个比例，要在下午的职代会主席团预备会上通报的。

这些数字是争议的焦点。政府方面和天泉方面争论比较激烈。仇东升和戚志强都一言不发，都在静静地听着两方的发言。现在，他们两个人谁的话，都可能直接影响这次通报会，谁也不想先说话。

时间已经到了十二点，争论仍在继续。戚志强一直在心里算账，如果按现在的比例算，天泉职工身份置换平均数不到4万元。而那些参加工作时间短、职级低的普通人员更少。管理人员所得到的奖励股份也比期望值少得多。这个方案显然是很难通过的。顾力华、庄之讯和史建明仍在据理力争，政府方面也在激烈辩论。

又过了一个小时，会议仍形成不了统一意见。仇东升有些急了，他给戚志强写了个条子：管理层以下每人平均增加奖励1万元。

戚志强算了一下，总数应在1.5个亿。虽然加上这些，员工们获得的仍然嫌少，但仇东升也是尽了最大努力。如果再不同意，会议就会僵在这里。想了想，他把纸条又传给顾力华和庄之讯。用目光征求过他们的意见后，戚志强向仇东升点了点头。

接着，仇东升发言了。他说："天泉集团这些年确实为故原做出了巨大的贡献，资产增加了50倍，上缴总利税近50亿，政府是应当加大奖励力度。有提议，参加改制的管理层以下人员，每人平均增加奖励1万元。这个数字前些天也是酝酿过的。大家看看还有什么意见？"

仇东升讲过，大家便不好再说什么。个别人出来支持这种意见，有些人在私下议论，但直接反对的意见没有了。仇东升最后宣布，原则上就这样定了。他说过后，就让戚志强发言。

戚志强知道，这是要他表态的。其实，刚才他就想好要讲什么了。他环视了一下参会人员，开口说："既然书记让我讲，我就讲三点。一是感谢，我非常感谢市委市政府及在座领导们，对天泉这些年来成绩的肯定，对我们改制所做牺牲的理解；二是支持，天泉是故原市的，改制的主动权在市里，我们也衷心拥护改制，对市里为了改制作出的所有决定，我和天泉所有员工都会大力支持的；三是无奈，可能社会上一些人仍认为天泉管理层和天泉员工这一次得到了不少，其实，根据南方的企业改制办法、根据天泉为故原做的贡献，天泉人没有得到应该得到的部分，但天泉就坐落在经济不发达的故原，我只能为这种结果而感到无奈。"

戚志强讲过，会场上静得出奇，没有人再说话。持续了一两分钟，仇东升又征求其他人发言，见没有人说话，就宣布散会了。

此时，已是下午两点十分了。戚志强饭都没吃，立即返回天泉，那里的团长预备会正等着他去通报呢。

戚志强和顾力华、庄之讯、史建明赶到会议室时，大家已在那里静静地等着了。

接着，庄之讯就通报了本次会议需要通过的几个方案。最后，戚志强作了总结发言。他首先把这一年多与市里和大地集团谈判的经过回顾了一下，然后又对方案进行了具体解释和说明。

戚志强安排好明天会议的具体事宜后，才想起一直没有吃饭。他确实有点饿了，也累了，就找电话让司机小马去给他弄点吃的。

饭刚送来，他的手机响了，打电话的是吴琼。她在那边说："志强，别太累了，也别太较劲了，我一直在心里支持着你和天泉的改制。"

早上，天泉宾馆门前彩旗招展，大门两侧一边四个保安警惕地站着。在职工子弟小学的锣鼓声中，各代表队排队而入。

上午是开幕式和通过例行的年度财务报告等议程。十一点半就结束了。下午转入对改制有关方案的讨论。

虽然，会前做了工作，而且要求各代表团团长要确保统一意见，但分组讨论时仍有不少意见。按安排生产系统是大系统，而且人员多，戚志强就在这个代表团里。尽管戚志强在参加讨论，大家依然提出这样那样的问题。戚志强感觉到生产系统的思想难以统一，说不定将要出事的。所以，他作了很有感染力的发言。

他说："有些问题无法做到一加一等于二这个固定的模式，有些问题在客观上是算不清楚的，做到最后很可能是'清楚不了糊涂了'。我说的'清楚不了糊涂了'已是第二次了，第一次是在天泉的住房制度改革时期。当时，公司费了很大的劲，运筹好各方，从国有资产中拿出4900万来解决已有房子和没有房子的，来解决全体职工人人都有的一份。但有些同志说：戚总，我们还得再算细一点。我说，很可能到最后有些账还算不清楚，那我们只有清楚不了糊涂了。"

戚志强点上一支烟，又接着说："我请同志们放心，凡是能够算细的，凡是能够量化到每个环节、量化到每个人头上的，我们将尽量量化，以体现公正、公开、公平、透明。但是，有些时候算不清楚，也只能请同志们谅解了。我们将根据这些东西来制定好天泉改制方案的实施细则，来体现我们职工代表提出的意见。包括本次会议结束以后，我们继续欢迎职工代表，欢迎我们的职工来给公司提意见。我们将把同志们的意见吸纳过来，制定一个非常好的实施细则，以此体现公正、公平、公开、透明。"

在一天的分组讨论中，戚志强和市改制办公室的人，三次听取代表团长的汇报。从总体上看，大家是支持的，但最大的争议就在身份置换上，普遍认为人均5万元相对于天泉的贡献太少了，再就是对管理层的股权奖励、工资积金分配比例不满意，认为等级差别太大。但据改制办和戚志强判断，明天的投票应该是能通过的。虽然是这样想,虽然采取以代表团为单位、有记名式的投票,戚志强这一夜却怎么也睡不安泰,翻来覆去地担心。

投票开始了,所有人脸上的表情都很沉重。计票期间,仇东升就给戚志强打电话询问结果。戚志强很有信心地告诉仇东升,他相信一定能通过,但他心里却一直在悬着。结果不出来,他的心同样放不下来。

结果终于出来了,代表中有77%人的投了赞成票。戚志强长长地舒了一口气。主持人宣布结果后,按议程,戚志强要总结讲话了。此时,他精神很好,有一种解脱后的轻松。

他来到发言席上,清了清嗓子说:"这次职工代表大会不是一般意义上的年度会议,而是一次决定我们天泉集团未来命运的大会。我和同志们一起光荣地出席了这次会议,并且亲自投下了神圣的一票,审议、通过了天泉的改制方案。对于天泉集团来说,这具有历史意义。在天泉发展的关键时刻,同志们能够拥护改革、支持改革,顾全大局、维护大局,为天泉事业的发展表现出了崇高的觉悟。我想,我们今天所做的一切历史将永远记住,未来的天泉将永远记住我们!未来的天泉将把这次大会所起到的作用永载于光荣史册。"

他在最后说:"改制对每个人来说都是痛苦的,我们做了多年的国家人,现在要变成社会人了,我们多少年来所习惯的这些东西,所习惯的这些制度都将要被改变,将要在一种新的制度、新的规则、新的秩序下来生活,大家要付出许许多多的改变,这对每个人来说都是痛苦的。但是,这是历史发展的大趋势,不是我们做不做,而是历史和历史的潮流在推动我们这样做。此次会议为天泉的改制大踏步地向前迈进了一步,并为继续做好改制工作奠定了一个生死攸关的基础。"

但令戚志强和市改制办没有想到的事,还是发生了。会散后,天泉宾馆大门口已聚了200多名工人,他们站在门口堵着出来的人们。

戚志强应该是有思想准备的。因为,昨天他就听说,班车上一些人不让戴眼镜的人坐车，说是这些知识分子占去了他们的位子，没来几天就要分去不少东西。当时，戚志强就想，说不定一些人要闹事，会有风波的。

现在见此情形，戚志强就下了车。他快步走到前面，人群慢慢地闪开了一条道儿。接着，参会的人和车才陆续出来。

下午，戚志强就要到省城去报到，与省里的全国人大代表，一道去北京参加会议。

临走的时候，他在市里召集有关人员开了个会，就是要密切关注员工闹事。

他估计肯定会有些风波的，但他怎么也没有想到，很快就闹得这么大，以致出动了3000多警力，持续48小时才平息。

大罢工

顾力华没有到市里参加戚志强开的会，他留在公司本部，是为了观察动向的。

十二点多，围在天泉宾馆大门前的人陆续散去，最后竟一个也没有了。顾力华在心里高兴，他估计工人也就是一时冲动，堵了一会门，也就散了。

下午一点，戚志强动身前又给顾力华打了个电话。顾力华在这边说："戚总，你放心到北京开会吧，我分析不会有太大的事，现在人都走了，我估计像是有组织有计划的行动。"

"那你们也不可掉以轻心，下午要立即分级召开管理人员会议，尤其是生产车间负责人的会，要让他们各自看好自己的人。我想，只要过了两天不闹，就可能没事了。"戚志强仍不放心，他在电话那头安排道。

顾力华放下电话，立即把史建明和庄之讯及总经办主任耿辉找来。他们在一起研究了一下下午会议的事。决定下午两点，由公司五位副总分别召开有关子公司和系统的会。同时，安排安保中心做好安全保卫工作，防止工人闹事。这样安排之后，顾力华觉得还不够稳妥，又安排公关信息部，一旦有工人闹事，就要注意用摄像机和照相机秘密做好资料，以备查找重点人，控制局势。

刚刚安排妥当，顾力华点上一支烟。他在想，是不是太紧张了，有点杞人忧天了。

这时，电话响了。保安中心主任周大同报告说，公司大门前一会儿聚集了四五百人，开始的时候以为这些人是来上班的，可他们来到大门前就都不往里面进。而且，有些人开始阻拦要进厂的人了。两点半上班，两点钟正是人来的时候。人越聚越多，到两点半的时候，大门前已经聚集了1000多人。

顾力华听过之后，立即安排通知车间管理人员，到大门口劝说本单位人员进厂上班。几位车间主任来到大门前，聚在那里的工人不但不听，而且开始谩骂。这时，顾力华让史建明去劝说。史建明拿着扬声器，在门口劝大家进厂上班，有什么问题可以选出代表与公司和市改制办公室交涉。

人越聚越多，一会儿竟聚了2000多人。这时，有些人开始进入公司大门。史建明心里暗喜，感觉自己的劝说起作用了。可他没有想到的是，这些人进入公司后并不上班，而且分别堵在各工作场所，把持着不让想上班的人进入，有些人开始动手拉去上班的管理人员。

顾力华慌张地给戚志强汇报。戚志强说："我马上给仇书记打电话，看来不让公安介入是不行了。你先安排，保卫好重点部位，只能劝说，不能强干，千万不要与工人冲突。现在，他们正处于无政府的激动状态，如果处理不好，他们会做出过激的行为！"

在顾力华与戚志强通话时，他的另外一部电话和手机也不停地响。他放下戚志强的电话，这边就打了过来："顾总，有人冲进了热电站，要关闭锅炉阀，如何处理？"

"一定要阻止，然后停止锅炉发电，以防危险！"顾力华放下电话，又接手机，手机里同样是焦急的声音："顾总，现在公司大门前和东西大道上聚了四五千人了，有人打出了标语。"

"什么标语？"顾力华很急地问。

"打倒等级差别。我们要饭吃。反对出卖天泉。"说话的人吞吞吐吐地不想再说下去。顾力华大声说："还有什么？说呀。"

那边接着说："还有打倒戚志强，打倒你，打倒故原市政府。"

顾力华放下手机，立即给戚志强打电话，打了好长时候才通。戚志强正在路上呢，他坐在车上，也一直在接电话。电话通了，戚志强说："市里已经紧急调动200多公安干警和一个中队的武警了。你现在立即让公司的广播站播音，你通过广播劝说大家，我估计市里的人一会就到。同时，你要安排其他同志，赶快组织由管理人员组成的护厂队，保护重点部位。并安排一些可靠的进入闹事的人群，密切注意三分厂和市里的一些情况。"

公司的广播全部响了起来。顾力华在上面苦口婆心地一遍遍劝说，但混乱的人群依然如故，而且乱哄哄地喊着口号，在公司内、公司的大道上像决堤的河水冲来荡去。

一时间，各种消息不时地反馈过来：搞摄像的人员被打，照相机被砸，安保中心的人被打，劝说的不少管理人员被骂，有不少人被围攻……

四点十分，20多辆警车和军车呼啸而来，从市里调来的200名公安和100名武警赶到天泉。市里给省里汇报后，迅速成立了领导小组。分管政法的副书记陆强、分管政法的副市长赵志全和公安局长肖国良带队，他们到后，立即按分工带人进入公司酒库、热电站、玻璃公司、消防队、财务部、档案馆等重点地区。

现在，顾力华按市里安排，除了组织人参加保卫外，就是分头劝说。

闹事的工人，见公安和武警到来，起初有人阻拦，但看到都被强硬地推开后，就不再阻拦。公安人员和武警迅速到达预定地点。之后，陆强、赵志全、肖国良和其他五个人，分别在带扩音器的警车上喊话，要求工人不要冲动，赶快离开现场。

但聚在一起的人群并不理会，仍然乱哄哄的，不时有人带动喊口号。有人不停地起哄说，市里也组织了起来，我们要去卧轨。形势一触即发。

与此同时，在故原市区也出现了三拨打着标语的天泉人。他们分别聚集在市委门口、天泉大酒店门前和天泉职工小区。每一拨都有四五百人。

仇东升虽然没在现场，可他一刻也没停。市里紧急召开会议，按要求每隔半小时给省里汇报一次。省里要求找到组织人进行谈判，但乱哄哄的人群里根本就无法找到组织者。越是这样无序越难以控制局面。人们都焦急地担心着。

六点多了，无论是天泉集团本部或是市里的人群，都没有退走的意思。负责观察的人员，不断向市里反馈消息，有些人正向京九线那边移动。

晚上八点，几个地方的人群仍没有散去的意思，而且有些人情绪更不正常。这时，经逐级汇报，上面已决定增加警力。故原市四县一区，紧急调动的1800名警察，正从四面向故原赶来。

十点钟左右，赶来的警力开始陆续到达指定地点。一时间，故原市和天泉公司警笛不停，警车不断。而且，各县区的民兵预备役也在紧急调动，时刻待命。各县区警察按分工，分别把守相关部位。京九线二十公里沿线安排了400人，100米一人把守。

十一点左右，聚集在天泉公司和在市里的人开始慢慢散去。他们大多数人没有吃晚饭，而且初春的晚上寒意也浓。人们要说散也快，到十二点半左右，沸腾的人群消失了，天泉公司因为已全部停工，显得异常安静。公安和武警战士也开始分班吃饭，分班休息了。

而此时，天泉四楼会议室里，却灯火通明。

顾力华按市里安排，正在组织人员，对照公司和公安部门的秘密录像，查认带头者。

到凌晨两点，已经查认出三十多个组织嫌疑人。市2·20防暴领导小组,立即要求所在单位领导,连夜进入每一家做思想工作。同时,省2·20防暴领导小组和故原市的不少人都没能睡觉,他们在认真研究和分析事态的发展,及明天应急解决的方案。

第二天天一亮,值警的人员的心又紧在了一起。他们不知道这些工人还要做什么。从六点到八点,没有任何迹象,公司外甚至连一个人都没有。陆强、赵志全、肖国良、顾力华们感到更为可怕,他们分析事情绝没有完。这些人肯定还会出来聚集。

果然如此。八点半后,一些人开始从四面八方向公司大门前聚集。警察拦着他们,他们说要上班。只得放他们进去。就这样,十点多钟,天泉公司内外重又聚集了五六千人,比昨天还多。这里面有天泉的工人,也有一部分社会上看热闹的人。人少的时候,人群还比较安定。人一多,又开始喊口号,打标语了。他们也不破坏公司的东西,就是这样喊着,叫着,僵持着。

这时,市里的形势也与昨天有所不同了。聚集在京九线附近的人,而且大多是年纪较轻女性,他们一次次向铁路靠近。被守在这里的武警拉开,过一会,又靠近。而聚在天泉大酒店的五百多人,也开始堵住大堂,不让营业。在市委门口的人群,也打着标语,不时地呼口号。

而在天泉职工小区的一些人,分成两拨,每拨都有一百多人。他们手里拿着小喇叭,分别聚在戚志强和顾力华的别墅前,不时地喊:打倒戚志强!打倒顾力华!

市里研究后,经给上面汇报,决定启动第三套预案:立即从周边省市紧急调动1000武警。

下午两点左右,增调的武警先后被补充到各个要害点。闹事的人们,见警力不断增加,也开始安静了,他们不再冲击铁路和公司及天泉大酒店。但他们并不理会武警和公安的喊话,不愿撤回,都那样有说有笑地与武警们僵持着。有的人实在无聊了,竟找些报纸往地上一坐,几个人打起了扑克。

省里和市里都急得心焦,一时间没有更好的办法来疏散人群。

时间就这样一分一秒地过去。到了晚上六点，从昨天下午到现在已经28个小时了，问题仍解决不了。事件办公室一再找代表出来谈，力图通过代表的出现和谈判让人们撤去。可就是找不到一个人出面。还要这样僵持多少时间？人们心里都捏了一把汗。

此时，省里张省长正在召集有关方面研究此事。最后，定的结果是：如夜里一直不散，晚上11点将采取强制疏散。

事态十分不明朗，而又一触即发。

紧急召见

晚上八点。戚志强接到了个电话，是省政府办公厅打来的，要他立即到办公厅参加会议。

戚志强一边接电话，一边作出了判断：肯定是为职工闹事的事。

按说，这28个小时了，戚志强应该给火省长和张省长汇报。但他没有，他只是与仇东升保持着联系，严格地说是仇东升一直与他保持着联系。在处理这件事上，戚志强显然不太主动。因为，这已经是政府的事了，出动了这么多警力都控制不了，我能有什么办法呢？

更重要的是，他心里明白，这样闹闹，可能会推动市里和省里对天泉的改革。他们也许会明白企业员工的不满，也才能知道经营一个企业的难处。他虽然是这样想，但他的心却是一直紧成一团，究竟会闹成什么样子，他心里也没有把握。但他想，工人们只不过是想多争取点身份置换的钱，至于其他搞破坏的想法可能也没有。

这个判断是有依据的，一是现在有很多人都是一家几口在天泉的，天泉垮了，他们真的失去了生活的基础。再者，从刚才妻子吴冰哲打电话说的情况判断，工人们现在还是理智的。六点多的时候，一些人再次在他家门前喊话，吴冰哲就把大门打开，让他们到家里喝茶。这些人一见吴冰哲好言相邀，就停了喊话，而且一会儿就离开了他家的大门。

戚志强这样想着，车子就到了省政府大门。出示证件后，车子就直接开到了省政府办公大楼下面。他直接上了三楼的小会议室。

会议室内。只有毕秘书一个人。

戚志强正在发愣，毕秘书说："戚总，我们先到省长办公室去吧。张省长和火省长都在那里呢。"

戚志强进了张省长办公室。火可省长和张省长正坐在沙发上，都没有说话。见戚志强进来了，火可省长说："志强，坐下来说吧。"

"我正打算给省长汇报呢，就接到了通知。"戚志强说过后，才到火省长旁边的沙发上坐下。

张省长看了看戚志强，沉着脸说："你倒能沉住气呀。你们天泉都炸了锅了，你还稳如泰山呢。"

戚志强立即坐直了身子，解释说："省长，我一直与东升书记保持联系，我知道你一直在后面操着心，就没敢再给你添乱了。"

"就别解释了，现在关键的是如何平息这事。张省长想听听你的看法。"火可省长出来给戚志强打了个圆场。

张省长看了看戚志强，仍然沉着脸说："你谈谈你的看法吧。天泉你干了二十年，你应该更了解这些人。"

戚志强有些为难地看着张省长，就是不开口。他不好开口呀，说不会有什么大问题吧，谁又能把握住结果呢；说很快能解决，那你为什么不去解决呢；说问题不可预知吧，这显然不是张省长想要听的话。

这时，火可省长看了看张省长，然后说："志强，我建议你明天不要去北京开会了，立即回故原，这个时候你必须出面！"

戚志强并不表态，一直看着张省长，他是在等张省长表态。过了十几秒钟，张省长开口了，他盯着戚志强说："事态发展到现在，也是省里没有想到的。既然如此，改制就必须坚持改，如果不改了，那以后省里及下面的改革就不要做了。我刚才给赵书记也商量了一下,如果再这样下去,今晚11点就强制疏散。不这样不行啊!你看看。"

张省长一边说,一边把一个文件夹递给戚志强。戚志强接过来,掀开一看,里面是一份打印出来的材料:

天泉集团职工抗议示威、有人被拘留

2月20日至21日,大陆天泉集团职工因公司转型(被香港大地集团收购),公司剩余资金分配及工人的待遇等问题,连续两天在天泉集团的所在地故原市举行了示威游行,于今天下午与控制局面的警察发生冲突,截至目前,共有三名工人被公安机关拘留,形势的进一步发展尚不明确。

据悉,在这次转型的剩余资金分配中,该集团董事长戚志强将获得超过2000万元的股份,该集团党委书记、总经理顾力华获得1000万元的股份,其余中高层获得的股份在百万或几十万元不等,而普通工人则仅获得平均5万元的股份,该分配方案引起了工人的极大不满.成了这次游行示威的导火索。

戚志强合上夹子,张省长用手敲着沙发扶手说:"看嘛,这是刚才办公厅的同志下载的消息,现在因特网上到处都是。影响大了啊,我们不立即解决行吗?我同意火可同志的意见,你今晚立即回去,协助进行强制疏散。但要注意影响,不能闹出乱子来。现在境外记者厉害得很,尤其因特网的普及,几乎没有什么能封锁住的消息。"

他停了一下,又接着说:"当然,我也对仇东升和有关人,进行了电话安排。你到故原后,要听从组织上的统一指挥。"

这时,张省长的电话响了,一直地响个不停。他起身去接电话。在他接电话的当儿,戚志强的手机也响了。戚志强见张省长在接电话,自己就接了。那边是顾力华打来的,他在那边说:"与昨晚一样,现在这几个地方聚起来的人又开始自动散了。"戚志强听着,也不好

多说，只是用"嗯、知道了、要注意"这样的字眼应着。

顾力华在那边还具体地汇报着一些情况，戚志强仍然不多说话。见张省长放下了电话，戚志强就对电话那头的顾力华说："就这样吧，我一会儿就动身回去了！"

张省长在接电话时，火可省长一直看着他。他放下电话后，就对着火可说："看来情况还不太好办，"他顿了一下，又接着说，"那边闹事的人又散了，老这样下去不太好办啊。"

火可和戚志强都望着张省长，也不接话。见他俩都不说话，张省长喝了小口水，然后说："明天如果他们再聚集，一定得采取措施了。"

火可看了一下张省长，有些为难地说："关键是他们不闹事，如果有几个闹的就好了，控制起来几个，其他人也许就不敢了。"

张省长想了想，看着戚志强说："我相信，志强你回去一定会找到闹事的人！你立即回去吧，省里等你们那里的消息。"

戚志强从省政府出来，立即就出城回故原了。

路上，他首先给顾力华打了电话，要求中层以下管理人员，连夜分头通过关系去到家属院和一些职工家去做工作。给他们讲明，省里态度已经很坚决，现在也调动了这么多警力，有事可以派代表谈判，如果明天再继续闹事，后果就是强制疏散，有些人很可能会被开除。同时安排，明天早晨七点钟由他召开各子公司、分厂、部门、车间管理人员会议。

给顾力华打完电话后，他又给仇东升通了一个电话，把张省长给他的谈话简单说了一下。他们两个达成共识：明天早晨，戚志强到公司用广播给工人讲话；市里连夜印制通告，内容包括把这次闹事定性为扰乱社会治安和影响正常生产事件，而不是请愿游行。同时，把导致热电站行动定性为破坏安全生产事故，定性为事故就可以追究责任。这样定性后，就可以按相关法律和规定处理了。

戚志强到故原时，已经是凌晨三点多了。他没有回家，而是直接让司机小马把他拉到公司所在地的天泉镇。他到了公司，他详细地听取了公司和市里有人员的汇报后，又把一些事具体安排了一下。此时，已经是凌晨五点了。他让大家休息一会儿，自己却坐在办公室里一直没睡。

早上六点钟，去做工作的各方面消息反馈回来，员工要求增加身份置换金额，而且没有找出谁是这次活动的主谋。戚志强心里有些放松了，只要没有背后的操纵者，就好处理了。这种没有组织的群众性示威，只要找理由强行控制几个人，然后再加以说服与瓦解，大多会很快解散的。

早晨七点的会议如期召开。戚志强和仇东升都出席了会议，并分别讲了话。他俩的讲话是一致的，就是必须在上午十二点以前把闹事的工人疏散。并安排下午各单位分别动员员工到公司上班，不然就以旷工论处。

戚志强和所有的参与处理的人员，都焦急地等待着。八点半左右，各方面分别反馈回来消息，一些人又开始聚集。仇东升立即下令，寻找机会在每个聚集点上，强行带走三至五名领头的人。

快十点了，昨天各个聚集点上的人越来越多。有些人又开始呼口号，打出标语了。这时，各聚集点上的警察们立即行动，把打标语和呼口号的人强行带走。同时，喊话让大家立即散开，回公司上班，不然将强行控制。

随着真的把人带走，各聚集点上的人开始骚动。有些人已经开始退场。人越退越少，见人越少，其他人退得越快。一个小时之后，各个点上的人基本退得差不多了。

所有人都长长地舒了一口气。持续48小时的示威终于结束了。

下午两点半，一些工人在管理人员的动员下，开始进公司上班。四点，热电站首先恢复了运行。

但此时，各个点上的警力并没有完全撤退。

一半人去休息，一半人仍守在原地。

人命案

戚志强支了两个招，而且是连环招。一个对天泉员工，一个对故原市政府。

这个连环招其实就是属于阴谋的，有人能看明白，有人看不明白。无论是看明白的还是看不明白的，都得吃他这个招。

其中的原因是，天泉改制必须进行到底。这是所有人的共识。现在天泉就像开了口子的气囊，必须一边向里面充气，一边补住口子。充气就是要加快改制的步伐，改制成功就是补住了口子。如果这次改制不成功，天泉的气也就散了，未来的发展是不可想象的。

全面恢复生产的第三天，被强行带走的人被全部放出。戚志强给他们见了个面，对他们的过激行为进行严厉的批评，同时也表示理解。但要求这些人每人都要写出检查，并在公司广播站上公开承认错误。所有的人都这样做了。因此，每天早上上班前和中午下班后的广播内容，播的都是这些人的检查。

与此同时，戚志强安排纪委和保安中心，展开对闹事重点人员的审查。同步进行的是公司发出通告，凡主动承认错误、写出书面检查的不予追究任何责任，凡在规定时间内不主动交代的，公司一旦查实，将进行公开处理。

其实，这就是一个招。戚志强是不会处理任何人的，他这样做一是为了表明一下公司的态度，也是为了震一下员工，让他们知道此事还没有完。这样一来，其他人就不会再生出什么事了。加上各单位强化生产空余时的学习，让大家没有时间再酝酿聚集的事了。再者，这样做也是给市里看，你们看天泉人还是支持改制的，关键是你们市政府没有做好工作。

对市政府这边，戚志强一边做出让步，同意对个别资产进行重新评估，对有些资产的分离同意重新界定。但也要求市政府重新测定对公司员工身份置换和奖励的方案。资产可以重新界定，但奖励方案必须调整，不然的话，谁也保证不了天泉员工不再上街游行。

戚志强就是这样给市改制办和仇东升摊牌的。

有些事只有一条路子，你换了这条路就再无路可走。现在，面对改制，市里也只有如此了。因此，这一个多月来，一切都在戚志强想象的轨道中向前推进。

现在，戚志强思考的是，应该给员工输入一些什么样的理念。戚志强一直相信，对人的控制，首先是对他思想和观念的控制。他在想，现在要紧的是要输入一个全新的秩序，那就是建立、如何来重塑等级差别理念，以及与之相配套的制度和文化。

我们我们必须承认，人的能力是不一样的，有的可以当董事长，有的只能去当门卫，去做茶水工。人的能力有巨大的差异，这种差异就会导致岗位的差异，岗位的差异就必然会带来收入分配方式的差异。市场经济国家先进的制度安排，它的一个核心就是等级差别理念。尊重人权、满足人性的各种需求、实施人人平等，绝不是利益分配的主体的概念，不是利益分配的原则和措施。如果把"尊重人权，人人平等"当作一个平均主义来对待，在分配上搞平均主义，那将来企业是很难运作的。

有了这种思想，戚志强就开始在多种场合下，对不同人进行灌输。

这天中午，是职代会的闭幕式。戚志强本来是不准备参加和讲话的，但这次他不但去了，而且作了长达两个小时的发言。他是要借助这次机会，给与会者传达自己关于改制的一些想法。

这些天，他确实有些累。会议散了之后，他就回到自己的休息的房间了，他想让自己放松地躺在床上，睡一会儿。

戚志强刚刚睡着，放在枕头边的手机响了。他醒过来，迟疑一下，手机还在坚定地响着。他想，一定是出什么事了，或者是谁找他有急事，不然现在这个时候，手机也不会这么坚定地响。

他按了接听键，那边就传来顾力华急促的声音："戚总，出大事了，史建明的爱人小刘在家里被杀了！"

"什么，你再说一遍！"戚志强忽地从床上坐了起来。

"我也是刚接到电话，现在110已经赶到了现场。公安局肖国良局长打过来的电话。"顾力华的声音仍是那样急促。

"你在哪里？那我马上就到办公室！你先让保安中心的周大同赶到市里，了解一下情况，随时给我们报告！"戚志强一边说一边下床。

戚志强和顾力华在办公室里，都已经抽了几根烟了，那边还没有反馈过来消息。他们都在思考和猜测着被杀的原因。戚志强考虑到，这对改制肯定会带来影响。因为，史建明是天泉集团的副总，又是这次改制的主要负责人之一，如果有人把这件事与改制联系上，情况就会复杂得多。

他们都在心里想着，谁也不想说话。毕竟这件事来得太突然了，突然得让人难以接受。

又一根烟抽完了。戚志强又点上了一支，然后说："青天白日里，又在我们自己的小区家里，怎么能被杀呢？"

"我也在想啊。平时小刘人挺老实的，也没听说建明有什么仇人，或婚外情方面的事。不是仇杀，不是情杀，那只能是入室抢劫所为了。真是太可惜了。"顾力华边说边摇头。

"你再打个电话过去，问问到底是什么情况。"戚志强有些急地说。

顾力华给周大同打电话。那边说着，他这里只是"嗯，嗯"地应着。戚志强看着顾力华接电话的表情，起身，在班台后面走来走去。

电话打完了，顾力华叹了口气。

"究竟是什么情况？快说说。"戚志强催促道。

顾力华把周大同报告的情况，给戚志强作了转述。

经现场初步查看，应该否定是入室抢劫所为。因为，小刘是穿着睡衣和拖鞋死在沙发上的，脖子被利刃几乎分为两半，现场没有任何搏斗的痕迹，家里也没有少任何钱物，也没有留下作案者的任何痕迹。从死亡时间看应该是在十点半左右，现在尸检刚结束，从结果看死前没有发生性行为。

到底凶手是谁呢？戚志强和顾力华在讨论着。

史建明家的门一般生人是叫不开的，尤其是史建明不在家的时候，小刘几乎对不熟悉的人是从不开门的。再从现场看，门没有被强行打开的迹象，应该是熟人叫开的门。如果是熟人叫开的门，那这个作案者就一定是经过预谋的。他为什么要杀人呢？仇杀？情杀？强奸未遂杀人？似乎都不太可能。

命运是如此难以预料，早晨上班前她还与史建明又说又笑的，几小时之后说死就死了，而且是这种死法。人的生命是如此脆弱，像一缕青烟一样，说消失就消失了。戚志强想着这些，就对顾力华说："力华，你也都快六十岁的人了，想想我们这是为了啥呢？这次改制过后呀，我真不想干了。我想回到家里看看书，写写字，真有点不想再争了。"

"是啊，改制不成我们心里不甘呀。改制了，产权明晰了，天泉就可能多生存些年数，也算我们给天泉做了最后的贡献吧。"顾力华也感慨地说。

当天晚上，专案组的一部分人在市里展开调查，一部分人也进驻天泉集团了。专案组分析，不能排除仇杀嫌疑，尤其是不能排除这次改制中，不满分子的作案可能。

立即，关于这起案件的各种版本传遍故原市。有人说是情杀，有人说是仇杀，有人说是入室抢劫杀人。但多数人总是与这次工人闹事联系起来。他们分析，这次闹事中一些人被抓，肯定是为了报复。也有少部分人传，天泉其他当头的人也还会出问题的。一时间，谣言四起，人心惶惶。

市里和省里也很重视，要求尽快破案。为了加快侦破速度，从省里调来两名专家，对有关人员进行询问。天泉公司的相关人员，被接连不断地询问。

尽管调度了大量警力，但案件却毫无进展。这时，有关天泉改制的事，再次成为故原方方面面议论的热点。各方消息反馈，市里对改制有放缓进度的意思。

一个月转眼间又过去了。市改制办公室再一次召开会议,通报资产评定和分离的有关事宜。

这次会上,戚志强和仇东升明显感觉气氛越来越不对了。有些人提出分批分期改制的想法。那就是,现在杀人案未破,不能排除职工对改制有意见报复的可能。为了尽量减少和缓和矛盾,应该先把天泉集团旗下的酒店集团、房地产集团、制药公司,进行产权出让。然后,再把作为主业的酒这一块进行出让。也有人提出,按国务院现在的通知精神,应该在资产评估后挂牌拍卖。

这些说法看似合理,其实是在间接给改制制造阻力。当天方案没获通过。

马上就能顺利进行的改制,再一次遇到了阻力。

事已至此,何去何从?该如何推进?如何才能把死棋走活?

戚志强在为难,仇东升同样在考虑这个问题。

第十八章

死棋走活

　　戚志强一直在想，用"箭在弦上不得不发，而就是不发"，来形容天泉改制的目前状况，是最合适不过了。

　　改制进行到今天，突然放缓了步子。媒体纷纷猜疑。香港大地集团与故原市政府和天泉集团，原本"一见倾心"的姻缘，在经过一帆风顺式的热恋过后，现在却以延期订婚的方式示人，着实令媒体猜测不已。普遍的说法有这样几种，一是虽然天泉集团的资产评估结果尚未公开，但这很有可能是三方尚未达成共识的原因之一；二是，大地集团出现资金问题；三是故原市政府迫于来自天泉员工的压力，从稳定压倒一切的大局出发，有可能中途撤场。

　　这次重组涉及三方：大地集团、天泉集团和故原市政府，任何一方都有可能产生消极的因素，但中途撤场的成本是相当大的。在相关三方中，相对来说，天泉集团的话语权要小一些，因为其实际控制者是故原市政府，在此次重组中站到了前台。

　　媒体作出这些判断是有其理由和根据的。这个理由就是，"H省（香港）招商投资说明会"。

　　5月26日，声势浩大的H省赴港招商团在香港举行新闻发布会，副省长火可在会上表示，在7天的招商活动期间，共签署合同类项目153个，引进资金173.2亿元。但是，这累累战果中，并没有包括备受关注的香港大地集团重组天泉集团项目。而据悉，该项目的签约仪式原本已经列入本次招商会议日程。

戚志强看着一些媒体的报道，心里很不是滋味。由于员工的示威游行和杀人案的出现，市里对改制确实放缓了步子。原本这次的签字仪式被迫取消。直接问题仍是关于资产评估和市里一些部门要求分析出让股权。资产已经进行了二次评定，如果再次评定是不太可能的了。如果能再第三次评定，就有可能进行第四次、第五次评定，这样下去就永远不会有个结束。而分析出让股权，显然也是行不通的，没有一个公司是会这样受让的。

现在，天泉内部也议论纷纷，社会上更有不少传言。事情该如何办？

戚志强这些天一直在思考。

时间会解决一切难题的。噩梦醒来是早晨。

经过二十多天的思考，戚志强终于想出了将死棋走活的法子。

他决定必须从上面找，上面的压力总比下面的推力作用大得多，尤其是在中国。现在对改制持积极态度的关键人物并不少，一个是张省长，一个是火可省长，另一个是故原市市委书记兼市长仇东升。

戚志强分析，从毕秘书的言行推测，张省长一定与大地集团有关，不然他不会推荐大地集团的。就是没有什么特殊的关系，最起码也对大地集团有好感。只要推一推，相信张省长是会表态推进的。火可省长跟戚志强关系相当好，对天泉也最了解，他是支持改制的，而且不止一次说过，早晚得改、晚改不如早改、靓女快嫁的话。找找他，也一定是个很大的推动。而仇东升从心里也是想尽快完成这件事，一是显示他的能力，再者也好向省里交代。但他也有顾虑，如果他太支持天泉了，故原市一些人就会骂他，这将影响他在故原市的口碑。毕竟他还要在故原干几年呢。

这样分析以后，戚志强就开始分头行动了。

他首先与谷忠明通了电话。他在电话里十分委婉地告诉谷忠明，要他想法找张省长推动一下，现在在内地国有企业的事仍然是政府的事。而且，戚志强还给谷忠明找了几条理由，比如请省长支持外商投资，比如此次合作久拖不下已经影响到了大地集团的声誉，更重要的是表明大地集团在H省投资的信心。谷忠明接过电话，就立即明白了过来。按照与戚志强的约定，他立即飞赴H省，见了张省长。

从谷忠明反馈回来的消息分析，张省长虽然没有直接表态，但态度是积极的。因为，作为省长这样的大人物，是不会轻易太恳切地表态的，态度积极就是间接地表态了。戚志强心里安泰了不少。

接着，他约了仇东升。

那天，在仇东升的办公室里，戚志强采取的是欲擒故纵的办法。

见了仇东升，戚志强就说："书记啊，我戚志强确实累了。今天来你可别说我给你撂挑子啊，我真不想干了！"

仇东升看了看戚志强，笑着说："戚总啊，你这不是撂挑子是啥？比撂挑子还厉害呢，我看你在给我将军呢。"

"看书记说的，我戚志强小民一个，哪敢呢。改制今天弄到这个样子，我真是无法向天泉人、向故原人民交代啊。如果这次天泉改不成，人气可就散了，别说我戚志强没能耐，我看能起死回生的人不多。"戚志强摇着头说。

"不要急嘛。困难总是有的，办法也总比困难多。我不是在积极推动吗？对了，你分析一下，市里产生阻力的真正原因是什么？"仇东升给戚志强倒了一杯水。

戚志强点着烟，吸了一口，说："我看呀，关键是红眼病。书记，我给你表个态，我与力华商量过了，市里按方案不是要奖励我们那么多吗，我们分别拿出一半，来分给其他管理人员，你看行不行？"

仇东升想了想，然后说："这样不好，该拿的就要拿嘛。红眼病怕什么，我看关键还是思想保守。"

接着，戚志强又给他讲了社会上的一些传言，以及媒体上的一些报道。仇东升最后表态，他最近两天就到省里，专门给张省长和分管的火省长汇报。戚志强临走的时候，仇东升要求他也去省里找一找，这样会更快些。戚志强却说，他不能去，现在改制的责任人是故原市，他去不好。

其实，戚志强有他自己的想法。他要等仇东升去省里后，自己再去。这样一是可以知道省里的真实想法，再者自己不至于被动。许多事都是这样，你主动了，最终却成了被动，你看似不主动，有时甚至是很被动，而弄到最后却成了主动。

仇东升从省里回到的第三天，戚志强才去省里。

他首先当然是见了火可副省长。从火省那里，他知道，现在省里对天泉改制的事也越来越重视了。尤其是这次招商会后，面对媒体的压力越来越大了。如果大地集团与天泉合作中途失败，就会影响香港企业在H省的投资信心。仇东升也已经找过他和张省长，省里最近就要研究，以尽快促成此事。

从火可省长那里得到这样的信息，戚志强信心更强了。他通过毕秘书，第二天就见到了张省长。

张省长见到戚志强，第一句话就说："志强啊，听说你要撂挑子？是对仇东升有意见，还是对省里有意见啊？"

戚志强立即不好意思地说："不敢，不敢，对谁也不敢有意见。只是我对自己没有了信心。"他看了一下张省长，见他正认真地听着，又接着说，"我感觉现在国有企业太难干了，自己也没有了招数。与其占着位子，不如早退出来。"

张省长笑了笑，说："我看关键还是对改制进度有意见啊。不过故原市也是有责任的，既然定了的事，就应该加快进程嘛。意见不统一，如果什么事意见都统一，我们党就不要在民主基础上集中了。"

"但市方案老批不下来，就进行不下去啊。大地集团那边给我们天泉透了些信息，如果再这样拖下去，他们就准备另选合作伙伴了。"戚志强见张省长的态度是这样的，就迎风而上，说了大地集团的担心。

"是啊,大地重组天泉一事也为香港许多企业主所观望。此次招商会上,一些香港企业就议论说,天泉与大地集团的合作影响了港企投资的态度。"张省长喝了口水,脸色突然严肃地说,"这个闹得沸沸扬扬的项目,如果最后不了了之,或者拖下去,那么,不仅仅是故原,就是我们整个省的投资环境也将受到质疑。毕竟,企业十分看重的是,地方政府的行政效率嘛。"

"省长说得太对了。再者,从整合后来看,天泉的产业均为大地集团现有产业,双方整合的余地很大。两家在产业结构、经营理念上惊人地相似,必将带来天泉的大发展。"戚志强从产业结构和大地集团的实力方面,解释说。

张省长点了点头,然后说:"这正是省里认可的一个原因,整合是为了更好地发展嘛。你这次回去,积极做好企业内部的思想工作,其他的事都是政府的事了。"

……

戚志强回到天泉的一周后,火可副省长到了故原。说是检查安全生产,其实是来传达省里对改制的态度和决定,以统一故原几大班子关于天泉改制的意见。

参加过火可省长召开的座谈会,戚志强在心里想:这步棋终于走活了。

未济卦

市委副书记、纪委书记王莫平,在"双规"期间跳楼自杀!

天泉改制即将签字,天泉被香港老板收购,戚志强等一跃成为千万富翁!

这两条消息,像长翅膀的一群鸟儿,缠绕在一起,在故原人的心空中，四处飞扬。

对于这些年一直平静的故原市，这两则消息确实让人们兴奋和猜测不已。在故原谁都知道有关施天桐腐败的几个段子，而且也都知道王莫平就是施天桐的真正腐败大臣。施天桐的许多事，大都是通过王莫平的口和手来做的。王莫平被"双规"后，人们都判断施天桐也好不了几天。尤其是肖馨出国后，人们更是坚信施天桐肯定是要被抓的。后事都处理了，离被抓还能有几天！

但后来接连发生的事，老百姓们就越来越看不明白了。王莫平"双规"后，故原市副县级干部"双规"了11人，科级干部被询问的近百人，而施天桐一直没事，而且突然被提升为省政府秘书长。这让许多人心里越发不平衡，越发相信官官相护的古训。用老百姓的话说，当官的都穿着连裆裤，不能脱呀，一脱连自己的丑事也抖出来了。但也有人说他施天桐过不了这个坎，"只要反腐不放松，早晚要抓施天桐"的民谣四处流传，就是见证。

而现在，王莫平突然跳楼自杀，而且骨灰被运回故原，出葬那天竟有人在天泉大酒店前的环岛上，拉出"王莫平同志一路走好"挽联，这别说是老百姓，就是让故原一些机关干部也找不到北了。王莫平在纪委"双规"期间何以能自杀？现在他又被称为同志，他的问题肯定就这样不了了之了。那么，施天桐呢？施天桐肯定也没有什么问题了！人们判断，王莫平的死使施天桐逃过了这一劫。

与这个案件缠绕在一起的就是天泉的改制了。

沸沸扬扬的天泉改制，终于就要尘埃落定。天泉为什么效益连年下降？为什么要卖给香港的私人老板？这里一定有一个国有资产流失的黑洞。传说的版本越来越多：天泉被施天桐们掏空了，不卖不行了；戚志强们觉悟了，终于想成为千万富翁了；省里的某个领导牵线，肯定捞了不少好处；天泉的改制就是再一次为施天桐们擦屁股；等等。按照他们的判断，不少人深信，故原今后肯定还要出惊天大案。

在这两件事中，施天桐成了中心。当然，许多人也相信事情的原本，可能并不是这样，但还是喜欢这样顺嘴传言，发挥着自己的创作天才，添油加醋，添枝加叶。这样做的原因，也许就是发泄对施天桐这些官场人腐败的不满，也许是对天泉改制的不理解和诋毁。

每个人的灵魂都被两只手同时抓着，一只是上帝的手，一只是魔鬼的手。当被魔鬼之手控制时，这个世界的一切都变得邪恶而黑暗。戚志强现在认为，在天泉改制上，散布和传播谣言的人肯定是被魔鬼的手控制了。

他自己心里最明白，天泉改制不仅不会发生惊天大案，而且对于戚志强和仇东升及火可省长来说，应该是个千古冤案。他们是真真正正地为天泉好，为了故原好。如果不尽早改制，天泉很可能慢慢地从故原大地上消失，故原人民就会失去一个主要的经济支点。许多事当别人不理解时，是不能解释的，越解释就越糊涂，就越说不明白。他戚志强并没有拿自己不应该拿的，相反，他把1000万股权无偿让给其他管理人员，其中的用意又有几人能够理解？

但无论怎么讲，天泉改制就要成功了。戚志强这些天常常想起这句话，知我者谓我心忧，不知我者谓我何求。他对各种谣传一笑了之，所有精力都集中在即将到来的改制签字前的准备上。他知道只有爱心可以包容和化解一切。他对天泉的爱，最终能包容由此所带来的一些误解和猜疑。

按原来的方案，这次改制首先是故原市政府，向天泉全体员工出让40%股权。然后，接下来政府再向大地集团出让另外的60%股权。

天泉改制在省里也算是一件大事了。虽然是先出让40%的股权，省里是要派人员参加签字仪式的。省里决定派省政府秘书长施天桐和经贸委副主任宋戈去参加。省里这个决定显然也是经过认真考虑的，施天桐作为故原近二十年领导，对天泉是相当熟悉的，尤其是又参加了前期的改制工作。由他代表省政府去故原是比较合适的。当然，施天桐也知道，下次与香港大地集团签字时，火副省长要出席的。

让宋戈代表省经贸委去也是比较合适的，他曾经是天泉的总经理，再则他作为经贸委的领导去故原，也能更好地与故原和天泉的人沟通。

施天桐知道让他代表省政府去故原后，十分高兴。他高兴是有很多理由的。一是他自从到省里后，还没有以公开的形式到故原去过，这次去多少能够满足一下荣归故里的心理需要。更重要的是，他要向故原人表明一种事实，你们不是多年来都传我施天桐要倒了吗？我倒没倒？没倒。你们不是一直在举报我吗？每一次大规模的举报，我施天桐都要升一次职。你们不是说王莫平倒了，我肯定被抓吗？现在，我依然如故。

接下来的几天，施天桐都在一种暗暗的亢奋中度过。

按约定，施天桐与宋戈一道走。下午两点，宋戈来省政府喊施天桐。这天中午，施天桐早早地就从办公室里的那张行军床起来，仔细地把自己收拾了一番。然后，点上一支烟，在等宋戈来喊他。

两点，秘书来喊施天桐。施天桐稳了稳精神，让秘书先把他的包和茶杯拿下去。他到了办公室里间的那张行军床前，他要去找一本书，计划带到路上看呢。书掉在了床的右边，他弯下腰去拾，身子突然歪在了床上。这时，他顺势躺在了床上，伸了个懒腰，然后才拾起书，起身。

到了楼下，宋戈已站在车前等他了。施天桐看到宋戈，笑着说："宋主任，好久不见了，今天我们坐在一起，说说话。"

"那好啊，又多一次与老领导学习的机会呀！"宋戈边笑着边向车走来。

这时，施天桐的秘书已经打开了副驾驶座的车门。施天桐抬腿弯身，坐了进去。施天桐坐车从来是坐副驾驶位的。这个规矩故原的干部基本都知道。到省里来，有些人就不习惯他这样做，他总是笑哈哈地说："我秘书长，还是秘书嘛！"

坐在车里，宋戈不太想给施天桐讲话，但又不能那样做，那就犯了官场的忌。于是，他就说："老领导，您看的是什么书呀？"

施天桐把刚才放下的书递给宋戈，然后说："《毛泽东的心路历程》，这书不错呀，把老人家分析透了。"

宋戈接过书，找着话说："老领导，你对老人家哪个地方最欣赏，或者说最崇拜？"

施天桐笑着说："要说呀，我最喜欢这句话：与天斗其乐无穷，与地斗其乐无穷，与人斗其乐无穷。"施天桐停了一下，笑了两声，接着说，"我给他加了一句，与政府斗后患无穷啊！"

宋戈笑了，然后说："精彩，精彩，不过，"他看了看施天桐，又接着说，"应该是与法斗后患无穷。"

施天桐显然对宋戈的话不以为然，他轻笑了两声，然后说："你呀，还是书呆子气。法是什么？法是人民意志的体现。人民意志的集中体现是什么？当然是政府了！"

宋戈笑了笑，没再接话。施天桐显然有些不高兴了，他不能容忍宋戈对他的质疑，就说："你笑什么？最终你会明白的，笑到最后，才笑得最好。"

……

施天桐和宋戈到了故原市。施天桐表现得很兴奋，尤其在酒桌上，那种荣归故里的感觉溢于言表。而宋戈却很内敛，就是面对天泉的一些人来敬酒，他也高兴不起来。他感觉他考到省里其实是一种逃避。他本来应该有信心在天泉扎根的，而且要与戚志强一起把天泉做得更好，可现在却是这样一种境况。

第二天上午，签字仪式进行得很顺利。四十分钟就结束了。

签字仪式结束时，宋戈接了一个电话。电话是裴薇打来的："宋戈，你最近来上海一趟吧，壮壮想你了。"

"我最近忙呢，以后再去不行吗？"宋戈声音很低地说。

"就这么忙呀？壮壮和我都想你了，你还不来呀！"裴薇在那边娇着嗓子说。

宋戈停了一下，声音更低地说："那好吧，明天是周末，你们等我！"

当天下午，宋戈就以有急事，返回了省城。而施天桐没有走，他打电话把丁慎东约到了紫宫迎宾馆。

丁慎东又给施天桐卜了一卦。这次卦象很不好，是未济卦：小狐汔济濡其尾，无攸利。当丁慎东刚解释道："此卦象说，小狐狸就快要渡过河了，却将尾巴浸湿；看来此行没有什么吉利之处……"施天桐就挥了挥手，让丁慎东出去。

丁慎东刚出门不久，两个身穿便衣的人就进来了。

施天桐立即被宣布"双规"。

黄连香

明天，就是故原市政府与香港大地集团签约的日子。

今天上午，受谷忠明的请求，戚志强决定陪他去看一看故原的一些风物。

在洵水河北岸，他们看过花木掩映、松柏交错的巍峨商汤衣冠冢，又到了南岸的巍巍商汤故里。商汤故里，北临洵水河，南对开阔无垠的田野，只可惜已找不到任何千年前的痕迹了。故里前，只有两株三人合抱、苍翠如盖的白果树了。树下，一位白须飘然的老人正在那闭目养神。

当谷忠明询问此地掌故之时，老人便很是热心地站起身来，手扶树干，讲起了这两棵巨树的传说：

说是很古的时候，洵水河里有一条小青龙。它本是东海的雨龙，因为脾气暴躁，动不动就掀波弄浪，使东海一带的人遭受无妄之灾，东海龙王就把它罚到洵水河里修身养性。几千年过去了，小青龙被两岸淳朴的民风改变了野性，变得善良了。两岸人要雨送雨，人们就感激它，在岸上修了龙王庙，四季香火不断。

东汉后期，奸臣当道，朝廷腐败，民不得安生。小青龙同情两岸人民，痛恨这个糟糕的世道，就想，我是一条真龙，只有当真龙天子，做一代帝王，才能改变人间世道。于是，它回到东海求老龙王让他投生。龙王说，你若有诚意，就从洧水河东头拱到西头，我才让你投生！小青龙答应了，一头扎进洧水河从东向西拱起来。拱啊拱啊，角磨伤了、爪抓破了、鳞磨掉了，可一想到两岸人民还在受苦受罪，就拼命朝前拱。

这一天，它拱到故原城下，一头撞在城墙脚上。故原城墙又高又大，城脚又是青石砌起来的，小青龙心急力猛，一下子撞昏过去。醒来之后又拱啊拱啊，终于累死在那儿。临死，他觉得壮志未酬，又羞又恼，仰天长啸，两支青龙须笔直地伸出了地面，就成了这两棵高大的白果树。

人们的美好愿望，总是在时间的流淌中，被演绎成种种美丽的传说。

下午，戚志强和谷忠明在天泉大酒店等火可副省长时，两个人还一直沉浸在对上午所听故事的思索中。今天他们各自所做的事，所做出的努力，又会在这片土地上留下什么痕迹呢？作为经营企业的人，所创造的小财富属于自己，中财富属于后人，大财富将是世界的。又有多少人能理解，一个个为社会创造价值的企业人呢。这才是一个企业人的终极追求。

五点半，火可副省长一行到来了。稍事洗漱之后，火可就听取了由仇东升、戚志强、谷忠明等参加的汇报会。会上，火可对明天签字仪式做了安排。他拒绝了故原市为他准备的发言稿，而只准备临时讲几句。

晚饭后，按火可的要求，他将见一见故原的老下级。戚志强也正好脱身，去赴一个他已经答应下来的约会。他要去见一下吴琼。吴琼的退休手续已经办下了，明天将回上海。戚志强不能不见，也不想不见。

吴琼仍住在老街深处的一方小院中。这是晚清时的建筑，小院只有十来平方米的天井，迎门是两间砖木结构的正房，正房的廊檐把右边的一间小厨房钩在肋下。一株夹竹桃舒展在正房左边的窗前，月光下射，与镂空砖院上的青藤，簌簌地浑然一体。

院门是虚掩着的，戚志强叩了一下，就径直进去了。站在廊檐下的吴琼用笑把戚志强迎进了正房。已经发出岁月油光的藤几上，已经泡好了两杯泛着清香的新茶。室内，环绕着古琴的乐声。戚志强坐下，端起一杯水，并不说话，他让自己沉浸在最爱听的《高山流水》中。

琴曲再次重放。叠弹过后，俨然潺湲滴沥，响彻空山。接着，幽泉出山，风发水涌，时闻波涛，已有蛟龙怒吼之象。悉心静听，宛然坐危舟，过巫峡，目眩神移，惊心动魄。几疑此身在群山奔赴、万壑争流之际矣。忽而，轻舟已过，势就淌洋，时而余波击石，时而漩洑微沤，洋洋乎乎。

琴曲一遍一遍地播放着。戚志强和吴琼淡淡地回忆着往日的旧事。快三十年了，他们的心是相印的，但又极少相逢。戚志强为了自己的事业，一次次地割舍了与吴琼的相聚。活一个人太难了，尤其是成功的男人和自尊的女人。他们没有谈及分手的往事，说得最多的是这些年各自的心路历程。或是一件小事，或是一句安慰，或是一个微笑，或是一丝伤感，在近三十年的岁月里，显得那么微小而又动人。

茶又续上了一杯。戚志强看一眼旁边那本毛纸封面的《往事并不如烟》，感慨地说："吴琼，当初为了自己，让你这样生活了一辈子，我一生都在自责。"

吴琼没有说话，盈着水光的两眼望着他，一动不动。突然，吴琼失声大哭。戚志强愣了一下，起身抱住了她。这时，吴琼攥紧拳头，不停地捶着戚志强的后背："你好自私啊，你好自私啊！"

戚志强回到家里的时候，已经快十二点了。冲了个澡，就独自躺在书房的床上。这一夜里，他怎么也不能让自己入睡。明天，明天签字后他就可以解脱了。他拒绝了出任大地集团董事局副主席的

339

邀请，他想让自己好好休息一下。这二十年了，他的神经绷得太紧了，他要让自己放松一下。他已经答应谷忠明，等他调整一下自己后，再出任大地集团酒事业部执行总裁。这是他不得已的选择，如果不这样做，谷忠明就不会收购天泉。

早晨，戚志强五点半就起来了。当他走到院门时，他一下子吃惊了，门上被人抹上了屎。戚志强苦笑地摇了摇头，从花架下的水龙头接出水，一下一下地刷了起来。

签字仪式很快结束了。中午吃过饭，火可省长就要返回。临走的时候，戚志强把一双崭新千层底黑布鞋送给了火可："老领导，到车上把鞋换了，舒服。"

火可笑了笑，接过来。然后，让司机打开车后厢，他亲自走过去，也拿出一双崭新千层底布鞋。火可看着戚志强，一字一句地说："志强啊，你也不年轻了，这是我到西安出差特意给你买的，脚下不生病，全身才能好啊。"

火可省长走后，戚志强回到了家里。他休息了一个多小时，就换上火可送给他的布鞋，出小区院门，叫了辆人力三轮，向洎水河北岸而去。

过了洎水河，戚志强才突然发现夏天真的到了。路两旁的泡桐树上满缀着紫白相间的喇叭花；北岸村庄的屋前屋后，一马平川的田野，到处是怒放着姹紫嫣红的芍药花，到处是浓郁芬芳的芍药花香。这时，他不禁脱口高吟："故原城外芍药花，虽是斜阳胜朝霞；五十五载蓦回首，洎水长堤绿无崖。"

向北又走了一里多路，戚志强父母的坟地就到了。

他下了车子，自己向西拐去。伫立在洎水河北岸的父母坟头上，坟头长满了青草。清明时才来的，上面的草全被拔净了，现在竟长了这么多。戚志强弯下腰下，一根一根拔了起来。这时，他突然想起父亲临走时给也算的那个卦，益卦。坤下乾上。否之匪人，不利君子贞，大往小来；天地不交而万物不通也；上下不交而天下无邦也；内阴而外阳；内柔而外刚；内小人而外君子，小人道长，君子道消也！

是啊，天下大事，五十就一个坎；人生一世，五年也有个坎啊！

戚志强想，自己也许终于过了这个坎了。

西天的太阳，越来越圆，越来越红。戚志强离开了父母的坟，沿着洵水河堤坝，向回走去。走了几百米远，那棵黄连树就到了面前。黄连树枝叶扶疏，顽强地生长着，不知阅过了多少个春秋。

戚志强从树干上，揭下了一小块皮，放进嘴里。随着牙齿的相叩，一股苦味弥漫开来。他再咀嚼，竟有了丝丝的香味。

黄连苦。

黄连香。

2004 年 4 月 27 日一稿
2005 年 5 月 23 日二稿
2005 年 8 月 10 日三稿